汉风烈烈 2

清秋子 著

河南文艺出版社
· 郑州 ·

目　录

一

将军忍将
良弓藏

项羽战亡之际，天寒地冻，本是萧瑟季节；然而在垓下北郊，汉军大营内，却是一派喜庆。众将士经多年征战，皆劳顿不堪，此时忽然没了敌手，顿觉身心俱畅。儿郎们在军帐内歇息数日，只觉得憋闷，都跑出军帐来，相互角力，比试掷石，以此嬉戏。

数日内，自晨至昏，汉王刘邦不知受了多少臣下致贺，诸臣都称灭楚为"万世之功"，谀辞不绝，翻来覆去，直听得耳朵里都冒出油来。

故而这日晨起，刘邦便唤来曹参，吩咐传令诸将："所有虚礼皆免，都不要来絮聒了，各自守住营垒，不扰民便好。"

曹参走后，刘邦又唤来陈平，劈面便嗤笑道："你看诸将，都是血溅战袍、创痕遍身，独你这典军者，袍上连个血渍都没有，若非天佑，便是你躲懒，哪里像个上战阵的人！来来，寡人也须沾些你的福气，今日无事，为我诵读《太公兵法》，先养养神再说。"

陈平道了一声："臣惭愧。"便席地坐下，拿过案头一卷简册，展开来读。

刘邦箕踞于榻上，闭目聆听。喧嚣中，有了这琅琅书声，便觉分外提神，听到精妙处，不时抚膝赞叹。

正在悠然间，忽闻天际传来一阵雷鸣，如山崩地裂，震耳欲聋。 刘邦浑身便是一颤，兴致全消。

那滚雷又响了数声，便戛然而止。 刘邦忙站起身来，倒趿履冲出帐去，仰起头来望天。 只见漫天彤云密布，一派欲雪天气，他脸色便发白，倒吸一口冷气："冬日里如何打雷？ 莫非是天象示警？"当即命中郎将徐厉，速去传太史令来。

陈平此时走出大帐，却一伸臂，拦住徐厉道："且慢！"

刘邦回首瞥了一眼，笑道："陈平兄，又有何高见？"

陈平道："今日闻冬雷，正当其时，君上何须问太史令？"

刘邦睁大双目，讶异道："哦？ 这又是何道理？"

"冬日雷震，夏日雨雪，皆为逆天之象。 应合这人间之事，恐是喻示：倒行逆施者，必难久长也。"

"莫非说这冬雷，是应了项王败亡？"

"正是。 此天象所应人事，必为项王之死，而无他。 乌江浦距此地，不过五百里。 依臣之推算，吕马童等诸将最迟于今日，就该携项王首级归来。"

"哦？"刘邦被提醒，心内不觉一动，再望望大营内外，见儿郎们也都为冬雷所惊吓，停住了嬉戏，面面相觑。

刘邦便有些恼恨，对徐厉道："项王死了，居然能吓得住活人！ 你去传令，命儿郎们擂鼓奏乐，闹他一闹。"

待徐厉领命退下，刘邦便与陈平返回帐内。 不须片时，大营各处便是金鼓齐鸣，兼以丝竹之声，一片鼓噪。

陈平听见鼓乐声，不由大喜，抬眼望了望刘邦，以为君上也必是满面喜色。 却不料，只见刘邦神色黯然，僵坐于榻上，动也未动一下。

陈平先是一惊，转而一想，便知刘邦心中亦有哀悯，于是连忙敛容。

君臣如此默坐，也不知过了几时，忽闻帐外有马蹄橐橐，由远及近，驰至帐门前停下。一员骁将自马背滚下，进帐来禀报："大王，王翳、吕马童等五将，已将项王尸身带回，稍后即至。"

来者原是中郎将周緤，此前两日，他奉刘邦之命，往东去打探消息，半路恰遇见吕马童一行携尸返回。周緤验看了项王头颅，知此事已坐实，便飞马先回大营报信。

刘邦望一眼周緤面孔，不禁一笑："寡人知道了。看你尘土满面，哪还有半分威仪？莫教同僚笑话，快退下洗洗吧。"

徐厉等一众近侍，见周緤飞骑归来，都知项王头颅今日必定传回，各个高兴，蜂拥奔进大帐来，要向君上贺喜。

却不料，刘邦却霍然起身，下令道："项王虽薨，然终究为尊者，稍后尸身送回，须以诸侯之礼入殓。你等且退下，传令各军统统归帐，不得喧哗，不得出帐观看，违令者，杀头，定不赦！"

众人闻言，都不禁咋舌，连忙分头去传令。

待众人退下后，刘邦回首对陈平道："陈平兄，你去请齐王韩信来。你二人，便守在这帐外，待验看项王尸身无误，再来禀报。"

陈平领命，出得帐来，即唤来谒者仆射随何，请他速去传召韩信。

韩信得了传令，急忙赶来，满脸都是喜气，只想一睹项羽首级。陈平见他来，忙拉住他衣襟，耳语了数句。韩信听了，神情不禁一凛，当下便与陈平在帐前立定，等候吕马童一行前来报捷。

两人负手等候，却迟迟不见五将踪影，只得耐下性子，不住地朝远处张望。

如此等了多时，只见东方尘头大起，一队军马骤驰而来。前头五将，在辕门前下了马，各自牵了马匹，昂然而入。大营内各处兵卒，因军令之故，都不敢擅动，只躲在军帐内探头张望。

经陈平布置，自辕门至汉王大帐前，有军卒执戟排列，甚是隆重。走在前头的王翳，胸前所挂包袱，即是项王头颅。后面四将，各抢得项王一肢，皆驮于马背之上。

一行人来至汉王大帐前，只听陈平一声招呼，徐厉立时拿来一匹白绢，铺于地上。五将神色肃然，各卸下项王头颅、四肢，于白绢之上拼好。陈平便敛了敛气，拉了韩信上前验看。

此景端的是悲壮之极！但见那项王尸首，虽是战袍褴褛，血污遍体，却仍是须髯偾张，双目圆睁，似随时都可发出雷霆之吼……

陈平朝那尸身看了一眼，便面色发白。韩信到底是胆大，弯腰看清了无误，便朝陈平以目示意，请陈平进帐去禀报。

陈平略稳一稳神，吸了口气，转身进了帐，高声禀道："齐王与臣适才验看，确是项王尸首无疑，请大王亲自验看。"

刘邦闻言站起，正欲出帐，忽又止了步，只缓缓道："项王，故人也。你二人既然看了，自是无误。"

陈平便劝道："大王，灭楚大业，乃千秋之事。今大功告成，还请大王亲眼验看为好。"

刘邦闭了双目，默然半晌，眼角忽有泪水涌出，仰头叹道："项籍兄，广武山一别，尚不足三月，如今……兄之勇烈，我刘季是万不能及呀！"便对陈平挥挥手道："算了，寡人如何能有心情验看？便由你操持吧，用上等棺木装殓，以车载之，随队而行，日后择地安葬。"

陈平领命，正要退下，刘邦又吩咐道："去唤那五将来吧，寡人要当面嘉勉。"

陈平便提醒道："大王，先前曾有军令，得项王首级者，封万户侯。"

"这个自然，五将均可封侯。"

"哦？ 莫非……要封五个万户侯？"

"荒唐！"刘邦脸上这才有了些许笑意，"如此封赏，岂不是要将天下都赔光了？ 只一个万户侯，由五人均分；若嫌不够，再多赐半个万户亦不妨。"

陈平一笑，忙将五将唤进帐来。 只见那五将，甲胄整齐，鱼贯而入，满身犹有杀气。 到得刘邦跟前，便一字排开施礼，礼毕，各个都有得意之色。

刘邦逐一望过去，频频颔首，赞道："虎将，虎将！ 今日得此大功，恐是祖坟埋得好。 待来日封侯，你等子孙袭爵，保万世富贵，定要羡煞众人了。"

五将喜得眉飞色舞，又一齐拱手谢恩。 刘邦便戟指吕马童道："将军，项王是你旧主，在那乌江边上，你如何下得了手？"

吕马童正自得意，遭此一问，不禁满面惶悚，俯下头去，不能对答。

刘邦遂大笑道："你心肠到底是比我硬！ 好了，封侯之事，待天下平定之后再说，寡人既有旨，便决不食言。 今晚你等都好生歇息，教那灶上好好备一餐饭。"

五将齐声谢恩，揖礼毕，便各自归营去了。

陈平跟着出帐，招呼了一声，众郎卫便一齐上来，七手八脚将项王尸身移走，自去装殓了。 刘邦这才踱出帐来，叹息道："项王年方三十二，便如此殁了，寡人实有不忍。"

韩信意气正盛，兴冲冲道："臣则为大王贺！ 项王横霸天下，终告倾覆；我汉家上下，从此可以安枕了。"

刘邦却挥挥袖道："此时庆功，尚且过早，楚地尚有东海、江东等处未降。 这便召各位文武来议吧，教那诸王也来，将此事早做筹措。"

韩信一时血涌，以手按剑，慨然应道："项王既薨，残余不足为虑。 请大王引军自回关中，臣愿率齐军，往东南去，将那楚军统统荡平。"

刘邦望了望韩信，微微笑道："垓下之战，齐王居功甚伟。 今后这些枝节小事，就不必劳你费神了。"

韩信大失所望，只得退后一步，默然无语。

少顷，英布、彭越、曹参、周勃、樊哙、夏侯婴等一众豪雄，都奉召前来。 刘邦便也不讲究礼数，与众人围坐一起，议起用兵之事来。

刘邦道："项王自号'西楚霸王'，乃因楚之根本，皆在彭城以西。 如今西楚数郡，大部已定，楚实已覆亡。 然我辈不可骄矜自大，今江东之东楚、江陵之南楚，尚有楚军余众数万，不单是未降，且都怀复仇之心，诸君可大意不得。 依寡人之意，明日即遣别军两支，将东楚分头略定，不知何人愿当此任？"

此言甫毕，在座诸人便都纷纷起身，争相请命，唯周勃稳坐不语。 刘邦便笑道："还是周勃兄厚重。 罢罢，此功便给了你吧。 自明日起，你率别军一支，前往平定泗水、东海，逐城而夺，务要斩草除根。"

周勃便霍地起身，唱喏领命。

刘邦又道:"再看那灌婴部,已兵临江东,也是大意不得。楚之江东,乃是项氏旧巢,人心素不向汉。可传令灌婴不必班师,备好渡船,过江去攻吴县(今属江苏省苏州市)。待吴县攻破,再南下平定豫章、会稽两地。楚之余孽,乃我之大患,不得稍有姑息。大军所到之处,只须以刀剑说话,无论良莠,逆之者亡!"

听了刘邦这番布置,众人都狂呼叫好。曹参高声道:"灌婴虽年少,其锋芒却甚锐,追杀项王,未出旬日便将首级传回,今日率军荡平东南,当不在话下。"

刘邦大喜道:"好!我便在这垓下静候,只待南北两路捷报。"

韩信此时,神色却颇显不安,从座中起身建言道:"臣以为,今后兵事,有诸王及各将安排,大王无须多虑,只管引军返归关中。若放心不下,可先撤至洛阳,静观一时。这垓下左近,千里蒿草,满目凄凉,岂是久留之地?"

刘邦却摇头道:"齐王勇气可嘉,寡人不及。然事有奇正之变,哪里有一定之规?寡人时来常想,楚虽三户,尚可亡秦;吾辈新得天下,岂能无忧?吾意已决,楚地不平,决不离垓下。"

韩信略作踌躇,便又道:"如此也好。垓下为福地,在此必能等来捷报。只是……我齐军自南下以来,经垓下恶战,折损甚多,人马三去其一,余者亦多疲极。如今既无仗可打,不如臣先行班师,回齐地也好休息。"

"哦?你目下还有多少人马?"

"除去灌婴一部,尚有二十万余。"

刘邦便连连摇头:"齐王不能走!有你这二十万雄兵在侧,我方可睡得安稳。"

韩信不禁面露诧异："大王亦有兵马二十万，且半为老营精兵。今楚已败亡，仅存余烬，又何惧之有？"

刘邦苦笑道："寡人用兵，怎与将军相比？不过屡败屡战而已。二十万兵又有何用？近来，曾数次梦见项王活转过来，惊出我一身冷汗。故而寡人之意，齐王还是暂留此地，以防楚地复叛。"

见刘邦执意挽留，韩信也只得应了，不再多言。

刘邦见韩信怏怏不乐，便对众人道："齐王方才想庆功，也属常情。也罢，寡人这便置酒，为诸君庆功。"

当下，仆射随何一声唤，便有涓人出来，将筵席摆上。诸将见有酒饮，都喜形于色，纷纷解甲，不分尊卑，席地而坐。

酒过三巡，众人开怀大悦。刘邦环视座中，笑道："吾提剑安天下，唯赖诸君。汉家诸将，可了不得！威名加于四海，何人可敌？"

韩信亦知刘邦心思，忙应道："武人仗剑，匹夫耳，岂有多智？唯陛下马首是瞻，方能横行天下。"

刘邦闻言，微笑不语，忽瞄见随何立在座侧，便指着随何对众将道："哈哈，还是武人有用。定天下，安用腐儒哉？"

众将亦随刘邦视之，见随何身形单薄，似手不能缚鸡之状，不禁哄堂大笑。

随何正侍立于刘邦身后，闻听诸将哄笑，便略一揖，不慌不忙问刘邦道："昔年大王引兵攻彭城，倘使项王不回军，大王率步卒五万、骑士五千，能擒来英布吗？"

刘邦一怔，只得答道："不能。"

"然大王曾遣臣与二十人，出使淮南，至九江，劝降九江王英布。 以此观之，臣之贤能，胜于步卒五万、骑五千也。 然大王却指臣为腐儒，且称'定天下，安用腐儒'，又是何故呢？"

"这个嘛……咳咳！"刘邦脸一红，忙改口道，"爱卿之功，也甚是了得！ 如何打赏，容寡人思之。"

诸武将闻随何之言，皆有所感，纷纷敛容起身，向随何拱手致礼。

果然未及旬日，刘邦便有谕令下，加随何为护军中尉，官职与陈平相等，分陈平之权，朝夕随驾顾问。 诸将闻令，无不惊异，再也不敢小觑随何。

此后半月间，刘邦拥大军驻在垓下，日日怵惕，不敢有半分松懈，闲来无事，便阅看各地传回的军书，也无心召婢女来洗脚了。

如此等候，至汉王五年（前202年）正月间，南北两路，果然都有捷报传至。 周勃所领两万人马，北上之后，便如风卷残云，横扫泗水、东海两郡，攻下二十二城，多是兵锋所至，楚民便开门迎降了。

然灌婴所部渡江后，却意外遭逢劲敌。 那吴县的守将景阳，乃楚之孤臣孽子，不甘受灭国之辱，闭门抗拒，竟致汉军寸步难进。

灌婴见坚城难下，已引得江东楚军气焰复炽，心里便烦躁。这日他骑马督战，在吴县城下，闻城头守卒叫骂，忽想起汉王破曹咎之计。 便命所部后撤，在城郊席地而坐，打起项王灵幡，向城上祖宗八代地乱骂。

这一计，果然灵验。 汉军辱骂已故项王，直激得景阳气血上涌，当下率兵倾巢而出，唯求一战。 城中的楚卒，都知国破主亡，已再无生路，各个抱定决死之心，勇猛异常。 两军厮杀开来，竟难分胜负。然灌婴所率的郎中骑，毕竟多了些历练，战了大半日，渐渐发起力来，长戟飞舞，迭次冲阵，终大破楚军，击杀景阳，这才将吴县平定。

吴县既下，衡山王吴芮在郱县（今湖北省武汉市郱城）孤悬于外，便也无心再守，当即降汉。

楚上柱国陈婴闻之，亦在江东率部降汉，声言要过江来觐见汉王。这位陈婴，早年曾是义帝辅臣，在楚地声望甚高。他之降汉，震动甚广，江东一带立呈瓦解之势。

刘邦在大营得知后，不由大喜，忙驰书灌婴，嘱他务必优待降臣。又函告陈婴暂不必朝见，且与灌婴合兵，略定会稽、豫章两地。

此后情势，正如刘邦事前所料，一入正月，天下便大定。楚之遗民，皆知霸王犹如始皇帝，脑门上写了"暴虐"两字，万年也洗不干净。一旦国亡，便永无复国之望，于是皆俯首称臣，再无反心。

然于此间，仍有一南一北两座城不服。

南边的这一个，乃是临江王的都城江陵（今湖北省荆州市），地处南楚。自霸王分封至今，四年来，临江王的王号已传了两代。那老王共敖，原是战国故楚的贵胄，秦末投了项梁义军，成了楚怀王身边的重臣，官至上柱国。项羽西征咸阳之时，共敖也曾相随，曾领兵一支击破南郡（今湖北省荆州市一带）。后项王分封天下，念他是楚贵胄，便给了他这个临江王做。封地在楚之旧都江陵，也算是恰合身份。

待到刘邦传檄伐楚时，各路诸侯群起相从，独独临江王不予理睬。然楚汉后来在荥阳相持之际，共敖为明哲保身计，却又未发一兵一卒助楚。

老王共敖身体不佳，已于年前过世，其子共尉便袭了王号。至项王战殁之时，老王共敖已死了一年有余，其子共尉血气方刚，只认楚为正统，偏就不来降汉。

刘邦得知此情，心里便发了狠，悄悄唤来刘贾、卢绾，吩咐道："临江王共尉，尚有乳臭，却敢与我汉家作对，寡人必不相饶，定要灭之而后快。今楚地归服，天下初定，再无甚大仗好打了，末尾的这份功劳，便赏了你二人吧。"

刘贾、卢绾顿觉大喜。刘贾应道："千里游击，为我所长。今赴江陵，定要提得共尉头颅回来。"

刘邦却是连连摇头，告诫道："临江凭山临水，有兵法所云之地利，其疆土辽阔，堪比三秦。都城江陵得粮道之利，且已有备，尔等若无些韬略，只怕是'可以往，不可返'，故万万不可大意。你二人，乃我心腹，莫要无功而返，丢了我的老脸。"

卢绾口称诺诺，刘贾却是不服，大言道："昔日袭楚，所向无不披靡，况乎区区江陵？"

刘邦便叱道："咄！没有阿兄我，你个竖子，怕至今仍为卖饼者流，离不开沛县一步。这等狂言，休在我面前搬弄！"

刘贾笑道："正是阿兄照拂，弟才有幸弯弓跃马，做了一回大丈夫。阿兄请勿虑，夺不下那江陵，弟怎有脸面回来？"

二人领命之后，便在本营点起万余兵马，大张旗鼓，向西南而去了。

再说那楚之北地，也有一城未降，那便是鲁城。

近日有前去招降的汉使，返回复命称：鲁城军民顽愚之极，倚仗堑深墙高，囤积了足够一年的粮秣，遍竖赤旗，拒不降汉。至此，西楚九郡尽皆归汉，唯此一城仍高悬楚帜，甚为狂悖。使者劝降之时，一语未毕，城上便有乱箭射下，全无转圜余地。

刘邦听罢禀报，不由大怒："鲁城，这是何等怪物？"当下，便召张良、陈平前来商议。

张良道："鲁城不降，自有其道理。昔年项梁君战死，楚怀王即封项王为鲁公，项王收拾余众，便以此城为据点，与章邯交锋，故而鲁城与项王甚有渊源。鲁人素重礼制，今不降汉，只为感念旧主而已。"

刘邦恍然大悟道："原来如此！鲁城军民，居然愚到如此地步。"低头想想，又愤然道："今汉家得势，各路人马都大胜而归，寡人将集天下之兵，前往征讨，非屠此城不可。不如此，不足以令天下服我。"

陈平闻言大惊，忙劝阻道："区区鲁地，腐儒之邦，何劳大王亲征？可命韩信率别军一支，即可攻破。"

刘邦不禁勃然变色，拂袖怒道："寡人用兵，固不如韩信；但若论兵，你陈平恐还不如寡人！"

当下陈平脸便涨红，忙请罪道："该死该死，请大王赐教。"

"寡人岂敢教你？寡人只知：鲁乃项王旧封之地，父老一心向楚，正是所谓项王老巢，岂是偏师一支就可攻破的？吾与项王，恶斗四载，便宜了韩信，窃得那垓下灭楚大功。今海内渐平，唯此一战，可扬我之名、添我之威，寡人不亲征又当如何？项王生时，我刘季不得出头；项王死了，我还怕个甚么神鬼狐怪？"

陈平望望张良，见张良意态如常，并无惊诧之色，便知刘邦是嫌恶韩信功高，方有此意。于是不敢再争，忙谢罪道："臣迂腐，不明大事，陛下还请息怒。那鲁城虽微，然能守微而抗我大汉，自是不可小视。陛下亲征，是大有道理。"

刘邦便抬手指点陈平，嗤笑道："兵书读到你肚子里，如进狗肚，算是全废。此事毋庸再议了，趁正月吉时，即集起天下之兵，征伐鲁城。此战，乃楚汉终局之战，务要一举荡平，教那楚民各个震恐，不敢心生反意。如此，你我之子孙，才好落个万世太平。"

陈平忽想到昔年的睢水之败，便忍不住一笑："此等豪言，到如今，便是微臣我，也敢说了。"

刘邦听出陈平话中的讥讽，心中骂了一句，叱道："你只是个嘴巧！"

如此又过了旬日，灌婴率部得胜班师，降臣陈婴亦来归。灌婴禀称：江东数郡，尽皆平定，连同化外番邦，亦多来归降。陈婴所部平定豫章之后，城垣残破，已筑造新城，号曰"南昌"，取"昌大南疆"之意。

刘邦闻之，心内大定，正要点兵北上，忽有军使从西南而归，呈上军书称：刘贾、卢绾兵临江陵城下，急攻共尉不下，折损甚重。

刘邦气极，一把扯烂了军书竹简，顿足道："竖子！庸夫！《孙子兵法》是如何说的？军中屯长、伙夫皆知，'围师必阙，穷寇勿迫'！江陵乃故楚郢都，高城坚壁，天下无匹。共尉此刻恰是穷寇，他若据城死守，岂是两个庸才能围困得下的？"骂毕，又急召韩信前来商议。

君臣二人密议了半日，议定遣骑将靳歙，率别军一支急趋往援，换太尉卢绾回来。靳歙临行，刘邦觉放心不下，又面嘱再三，令他务必效仿韩信破赵，诱敌出城而歼之。

料理好南边军略，刘邦便点起本部二十万人马，连同韩信、英布、彭越、周殷、陈婴等诸部，拢共有五十万之众，冒寒北上。

可怜那江淮一带楚民，于短短四年间，便两次身历数十万军过境，征粮索饷，不胜其扰。幸而此时已是冬季，否则，田禾又不知将踏坏多少。

汉家兵卒挟得胜之威，士气高涨，丝毫不以天寒为苦。樊哙所部先锋中，尚有未战死的巴蜀"板楯蛮"①千余人，一路歌呼，捧雪嬉戏，引得其余诸部也都兴起，南腔北调地唱个不停。

诸臣中，唯张良打不起精神来，一路都心事重重。刘邦在戎车②上看见，忙招手问道："子房兄，可有恙乎？"

张良连忙打马赶上，拱手答道："臣只是略感体虚，并无大碍。"

刘邦望望，疑心道："恐非如此吧，兄莫不是有心事？"

张良沉吟片刻，问道："天下之兵尽在此，区区鲁城，不知藏有粮秣几何？"

刘邦便哈哈大笑，笑罢低声道："鲁之于我，癣疥之疾也，此行不过虚张声势，大军哪里要进鲁城就食？"

"既如此，君上何必统兵北行？"

"这个……子房兄应知寡人之疾，究竟在何处！"

①　板楯蛮，古族名，古代巴人的一支。又称"白虎夷""白虎复夷""賨人""巴人"。汉初曾助刘邦定关中。其俗喜歌舞。

②　戎车，亦称"戎辂(lù)"，即战车、兵车。单辕两轮，车厢呈横长方形，后面开门。戎车作战左右旋转自如，以利放箭或格斗。

张良闻得此言，便是一惊，失手将马鞭坠于地，脸色越发不好了。

汉军从垓下拔营，浩荡北上，不数日，便途经萧县。军旅过处，正是旧日战场。刘邦凭轼四望，心中感慨，索性令车驾停下，纵身一跃，跳下车来，换了一匹马骑上，与张良、陈平并辔而行。

一路谈笑，不觉便进抵彭城之下。只见城墙大部已堕，城内街市萧条，楚民皆有惊惧之色。刘邦见此状，颇为惊异，便下令全军稍歇。

俄顷，有城内留守校尉前来觐见，禀称：年前攻破彭城，不待大股汉军入城，城内百姓因恨霸王黩武，竟聚众将王宫一抢而空，又焚毁宫室以泄愤。后灌婴因厌彭城王气，下令将大半城墙堕坏。彭城经此兵燹，元气大伤，城内百业俱废，谋生艰难，百姓已逃亡大半。

刘邦闻罢，叹息不止，遂下令："各军绕道而行，不得有一卒擅入城内。"又对张良、陈平道："昔日项王，鼻孔朝天，何其霸道？眼下一朝覆亡，竟是这般可怜相。我今日见了，也是心惊。你二人今后须多留意，我汉家天下，万不能落到此等地步。"

张良附和道："今日观之，果然令人感叹。"

陈平却不以为然，只说道："大王洪福，断无步项王后尘之理。"

刘邦哼了一声："月满则亏，平地也要防跌倒，只怕未必是多虑！陈平兄，你何时才能不似倡优，尽说这些奉承的话？"

陈平忙辩白道："臣也知此理，只不愿口出危言，败了季兄兴头。"

刘邦便笑:"你是无论何时,总有道理!"

待行至彭城郊外九里山,刘邦被勾起哀伤之念,遂跳下马来,环视左右,躬身以手掘土,翻出了两个箭镞来,叹息道:"当日在此,折了我多少儿郎!"

张良、陈平与众侍卫也下马来,在各处寻出些断剑残弓来。众人睹物生情,皆唏嘘不止。陈平喃喃道:"当日逃命,何敢想今日重游?时乎?势乎?"

刘邦便道:"而今天下虽定,然四方豪杰,心却未定。我君臣若鼻孔朝天,难免不重蹈睢水之败。陈平兄,今日鲁城虽微,然亦须大军压境,便是此理。"

陈平叹服道:"君上远见,臣万不能及。有君上,便有我汉家。"

刘邦遂大笑,指着陈平的头顶道:"今日得意,莫忘当日丢盔弃甲便好。"

众人闻刘邦调侃,都一片哄笑。陈平顿感大惭,面红耳赤。

大军绕彭城而过,行了未及数里,刘邦忽又下令改道,全军转向西北而行。如此走了数日,大队陆续至定陶城下,各自安营。

那定陶城内,仓廪丰足,可供大军就食数月。各部军卒,也知区区鲁城不足一哂,都将北征视为游行,只是喧呼嬉笑,不多时,便扎好了营寨。那连营,竟有数十里之广,远远望去,唯见平野帐幕如林。

在定陶,刘邦只歇了一夜,便留下大部人马,亲率十万老营精锐,往袭鲁城。

一彪人马向东疾行,军伍过处,瞬时便将雪地踏成黑土一片。

沿路乡民不知就里，但见旌旗纷纭、戈戟交错，都吓得纷纷避走，闾里为之一空。刘邦也顾不得安民了，只是催军疾进。如此过了五日，行至鲁城数里之外，便望见周勃所部兵马，早将那城围得似铁桶一般。

待刘邦扎下营来，周勃便进帐来拜见。君臣见过礼，周勃大不服气道："区区鲁城，何劳大王亲征？城内仅有邑兵寥寥，无非是千把个丁壮守城。大王若下令，以微臣之力，三日内即可攻下。"

刘邦便斥道："你已贵为公侯，心胸如何还是狭小？寡人岂是疑你无能，皆因此战为大局收尾，须得扬我声威，以震天下。我亲率大军来此，誓言屠城，便是要教楚民胆寒，永世屈服。"

"季兄，我懂不得那许多。屠也罢，不屠也罢，周勃皆愿为前驱。"

"你明事理便好！以我之意，老营人马歇息一夜，明朝食毕，便与你部合兵攻城，两日内，务必破城。这就传令下去吧，城破必屠，不留根孽！老营随我在广武山吃苦甚多，早该犒赏。今番破城，城内男丁不分老幼，一概屠戮；财帛女子，尽归军士。"

周勃闻令大喜，奔出帐去，向各营传令。老营士卒闻之，无不踊跃，各个厉兵秣马，只待明日放手劫掠。

次日朝食既毕，十万余汉军便倾巢而出，抵近城下。霎时，小小鲁城便成汪洋孤岛。城下，但见汉军旗帜，如林交错；黑衣兵卒，漫野涌动。那万千马匹的喘息之声，如潮声轰鸣。

鲁城墙垣并不甚高，于重围之中，眼见得竟是要倾颓的样子。主将曹参全身披挂精甲，持盾执戟，壮伟如煞神，笑对众将道：

"区区小邑，何劳我大军动武？ 唾水也淹得塌了！"笑罢，一声雷吼，便下令攻城。

众士卒闻令，齐声呼喝，如潮水一般奔涌向前。 各个举盾挡箭，负土筑版。 一派鼓鸣呐喊之中，费时多半日，便筑起了攻城壁垒，与城墙遥遥相对。 又将那备好的冲车、楼橹、抛石炮等，都推至前沿。 曹参见状，微微一笑，拔起壁垒上大纛来，狠命摇了几摇，扯开喉咙吼道："三军听着！"一声喊罢，阵前便是万籁无声，军卒们按行伍抵近壁垒，执盾荷戈，弯弓张弩，只待那一声号令。

刘邦披一身簇新犀甲，亲执盾牌，来至壁垒前沿，在大纛下站定。 他回望一眼，只见葛衣战袍黑压压一片，延至天际，仍不见尽头。 十万汉兵，正一伍一什，排列成行，单膝跪地待命，犹如滚滚黑浪，前后相续，直抵鲁城城垣之下。

众军见汉王亲临城下，都不敢懈怠。 加之平素被楚军杀得苦了，今日见了赤帜，立时打起了十二分精神来。

见军卒士气旺盛，刘邦不禁大喜，心中喊了一声好，便抬眼朝城上望去。 只见鲁城于晨光之中，似巨兽蹲伏，其门紧闭，人踪全无，唯有无数赤帜遍插城头，旗上皆是斗大的"楚"字。 刘邦便不由纳罕：这鲁城，怎的就吃了豹子胆呢？

此时张良、陈平立于旁侧，皆是凝神不语。 再看身后的曹参、周勃、樊哙等诸将，则是一脸不屑。 刘邦顿觉此景甚是滑稽，拈须自语道："腐儒，偏要弄些名堂出来！"

曹参见时辰已到，便抢步上前，拱手道："陛下与文臣可退后，待微臣发令，命樊哙登城。"

"且慢！"刘邦摆手道，"看此城，似无城防，我若恃强登城，显是胜之不武。你且喊话，劝这班腐儒降了便罢，免得死人。"

曹参应诺一声，便以盾牌护身，跃上壁垒，大呼道："大汉左丞相曹参在此！城上诸君听清了。我家汉王御驾亲征至此，意在平鲁。今日定陶城下，有天下兵马五十万，络绎而至。前月，项王已薨，楚地九郡无不降汉，江淮上下再无一面赤帜。天下诸侯，也都是晓事的，早已归顺多时。大势若此，鲁城弹丸之地，岂可回天？还望城中父老不可执迷，不要白白送了性命。城中若有楚官，只要降了，性命可保，官爵亦可保。人贵在晓事，切勿错失良机，我可再等诸君半个时辰，到时，莫怪我手下无情。"

喊话毕，只见垛堞后有一人挺身而出，向城下喊道："此城中，哪还有甚么楚官？连县丞、县尉也寻不着了。俺不过是乡中三老，目瞀耳聋，不堪大用，今为阖城父老所推，管些城中闲事。足下所言，我是半句也未听懂。"

曹参不由火起，怒喝道："我是教你开城降顺，可保你全家头颅！"

那三老仍慢悠悠道："方才，闻足下自称汉家左丞相，却见你甲胄在身，显是武人。我鲁地，自古乃礼仪之邦，上从周公，下敬孔子，与武人从不相干。适才将军曾言项王已薨，老朽却是未曾闻。敝乡大儒孔子曰：'知之为知之，不知为不知。'吾人确乎不知项王生死，项王岂是常人，或许还活得好好的！将军只管去忙碌吧，我等乡民，便不奉陪了。"说罢将身一缩，便不见了踪影。

樊哙气得跳起脚来："曹参兄，如何不下令攻城？"

曹参回头望望刘邦，刘邦便一颔首。周勃会意，抖一抖宽肩厚背，攒足了劲儿，正要下令，忽闻城内笙簧大作、管弦齐鸣。

继而，有众人诵读之声悠扬入耳。汉军将士听得面面相觑，不由都将眼光一齐望向刘邦。

刘邦侧耳听了片刻，便一笑："居然、居然！我刘季自幼好乐，所闻所歌，皆是俗乐。如此雅乐，平生还未曾耳闻呢。攻城之事，不急，且听他一听吧。"

樊哙劝道："小心城上伏兵，勿遭了暗箭。"

刘邦便笑："儒雅之民，他懂得甚么放暗箭？"遂唤郎卫们搬来茵席，招呼诸臣坐下，闭目倾听起来。

听了半晌，刘邦睁开眼，叹道："周天子之乐，也不过如此吧。"说罢起身，整了整衣冠，下令道："曹参兄，今番不攻城了，只围住便罢。楼橹、炮石等器械，统统撤回，只留五千人围城，其余可暂回营歇息。"

张良、陈平闻令，都松了一口气，不觉相视一笑。诸将却一时哗然，纷纷上前，问刘邦此乃何意。

刘邦叹口气道："此处乃礼仪之邦，天下瞻仰。我若破城屠之，胜之不武，定有损于汉家名声，弄得不好，臭名远扬，譬如那秦始皇，弄到天下咬牙切齿。鲁人今日不降，自有他不降的道理。他乃是愚忠，为主守节，若以畜类作喻，便是上等的好狗了！若项王尚在，他就愿为项王死，岂是能讲通道理的？好在项王枢车，即在大营中，夏侯兄请速回营去，将项王首级取来，教那城上看看，以绝他侥幸之念。见了项王头颅，我再以温言劝之，他岂有不降之理。"

陈平闻之，面露欣喜之色，赞道："这攻心之计，便是孙武子所言'冲其虚也'。"

张良亦喜道："如此，鲁人幸甚，我将士亦幸甚。"

不多时，夏侯婴便将项王首级取来。刘邦命两名校尉提了首级，从壁垒中策马奔出，绕城而驰。

此时，城上城下两军士卒，都不知此为何等名堂。一时屏住气，只顾呆望。战阵之上，不闻嘈杂，唯有两骑疾奔的马蹄声，清脆如刁斗。

那两名汉军校尉，一人手持长竿，将项羽首级高高挑起，一人高呼："项王首级在此！今汉王仁厚，不忍屠戮，以此号令鲁城父老，勿再执迷。"

两骑在城下，绕城三匝。城上闻声，忽地就从城堞后冒出许多人来，各个俯身下望。汉军也觉稀罕，都忘了待命，纷纷挺身翘首。阵上寂静，落针可闻。忽然，城上略有骚动，顷刻间便如崩堤一般，爆出一片哭声来。

刘邦在壁垒中见了，微微一笑，对曹参使了个眼色。曹参便跃上壁垒，大呼道："项王勇武，天下无敌，我汉军也心服口服；然其灭秦之际，坑秦卒、弑义帝，大失人心，成了暴虐之主，与尔等所敬之孔夫子，全不相干。数年前，诸侯联兵讨伐项王，可见人心向背。今楚已覆亡，鲁城父老若不降，试问更为何人守节？世间之事，江河可以倒流，唯天道不可逆。尔等既敬大儒，便不可愚忠于暴君。昔日项王待你辈如何，汉王也决不减等，城门一开，鲁人便见万世太平，何其美哉！诸父老请听好，今日不降，更待何时？"

如此喊过不久，忽见城上赤帜皆被人拔下，纷纷抛下城来，片刻工夫，便堆得如积柴一般。又过了半晌，城门豁然洞开，有一队人走出，只见诸闾里父老在前，儒生数千随后，皆衣缟素，分列道旁，焚香顶礼。

刘邦大喜道："这才是识相呢，何须费事？"便拉了身边一匹马来骑上，带领文武诸臣，随大队兵马缓缓进城。

路旁父老及儒生虽皆跪迎，却是埋首不语、泪流满面。刘邦见了，心中忽生怜悯，勒马停下，抚慰道："天下息了刀兵，总是好事，诸位请回去读书吧。我辈持剑杀伐，血溅战袍，也是乱世所逼，不得不为之。"说罢便催马前行，昂然入城。

进得城后，见街衢整齐、气象端庄，行人峨冠博带、身披云罗，望去皆似君子貌。刘邦便不由赞道："大儒所在，果真就不一样！"又回首对张良、陈平道："今见儒乡，即使是寡人，亦有田舍翁进城之感。你二人，骨子里也是腐儒，见此景，当是大遂心愿了吧？惜乎郦老夫子命不好，无缘得见。"

张良在旁提醒道："叔孙通才是大儒，今在栎阳①做太子太傅，教授太子读书，已闲置多年了。"

刘邦怔了一怔，笑道："叔孙通已官拜博士，封号稷嗣君，并未埋没。他一介儒生，不教太子，眼下还有何事可做？权当养着。我汉家，养几个腐儒也好，免得人讥我为屠狗辈。"

陈平插言道："那叔孙通因陛下厌儒，已多时不服儒冠。臣见他换了短衣，一如楚制，与儒雅之风毫不相干了。"

"哈哈，这个叔孙通，倒也晓事，怪不得越看他越顺眼。这个嘛……汉家得了天下，少不得要作势一番，多半有赖他谋划。罢罢，这便命他速来军中吧。"

稍后，在城中衙署内，刘邦会过各乡三老，好言安抚毕，便

---

① 栎(yuè)阳，秦置县。曾为战国时秦国都城，在今陕西省西安市武屯镇。

道："项王于昔日兴楚之际，曾封为鲁公，因而贵乡乃项王的根本之地。根脉既在此，自然最宜修造坟墓。项王与我，兄弟也，他的坟墓，当然我要来修。此事寡人已想了多时，此次来鲁城途中，曾见谷城（今山东省平阴县东阿镇）之东，山水极佳，是个好归处。今拟以鲁公之礼，葬项王于谷城，诸君以为如何？"

众人岂有说不好的？都纷纷稽首谢恩，感泣不止。自次日起，鲁城百姓为项王素服三日，便欣然为汉家臣民了。至此，楚之最后一城，即告收服。楚地千里，再也无楚军片甲了。

鲁城事毕之后，汉军回师定陶，途经谷城，大队停留了数日。刘邦带领众文武与堪舆术士，于城东十五里处，相看了一处好地，点起香烛，行了开山之礼。礼毕，便命数百士卒即刻挖穴造坟。

入葬当日，刘邦一身缟素，亲为发丧。他手捧祭文，立于棺柩前诵之，读至"情同兄弟，本非仇雠"一句，不禁潸然泪下，几欲晕倒。身旁夏侯婴见事不好，忙上前扶住，顺势附耳道："季兄，人死不能复生。况乎项王若复生，恐非喜事呢。"

刘邦怔了一怔，只佯作未听清，拭去眼泪，勉强读罢祭文，望着众人七手八脚下葬，想起与项羽的交往，不禁又大恸，欲以头触地。张良等一众文武，只得上前死命劝住。众军士见了，也为之动容。

经几百军士昼夜忙碌，两日之后，项王墓于平地矗起，状如覆斗，四周柏树森森。刘邦前来看了，甚觉称意，便唤来当地三老、啬夫①，命他们为项王立庙享祭，不得怠慢。

此处项羽墓葬，在今山东省东平县旧县村一带，早年尚有神道、碑刻等遗存，汉柏成荫，然今日仅存宋代残碑一座，其余皆无迹可寻了。另在项王自刎之处，即今安徽省和县乌江镇上，有一处"霸王庙"，规模甚巨，香火至今不废。此皆为后话了。

且说这夜，刘邦与诸臣宿于谷城。刘邦仍觉心伤，不能入寐，便披了紫羔裘衣坐起，点燃炭炉来烤火。想想息兵之后，仍有诸事如麻，不容稍歇，还不知何日是个尽头。忽而，想起一件事来，便遣人唤了张良来，问道："楚地已平，项氏旧族多已星散，生死不知。那未死的项伯，是否逃匿在你帐下？"

张良见问得突兀，一时面孔涨红，不敢作答。

刘邦便仰头笑道："子房兄，在就在，你怕甚么？"

张良更加惶悚，连忙伏地请罪道："大王，确在臣帐下，此事臣不该隐瞒。"

"嘿嘿，此事我早已知。项伯是何许人也？若在你处，如何便能瞒得住人？莫非你怕寡人一怒，诛了他这老儿吗？"

"臣确是碍于旧谊……当然，倘使项氏伏诛，也属罪有应得。"

刘邦忙将张良扶起，笑道："子房兄，这是哪里话？若无项伯，我这颈上头颅，还不知在何处呢，焉能取他项伯的头颅？你速去，召他来见我。"

张良闻此言，方觉释然，忙奔回帐中，唤起隐匿在佣仆中的项

---

① 啬夫，官吏名，乡官。秦时乡置啬夫，掌听讼、征收赋税。汉、晋及南朝刘宋仍沿袭之。

伯，一同来至刘邦行宫。

刘邦一见项伯，即捧腹大笑道："项伯兄，你即使戴了绿帻①，披了葛衣，亦是细皮白肉的，哪里就像个仆役？ 只好哄鬼！"

项伯大窘，忙伏地叩首，口称罪人，道："罪臣项伯，虽苟免于兵乱，然不敢来见汉王。"

刘邦故意面露不豫道："当今天下，已无寸土未降汉家，你还能逃往何处？"

项伯只是不敢抬头："臣罪孽在身，万死难谢天下，当任凭汉王发落。"

刘邦大笑三声，起身近前，将项伯恭恭敬敬扶起，嗔怪道："项伯兄这便不爽快了，弟刘季岂是那不仁不义之徒？ 项王薨了，那是天命难饶他，然项氏族属何罪有之？ 寡人在垓下时，便已想好，项氏一门，可统统免罪，赐姓刘，与我做个同宗骨肉。 如此，也不枉我与项王兄弟一场了。 待天下事定，项氏便都封侯，与我共享那万世的富贵。"

项伯闻言，恍似梦寐，呆了一呆，不禁大哭起来："汉王，汉王……项氏即是做马做犬，也是要报恩的。"

"哪里话？ 鸿门宴上，项庄舞剑时，你那一番与项庄的对舞，不单是救了寡人，也是救了项氏同宗。 你一门族属，除项庄战殁、项佗被俘之外，其余藏匿民间者，还请项伯兄统统寻回，好生安抚，皆迁往栎阳安顿吧。"

项伯自是一番千恩万谢，唏嘘不止。 三人又在灯下叙了一番

---

① 帻(zé)，又称巾帻，古代汉地男子裹发的巾帕。绿帻，为供膳仆役所服，亦指卑贱者之服式。

旧，项伯方起身告退。

刘邦要留张良议事，便请项伯先返回歇息。待项伯走远，刘邦方对张良道："寡人也不是圣人，有恩报恩，有仇便要报仇。日前过九里山，看得我心惊。当年追杀我最力者，季布、钟离眛也。这二人，就是逃至化外番邦，也必捉回，要砍下头来，祭我亡兄纪信！"

张良闻言一惊，嗫嚅道："只是……此二人全无踪迹。"

刘邦笑望张良道："你脸白甚么？我又没说藏在你处，谅你也无胆量留此二贼。此事，待明日张榜通缉，申令天下。想那两人，总不能遁到地下去吧。"

"缉捕之事，自是应当，然此等戴罪之人，已不足为患了。"

"正是！子房兄，今夜我留你计议，便是要防大患。你且随我来。"说罢，刘邦便拉住张良衣襟，转入密室之中去了。

这日，韩信在定陶壁垒中闲得不耐，便带领一干亲随，驰马奔至郊外围猎。日前一场大雪尚未融化，但见雪地上兽踪错杂，宛如图画。韩信兴起，手挽雕弓，只循着那新鲜足迹追赶，弓弦响处，必有斩获，引得众人阵阵喝彩。

众将士飞鹰走马，驰骋了半日，无不尽兴，将那方圆数里的狐兔打了个精光。副将高邑骑马朝韩信奔来，气喘吁吁禀道："此处已无鸟兽可觅，大王可下令回营。"

韩信意犹未尽，将那弓弦拨得铮铮作响，心中便在犹豫，想是否转至他处再猎。

正在此时，身边一员骁将忽地伸手过来，轻轻一掠，便夺过了韩信手中雕弓，笑道："此弓且交与臣吧！既已无物可猎，纵是神弓，也只得空弦自鸣。"

韩信心中一颤，不由想起蒯通当日所言，转头看去，原来是新晋将军陈豨（xī）。

这位陈豨，乃宛朐（qú）人氏，年少有为。 宛朐本属砀郡，当年沛公军西取咸阳时，途经此处，陈豨便慨然投军。 因勇猛善战，颇得刘邦赏识，只不过因年齿尚小，故未得加拜将军。 待韩信伐齐之后，刘邦发兵一万前往增援，陈豨便在那援军之中。

入齐之后，陈豨越发神勇，登城陷阵，无不当先。 其勇武倒还罢了，于兵法上也十分精通，可独当一面。 韩信对他，遂有了一番惺惺相惜之心，多次驰书向汉王保荐。 曹参、灌婴、傅宽等诸将，也都对他交口称赞。

行军途次，韩信常唤陈豨到帐中一同吃酒，饮罢便秉烛论兵，终夜不倦。 及至韩信受封为齐王，陈豨便也水涨船高，做了将军。

此时见无物可猎，韩信瞥一眼陈豨，苦笑道："世无敌手，倒也十分恼人。"

陈豨道："大王何出此言？ 敌手甚多，天下还远未定呢。"

韩信闻言，心中便是一阵烦乱，吩咐道："不猎了，回营！ 你且到我帐中来议。"

回到定陶壁垒中，陈豨卸去戎装，换了一身襦衣①，来至韩信帐中。 见韩信已摆好棋枰与骰子，正等他来下六博棋。

陈豨便笑："垓下息兵之前，数次与大王对弈，因常有军务打

① 襦衣，即短衣。

扰，多不能终局。今日总算是无事了。"两人便各执六子，慢慢下起棋来。

韩信似有心事，只顾推住红黑箸，半晌未投，陈豨便也不作声。有侍者送上滚热的羊羹，韩信便对近侍摆手道："你等皆退出帐去，孤王要与陈豨将军好好对弈。"

待众近侍退下，韩信凝视棋盘，久久才撒下一把箸，头也不抬地问："天下之势，不知将军以为如何？"

陈豨小心答道："无非是又一番合纵连横。"

"嗯？恐不至于。如今项王已死，更有何人能有此手段？"

"微臣只知，若一虎潜踪，则群狼复起。"

"如此说来……倒是得小心了。日前我还正愁闷呢，天下若就此息了兵戈，此生将再也无甚乐趣。"

"臣以为，鏖兵之事，或绵绵不绝，远未至偃武修文之时。臣只是为大王担忧。"

韩信遂一笑："忧从何来？莫非齐地将有反复？"

陈豨却不答，起身至案边书箧前，寻出一卷书来。韩信望望，原是《庄子》。陈豨手持书卷道："微臣鲁钝，于军书之外，百书不读，唯嗜读《庄子》。"

韩信便觉好奇："将军最常习的，是何篇目？"

"便是那《直木》篇。庄子曰：'直木先伐，甘井先竭。'如此洞见，岂是凡庸之辈所能及？"

"哦？那么孤王便是凡庸了……"

"不敢！臣绝非此意。那庄子神思，大王必能领会。直木与弯木，有大用者，必为人所先伐；甘井与苦井，有甘泉者，必为人所尽汲。在此敢问一声大王：秦末以来，环顾海内，何人最擅用兵？"

"当然是项王。"

陈豨便在棋枰上轻轻落下一枚枭子，又低声问道："然项王终为何人所败？"

韩信顿时呆住，掷下棋子，疑惑道："将军之言，是谓孤王独秀于林，招致众妒。居王位，势必不宁了？"

陈豨一拜道："大王，恕臣仅言于此，多言则不祥。"

韩信望住陈豨半晌，而后起身，哗地一下，以袖拂乱棋子，叹口气道："将军之言，甚有道理，容孤王深省熟虑再说。看来，天下恐未见得已大定，若乱局再起，我当明哲自保才是。"

陈豨便又道："此处并无他人耳目，容微臣坦言，臣平生所最敬服者，唯大王一人耳。若论纵横谋略，即是吴起、孙武复生，恐亦不如大王；唯有春秋兵圣先轸（zhěn），或可与大王比肩。大王之才，实乃天纵，灭楚之后，已达于鼎盛。望大王及早退步，归于至柔，安享后半世的荣华，即便只做个富家翁，亦强于项王在乌江自刎。"

韩信心头一热，连连叹道："孤王知矣！将军之才，岂止是驰骋于兵阵？"随即便唤人摆酒，两人又是一番畅饮。

如此数日无事。这日，忽有赵国信使自邯郸来，携来赵王张耳、河间郡守赵衍的书信各一封。韩信收下信来，至夜，方才启封细读。见到故人笔迹，往日鏖战的种种情形，纷然而至眼前，令韩信不禁眼湿。

两信中，并无机密事，无非是些家常问候，皆温语款款。

张耳在信中说：去年为小儿张敖迎亲，新媳为汉王之女鲁元公主，因主持纳娶六礼①，劳烦过剧，渐至体力疲弱。入冬至今，只是饮酒赏景，政事都交与臣属去办了。数月以来，摒弃俗务，好不快活。久之，忽觉生而有涯，恰如白驹过隙，待得功名俱至时，竟是再活不多久了。

此信末尾，张耳感念韩信推举之恩，故以忠言相告，劝韩信趁灭楚建有不世之功，及时行乐，效富家翁声色之娱，以遣岁月。另还须广积资财，惠及子孙。

韩信读罢此信，不由感慨，讶异于如此一位豪雄，晚来心境竟如田舍翁一般。忆起当年与张耳夜走井陉口事，竟如隔世。不由感叹：人世之莫测，有过于此乎？

接着又拆开赵衍书信来看，内中也是一番问候，辞意颇恳切。赵衍信中说道：职在河间郡，欣闻大军进驻定陶，可谓隔河相望，然职守在身，不能擅离，故而无缘拜访。年前一别，不才在赵地做了这庸官，不离衙署，日夜陷于冗务，常念起在将军帐下的许多好处来。

信中又言及：昔年承蒙将军教诲，得益匪浅，闻将军以齐王之尊，成就破楚大业，此等丰功，定能垂名后世了。臣赵衍曾为将军僚属，闻之欣然，亦觉与有荣焉云云。

韩信看罢，顿生感慨。昔日赵衍在侧，凡事尚有个可商议之人；如今故人远离，心事再难与人诉说。就算是跻身于诸侯，南面为王，却一如孤峰独立，倍觉寥落。同侪中曹参、灌婴者流，终是草莽出身，胸无点墨，不过是些不怕血溅三尺的匹夫罢了，实

---

① 六礼，古时聘婚的一整套程序。即纳采、问名、纳吉、纳征、请期、亲迎。

难共话古今。帐下诸人，唯有陈豨尚属孺子可教，今后有事，看来还须多与陈豨商量。

继之又想道：自垓下息兵以来，汉王行事，便有诸般的古怪。赐我统军虎符后，便将我这二三十万军牵住不放。军至鲁城，又不与我仗打，一路只是陪他作游行。同是为王，我却要终生仰他鼻息。看来，当年在汉中的擢拔之恩，这一世也是报不完的了。

如此想着，便不由意气消沉，直觉这貌似风光的齐王，做得越来越无甚滋味。

寂然默坐间，刁斗不知不觉响过了数巡。待到侍者送上羹汤来，韩信这才惊觉，时已过了夜半，急忙援笔写了两通回函，吩咐从人，天明后即交驿使带走。

写罢信函，韩信方觉心中积郁消散了大半，于是唤人端来热水，盥洗就寝不提。

次日醒来，想起昨日陈豨所言"唯有春秋兵圣先轸，或可与大王比肩"之语，韩信心仍不能平。梳洗完毕，即带领亲随巡营，去观看军士操演。

齐军每日的晨操，甚有章法，演兵场上纵横有度，时发阵阵吼声。韩信望见自家儿郎列伍齐整、甲胄鲜明，心头便一喜。遂走近一士卒身旁，要过他手中的剑来看。

韩信将剑拂拭一遍，举起来端详，见此剑乃是韩地铸铁剑，其纹理之密，层层如鳞，剑脊笔直分明，有一股青光逼人，端的是一柄难得的好剑器。再看列伍中其他军卒所佩，俱是如此，心中便颇为自得。

想到从广武山来的老营汉军，半数用的还是秦铸青铜剑，两军器械之高下，立时可判。如此想来，那陈豨所言，也不见得是当面阿谀。 以今日之势，环视海内之兵，还有哪个能比得上这堂堂的齐军？

韩信将剑还回那小卒，正要询问炊食如何，忽闻身后有人疾呼："大王，大王！"回身望去，见是谒者一路狂奔而来。

那谒者奔至近前，拱手禀道："大王，汉王率张良、曹参等朝中重臣，前来壁垒探望。"

"哦？"韩信一时竟回不过神来，"不是尚在安葬项王吗，如此之快，便回定陶了？ 汉王现在营内何处？"

谒者答道："已入大帐等候。"

韩信只淡淡应了声"知道了"，正要转身回大帐，忽又想起，问那谒者道："你看汉王来营中，究竟是何用意？"

谒者满脸惶然，摇头道："小臣实不能揣度。"

韩信这才向众随从道："尔等且在此观看，孤王稍后便来。"说罢即偕了谒者，朝大帐疾步而去。

走近大帐，只见中郎将周緤、徐厉持剑肃立，守住帐门，四周有数十名执戟郎卫，于帐外警戒。 见韩信来，周緤一声号令，众郎卫便恭谨退步，让出了一条路来。

韩信顿觉情形有异常，但无暇多想，便疾步抢入。 进得大帐，见刘邦已端坐于主座之上，衣冠分外鲜亮，身着一袭龙凤纹锦缎宽袍，端然有新霸气象。 尤其异于平常的，乃是头上戴了一顶簇新的竹皮冠。

昔年刘邦在泗水亭捕盗时，喜戴薛城人编的竹皮冠。 登汉王之位后，此好依旧不改，凡遇大事，必戴一顶竹皮冠，其状巍峨，长如鹊尾，如屈原遗风。 以至群臣也纷起效仿，以为尊崇，民间皆称之为"刘氏冠"。 刘邦若戴起此冠，必有大事。

至于张良等人，似也有异，皆立于刘邦身后，并未坐下。 韩信一笑，便招呼众人入座。 却听刘邦缓缓道："齐王不必多礼，今为两王相会。 其余人等，姑且站着吧。"

　　韩信无奈，只得朝众人一揖，在刘邦南侧坐下，暗自揣摩汉王来此之意。

　　刘邦此刻神闲气定，看似并无大事；然则一戴上这顶竹皮冠，便分外郑重其事，绝非平常造访。 再看那张良、陈平、曹参、周勃、樊哙、夏侯婴等数人，见了面，亦无平日嬉笑寒暄之态，行礼既毕，便是缄口无语。 韩信心中，便知今日必有不寻常事。

　　正在他忐忑之际，但见刘邦一笑，侧身斜视道："齐王……大将军……哈哈，韩都尉！"

　　韩信连忙俯首称谢道："臣投汉数年来，全凭大王赏识擢拔。 臣实不才，然所得封赏，却逾常人之贵，此厚恩万难报答。"

　　刘邦便一挥袖，笑道："今日不说这个，仅叙旧而已。"说罢，即吩咐众人道："诸君也都坐下吧，切莫见外。"

　　张良略让了一让，便独坐于北侧，其余人皆在下首西向而坐。

　　刘邦见众人已坐好，便一抬身，懒懒伸直了双腿，道："齐王并非外人，寡人这便不拘礼了。"接着，便将话扯开了去："寡人于近日，不知何故，常忆起过往陈糠烂谷之事。 记得丁酉年秋，魏王豹凭河拒我，郦食其以言辞不能劝降，你率别军北上，与我分略天下，堪堪已是一年有余了。 将军之功，天下皆知，其间车马劳累，不说也可知。"

　　韩信正要谦逊，刘邦却抬手挡住，又道："现如今，郦生已赴了黄泉，魏王也变成枯骨，就是那勇冠天下的项王，数月后，也将化为泥巴。 你我诸人，却还在这里谈笑，足见上苍还是偏心的，你我当自珍才是。昔在荥阳，寡人不胜劳烦，体力曾不能支，然在广武山相持之时，常洗脚享乐，身体竟然渐渐好了。齐王，我见你面色又发黄，似甚于当年，总不是有疾患在身吧？"

韩信不知此话为何意，只得尴尬一笑："微臣面黄，自幼而然，昔年曾为项氏叔侄所嫌恶，幸而蒙大王不弃。近年来统军，确是劳顿，然职分内事，不敢言苦。臣目下体力尚可，面色近来不好，恐是宿醉所致，大王请勿念。"

"这便好。"刘邦抚膝大悦，环视诸臣道，"我辈打打杀杀，在剑刃下求生，怎比那黄石公悠闲一世，仍有美名传遍天下？所幸，项王已死了，这个灾星既除，诸侯也就相安无事，再不必兵戎相见了。"

韩信颔首道："正是。"

刘邦望了张良一眼，便向韩信笑道："那么，齐王既然也是此意，今日之事，便好说了。"

闻此言，韩信耳畔便嗡的一声，知今日果然有不测之事。再看张良、曹参等人，神色均是木然，难辨喜怒，唯樊哙略显不安。

此时，刘邦看也不看韩信一眼，似对空说道："自寡人有幸，得将军之助，平定三秦，东出平阴，以弱胜强，拿到了天下。将军之功，寡人难忘，这个不必提了。然出头之鸟，恐不是好事。将军你骤得富贵，如何能不令人妒忌？应及早抽身为妙。再则，将军体弱，数年间不曾好好将养，若有万一，岂非前功尽失？幸亏今日已无战事，不如好自保重，将三十万军交还，暂由他人代领。"

韩信闻罢，顿觉有五雷轰顶——原来汉王匆匆返驾，是要来袭夺兵权！他情急之下，竟不知如何作答，只得假作恍惚，沉吟不语。

刘邦见韩信缄默，便又追问："将军意下如何？"

韩信这才明白：刘邦所图，全不是当初项王分封之后便罢。汉家诸王，纵是各自带甲百万，亦统统号为汉军。以此推之，自垓下得胜之后，便不该再有这齐军了。

想到此，韩信既悲且愤，几乎要掩饰不住，然转念一想：若在此时力争，恐是全无用处，只能徒然惹祸。今日汉王率旧部勋臣一同来此，便是想迫我就范。天下方定，同袍恩义未绝，我纵是不服，又怎能与此辈拔剑相向？

此时，座中一片哑然。君臣相对，彼此间似呼吸可闻。

见僵持下去总不是事，韩信这才勉强应道："齐国乃新封之地，民心尚未归顺，若无重兵镇守，恐非所宜。"

刘邦与张良对视一眼，便笑道："区区草民，欲求安生而不得，岂能复又倡乱？如今天下一统，人心思定，兵马还有何用？不如缴还军符，仍旧封国，安居琅琊山，好好做你的诸侯王，兴百业，治万民，不亦乐乎？"

闻刘邦此言，韩信忽而想到当初武涉所言，方悟到今日这事，原是势所必然。项王灭后，良机尽失，天下如何摆布，自家已是无能为力了。于是心里暗骂了一声，嘴上却应道："臣这便将虎符交出，明日即返临淄。"

"嘀嘀，齐王也无须心急。近日寡人将大会诸侯，安排天下事，将要新封彭越为王。如此盛会，齐王焉能错过？你且待几日，何必匆忙？"

韩信知无可再躲，便从怀中取出金错虎符①，一语不发，起身递向刘邦。

刘邦也连忙站起，接过虎符，转手即交给曹参，又道："近日事多，衡山王吴芮新近来投，寡人须召见，这便告辞了。明晨起，齐王即可与曹丞相交接，齐军仍归汉营，总听曹丞相处置，寡人就不再过问了。"说罢，便招呼诸臣起身，与韩信揖别。

诸人面色至此才有所稍缓，都起身与韩信一一揖别。张良率先向韩信一躬，韩信勉强回礼，然忍不住面有愠色。张良不敢与韩信对视，只轻轻一叹，返身便走。他人亦无多言，唯樊哙忍了又忍，终问了一句："齐王，那临淄女子……可好看吗？"

韩信唯有苦笑，狠狠瞪了樊哙一眼。

樊哙顿感大窘，连连拱手道："冒犯冒犯！"

夏侯婴强忍住笑，一把拉住樊哙道："走吧，齐王岂能与你计较？"

待一行人步出大帐，韩信忽然想起，忙返身去取来"汉王剑"，追至刘邦身旁，双手递上。

刘邦转头看见，"嗯"了一声，接过来，缓缓将剑从鞘中抽出，眯起眼睛道："此物恐再也无用了，暂由寡人收起。齐王，你我侥幸不死，且享用醇酒妇人，就算有那'万人敌'的雄心，也须收一收了。将军之职，在于杀敌；敌杀光了，就只能杀羊烹肉。哈哈……"言毕收起剑，将剑鞘鼻往腰带上一挂，就头也不回地走了。同来诸臣连忙疾步跟上，一起奔出了齐营，上马离去。

---

① 金错虎符，铜质虎符之一种。金错为古代工艺，今亦称为"错金"，即用金银丝在器物表面镶嵌出花纹或文字。

韩信在营门送别罢，呆立半晌未动。俄顷，闻得身边有步履走近，回身望去，见是陈豨从演兵场返回。

陈豨略一揖礼，问道："大王，晨操已毕，将士尚未散去，还有何吩咐？"

"散了吧！"韩信一甩衣袖，愤然道，"还有何话可说？适才汉王来，已有诏下：明晨起，齐军统归汉营。我韩某，是真正成了孤家寡人！"

陈豨大惊，"啊"了一声，旋即悟到原委，不由叹道："直木先伐，其来何速也！"

"你也不必慨叹了。军权既遭袭夺，孤王倒是乐得做个富家翁。"

"只是，本军既归了汉营，臣欲拜见大王，怕是不易了。"

韩信猛然一震，瞥了陈豨一眼，道："大丈夫，何必作妇人之怨？江海相逢，必于江海作别，相知又岂在远近？孤王只等你封侯的那一日呢。"说罢，解下腰间所佩山纹玉，递给陈豨："拿去，见此物，便如见孤王。"

陈豨大惊："此乃诸侯之物，臣……如何敢受？"

韩信大笑道："君不见，当今之诸侯，有几个不是拿刀剑夺来的？你既有刀剑，来日何愁不封侯？"

陈豨忍不住涌出热泪，接过玉佩揣入怀中，躬身一揖道："大王保重，臣定当自勉。"

二人正说话间，忽见营前驿路上，有一队人马迤逦而来。望去约有数千马军，簇拥一队辂车①昂然驶过。

这一队车驾，浩浩荡荡。前有导驾，后有鼓吹，其卤簿之威，几逾诸侯。队中一辆黄盖辒辌车②，极尽华丽。百名郎卫围绕其前后，人人高头大马，手执长铍、金钩，威风凛凛。

"这是何人？"韩信大感惊异。他知刘邦自渡河东征后，与诸将一般起居，早已不用这等卤簿了。

未几，便有巡哨飞步来报："大王，小的方才已探明，此乃栎阳宫车驾，护送戚夫人驾临，来定陶归宁。为首者，是郎中令③王恬启。"

韩信与陈豨对视一眼，又问那巡哨小卒："可知戚夫人外家，在定陶何处？"

那小卒答道："在城东十余里处，戚家寨便是。"

韩信摇头叹道："女流辈竟有如此排场，吾贵为王侯，只不知何日能及？"

旬日之后，正是冬末晴和天气。刘邦将诸事安排妥当，便在济水之南的左岗这地方，大会天下诸侯。与会诸王，除了齐王韩信、淮南王英布、燕王臧荼、韩王信早在军中之外，赵王张耳、衡山王吴芮亦远道赶来。另有原河南王申阳，降汉之后，自请除去封号，改拜将军，故而不在此列。

---

① 辂车，天子或诸侯所乘的车。

② 辒辌车，此处系指古代的卧车。

③ 郎中令，秦置官职，汉初沿袭，掌握庭掖门户，其他职掌包括征讨屯戍、出使册封、皇帝丧葬、典校图书等。

左岗在定陶以西二十余里，四周山峦连绵，松柏蓊郁，乃一处风景绝佳之地。为此次盛会，刘邦命军卒连日劳作，筑起高台一座，虽仅有数尺高，却是依山而建，可览四方。登临其上，可见到一番浩茫气象。

这日，高台上旌旗遍布，冠盖如云，丝竹之声悠扬悦耳。到会的诸王，均头戴九旒冠冕，身着华章衮服，各自就座于绫罗伞盖下，身后扈从如云，旗甲粲然。自岗下而望之，宛如神仙之会。

当日主司仪为随何，他见吉时已至，便命人鸣锣三声，所有丝竹管弦，立时戛然而止。

刘邦便起身，向诸王一揖，说道："今日诸侯来会，寡人面子可谓十足，故不胜欣喜。想那天下纷纷，迄今已七载有余，百姓之苦，再不能忍。所幸，灭楚大业已告功成，在座各位，皆为不世出的豪雄，解民于倒悬，功莫大焉。今日聚会，便是庆功吧，登高而览山河形胜，不负大丈夫慷慨之志。然则，诸位可知，这左岗是个甚么来头？"

在座诸王彼此望望，皆不能答，便都拱手向刘邦道："愿闻赐教。"

刘邦笑笑，便道："这两日，寡人在定陶闲得无事，访了访本地父老。方知这左岗，地处济水之南，故而名之。① 然本地乡民，也另有传言，说那盲眼史官左丘明之父，即葬于此，故而得名。乡间传闻，或不足道，然《左传》确为万世经典。何以见得呢？彼时春秋诸国，君王之功过，皆刊于此书中，一字不能增

①古代地理习俗，地处水之南称为左。

删。 这一字不改，便好生厉害！ 在座各位，今日有了生杀之权，万不可任性为之。 或善或恶，必在后世之《左传》上刊刻，任人评说，你是动不得一个字的。"

诸王闻之，都不由一凛。

张耳于座中高声道："汉王高见，老朽甚是赞同。 我辈自秦末揭竿而起，得享今日荣华，当好好自省，以图那百代子孙的安稳。"

刘邦便哈哈大笑："亲家翁说得好！ 令公子张敖，寡人的那位小婿，似尚欠历练，须得亲家翁好好调教才是。"

张耳顿感惶悚，忙应道："小儿无知，老朽欲教之，然竖子哪里肯听？ 汉王若得便，可多多耳提面命。"

刘邦摆摆手道："今日不谈家事。 我倒要问诸君，打打杀杀了这多年，可曾想过，四年前戏水之会，也曾极一时之盛。 当日有十八诸侯，连同项王，皆为一世之雄。 然这一十九人，今日竟大半为鬼，仅余五人侥幸还在。 尔等可知，这又是何缘故？"

诸王万料不到刘邦会有这一问，皆面面相觑，满脸得意之色顿然僵住，都一齐望向刘邦。

刘邦瞥了一眼韩信，见韩信亦是无语，便道："此中道理，寡人一时也未能参透；然素来胡乱读书，却是略有心得。 想那黄老之术所谓'恭俭朴素''贵柔守雌'，恐正是苟全性命的要诀。 诸君试想，秦之咸阳，楚之彭城，当日的花花绿绿，今朝全都去了哪里？ 目睹此二城之堕，即是木石之人，也不能不心惊！"

诸王都"哇"了一声，似有所悟。 吴芮当即立起，施礼道："汉王所言甚是。 存亡之道，不可不察。"

刘邦大悦，摆手教吴芮坐下，对诸王道："衡山王昔年在番阳①，统领江南诸越，自然懂得以柔克刚。治民者，须与民相睦如父子，方不至速亡。如今天下初定，秦之暴虐，楚之刻毒，固然再无踪影，也要教那后世子孙勿效法。至于我等兴义师，伐无道，更不可得势便做始皇第二……"

淮南王英布笑道："这个自然。我辈九死一生，搏的便是个安乐和睦。"

刘邦便又向北一指，道："诸位看那边，济水滔滔，万世不竭，泽惠百姓稼穑。汉家承袭水德，为子孙计，为山河社稷计，亦当如此水。"

诸王闻之不禁动容，纷纷拱手称是，神色都极恭谨。

刘邦见诸人均无异议，便起身道："天下豪雄，尚有功高而未封者。今日会盟，寡人便要论功封赏，无使遗漏，在此一并晓谕。"

诸王闻言，知是正戏要开场了，便都起身离座，整好衣冠，恭立听旨。

刘邦便朗声道："我等起兵伐楚，是为义帝复仇。今楚地已平，元凶剪除，然义帝无后，不能垂统万世，实乃憾事。寡人之意，齐王韩信生长于楚，熟习楚地风俗，且攻灭项氏，功盖群雄，今改封为楚王，定都于下邳，镇抚淮北，楚民定当拥戴，楚地则自安。我辈为义帝攻伐一场，如此措置，亦对得起他的冤魂了。"

诸王闻刘邦旨意，一时都怔住。过了片刻，才参差不齐地赞

---

① 番阳，春秋楚国时为番邑，秦置番阳县，西汉改为鄱阳县，为鄱阳郡治所。

道："汉王英明！"

韩信脸色便一变，心里哀叹：悔不该当初不听武涉、蒯通之劝！甫一抬头，却见张耳在前面，正回首朝他频频使眼色。韩信领会张耳之意，也知此时万不能发作，只得躬身一揖，并无言语。

刘邦见韩信并未谢恩，心中便有数，遂温言款语道："韩信将军，今封你在父母之邦，光耀故里，算是遂了你多年心愿。以你之功，正当如此，谅天下亦无人敢多言。即便是寡人，也不能在故里为王，只得在关中遥望故里了。哈哈……"

韩信心知当下无兵无勇，争也是徒劳，只好狠狠心，一让到底。遂拱手高声谢恩道："汉王厚恩，臣当没齿不忘。向时在齐，便无一日不思归乡。日前，见戚夫人千里归宁，卤簿相接，车马喧阗，是何等荣耀！臣不胜欣羡。不想今日，臣亦能如愿以偿，如何能不谢汉王？臣德薄才小，早年落魄乡里，遭人轻贱，今日竟能翻作楚王，岂非梦寐乎？臣在此谢恩。"

诸王之中，多有不知戚夫人为何人者，都觉诧异，便抬头望向刘邦。

刘邦知韩信此番话，实为绵里藏针，只得一笑，将话头岔过去："哈哈，今日说好不谈家事，韩将军高兴便好。随何，请将楚王印绶交与将军，原齐王印绶，待明日收缴。"

韩信纵有一万个不愿意，也只得将那楚王印绶接过，口称谢恩。

刘邦见韩信接了印，便又对诸王道："魏相国彭越，灭秦时首义有功，惜乎项王未赏。后于荥阳相持时，彭越又出兵挠楚①，建有不世之功，早当封王。今魏地已无主，寡人便将魏地封与彭越，号梁王，定都定陶。如此，人心方能归服。"

话音甫落，随何便捧出梁王印信，来至彭越面前。彭越此时正坐在下首，乍闻此言，喜极而泣，忙跌跌撞撞起身，接过印信，伏地谢恩道："谢大王厚恩。臣于梦中，也曾几番封王，醒来却是唯闻蛙鸣狗吠而已。然今朝，却不是梦了。"

刘邦大笑道："封你的采食之地，离你家乡不远，亦可谓荣耀之极。昨日为贼，今日为王，此中之得意，你自去消受吧。"

当下随何便命近侍数人，七手八脚，将彭越的案几，搬到了诸王席位中，伺候彭越入座。

之后，刘邦又指点着吴芮，对诸王道："衡山王吴芮千里来投，寡人与之晤谈，方知他是吴王夫差之后。这且不论，衡山王少时便通兵法，秦末任番阳县令，甚得民心，号为'番君'。当年诸侯反秦，他与英布翁婿两人，率越人举兵反秦，随项王西入咸阳。其间，曾从张良之劝，遣将助我沛公军入武关，有大功。项王偏私，仅以区区郏县封之，实为轻贱天下豪士。故此，寡人已有意，拟改封他为长沙王，定都临湘（今属湖南省），以统驭百越。"

诸王闻之，皆大叹。吴芮感激涕零，拜伏谢恩道："某愿在江南，世代为汉家守土。"

刘邦又道："另有故越王无诸，为越王勾践之后，受秦荼毒，

---

① 后"彭越挠楚"成为古代兵法之一种，意即兵分多路，一部佯攻袭扰，另一部进行实攻。

连个社稷①也没有。 诸侯反秦之际，无诸率闽中之兵，襄赞灭秦，立有大功，然项王分封，却是不问。 今寡人遥封其为闽越王，领闽中之地，世守南疆。 其余赵王张耳、韩王信、淮南王英布、燕王臧荼，封土皆如故，永袭王号。 值此天下已定，寡人必重信义，践前约。 江淮沃土，情愿拱手相让，与四方英雄共享升平。 吾汉家虽承秦制，然郡国并行，秦之三十六郡，今朝廷仅据十五郡，其余皆为封国。 若三分天下，诸君便已封有其二，较之昔日项王，何人敢言寡人有私？ 还望诸君，来日各归封国，各立社稷，好好驭民为是。"

诸王便一齐拱手谢恩，赞颂不止。

刘邦忽又敛起笑容，厉声道："环顾海内，唯一个临江王共尉，不服汉家。 然太尉卢绾已在归途上报称，江陵已破，共尉成擒！ 如此不识好歹的货色，留之何用？ 依寡人之意，杀之亦不足惜。 即日起，撤废临江王之号，以谢天下。"

诸王都知今日的赏罚，乃是汉王借此立威，焉有不从之理，都纷纷称善。

刘邦望望俯首如仪的诸王，大笑不止，一挥袖道："各位都请落座好了！ 今日大事已毕，我等且赏乐饮酒，做一日之欢。"

诸王这才不再拘谨，复又言笑，争相向韩信、彭越道贺。 刘邦也从座中下来，踱至韩信近前，殷切道："楚地为王，实为不易，愿将军仍为我左右手，不负天下之望。"

韩信此刻，脸上却似无喜无怒，也不回话，只向刘邦深深一躬。

---

① 社稷，这里指太庙。

二

荒野喧腾
拥汉皇

韩信在定陶又候了数日,每日仍闻军士操练声喧,然自家号令却再也不能出大帐之外。 众军忙忙碌碌,路遇韩信,虽仍执礼甚恭,却是唯曹参将令是从,神色匆匆,竟无暇与韩信多言语几句了。

身边随侍者尚有中涓数十名、郎卫百余名,众人见韩信郁闷,倒是一心想哄他高兴,天天鼓噪着要去围猎。 但韩信哪里还有心情,唯盼刘邦早日允诸侯归国。

这日,韩信去拜会张耳,提起此事。 张耳身体衰颓,早也是耐不住了,便道:"邯郸虽好,却不及临淄之繁盛,无怪韩兄要盼归了。 然那汉王新得天下,意气正盛,正是君临天下的瘾头上,你我二人要告辞,怕是未能获允,不如邀了诸王一齐去。"

韩信深以为然,当下便去邀了各位诸侯,一齐来面谒汉王。皆言封国事多,头绪纷纭,不欲在定陶久留,唯盼返国。

刘邦这日正要起驾,前往城东戚家寨,听了诸王来意,不禁大笑:"诸君多是武人出身,一日清闲,便耐不住了。 我辈自秦末至今,征伐七年有余,好不容易天下平定,尔等急的甚么? 寡人与群臣已谋划多时,因嫌栎阳僻远,不日将迁都洛阳,也好居天下之中,控驭四海。 诸君且暂留,与寡人同襄盛举,而后再归国也不迟。"

韩信知一时不能脱身，不由得焦躁，脱口道："天下初定，楚孽尚存，如此长久在外淹留，臣等实不放心。"

刘邦便又笑："天下只你一人执拗！吾辈生死以搏，图的不就是这般安闲吗？你那楚地，又何患之有？项王今归黄土，已不能复生，所余区区几个亡臣，何足道哉？好了，诸君之事忙得我头晕，总算各遂其愿。寡人今日还有家事，欲往城东拜一拜新岳丈，失陪失陪！诸君且去歇了，天气这般好，飞鹰走狗，何不快活一番？"

诸王闻此，或满腹疑虑，或玩心顿起，便不再提归国之事，谢了刘邦，一齐退下。

张耳与韩信走在一处，对韩信道："迟暮之年，得安居一隅，我心于此足矣。足下盛年，尚有可为，然切不可心急。"

韩信神色抑郁，对张耳拱拱手道："兄有所不知，弟也是于心足矣。"两人便就此别过，登车各归住所。

韩信车驾过处，鸾辂叮当，后有百余名郎卫呼喝跟随，百姓见了，都纷纷避让。韩信在车上，凭轼而望，见街上有成伍的汉军在巡哨，各个喜气洋洋，心里便叹：自己若是一名小卒，此刻怕也正高兴，只待归乡，凭战功分田晋爵。然可叹曾为三军之帅，拥兵数十万众，一念便可倾动天下，如今军权全失，只能驱使百十个随从，落得与土豪一般。

想想气闷，韩信当即便命御者："改道！我要去见见张良。"

不过片时，辎车便驰近张良行营，守门阍人见了，慌忙见礼。正待进去通报，韩信却将手一挥："不必，孤王自入便可。"便跳下车来，昂然直入。

阍人不敢阻拦，只得急趋跟随，一面高声通报。

此时张良正于堂上读书，见韩信突然闯入，便是一惊，忙抛下书卷，起身施礼道："不知楚王驾临，未曾远迎。"

韩信步入室内，略作打量，冷笑一声道："子房兄，何必客气？"说罢，便择了客座坐下。

张良急忙相让道："楚王还请上座。"

韩信道："你我兄弟，一切虚礼可免。兄博古通今，举世无匹，弟今日是特来讨教的。"

张良见韩信来者不善，便淡淡一笑："楚王请吩咐。"

"楚王？我之所问，正是这个'王'字。昔日在齐，印绶系足下所亲授，所允彭城至东海永世封齐，言犹在耳，然寸土也未见到。无信无义，竟可至此地步吗？如何功成之日，便有羞辱迭至，昨日夺军权，今日徙荆楚，汉王究竟视我为何人？我身之所处，一派混沌，兄可否为我一语道明？"

"韩兄请息怒。世上事，本不是一语便可说清的。以我愚见，兄之由卒伍而将军，由将军而封王，应是拜汉王所赐；然汉王受困于广武山、顿兵于阳夏，韩兄彼时又在何处？进退得失，恩怨系之。若以一语以蔽之，便是这个了，不知兄以为如何？"

张良一席话，说得韩信哑口无言，欠身欲起，旋又坐下，以手抚额道："他还是恨我当时不救！"

张良接着又道："韩兄，昨日之错不可追了，谨防明日之错，才是要紧。"

韩信想想，又直视张良道："麾兵天下者，无人如我；然控驭天下者，子房兄也。弟近来连番受窘，失权徙地，想那汉王如何有此等急智？莫非……计皆由子房兄所出？"

张良连忙起身，对韩信道："此处不是说话处，容后再说。前几日，项伯送我两匹好马，称其疾可追风。今日晴和，不妨同去郊外一试。"

韩信气已渐平，知张良必有知己之言，便将车驾、扈从打发回营。张良即命舍人牵出马来，与韩信并辔出城，随身只带了张申屠等几个家臣。

此时，已是汉王五年正月末梢，天已渐渐回暖。马驰平野，长风拂面，似已有春意和煦。纵马跑了一程，韩信拍拍马颈，不由连声叫好，张良便道："韩兄所爱，必是良驹，弟便以此马相赠了。"

韩信笑道："那项伯老儿，亦是了得！竟搜得如此好马，定是始皇所遗的八骏无疑。子房兄，承蒙你好意，弟便愧受了。"

两人当下竞相加鞭，又往前驰驱了一回。几个家臣，只骑马远远跟在后面。

向北驰了十余里，忽见前面有冈峦突起，甚是壮观。韩信望望，疑惑道："此乃何处？如何平地便能起山？"

张良道："曾问过父老，此处名曰仿山。周天子所封曹国，国都便是这陶邑，前后有二十五代君主，皆葬于此。封土叠加，林木葱茏，故而望去仿似丘山。"

韩信不禁一震："嚯矣！二十五代？"遂勒住马，怅望良久，回首对张良道："大丈夫应庇荫子孙富贵若此，代代巍峨似丘山，为世人所羡。"

张良便拱手道："韩兄功名，远逾曹国之君，富贵又岂止二十五代？然庄子曾有言，'削迹捐势，不为功名'。先哲高论，兄亦不可不信。"

韩信蓦然想起，近日陈豨也曾说起"直木先伐"之论，便望着张良："察兄之意，弟应以明哲自保为上？"

"大智者，贵在退步为安。韩兄可知越之范蠡，昔年退隐在何处？"

"哦……弟倒是疏忽了。那范蠡弃官从商，几次聚财千金，原来正是在这定陶。"

张良遂一笑，跳下马来，手指山上，对韩信道："天气晴和，山景亦佳，我二人不妨徒步一游。"韩信欣然应允，两人便将马匹交与家臣，缓步攀上山丘。

眼望平野开敞，禾苗返青，绿油油一片，张良不禁面露怡然之色，停下脚来，慨叹道："曹国乃周文王之后，天潢贵胄，何其荣耀。然煌煌二十五代，尽都在这脚下了。可见人世本无常，岂如这丘山之固？"

"子房兄，汉家方兴，正是你我得意时，听你言谈，何以消沉至此？"

"此无关心绪。近日我常想：范蠡何以生，文种何以死？我辈不可不察。范蠡隐于此地时，曾致文种书信一封，内中之语，兄今日可还能记诵？"

韩信当即脱口道："飞鸟尽，良弓藏；狡兔死，走狗烹……"背诵至此，忽觉愕然，便戛然止住，直直地望着张良。

张良见他如此，挥袖笑道："兴之所至，偶尔想起罢了！然古今异势，兄也不必多虑。"

韩信一脸肃然，拱手道："非也。兄以良言赠我，弟当深思。至楚地后，或应百事不问，以光耀故里为乐。"

张良想想，便道："有句知己之言，不可不说与韩兄，当世文韬武略，除你我之外，再无第三人，然我辈终不过范蠡、文种之辈，万勿作勾践之想。兄之雄才，不输于孙武、吴起，更远胜王翦、项燕，万种计略，当著书传于后世，方不负此生。那衣锦还乡、光耀故里之举，应属微末小事，在可有可无之间也。"

韩信望见张良装束，仍是旧时绛袍，浑如百姓，便微微摇头，道："兄知隐忍，弟愧不如。"

"韩兄过誉了。"

韩信便将头一扭，直直盯住张良问："兄淡泊如此，待人亦应宽厚；莫非真是你献计于汉王，要折辱我到此地步？"

张良胸中，此时不免有涟漪冲荡。日前刘邦欲贬辱韩信，夜半问计，张良曾踌躇再三。对韩信，他素有惺惺相惜之心，本不欲献计，然君命不可违，容不得他置身事外，只得应命。故而一旦谋划既遂，心下总觉得歉然，今日韩信问上门来，自是无法再敷衍了。

思来想去，便将那心一横，对韩信坦言道："韩兄之种种不快，皆出于君上，自是无疑。弟为君上献计，实为势所迫，不得不然，心内甚是纠结。然弟也以为，福祸相倚，人不可执着于一端，韩兄虽失兵权，改徙楚王，人却是好好的，尊荣未减，终强于范增之死……"

韩信望望张良，默然片刻，方说道："君子之心，在下领教了。"

"韩兄且珍重，待汉家定鼎之后，你我隐于山林，著书纵论兵法，岂不快哉？"

"如此也罢！弟虽娴于兵法，却不谙人事。只想不通：君上如此待诸王，究竟要做甚么？还请子房兄指点一二。"

张良只淡淡一笑："这个嘛……兄不见，万人之上，唯此一人耳。"

韩信闻言，不禁瞠目，半晌才回过神来："原来如此！ 多亏兄一语道破，弟真乃愚不可及。 既然如此，弟这便与诸王联名上疏，共尊汉王为皇帝。 待汉王了却心事，诸王方可安居封邑。 唯弟于文字之道不甚了了，还望兄代为执笔。"

"此乃小事，遵命便是了。"

韩信遂大喜，当即翻身上马，告辞道："弟这便去见张耳，共商此事。 兄心存高远，乃超然之人，且在这大野之中多多流连，恕弟不陪了。"说罢，一抖马缰，便疾驰而去。

张良负手立于冈上，目送韩信远去，心头不由伤感。 想到自己虽是苦心相劝，然闻者能否改弦更张，不得而知。 韩信以军功而得诸侯，却不知收敛，那顶诸侯冕旒戴在他头上，究竟是祸是福，实难揣测……

张良闷想了半晌，便唤过张申屠来，吩咐道："久不行走，腿也要软了。 今日便不再骑马了，徒步而归也甚好。 我看远处有一市集，不妨顺路逛上一逛。"

主仆一行，徒步来至集上。 这处地方，不过是一寻常亭市①，然商贩云集，货物互易，却也十分热闹。 一路看去，沿街多有售卖禽畜谷粟之人，亦有将那草木鱼虫等拿来卖的。

张良见了，不由兴起，将那店中的奇石、珍禽、花木逐个看过。 行至街尾，眼前便是一亮，只见路旁地上，摆着些陶钵，内

① 亭市，汉代的农村集市类型之一。其时乡村还有乡市、聚市（设于较大村落）、野市等。

有枝枝青荷插在水中，含苞待放。

再看那卖主，是个二十七八岁的妇人，貌虽不妖冶，却生得十分清爽。看那光景，显系寒素人家女子，身着一袭旧襦裙，袖手坐于荷丛之中。

张良便大奇，走近前去问道："这位阿嫂，时方孟春，天气仍寒，如何养得出这夏令的花来？"

那妇人望了张良一眼，便道："此花之违时，正合'有无相生'之道。君不见当今乱世，却仍不乏清正之人？花草亦是一样的。"

张良听那妇人张口便是黄老之术，更是一惊，知这女子绝非凡庸，便深深一揖，又问道："敢问阿嫂是何方人氏？可曾师从贤德长者？"

那妇人一笑，谦谦答道："公子不必多礼，唤我何二娘便是。奴家生于潇湘，本以织屦①为业，后逢秦末大乱，为避兵燹，逃匿于济北山中。曾遇一长者授徒，奴家便求告于他，投入门下，为师徒浆洗煮饭，聊以为生。"

张良闻言，心中便是轰的一声，想到当年授书的黄石公，忙问："那长者所隐仙乡，不知是何处？"

"就在谷城。"

张良便怔住，忽忆起当年在下邳桥上，黄石公曾嘱"十三年后，孺子见我于济北，谷城山下黄石即我矣"。于是急忙问道："请问何二娘，那长者……可是黄石公？"

---

① 屦（jù），以麻、葛编织成的鞋。

何二娘一脸茫然，摇头道："奴家未闻黄石公之名，只知那长者名唤赤松子，曾教我辟谷之术，至今奴家尚能辟谷，偶食山桃一枚，便可活命半月，不然早成饿殍了。"

"赤松子？便是那绝世真人，此刻他就在谷城吗？"

"公子怕是寻他不到了，年前先生遣散徒众，将随身钱物施与奴家，自往蜀中的天台山去了。奴家将钱物用尽，才来此地，做些小本生意度日。"

听罢何二娘所述，张良心中便不免惶惶，深悔当日过谷城时，竟将此事忘了个精光。如此想着，便恨不能立时就飞入山中，去寻那黄石公。惭愧之下，执意要买那妇人两钵青荷，以为酬谢。然而左右摸摸，袖中却是没带钱，只得摘下腰间环佩，要递与何二娘。

张申屠见了，忙抢上一步拦阻道："主公，有钱，有钱。"说着便往自己腰间箧儿摸去，掏出一把"秦半两"铜钱来，见枚数不多，便又道："还有，还有。"说着急忙回首，向另外几人使眼色。众人七凑八凑，凑起百余文钱来，张申屠接过，转身便朝二娘手中塞去。

何二娘哪里肯受这么多钱，只拿过几枚来揣好，向张良谢道："公子好意，奴家领受了。看公子衣履，与奴辈一般无二，然公子之气，却似高到了天上去，应是侯王将相之身。奴家虽贱，却也知'多藏必厚亡'之理。如今刀兵虽然歇了，世道还是乱，人心之险，仍如刀剑环伺，各个都想杀你。唯似公子这般抱素返真，方可保全得好。"

张良听得满心惊异，连连拱手道："女史之言，在下当谨记。不知此生是否有幸，得亲炙赤松子先生教诲？"

何二娘手指那仿山，只答了一句："积土尚能成丘，此等微小之事，更有何难？"

张良又一怔，不禁暗自惊呼："异人，好一个异人！"

此刻，时已至日中，忽闻巷中木楼上传来三通鼓响，便有一位市令出来，吆喝收市。众商家似得了号令一般，都手忙脚乱起来，收拾货物。那妇人也起身，从身后推出一辆独轮鸡公车来，不及言语，只顾收捡荷花。张良又望了何二娘两眼，方才悻悻别过，与众家臣循那来路返回了。

隔日，张良便带着张申屠等北渡济水，疾趋谷城。入了城邑，唤来当地啬夫带路，徒步沿大河寻觅，将那大小丘壑寻了个遍。然奔波两日，却是全不见黄石公踪迹。

一行人又寻入村寨中，问了几位老叟，皆言从未闻黄石公大名。张良无可奈何，呆立河边，忽望见大河之北亦有山陵，便命啬夫找了船北渡，径直寻至东阿地面。但见此邑各处，俱凿有深井，六七丈之深，乡民淘井水来煮驴皮，将驴皮化为琥珀似的浆水，倾入盆内凝结，名曰盆覆胶，是为补血良药。

张申屠见张良愁闷，便道："寻不见黄石公，便是买些盆胶带走也好。"

张良诧异道："做甚？"

张申屠道："回去赠那何二娘，亦是好的。"

张良便叱道："儿戏！此番来，便是掘地，也要寻出黄石先生来。"

众人便又打马北行，走了不多时，忽见渺远处有一山陵，平地蓦起百丈，危峰突兀，险僻非常。问路人，知其名为鱼山。于是策马来至山下，见果有大石卧于地，然其色不黄不白，难以分辨。

张良下得马来，举目四望，但见满野荒凉，不见人踪，哪里能探得黄石公踪迹？屈指算来，黄石公迄今寿已逾九十，或是羽化登仙了也未可知。此一巍然巨石，是否为他精魂所化，也万难猜度。

张良在石畔怅然良久，终无计可施，只得命家臣将石前荒草除去，伏地叩拜再三，聊表心意。拜毕，这才捡了一块石头，快快而去。

此事于张良终究是纠结，返程中便直奔仿山，欲再次寻得那何二娘，好生问问，以期探得赤松子行迹。哪知重返那亭市中，却不见何二娘踪迹。张申屠问遍相邻商贩，都谓何二娘已多日不来，亦无人知她居于何处。张良顿感茫然，呆立于巷中，不知如何是好。

张申屠见状，劝道："此妇若有意隐迹，神仙怕也寻不出。主公，且归吧。"

张良仍不语，呆立良久，耳闻人喧犬吠，觉万般繁华都无趣，心中便发了个毒誓："此生若能往天台山去，王侯亦可不做！"

再说刘邦这几日，将诸王之事料理停当，便带着亲随去了戚家寨，暂享天伦之乐。

刘邦还记得，早年驻军霸上之时，樊哙、张良曾劝谏莫入阿房宫。不入阿房宫，不过是做样子给天下人看而已，然有此一举，汉家便得了仁义之名，人心归服，日后果真就灭了恣意妄为的项王。

项王殁后，刘邦越发认定：迂执亦有迂执的好处。虽此生再也住不进那阿房宫，社稷却是稳稳地坐住了。两者相权，孰轻孰重？这个账，自然要算分明。也正是如此，刘邦将安抚诸王看作大事，待诸王事毕，方偷闲前往戚家寨，去看戚夫人。

却说戚夫人在栎阳刚诞下一子，本是满心欢喜；然自归宁之后，却还未得机缘见到刘邦一面，正自在庄上心焦。这日，忽闻庄外人马声喧，呼喝连连，知是汉王卤簿到了，连忙右手抱婴儿，左手挽老父，迎出了宅门去。

那边汉王法驾，早有王恬启先行一步迎住。刘邦一脸喜色下车，率亲随来至戚家宅门。

戚太公远远望见，慌忙整衣，便要伏地大拜。刘邦见了，不禁大呼一声："使不得，使不得！"连忙三步并作两步，抢上前去，伏地便拜。拜罢，起身又道："小子便是为王侯，见了丈人，也是要拜的，岂有丈人拜女婿之理？"

那戚太公见眼前卤簿威仪，恍如置身梦寐，受过刘邦这三拜，忽然膝盖一软，也跪倒于地，口称："方才是贤婿拜老朽，此刻是小民拜君王。"说罢，便叩了几个头。

戚夫人掩口笑道："你们翁婿见面，倒是比别家要麻烦些。"

刘邦起身，这才与戚夫人见过，一把抢过了她怀中婴孩，细细端详。早在广武山时，刘邦便知回栎阳逗留那几日，戚夫人已怀了胎，心中早就惦念。今日见那孩子五官清秀，不由大喜，笑道："小儿甚好，全不似我俗气。"

戚夫人想起近日等得心焦，便嗔道："陛下在定陶，如何勾留这许久？"

刘邦只顾逗弄婴孩，随口道："分天下，岂如分肉那般容易？半月来，要累煞寡人了……嘀嘀，这小儿，可有名字？"

"尚未取名。"

"小儿来得好！ 当今时节，天下定，诸侯安，百姓亦不用送死了，真乃诸事如意。 小儿便唤作'如意'吧，可还顺耳?"

戚夫人便嫣然一笑："陛下说甚便是甚，这名儿，倒是乖巧。"

早在先前几日，栎阳宫车驾进驻，庄上便闹了个人仰马翻。如今汉王法驾又至，戚家寨更是家家不宁。 随侍的谒者、郎卫等，在庄外搭起了帐幕歇宿，刘邦则宿于戚家，做了几日"倒插门"。 所喜戚宅虽不宽敞，房屋倒还洁净。

院外槐树下，戚太公每日摆起数十桌流水筵席，邀来乡邻老少，酒肉招待。 刘邦便请戚太公与父老坐于上座，自家陪坐对饮。 酒馔上来，座中唯闻村语喁喁，话不离菽麦桑麻。 刘邦原是与田家打惯交道的，谈天说地，语多谐谑，庄院内外便是一派喧笑。

寨中有一群老妪，围着戚夫人恭喜，皆夸戚太公有福气，只一夜留宿，便攀牢了一门好亲。

酒正酣时，座中有一村学老叟，颤巍巍起身，向刘邦敬酒道："老子言，'昔之得一者，天得一以清，地得一以宁，神得一以灵，谷得一以盈，万物得一以生，侯王得一以为天下贞'。 诚哉斯言也。 今大王得天下，是为得一；得戚姬，亦为得一；小民愿大王万年唯守此一。"

刘邦一时语塞，干咳两声，便欲支吾过去。

那戚太公知此言不妥，脸色就一白，忙起身打岔道："今日吃酒，哪里有恁多斯文？ 大王起自闾里，视我等细微为兄弟，这同一，便是得一。 来来，吃酒吃酒！"

刘邦却朝戚太公摆摆手，对那老叟道："老丈之言，实获我心。那黄老之术，乃圣人之道也，我当谨记。这'得一'嘛，便是我这小儿如意；此生此世，吾将钟爱如一。老丈，你看如何？"

举座闻此言，皆大笑不止，一时又是杯觥交错。

如此一日两醉，闹了数日。这日晌午，朝食既毕，随何忽然自门外奔入，报称："护军中尉①陈平将军到！"

刘邦正与戚太公闲谈，闻报不由遽然变色："陈平来做甚？莫非是韩信反了？"便急命召入。

陈平来至屋内，神色并无异常，刘邦这才放下心来，懒懒问道："将军来此何干？"

陈平一揖道："诸王与群臣有疏上，亟盼大王恩准。"说罢，自袖中拿出一封奏疏来，恭恭敬敬呈上。

刘邦接过，展册扫了一眼，便浑身一颤，立刻挺身长跪，看了起来。

此疏，原是众臣请汉王上皇帝尊号疏。这还了得？刘邦看得脊梁冒汗，两手颤抖。看罢又看了一遍，才将奏疏卷起，默然无语。

陈平便连连作揖道："众臣皆谓，天下既安，不可一日无主。民久苦于暴秦逆楚，望明君之出，若大旱之望云霓。请大王及早示下，准众臣之请。"

刘邦转头望望戚太公："丈人，你看这成何体统？诸王及群臣，竟要我上皇帝尊号，岂不是要折煞寡人？"

戚太公闻言，神色便一凛，忙俯身拜道："大王，此乃天意，

_____

① 护军中尉，汉军官职。后改称护军将军，有监督诸将、调度全军之责。

岂可违乎？"

刘邦笑道："正要与丈人商议，来日就常住戚家寨，作逍遥之游，忙时种田，闲来饮酒，岂不是好？ 他们竟要我做皇帝，那皇帝怎生做得？ 只怕是终归众叛亲离，疆土分崩，传二世而亡，千秋之下仍由人笑骂！"

"断非如此！ 那秦政暴虐，方致山河分崩；而大王仁德，泽被苍生，必传万世而不竭。"

"哈哈，丈人又在恭维我了。 万世不万世的，只合梦中才有，寡人还是保住眼前的便好。"

陈平此时又道："诸臣从大王征伐，九死一生，所为者何？ 无非想有百年富贵。 大王固然可以淡泊，只是莫要冷了群臣之心。"

"唔？"刘邦似有所悟，便掉头对戚太公道，"丈人请暂且回避，我要与陈平说话。"

待戚太公退下，刘邦便敛容问道："陈平，此事莫非是你主使？"

陈平答道："臣不敢。 但闻韩信谋划甚力，英布、彭越亦热心襄赞。"

"韩信？"刘邦拈须半晌，忽又问道，"那张良却是何意？"

"张良近几日里，只顾四处寻仙问道，倒不曾参与其事。"

"欺我！"刘邦遂将奏疏一摔，"这不是张良的手笔吗？ 他如何就未曾参与？"

"这个……恕臣失察。"

"哼，韩信要我做皇帝，我偏就不做！ 此事不要再议了，劝进便是要害我。 全是众人在定陶闲得心慌，才生出这等枝节来。回去传诏吧，各路人马立即整装，旬日内即开拔，且往洛阳再说。"

陈平见刘邦全无转圜余地，叹了一声，拾起奏疏揣于袖中，便告辞了。

待陈平一走，刘邦又流连了数日，便也坐不稳，要回定陶。他命备好车驾，拽住戚太公衣袖，要太公也跟去洛阳享福。

戚太公只是摇头："这便使不得。田户人家，如何离得了乡土？贤婿，你只管去做皇帝，老朽这里，无须挂碍。待你进了洛阳，若能免去戚家寨三五载的粮赋，便不枉我女儿这一番远嫁了。"

戚太公说得动情，刘邦听了，险些落泪，连连颔首道："丈人放心。一则，免赋之事，遵命便是。二则，寡人莫说不做皇帝，即使做了皇帝，与令爱亦是棒打不散。那如意，更是我心头肉，将来这山河社稷，怕也要传与他呢。"

"这哪里敢当！老朽若寿长，只是年年要去洛阳，看一眼外孙，便知足了。"

一番话别，刘邦便点起仪卫，携了戚夫人与如意，匆匆离了戚家寨。

回到定陶，才知赵王张耳身体忽然不支，已回了邯郸。刘邦正自惦念时，忽有赵国使者飞驰来报丧，说赵王于归途中病倒，沉疴不治，竟一命呜呼了。

老友才得享福，便撒手而去，刘邦不由得大恸。半日里，竟是失魂落魄三数回，待得回过神来，自语了一句："人生在世，固然是个梦，然老兄如何真的就睡了！"忙教张良拿了册书，携了金帛财宝，前去邯郸宣慰，诏命张耳之子张敖承继王位。

待张良一走，刘邦即点起各部人马五十万，前往洛阳，命左丞相曹参交还相印，留镇齐地。 诸王及汉家文武诸臣，皆随军同行。

行了一日，将近仿山，大队刚扎下营寨，便有随何进帐，呈上奏疏一封。

刘邦打开简册，只看了一眼，便怒道："如何又是劝进表？"正要掷下，忽一眼瞥见领衔者乃是韩信，便又细看起来。 只见那奏疏写道：

> 楚王韩信、韩王信、淮南王英布、梁王彭越、故衡山王①吴芮、赵王张敖、燕王臧荼冒死再拜言大王陛下：先时，秦为无道，天下诛之。大王先俘秦王，定关中，于天下功最多。存亡定危，救败继绝，以安万民，功盛德厚。又善待诸侯王有功者，使得立社稷。名位各已定，然大王之位号比拟，与吾等无上下之分。吾等不忍见大王功德之高，于后世不显，故此冒死再拜，请上皇帝尊号。乞伏准行。

刘邦看罢，便对随何笑笑："看这诸王，不想与我做兄弟了。那张敖也是，阿翁死了，正是斩衰②之期，服丧尚且不及，也来赶这个热闹。"

随何却道："天下一心，岂止是诸王。"

刘邦故意板起脸道："妄言！ 我做了皇帝，你好做赵高吗？"

---

① 衡山王吴芮系项羽所封，吴芮投汉较晚，汉彼时尚未重新册封，故而吴芮自称"故衡山王"。

② 斩衰(cuī)，"五服"之等级最高的丧服，用最粗的生麻布制作，服期三年。

随何闻听"赵高"两字，吓得汗出如雨，忙下跪道："陛下之仁，无远弗届，焉有赵高辈立足之地？"

刘邦恨恨道："我这里无有赵高，然到了汉家二世，怕也未必。"

随何闻此，只是伏地惶悚，噤不能言。

刘邦忽又笑了："算了，别人能做赵高，你哪里就能？且去传诸王及众臣来吧。"

待诸王与众臣进得帐来，刘邦便将手中奏疏一扬，斥道："尔等饱食终日，只费心思在这上面。我只知，帝之尊号非贤者不能当；空言虚语，岂能称帝？诸君哄闹似的抬举我，尤以韩信为甚，不知是何意？寡人起自草莽，素无高行，在沛县尚有酒账未还清呢。以此之薄德，如何敢当皇帝尊号？"

众人哪里肯听，只见韩信抢前奏道："不然！大王起于细微，诛暴秦，平定四海，有功者皆分封裂土为王侯，大王若不加尊号，天下人皆心疑不定。臣等决意以死守候于此，不见大王上尊号，臣等便不走了。"

"哈哈，这算是说了真话。上尊号，哪里是为寡人？分明是想抬举我而自保。此事，日前曾有一疏，今日又见一疏，你等何其心急也！若说我刘季功高堪比五帝，那便是骂我；若说你辈欲求自安，要推我下汤镬，倒还可信。这皇帝之位，诸君既然选举了寡人，还须寡人有心思做方可。且容我稍作斟酌，今日就不议了，照旧吃酒便好。"

众人见劝不动刘邦，也只好暂且作罢。

大队又西行了半日，来至汜（fàn）水之北。刘邦在车驾中，觉万事顺遂，没来由地想起纪信，正在心酸，猛见有一彪人马从后急追上来，有几人翻身下马，拦道伏地而拜。刘邦起身看时，原是韩信、英布、彭越等六王。稍后，又有群臣三百余人蜂拥而至，也是争相伏地不起。

刘邦大惊："诸君，这是为何？"略一迟疑，又叹道："唉，你等只是要逼我！"

韩信抬头朗声道："陛下若不加尊号，臣等便遮道候旨，再也无心赴洛阳了。"

英布亦说道："陛下以汉王之号君临天下，多有不便。上皇帝尊号，正应了天时民心。"

刘邦摆手道："入洛阳之后再议吧。"

韩信执意不肯让："臣以为不可！事到如今，天意不可违，众心亦不可拂逆。此地开阔，在水之阳，正合老子'居善地'之道，陛下可在此登大位。"

众人也一齐附和，喧声震耳。

刘邦只得起身，朝众人拱手道："诸君之意我已知，既是诸君以为便民，寡人也只得违心，所幸此举上应天意，下合民心，不可谓悖逆。还望诸君同心相与，有益家邦安定。"

诸王与群臣闻之皆大喜，当下稽首叩拜，齐呼"万岁"。随侍郎卫们见了，也猜到了八九分，都纷纷下马，弃戟跪拜，呼声震天。

刘邦只得连连回礼，待喧声稍息，便对随何道："全军便在此安营吧，命士卒垒土筑坛。明日起，由卢绾、叔孙通主事，择吉定仪，筹办郊天大典。"

群臣又一番喧呼欢腾，礼毕起身，都拥至刘邦车驾前道贺，皆是喜极而泣的样子。刘邦苦笑道："寡人起于乡野，也只好在这荒野之中登基了。"

次日，卢绾、叔孙通与随何等人商议了一夜，定下了登基、朝贺仪规。又知会少府，取来秦始皇传国玉玺，以备登基时用。

这汜水之阳①，地处荒郊，所有器物一时难措，诸事只得从权。叔孙通拿来汉王冠冕，亲手加了三条旒，凑成天子之十二旒。至于那皇袍衣饰等，不及置办，就仍用汉王旧物。

这日刘邦无事，一时兴起，便带了王恬启、随何等一干侍臣，来至叔孙通帐中。叔孙通见刘邦驾临，慌忙施礼。

刘邦含笑问道："夫子，忙碌得如何？"

叔孙通回道："臣与太尉已两夜未眠，急督军士筑坛。郊天那座圜丘，后日即可告竣。其余万事俱已齐备，只惜乎百官未有一色官服。"

刘邦便道："这是何等年月？官袍之事，随众官自便。日后承平，汉家亦不定制官袍。天下之民，穷苦死了，寡人何忍再去搜刮？"

说罢，他一眼望见传国玉玺，眼睛便发亮，上前捧起来，细细端详，口中道："当年，自秦王子婴手中得此物，只道是残砖一块，不想今日派上了用场。"

始皇所遗的这方玉玺，乃是以和氏璧镌成，其方四寸，上纽为五龙交错，精致无比。印文系秦丞相李斯所书，乃是"受命于天，既寿永昌"八个字，字字端丽。刘邦将玉玺摩挲半晌，叹道："百二河山，如此宝物！只可惜了祖龙基业，竟败在了小儿手

---

① 中国古代地名,山之南、水之北为阳,反之为阴。

里。"

叔孙通连忙道:"汉家兴业,为万物续天命,非暴秦可比。"

刘邦却摇头道:"夫子只管拣好听的讲,将寡人推上高台,你是不怕我跌下来! 观今日天下,欲为倡乱者,十室有八。 遍地唯见虎豹熊罴,如何得安? 我来日若下了黄泉,那太子刘盈,天资不敏,又如何能将天下摆布得好?"

王恬启在旁道:"汉家猛将如云,岂容再有陈胜之辈作乱?"

刘邦望了王恬启一眼,冷笑道:"猛将? 倒给你说中了……"当下便托起那玉玺,问道:"我若下了黄泉,此物可抵得一员猛将吗? 无非玉石一块,人人皆可得。"

王恬启、随何闻此言,皆不知所对,心内大起惊异。

待刘邦一行走后,叔孙通那弟子百人闻之,全都跑来打探。其中有弟子抱怨道:"吾辈侍奉先生数年,自彭城投汉,一路艰辛,几乎丧命;然先生向汉王举荐用人,却不荐弟子一人。 所荐者不是群盗,便是枭雄。 如此行事,究竟为何故?"

叔孙通将诸弟子打量一番,哂笑道:"汉王冒矢石而争天下,若遣诸生上阵,可能战斗乎? 故须先荐斩将搴旗之士。 诸生欲做官,人之常情也;且容一时,我必不忘此事。"

诸弟子听了,都半信半疑。 想想无奈,也只得听从叔孙通调遣,为登基事忙碌起来。

如此,又操办了数日,至汉王五年二月甲午(二月初三),便是叔孙通定下的吉日。

这日丑时,夜色未褪,三星微微偏西。 五十万各军士卒,皆走出军帐肃立,人人手持火把。 氾水之阳,眨眼便是一派通明。刘邦借着火光看清:只在这三五日中,众军卒便依凭土冈,筑起了一座高两丈的圜丘。此丘迄今仍可见模样，后世名为"官堌堆"，在今定陶仿山乡。

圜丘分九层八十一级，各层上旌旗环绕，金钺如林。圜丘之顶，又积满九层薪柴，高可以摩天。阶陛之下，有玉璧、鼎、簋等礼器一字排开。

随何手持火把立于坛上，待时辰一到，便将火把高高擎起，发一声令："起！"圜丘之下，立时有悠悠乐声腾起。众人屏息静听，乃是圜钟为宫，黄钟为角，大蔟为徵，姑洗为羽，奏出了一曲天籁般的雅乐来。

原来，这是汉军中擅长歌乐的巴人，奏响钟磬琴瑟。乐音悠扬，夜中便似有薄雾飘至，游于大野，令五十万军卒都听得醉了。

片时之后，乐毕，刘邦峨冠博带，一身裘衣，手持白圭踱至坛下，主祀昊天上帝。此时太尉卢绾在旁，递上祭文。刘邦便手捧卷册，朗朗而诵，其声远播四方：

> 皇天上帝，后土神祇，眷顾降命，属吾黎元。惟周宗不祀，暴秦僭越，四海纷扰，天命乃绝。朕本沛民，赖上天眷佑，祖宗灵庇，资我文武之力，克秦灭楚，平定天下……

刘邦每念一句，军伍中便有早选好的健卒，隔着十数排向后传去。如此一递一声，直传至最后一排。五十万军众，皆可闻刘邦此时所诵之辞。静夜中听来，刘邦每出一语，便如石投水中，一层层涟漪荡漾开来，雄壮之至。

待刘邦诵至"群臣欲尊朕为皇帝，为生民之计，乃于楚汉五年二月甲午日，告祭天帝，即皇帝位于氾水之阳，号曰大汉，定都洛阳……"一句，群臣登时狂呼，士卒亦是一派喧腾。

刘邦诵毕，一声"伏惟——尚飨——"未等落地，随何便又将火把一举，三军见了，登时高呼万岁，其势若潮，澎湃震耳。

随后，便是祭天大典中的"燔燎之仪"了。 夏侯婴率一队郎卫，牵出牛、羊、豕三牲来，当场宰杀，以为太牢①之礼。 连同玉璧、玉圭、缯帛等祭献，由军士鱼贯传至柴堆上。 刘邦由随何引导，缓步登上坛顶，接过火把，点燃积柴。

因那薪柴皆是油浸过的，故而火把一触，便有冲天火起，灼烤人面。 随何连忙拉住刘邦衣袖，退至坛下。

此时的圜丘，宛如烽火墩一般，光焰万丈，直冲苍穹，照得旷野如同白昼。 三军将士见此，无不痴狂，都纷纷摇动火把，欢跃鼓噪。

刘邦回首望去，但见遍野星火万点，倒映于氾水之中，恍如银河，心头便一热，向诸人道："生年五十六，不白活呀！ 宇宙洪荒，何人登基可如此壮观？"

夏侯婴便道："三千年后，或许有。"

刘邦连拍夏侯婴肩头，哈哈大笑。 忽觉额前十二冕旒摇晃不止，几欲晕眩，便止住笑，恨道："这挡眼之物，好不累赘。"

夏侯婴望望，忽问："陛下此刻，可还记得那美髯客？"

刘邦便目射精光，挺胸道："如何能忘？ 当年泗水亭上所言，竟都应在了今日。"

---

① 太牢，古之祭祀礼。帝王祭祀社稷时，所用牛、羊、豕三牲或仅有牛为"太牢"。因所用牺牲在行祭之前，须先饲养于牢，故其称为"牢"。其中有太牢、少牢之分，少牢只有羊、豕两种。此概念，后亦引申为盛宴之意。

"只惜乎纪信兄，惜乎郦老夫子……"

"唉！ 我心于此，也是戚戚。 常忆起那奚涓将军，何其年少，便为我而死。 苟活如我者，实乃弯木也，也算是天佑一时吧。"

卢绾在旁道："陛下宽仁，旧部无不心知，汉家必不同于陈胜王。"

刘邦听了大笑："臣下之心，不说朕也知道，尔等荣华富贵，须朕来保。 朕欲归乡养老，却是做梦了！ 我这皇帝，只是诸君一个好挡箭牌罢了。"

之后，随何又是一声唱喏，刘邦连忙敛容，行酒血酹酒之礼，往复三番。 礼毕，乐声又起，百名巴人跃入场中，将刘邦团团围住，跳起了云门之舞。 刘邦会意一笑，也下了场，拿眼左瞄右看，装模作样跟着舞了一回。

舞罢不多时，鼎鬵中三牲已然熟了，天也渐渐亮起来。 随何便举樽向前，代上天赐福酒于刘邦；刘邦接过饮毕，又逐个向诸臣赐胙①。

北征这一路上，所过之处唯遇荒村，百官已多日未见荤腥了，馋涎难忍，眨眼便将那牛羊鸡豕扫了个干净。

郊天之礼，至此方毕，圜丘之顶唯余袅袅青烟。 刘邦率了沛县旧部十数人，缓步登上了坛顶，手捧白圭过顶，向众军大呼道："上天之载，无声无臭。 仪刑文王，万邦作孚——"

三军又是一阵欢呼，方才各自散去，归营朝食。

---

① 赐胙(zuò)，古时大典，天子在祭祀后，须将祭肉分与群臣。

刘邦一夜未眠，与诸人步下圜丘时，头一晕，竟打了个趔趄。随何在旁急忙扶住，刘邦便自嘲道："山河才入囊中，我可不要随了那项王去。"

随何笑道："哪里？陛下正是寿长，那项王却已是枯骨了。"

刘邦听了怔住，望望天际曙色，叹了一声："他不该强出头才是。"

自是，刘邦登基称帝，开启汉家祖业，有煌煌四百年之久。刘邦身后庙号为"高皇帝"，史书纪年称高帝纪年。因他为汉家之祖，史家习称他为"汉高祖"，相沿至今未变。

且说刘邦登基后，汉军大队并未立即启程，又在氾水之北滞留了数日。刘邦将陈平、樊哙、叔孙通唤来行辕大帐，吩咐道："众议难辞，朕只得做了这皇帝，然朕却不欲做秦始皇，只威风一世，二世便亡。这几日，诸君就不要歇了，在我这里食宿，也沾些皇帝的福气，将那安邦立朝的大事议一议。"

樊哙连忙摆手道："我是粗人，如何懂得治天下？"

刘邦笑笑，道："樊哙兄，假惺惺做甚么？就不必推让了。这天下的事，从此便是你我的家事。明日起，便拜你为左丞相，助萧何那老儿，为我打理家事。"

樊哙顿感惶悚，正要推辞，却被刘邦止住："家国之事大于天，你休得废话！诸君既都在此，便替朕想一想，汉家初兴，如何能像个样子？这几日议事，诸君要吃些苦了。饿了，便与朕同案而食；困了，便与朕抵足而眠。诸君也不必拘礼，甚么皇帝不皇帝？保住社稷才要紧。"

君臣议了半日，定下了数项事宜，便由陈平起草诏书，布告天下。

此诏，择其要者大略为：其一，秦二世亡后，汉军文牒中纪年，皆以"楚汉"为年号，此后天下通行汉家年号，将"楚汉五年"改为"汉五年"。其二，立社稷于洛阳，追封祖父以上三代先考。其三，封吕氏为皇后。其四，封王太子刘盈为皇太子等。

刘邦看罢草诏，连连点头，吩咐涓人拿去誊写好，而后羽书快马，飞递郡县并各诸侯国。

待涓人走后，刘邦又道："议定这几则，不过是名分上的事，花花哨哨而已。依朕之意，定天下，有两件事才是根本，不可缓行。一则，凡秦楚苛刻之刑，悉为废除。我汉家，专尊黄老之术，无为而治，令天下之民好生休息。二则，七年来随我征战的老卒，不能随便解甲了事，务求荣归，各得田地爵位，使地方官民皆敬仰。这两件事，都关乎国祚，诸君勿嫌劳烦，即便几夜不睡，也要想好。"

如是，君臣又议了两日，诸事才告笃定。陈平当场逐条记下，留待定都之后渐次颁行。

刘邦这才松了口气，笑道："如此，可保百年无事了。"

樊哙道："天下乱了这些年，草野之中，难免还有倡乱之人。"

刘邦便道："仁政便是良药，你只管安心。草头小民，谋的只是生计，得了好处，如何还会有反心？"遂又唤来随何，吩咐道："传令下去吧，全军今日即拔营，往洛阳去。"

数日后，大军进抵洛阳城下。刘邦笑指城门，对陈平道："昔日出洛阳，天下未定，项王猛如虎；今日返洛阳，天下已定，只待朕居四海之中而治了。"

陈平道："定都此地甚好，有河山拱戴，形胜甲于天下。"

刘邦哈哈大笑："如此河山，我不来坐谁坐？"便急令夏侯婴驱车进城。

这洛阳，原是河南王申阳都城。申阳早便投汉，楚汉相争中，楚军又未得挨近此城一步，故百姓皆心向汉家。刘邦入城后，父老争相跪拜，喜迎王师。

刘邦在车上连连回揖，面有得意之色，转头问陈平道："朕欲定都于此，爱卿以为如何？"

"洛邑乃数百年古都，自然是好！河图洛书，即出于此；汤武定九鼎，周公制礼乐，皆在此地。我汉家上承周祀，不可不定都于此。"

刘邦笑道："哈哈，陈将军这一言，便是九鼎了吧？"

驻跸洛阳后，刘邦将周天子故宫暂辟为南宫，住了进去。随即遣王恬启赴栎阳，迎太公、吕后、太子盈、次兄刘喜、四弟刘交、外妇曹氏子刘肥等眷属入洛，另将萧何等关中臣属也一并接来。

待王恬启走后，刘邦目睹满朝文武之盛，只觉得尚有遗缺，一日忽然悟到：原是张良至今未归。

自前月张良出使赵国，为张耳吊丧，竟是逾月未见消息。刘邦心生疑惑，忙命驿使赴邯郸探询。不料赵王张敖回话称：张良来邯郸仅数日，即行离去，据闻已赴修武，入云台山寻仙去了。

刘邦得报大惊，怫然起身道："早便知张良心仪隐士，此去云台山，莫不是要隐遁山林？汉家立朝才数日，便遁去一大臣，这还了得吗？"当下便遣使飞驰邯郸，知会张敖，就算掘地三尺，也要将张良寻回。

此后不久，时已至春三月梢，刘邦在洛阳南宫得报：王恬启已从栎阳返回，接来了刘氏眷属及萧何等留守诸臣。

这日，眷属车驾进了洛阳城，直赴南宫。刘邦早已是一身衮衣冕旒，率众臣迎候于宫门了。

见刘太公与续弦李氏步下车来，刘邦忙迎上前，伏地叩拜。太公便慌忙向刘邦摆手："吾儿快请起，我一介布衣，如何受得皇帝跪拜？"

刘邦闻言起身，亦甚惶惑，回首见叔孙通在侧，便问："皇帝固不应拜平民，然为人之子，焉能不拜乃翁？"

叔孙通拱手答道："偶尔从权，亦无不可。"

刘邦便笑："儒生到底有心机，说话如此圆通！汉家初兴，诸事多用权宜之计。阿翁，你便先受我拜，礼法不礼法的，容后再说。不然，我一家，连饭都不知应如何吃了。"

与诸眷属逐一见过，刘邦便拉住萧何之手道："萧何兄，汉家有今日，全赖你留守之力。楚汉相争之际，朕数度离军逃遁，若不是关中为朕补缺，朕早已是项王刀下鬼了。"

萧何慌忙答道："不敢。陛下亲冒锋镝，率军征讨，臣未有尺寸之功，仅在关中陪太子读书，如太子家令①而已。"

"哪里话！你我兄弟，何必恭谨如此？说甚么太子家令，莫非是嫌丞相还太小？且不说增兵运粮之功，只看你萧氏一门，子弟从军者不知有多少，功莫大焉，当朝何人能及？朕心中是有数的。"

随后，刘邦又引太公等眷属与诸臣见过，置酒高会不提。

---

① 家令，秦时所置太子属官，沿袭至汉魏。

自定都洛阳之后，从春至夏，刘邦忙得不亦乐乎。新朝方兴，国事自是顺遂，然皇帝家事却埋有隐忧。

自项羽在广武山放归刘太公一行，吕后便徙至栎阳居住，与刘邦聚少离多。在栎阳，吕后常造访萧何，问东问西，早将那刘邦与诸后宫的底细探听清楚。

闻知刘邦独宠戚夫人，且钟爱戚氏之子如意，吕后心头便大感不安，当下与妹妹吕嬃、妹夫樊哙暗通了消息，务要保住后宫至尊，以防太子刘盈失位。

吕嬃、樊哙自然明白此事轻重，都一口应承。樊哙双目圆睁，对吕嬃道："莫说姐夫尚在，便是姐夫不在了，何人想动太子盈，先吃我一杀猪刀再说！"

此次迁来洛阳，吕后本以为实至名归，终可"母仪天下"了，却不料刘邦无事只是到戚夫人居处，言笑晏晏，并不大理会所谓"正宫"。吕后怒气就更盛，与亲随舍人审食其走得更近，诸般机要，无不与他相商。

这日，吕后恰撞见刘邦又要往戚夫人处去，便怒气冲冲道："昔日在芒砀山，何人与你送衣物吃食？今日坐了天下，眼中便没了老娘么？"

刘邦尴尬道："这是哪里话？朕不过钟爱如意而已。"

吕后便冷笑："怕不是钟爱小儿，我是看到了你骨髓里去。老娘今日，便将话讲明，你有戚姬，我亦有审食其！"

刘邦不由气急，浑身发抖，叱道："荒唐，太荒唐！你这说的甚么话？殿堂之上，岂是往日在茅庐中？"

吕后反唇相讥道："哦？你也知身份不同了，如何却不改往日无赖相？"说罢，怒视刘邦一眼，拂袖而去。

撇下刘邦站在阶前，呆立了半晌，兴味早已索然。于是怏怏返回前殿，召来御史大夫周昌，问道："皇后舍人审食其，沛县故人也，平素可有劣迹？"

那周昌性本耿直，闻言涨红了脸答道："这个……臣不能奏。"

"怎的？直说无妨。要你做御史，不单是看在你兄周苛殉国，也是看你忠直，休要吞吞吐吐。"

周昌咕咚一声跪地，叩头道："恕臣之罪，冒死禀上，群臣中有风传，审食其与皇后私通，已有多年。"

刘邦便一拍案："果然！你可曾拿到实证？"

周昌患有口吃，一急之下，几乎说不成句："风、风流事，如何拿得到证据？好在风闻传亦不广，因事涉皇、皇后，故无人敢多言。"

"那竖子貌似敷粉，举步婀娜，哪里像个好人？你听我谕令，拖他去西市斩了！"

"斩决，须有罪名，且此系廷尉之责。"

"那就教廷尉捏罪，打他成招。"

"臣、臣以为，审食其不可杀。"

"何故？莫非你不怕我，却惧怕皇后？"

"陛下若、若杀审食其，则天下将尽知他为何而死，此事反倒张扬出去了，将猜疑坐实。故而臣主张，应封审食其为侯，以塞天下之口，人将不疑有他。况乎审食其与皇后如何，陛下并不在意。陛下有戚、戚氏，便是天赐，无须再与小人计较。"

刘邦仰头想了想，恨恨道："理虽如此，然竖子可恨！罢了，就封侯吧，便宜了他。你去查书，看叫个甚么侯妥当。"

周昌沉吟片刻道："可号为'辟阳侯'。"

"辟阳侯？ 如何讲？"

"辟，即是除掉。"

"嗯？ 除掉？ 辟……阳……哈哈，就如此，就如此！ 朕早便想阉了他。"

次日，果然有诏书下，封审食其为侯。 诏下之日，看在吕后面子上，举朝皆贺。 吕后亦甚得意，以为刘邦此举为示弱，竟在后宫大开筵席，为审食其作贺。

此后，刘邦懊恼了多日，总是放不下此事。 这日，忽闻刘贾、靳歙班师，擒了共尉回来，请旨在殿前献俘，这才一扫愁闷，遽然起身，吩咐侍者更衣，要去看看那共尉是何等模样。

随何在旁，忙提醒道："可召诸王来。"

刘邦一笑，便命典客速去召诸王。 不消多时，诸王便在殿前集齐，一字坐下。 刘邦头戴皮弁，满冠琼玉，傲然坐于中央，朝随何挥了挥手。 随何便传令下去，命献俘上来。

在阶旁肃立的郎卫，立时一阵呼喝，长戟斜出，齐齐指向宫门。

少顷，刘贾、靳歙两位得胜将军，簪缨如火，甲胄鲜明，大步跨了进来。 身后，便是那赤膊被缚的共尉。

刘贾、靳歙禀报征讨事毕，退至两旁。 殿前郎卫便一声猛喝，将共尉推了上来。 那共尉虽是蓬头跣足，见了刘邦，却昂首而立，并无讨饶之意。

刘邦见他年少，不禁起了恻隐之心，缓缓道："我道共尉是何等人物，原来是个弱冠小子！ 如何？ 违天命而就缚，更有何话可说？"

共尉瞥了刘邦一眼，挺了挺脖颈，只是不语。

刘邦微微一笑："竖子倒还有骨气！这五花大绑的，倒也不必了。来人，松了绑，教他说话。"

阶旁郎卫应声而上，将共尉松了绑。刘邦便问道："项王逆天行事，为诸侯所共讨，何以你父子却背大义而行？看你年少聪慧，似不应这般蠢！"

共尉这才直视刘邦道："汉王要听我说吗？"

"但言无妨。"

"素闻汉王仁义，今擒我来，必是视我为邪僻。小子敢问大王：昔楚汉相争，先父可曾发兵助楚？不曾！此乃无仁义乎？我小国寡民，可曾有一兵一卒袭扰贵国？不曾！此又乃无仁义乎？共尉固然不才，然谨守父业，安邦治民有年。却不料，身在江陵，却给人擒到了这里来。区区江陵，何妨你汉家大业？我共尉又有何罪，必致我民死国灭？敢问汉王，你如此行事，仁在何处？义又在何方？"

刘邦勃然大怒，拂袖而起，喝道："竖子狂妄！天下皆服，唯你一人不服，朕便要你死个明白！听着，你那老父共敖，本为怀王柱国，举义甚早，蒙国恩亦重，本应忠君事国才是。却受项王阴遣，弑怀王于江南。逆臣贼子，世上有过于此的吗？"

那共尉一怔，满脸涨红，沉默半晌，忽一指座中英布道："义帝之死，千古谜疑，九江王英布也难逃干系！如何他却成了你座上宾？"

英布闻此言，脸色便一白，几乎瘫倒。刘邦却也不恼，只望了一眼英布，便戟指共尉道："天下十八诸侯，先前多为楚之羽翼；然楚汉交锋，是非分明。投汉者，便是改过，天下也无人再究。项王殁后，楚之衮衮诸公，尽已来投，独你这小儿，却为何要至死不悟？"

"小子无知，只知世受楚恩，当尽忠以报，岂能效蛇蝎反噬？"

"妄言！真乃有其逆父，便有其逆子。项王杀降焚城，恃强凌弱，荼毒万民已甚，所为禽兽不如。你父曾助纣为虐，你今又不从大势。天下便是有了你父子这般乱贼，方才不宁。小儿全不知苍生疾苦，作孽至此，尚可活乎？"

"项王殉难，我自然是贼，身败又有何憾？我虽年少，却知伦理，谨守父业而不更易，不似那抛妻弃父、寡恩负义的田舍翁！"

"大胆！"诸王闻言色变，都一齐呼喊起来。英布更是跳起来吼道："陛下，还不烹了这小贼！"

刘邦却神色如常，环视诸王片刻，缓缓道："狼狈同穴，这也是无奈何的事。小子非要随那项王去，便成全了他吧。烹就不必了，朕不能效那项王暴虐。"而后，忽然一声大喝："来人，将这竖子推出斩首，以彼之头，祭我大纛！"

众郎卫闻令，一拥而上，紧紧捉牢了共尉。

却见那共尉猛一发力，甩脱了众卒，笑道："斩首？风吹冠耳！孤王还能逃了不成？惜乎此生，未能陪项王殉于乌江，却只见小人高居庙堂。我共尉正告诸君：与小人同堂，只怕是命不及草木一秋。我今日此言，有苍天可证！"说罢，便一转身，朝宫门外大步走去了。

诸王看得心惊，都纷纷摇头不止。

刘邦见诸王神色惶惶，心下亦甚不安，便强笑道："此贼既除，天下便再无滞碍，吾辈亦可安生了。眼下时已入夏，诸君近日便可归国。 汉家新政，将有数道诏令颁行，各位听命就是。 我刘季无能，全凭诸君襄助，万望珍重，切莫生事。"

诸王听出此话的分量，且惊且喜，都纷纷起身谢恩，各自散去。

且说刘邦斩了共尉之后，心头犹自恨恨，只觉得自己贵为天下之主，当着诸王之面，却为一个竖子所折辱，脸上总是无光。 正恹恹躺卧之际，忽闻随何来报，说是张良已从赵国归来，正在殿外候见。

刘邦闻之大悦，一个鱼跃起身，险些将案几碰翻，急吩咐道："速传进殿，朕等他正急！"

随何领命出来，引了张良进殿，正要迈上阶陛，刘邦便自殿上迎出，高叫道："子房，子房！"

张良见了，慌忙便要施大礼，刘邦急趋上前道："子房兄，如何迟至今日方归？ 朕还以为你在云台山隐遁了。"

张良略整了整衣冠，伏地叩拜如仪，口称："臣张良拜见皇帝。 陛下称帝，乃千古盛事，臣远途未归，不曾亲奉盛举，还望陛下恕罪。"

刘邦笑着将他扶起道："称帝乃群臣所强推，岂是我本心，子房兄何必恭谨若此？ 你回来得正好，定都之后，政事纷乱如麻，正要与你商议。"

"惭愧！ 臣出使赵国，忆起博浪沙刺秦之事，便去当年匿身处看了看，故此延宕。 途中忽闻季兄称帝，不胜欣喜，便匆匆返回了。"

"哈哈，我却是吓得不轻！ 你若再有半月不归，便要张榜通缉了。"

刘邦将张良拉入偏殿内,隔案坐下,取出草诏数卷,交予张良过目,道:"此乃萧何与陈平、叔孙通等人商议而成。汉家新得天下,如此施政,请子房兄看看有何缺漏。"

张良逐一看过,频频颔首道:"所议甚妥,纲目皆备,不愧是一等重臣所拟。其首要者,乃是军士解甲归田事,各部老卒既安,天下便可安。"

"如此,便可再无顾忌了?"

"有。"

"哦?又是何事呢?"

"八王。"

闻张良此言,刘邦便似遭了雷击一般,木然半晌,方叹口气道:"正是正是!这……将如何是好?"

张良微微一笑,道:"陛下请不必过虑。可还记得老子曰,'以正治国,以奇用兵,以无事取天下',陛下如今居天下之正,静观其变就是了。"

刘邦颔首道:"倒也是。我只是疑心韩信,猜他迟早将图谋不轨。"

"臣以为,其余诸王或可谋不轨,韩信则断乎不能!"

"你如何能看到他肚皮里去?"

"臣与韩信,所思相同,只望来日能优游卒岁。"

"哦?韩信竟也有此志?罢罢!待国事稍定,我与你两人一起逍遥。"

与张良商讨了半日,刘邦心中便有了底,心情也随之振作,当下便唤来叔孙通,命他将施政诏书润色好,交中涓誊抄,不日即下发各处。

且说这年入春后，韩信便已将家眷自临淄接来，于洛阳馆驿住下，原齐王宫及相府诸属吏也相继迁来，均转为楚王僚属。 一时间，馆驿下榻处便热闹起来。

　　自刘邦允诸王归国后，韩信便登门拜别了萧何、张良、英布等一干故旧，略叙旧谊。 彼此说了些浮泛话，都片语不提韩信眼下的尴尬。 只有张良在揖别时，执手不舍，说了一句："改日得闲，必邀兄赴下邳重游，与你共醉。"

　　原齐军中的部将，归了汉军本营之后，韩信独独留了一个高邑，任相府长史，引为心腹。 这日谒者进门，递上一道皇帝新发的诏令，韩信便唤高邑也一起来看。

　　两人阅罢，原是皇帝下的罢兵诏书，诏曰：除留禁军五万及郡国兵十万之外，其余天下军士，尽都解甲归田。 另有赵地万余骑士，仍留驻原地，以防匈奴。 中枢军务，由卫尉①郦商、新晋中尉②丙猜分掌宫内外禁军，太尉卢绾掌郡国兵，分而治之，互不统属。 各封国之兵，各有数万至数十万不等，唯从太尉之命，无虎符诸王亦不得调动。

　　看到此，韩信便笑："又是萧何那老吏之计！ 如此，诸王养这区区之兵，又有何用？"

　　两人再看，诏令又曰：汉军所有军吏，无论有无战功，均赐予民爵之位。 因战功获高爵者，归乡之后，县吏须照爵位分给田

---

① 卫尉，秦汉时九卿之一，为统率卫士守卫宫禁之官。

② 中尉，秦汉时武职，掌京师的治安警卫。

宅。 如归乡者有所请求，诸吏不得怠慢，否则重责不饶。

韩信看罢，颔首道："倒也好。 如此，数十万农家子，也不枉从军一回了。"

高邑也甚是欣喜："农家子尚如此，功高如大王者，当享万世荣华矣。"

韩信忽想起在汉中时，于途中遇见的那壮汉，记得壮汉曾言："若是能寻到仙山，自可逍遥一生。"今日忆起此语来，竟像是振聋发聩一般，于是便对高邑道："明日赴楚地就国，必是整日无事，孤王也要效法张良，只往那山高云深处寻访。 想那陈县之东、淮水之北，楚地广有千里，总可以寻到一处仙山长居。"

高邑便道："大王若有此兴致，微臣愿跟随。 征伐五年，眼见尸积如山，直觉生也无趣，若能亲见仙山，何其幸也。 只恐这世上，不曾有尺土可谓之仙山。"

此话说得韩信一怔，半晌才道："若存此心，或许就有。 来日，孤王将归乡就国，先风光一回再说。"

不数日，韩信偕家眷与楚王府一干人等，浩荡出城，往下邳就国。 出城之日，车驾仪卫森严，卤簿异常华丽，郎卫所乘骑马匹多为一色。 洛阳百姓见了，都觉惊诧，以为是皇帝东巡，纷纷于路边跪拜，口呼万岁。

韩信先是不安，眼望父老妇孺恭谨避让，便又觉释然，对骖乘高邑道："做个诸侯王，总还是强于富家翁。"

高邑一笑："以大王之功，足可当得起这尊荣。"韩信闻言更是得意，却不料高邑又道："然终不及范蠡，可泛舟五湖。"

韩信闻听"范蠡"二字，脸色便一暗，不以为然道："如何不及？ 至下邳，孤王亦可泛舟泗水。"言毕，傲然一笑，便命御者加鞭，不再与高邑多言。

大队迤逦东行，一路有郡县迎送，威风一时无两。至下邳，先借了馆驿居住，暂作行宫。楚王府亦开府建牙，遣使者四出，将楚王就国的诏令传至境内四方。

待一切安顿好，韩信便率了高邑等随从，车骑相接，直赴淮阴。到得故里，便来至淮水边访问，见那当年漂母，今日仍在水边漂洗棉絮。

韩信连忙跳下马来，走近漂母，深深一躬："敢问漂母，可还认得我吗？"

那漂母抬头，却见一华衮公子立在眼前，不禁慌乱，摇头道："老身眼花，不知贵公子是谁。"

韩信便道："我乃韩信。今日来，要谢你当年一饭之恩。"

漂母这才恍然想起："韩公子发达了？怪不得鹊鸟叫了半日！公子真是好福气，恕老身方才不敬。"说罢起身，急甩一双湿手，便要叩拜。

韩信连忙扶住："不敢当。不是你当年赠饭，我或为饿殍了，请漂母受我一拜。"说罢，不由分说，便跪地一拜。

那漂母慌得不行，急道："昔日糟糠野菜，亏待了公子；如今你是官家，不怨恨便是好了，如何能颠倒上下？"

韩信便回首唤从人，捧出千金，置于漂母前，笑道："韩某今日为报恩，特以千金相赠，还望收下，以遂我多年心愿。"

"使不得，使不得！收了此财，老身怎得安生？为歹人瞄上，怕是活不过五日了。"

"哪里！漂母请勿惊，我这便去唤里正，务要告谕四邻勿扰，令你安享清闲。不知你家中还有何人？"

"夫早亡，儿女亦死于乱离，家中唯老身一人寡居，只活一日算一日罢了。"

韩信闻言，叹息良久。此时乡邻闻讯，都纷纷前来看奇景，韩信便唤出里正，叮嘱再三，拜托他照料漂母，不许有人惊扰。

里正闻知是楚王私访，惊喜交并，连话也说不囫囵了，只捣蒜般叩首应承。

众乡邻看得眼直，都奔走相告："漂母受赠千金，从此酒肉吃不完了！"

漂母见推辞不过，只得收下馈赠，叹道："漂洗半生，不及一饭所值。世上如你这样的贵公子，何其少也，莫不是读书教你发了财？"

韩信便哈哈大笑道："老人家，在下读书多年，只落得讨人家一餐饭吃。待我弃书不读时，便有了今日。"

漂母听了，唏嘘不止，只连声道："这便好，这便好！"

韩信又说了些安慰的话，方才登车而去。众村童跟在车骑后追赶，一迭连声地喊着："千金！千金！"

别了漂母，韩信来至故里，拜祭了亡母之墓。当年葬母，几倾尽家财，才在邻家墓园购得一片好地。看中此地，是因周边平阔，可置万家。韩信少年时气盛，立志穷死也要葬母于此，料想来日定会发达，便要将此地筑成一邑，徙置万户来守墓。

今日看当年所起坟墓，地势虽高敞，然简陋异常。韩信便知会县衙长吏，将父母之墓合葬，植树封土，务求壮观。又将左近民田一概征收，留待将来建邑。

这一番返乡，乡邻皆奔走哄传："当年浮浪子韩信，今已发迹，贵为楚王了！"众邻家皆跑来相认，携子弟伏地遥拜，指韩信为楷模，全忘了当年曾以韩信为子弟戒。韩信只抚慰了几句，便不再理会，怅望旧居良久，在心里慨叹世态炎凉。

待到返程时，韩信又唤来高邑，命他速遣兵卒，分头去寻两个人，待寻到了，径直带往下邳。

车驾回到下邳后，才隔了一日，兵卒便先后将那两人带回。韩信闻报，微微一笑，命将那貌似恶痞的一个，先带上堂来。

此人不是别人，正是当年淮阴的恶少年，曾令韩信受过胯下之辱。如今十余年过去，人已渐入中年，仍在淮阴市集上卖肉，拖家带口，谋生不易，早没了当年的霸气。昨夜忽有里正带了七八个兵，闯入家中，不由分说拉人便走，只说是要往下邳。

那肉贩摸不着头脑，一路拿言语试探，方知是楚王要见他，心中便直呼奇怪。此时进得馆驿内，只闻一声呼喝，便被人推至堂前，见一位尊者端坐于上，头戴冕旒，脸上无怒无喜。

肉贩止不住心慌，伏地便拜，口称："无知小民，拜见大王。"

韩信于座上略一欠身，问道："你睁眼看看，我是何人？"

那肉贩抬头端详片刻，忽地看出，这人竟是昔年佩剑浪荡的韩信！当下血冲头顶，口中"啊"了两声，结结巴巴道："莫非是，韩……公子？"

"尚记得我那柄佩剑否？"

那肉贩慌忙叩头："大王，大王饶命！小的少年时鲁莽，多有冒犯。如今我上有八十老母，下有子女绕膝，早已不敢顽劣，只是本分谋生。若饶得我一命，愿变狗变马，伺候大王，即是认大王作阿翁亦无不可。"说罢，便往那砖石地上捣蒜般地叩头。

听得叩头声"咚咚"地响，诸郎卫都忍俊不禁，韩信也不由哈哈大笑，挥袖道："罢了罢了！你那头颅不痛，孤王倒看得头痛了。"

"大王，乡下人鄙陋，头颅值得甚么钱？我磕烂了这头，也不能赎万死之罪。"

"请起请起！公昔年虽辱我，然孤王岂能怀抱小丈夫之心？挟私愤以图报复，由恩怨而生喜怒，那我成甚么人了？公可安心，不必惊扰，今召公来，非为计较往事，乃是欲录用你为吏，免得你生计太苦。"

那肉贩不禁瞠目："……录用？"

韩信笑道："正是。兵戈多年，世道不靖，孤王欲安居，下邳城内却多有盗贼，不得安生。你自少时胆量就不小，且在城中做中尉吧，总领巡城捕盗。当年我仗剑尚不敢惹你，今日盗贼，见你也必是望风而逃。"

肉贩闻言，顿觉有些恍惚："小人……可以在城中任中尉？"

"不错！回家去禀告老母吧。隔日，便可去楚王府领甲胄，从此做个将军。"

肉贩嘴巴张得老大，半晌才回过神来，连连叩头道："韩公子……大王，小人万代不敢忘恩。"

待肉贩退下，高邑愤然道："如此顽孽，何不一刀杀了？"

韩信却道："此乃壮士也！当初辱我之时，我岂是不敢以死相拼？然死之无名，故而隐忍，方有今日。我赐他官做，便是念及于此。"

高邑与众近侍闻言，方领会韩信之意，不禁大为敬服。见众人再无异议，韩信便命左右带另一个上来。

此人乃是下乡南昌亭长，韩信早年曾追随其左右，寄食于其家。朝夕两饭，皆瞄着日影，步入亭长家门，好歹可混个肚饱。那亭长家中谷粟亦不多，日久，亭长浑家深以为苦，起了厌恶心，某日见韩信又来，便在灶间狠狠刮锅底。那韩信是何等乖觉之人，听到这刮锅声，便知亭长夫妇已厌他白食，不欲他登门，只得便长叹一声，掉头走了。

事过多年，此辱埋于心中，久不能释。今日唤来这亭长，便是要好生教训一番。

那亭长早已知韩信做了楚王，一路上只是忐忑，唯恐命不久矣。此时一上堂来，便浑身筛糠道："小臣见过大王！南昌亭一别，竟是八九年不见。大王今日盛名满天下，小臣也觉面上有光。当日只怪我那浑家不晓事，有所慢待，实是万难宽恕，望大王念在旧交，勿以为意，恕我浑家无知。"

韩信笑了一声："孤王微贱时，曾寄食于公。若无公，孤王恐将沦为乞丐。今赏你百钱，算作报偿。公岂有罪？乃是有恩于我。然世间事，常分两端，公也算是个小人。为德不竟，居然管不住个浑家！今赐给你百钱，聊补当年所欠，莫嫌少吧。"

那亭长闻言，不禁羞愧满面，见韩信无意治罪，忙叩头道："小臣回去，便将我那浑家捆了痛打！"说罢，手颤颤地接过百钱，连声谢恩退下。

多年恩怨，今朝得偿，韩信只觉心满意足。这日，将高邑唤进密室，屏退左右，吩咐道："诸事皆了，然你尚不能安歇，今有要事相托，须多费些工夫。"

高邑拱手道："大王请吩咐。衣锦还乡日，人生能有几何？或起造楚王宫，或寻访往日恩仇，微臣听命就是。"

"那些细小事，就不必提了。我等乱世从戎，舍却身家性命，才博得这半世功名，务要守住，半分都疏忽不得。今命你前往洛阳，主掌楚邸①，专办朝觐事宜。并赐你千金，带上几个伶俐随从去，为孤王打探朝中诸事，万一有不利于我者，须尽速回报。"

"哦？天下初定，便有这等倾轧的事吗？"

"你自去打探便好。恰如你前日所言，这世间，何曾有寸土可称仙山？老子有言：'为之于未有，治之于未乱。'孤王是不得不防呀！有你在洛阳，我才放心。"

高邑大悟，慨然揖别道："大王拔臣于卒伍，臣当万死以报。这便率属下游士，潜居洛阳各市廛（chán），张大耳目，即是只言片语，亦不能漏过。"

韩信向高邑揖别，一面就叹道："论起兵战，我辈已无对手；然于心战，怕只是还弱呀！"

---

① 邸，为诸侯国、各郡的"驻京办事处"，分别为国邸、郡邸。国邸主要掌诸侯觐见事宜。

三

豪雄末路
叹恓惶

夏五月间，洛阳城艳阳高照，蝉鸣满枝。刘邦征战七年，终可以无须冒暑热而驰驱了，心情便大好。待诸王陆续归国后，回想各王的恭谨之态，觉帝王之尊果然不虚。这日朝会既罢，便招呼文武诸臣留下，在南宫置酒高会。

庭中槐荫下，凉风习习。有那新招来的宫中倡优，奏起板楯蛮之曲，跳起新编的巴渝舞，满庭便是一派怡乐景象。

刘邦举起酒杯，对众臣道："来来，天下从此无事，朕亦不学秦始皇那般多事。既如此，白昼恁长，又如何消磨？且与诸君同醉，做个富贵乡中人吧。"

诸臣纷纷举杯称谢，齐呼道："陛下圣明！"

刘邦将杯中酒饮干，笑道："这'圣明'二字，万勿轻用。我刘季乃泗水亭老吏，数年之间，登此大位，实是运气好而已。"

樊哙起身道："天命所归，岂是运气好所致？往时陛下藏身芒砀山，吕皇后为陛下送吃食，那茫茫槐林，何人能寻到踪迹？偏就陛下头顶有祥云缭绕，直冲天际，皇后独入林中，一找便找见，此不是圣人之气，又是何物？"

刘邦放声笑道："妇人之言，你也信得？这些好听的话，哄那乡人尚可，你我可不要信以为真。"

众臣亦笑，樊哙喃喃不知所对。 陈平在一旁拜道："陛下仁厚美名，天下何人不知？ 臣当年千里来投，岂是听了乡人之言？ 就算是升斗小民，亦知陛下有天子气。 天下归汉，不是天意所属，又是何为？"

刘邦手指陈平，笑道："你这张利嘴，有十个项王，也要被你说死了！ 好了，这些闲话休提。 座中各位，均是我汉家旧臣，随我征战多年，今日也无须在我面前隐讳，且放胆说来：我所以得天下，因何也？ 项王之所以失天下，又因何也？"

此时座中便有两人起身，刘邦定睛看去，原是高起、王陵两员部将。 高起道："陛下素来轻慢人，项王则一向礼敬人；然陛下遣将攻城略地，所得土地人口，尽赐予功臣，毫不吝啬，此乃与天下同利也。"

刘邦打量高起片刻，颔首道："不错。 武将尚有如此见识，难得！ 来日也可封侯。"

这位高起，后果然被封为"都武侯"，其他生平事迹，均不见于史籍，可谓只凭一语便留名青史的范例。

高起话音刚落，王陵便附和道："正是如此！ 那项羽妒贤嫉能，有功者害之，有贤德者疑之，连个老臣范增都容不得。 部将战胜，却不赏人功；部将得地，也不与人利；其所为，与独夫何异？ 他不失天下，岂不是没有天理？"

众人听了，都随声附和，一片扰扰攘攘。

刘邦只是拈须微笑，待众人息声，方道："公等只知其一，不知其二。 说到那运筹帷幄之中，决胜千里之外，我不如子房。 说到充盈国库，抚慰百姓，供给粮饷，使粮道不绝，我不如萧何；率百万之众，战必胜，攻必取，我不如韩信。 三位皆人杰，我能用之，此乃我所以取天下之故也。项羽有一范增而不能用，他焉能不为我所杀？"

众臣闻之，都齐齐望向张良、萧何，似刚刚认识一般。少顷，才又争相赞道："陛下圣明！"

刘邦仰头大笑，转向陈平问道："陈平兄，此汉家三杰，你服也不服？"

陈平慌忙拜道："臣资质庸劣，徒有一张嘴而已，焉能不服？无三杰，汉家尚不知何日能有天下，臣唯有拜服。"

众臣闻陈平如此说，也都纷纷挺起身，向张良、萧何施礼，争相称颂。张良望望萧何，见萧何不惊不喜，只微微点头，两人便一齐起身，向诸臣答礼。

刘邦见状大喜，便道："话不讲不明，如今诸君已然明了，汉家这天下是如何得来的！然人臣资质，乃是天赋，上天也不能多给你一分，唯有忠于君事，勤于国事，河山方可固若金汤。若想长享太平，日日可得痛快饮酒，诸君还须好自为之。"

夏侯婴便霍然起身，高声道："陛下所言，与圣人相去亦不远矣，我辈自当铭记。昔日汉家孱弱，竟有项庄敢在陛下席前舞剑，臣数年间不能忘，深以为耻。今日汉家独大，项庄早做了野鬼，我辈何其快哉，且看微臣为陛下舞剑！"说罢便拔出佩剑，当庭舞了起来。一招一式，势若疾风，众臣见了，皆满堂喝彩。

待夏侯婴舞罢，刘邦也起身拔出剑来，对众臣道："天下既安，这柄汉王剑，便也无用了，今日就教少府拿去，铸成犁铧。待来年开春，朕将亲掌牛犁，为天下劝农。我虽自幼尚武，也还读过几卷书，知天下事万法归一，就是百姓吃饱了便好！"

众臣闻言，皆高声欢呼。刘邦兴致更盛，便向旁侧一招手，数名涓人立即捧上酒樽，逐席敬酒，君臣又是一番尽兴。

散席后，刘邦送众臣至宫门，脚步不免有些趔趄。樊哙见了，忙上前扶住，笑道："今日都醉了。"

刘邦道："苦了多年，且醉一回吧。"

樊哙便问："姐夫，今后，果真可以日日大醉了？"

刘邦鼻中嗤了一声："坐天下，怎同你做屠户一般，哪里会轻易便得太平？我如此说，只为安众人之心罢了。那八王之内，怕就有四王，欲取我而代之。这且不提，单是那齐楚余孽，今已搜尽了吗？那季布在何处？钟离眜在何处？还有那个烹了郦夫子的田横，又跑去了哪里？你可知其详？"

"臣不知。"

"哼！料你也不知。治天下，岂是登城那般容易？连崽崽儿都知道：'千丈之堤，以蝼蚁之穴溃。'那些虫蚁逮不到，我如何能睡得安稳？"

数日之后，齐地留守将军曹参，果然送来了羽书急报，称道：故齐王田横，先前为灌婴所败，投至彭越帐下。项羽灭后，彭越归汉，田横恐被诛，便带了门客遁入海中，盘踞于海岛。日久声势渐大，竟聚起了五百义士，仍服齐国冠带，拒不归降。

刘邦看罢奏报，不禁忧心，对随何道："五百义士？比我当年入芒砀山，阵仗可是大多了！我若是秦二世，尽可以不理他；然费尽牛力到今日，我怎能做那秦二世？"

随何苦笑道："陛下，汉家岂可二世而亡……"

刘邦打断他道："正是！快去请张良来。"

待张良闻召进宫，刘邦便将田横之事告知，问道："你看这个田横，有何图谋？"

张良沉吟片刻，方答道："田横聚义士，踞海岛，无非是想静观天下之变，意在恢复，其志可谓不小。然强弩之末，又能如何？陛下也不必着急。"

"既如此，便教曹参征发大军，渡海去剿灭好了。"

"遣兵征讨，自然是好，否则养虎遗患。然渤海滔滔，不比平地，大军纵有数万之众，终究不是水鸭，怎能旬日间便谙水性？不如遣能言善辩之士，携陛下策书①前往招降，赦其罪，并允其恢复宗庙，兼以武力相要挟。那田氏自然知道利害，不愁他不降。"

"好，此计甚妥。子房兄生平智谋，便是以稳求胜，不似我心急。只可惜郦老夫子殉国了，目下，唯有命陆贾前往说降。"

隔日，招降田横的策书颁下。那陆贾领了命，稍作筹措，便带领随从上了路。驱车颠簸十余日，来至渤海边，但见碧浪滔天，一望无际，不知何处有个能藏人的海岛。于是下得车来，向海边渔人打听。渔人们闻听探询故齐王，皆面露戒备之色，各个摇头说不知。如此一路问下去，见有一白发老翁，正在路边篱下乘凉。陆贾便命从人停车歇息，来至老翁对面坐下，与之闲谈。

说起田横盘踞海岛事，老翁摇动蒲扇，微微一笑："故齐王田横，壮士也。汉家欲发兵收服，怎奈何海水滔滔？"

陆贾见老者似有心向田横意，便换个话头问道："请问长者，汉家得天下以来，衣食如何？"

"自是比乱时好了许多。"

"嗯，治乱之道，长者所见必远胜于我。我乃朝廷命官，今

---

① 策书，汉朝命令中的一种。指皇帝颁发的文书。

日来此，是为寻访故齐王。汉家不欲再战，也不忍惊扰百姓，故而有意劝降田横，息干戈而彼此两利。只不知那海岛在何处？"

那老翁神色一凛，沉吟半晌，才问道："客官所言，老夫我全不知。你可知那故齐王在岛上，聚了多少人？"

陆贾道："闻说有五百义士。"

"五百？能藏五百人之岛，必在即墨东南。那岛，离岸不远，方圆六七里，上有山，状如象鼻。"

"请问长者，那海岛距此地有多远？"

"南下二百里有余。"

陆贾面露喜色，当即谢过老翁，登上车，命从人急驱车向南。来至即墨，持节见了县令，讲明原委。县令不敢怠慢，立刻从民间征得大船一艘，又差遣水手十数人相随。陆贾踌躇满志，择吉日，率从人登上了船。

立于船头，眼前碧海茫茫，浪涌至天尽头处，全无所见，陆贾心中不由打鼓：此去不知田横喜怒，可否生还，唯有天知了。然转念又一想：我陆贾亦为海内名士，绝非碌碌鼠辈，那田横既然重义，必不会杀名士而自毁清誉。陆贾想到此，便横下心来，发了声号令，命水手张帆启航。

在海上昼行夜宿，漂泊三日，果然见天边有一巍然巨岛。驶抵近前，才见岸上早已戒备森严。船泊岸不久，便有一队壮士，以幅巾裹头，手执刀剑，上前厉声喝问道："来者何人？"

船上众人见了，俱大骇，急忙执盾将陆贾护住。

陆贾微微一笑，对众人喝道："让开！"便趋前两步，独立船头，将手中旄节一扬："吾乃大汉使节陆贾，千里踏浪，来寻你家大王，请勿疑！我汉家平定西楚，诸侯皆服，四方来朝，唯你家大王屈居海岛。 汉王素重英雄，岂肯见普天之下有一人向隅不乐？ 特遣陆贾持节来请，但求见大王一面。"

岛上诸人听了，并不松懈，有一人转身奔回，去禀报田横。

候了片刻，田横便由侍卫簇拥，自山上营寨中出来。 陆贾看去，但见此人一身布衣，亦是幅巾裹头，与田舍翁一般无二，然眉宇间的王霸之气，分毫不输于刘、项。

陆贾不敢轻慢，忙整衣施礼，神情恭谨道："汉使陆贾，见过大王！ 臣闻高洁义士，自古不乏其人，前有伯夷、叔齐耻食周粟，后有介子推拒不事晋。 今大王固有高义，然名声可胜过前贤乎？ 若不能，为何又忍心将这一世英名，抛洒于荒岛之上？ 今汉王受四方拥戴，登基称帝，诚邀大王共享天下。 今日举目海内，山海林田，何处不属汉家？ 大王当顺乎大势，共襄盛举，何必自困海岛，作一无名无位之流民？"

田横手按佩剑，只不耐烦道："田横时运不济，流寓海岛，早将人世荣辱视如浮云，汉使就不必巧言劝说了。 我田横，从来是顶天立地而生，未尝屈膝。 来日或归为尘土，或化作鱼鳖，不劳上使操心。 人间事，成败总是难料，今日在莒，明日复国也未可知，岂是你这善辩之士可悟得的？ 且回去复命吧，勿再多言。"

"不然！ 大王豪气干云，臣岂有不知？ 然海上荒岛，与世隔绝，居之日久，英名必与尘沙同销。 大王本无意于名，自是求仁而得仁，然五百义士，均有其父母妻子，来日又将做何处置？ 大王与诸义士，兄弟之谊也，不可草率处之，请大王三思而行。 我汉王初登皇位，即亲拟策书来邀，共享天下，亦是不忘兄弟情分。"陆贾说罢，便从袖中取出策书呈上。

陆贾这一番话，恰说中了田横心事。 他略一思忖，脸色便稍缓，命一壮士登船取过策书，展开来看，见果是汉王笔迹，只有寥寥数语：

田横兄来，大者王、小者侯；不来，则发兵加诛。

田横阅罢，不禁大笑："这个刘季，倒也痛快！那么……请汉使屈尊上岛，暂住几日，待我与诸义士商量好再说。"

陆贾见田横已有应允之意，心中释然，便朝随从一挥手。众人会意，自舱内搬出了数十个竹笼，皆是活鸡活豕，统统搬上了岸。

陆贾上了岛，向田横打了一躬："薄礼不成敬意，望大王笑纳。"

田横看看那些鸡豕，笑道："早闻先生大名，果然擅长纵横之术！伶牙俐齿，见机而作，即是木石也要被你说动。惜乎海隅相见，难免鄙陋，且在岛上委屈几日吧。"

当晚，田横便召集亲近壮士，商议应召入朝之事。众人群情汹汹，皆不赞同，有善谋者力谏道："不可！那汉帝起自闾里，素以反复无信而闻名。大王久不宾服，他必怀恨在心，所谓相邀，圈套而已。大王今若弃岛而去，入他彀中，岂非自投笼中？"

众人亦随声附和道："此处天海无涯，那汉兵即是带甲百万，又能奈我何？不若高筑壁垒，日夜提防，静观他朝野生变，再图恢复。"

田横摇头道："诸君忠义，孤王甚感激，然汉家今已得势，海内无人敢与他争锋。刘邦帐下，猛将如林，更有韩信治兵，当世无人能及。若汉军渡海而来，区区海岛，或可撑一两日便是侥幸。我死固不足惜，实不忍连累众义士，也死在这荒岛上。今汉王遣使邀我，也不算为辱；我意已决，这便随汉使入朝，只保得五百人性命便好，其余荣辱，皆不足虑也。"

众人虽心有狐疑，见主公执意要入朝，也只得作罢。议毕，田横即召来陆贾，直言道："吾愿随阁下入朝，然终有一虑。"

陆贾拱手道："大王但说无妨。"

"前时田广为齐王，我为相，曾力主烹死郦食其。今蒙皇帝赦罪，自是无疑。然那郦食其之弟郦商，乃是汉家猛将，功高位尊，在朝为官，他焉能不心怀怨望？我若归汉，如何能逃得过郦商复仇？"

"此事易耳！待下官面禀皇帝，为君解忧。"

田横便"刷"的一声拔出剑来，誓言道："阁下请先归，若能获汉帝亲笔承诺，不杀不辱，我即折断此剑，决然赴朝。"

陆贾见田横不肯立即就降，知道再费唇舌亦是无益了，便登船返回。

一行人急于复命，回程路上一路狂奔。驰驱半月有余，一入洛阳，陆贾便奔至南宫见刘邦，当面禀明出使始末。

听罢禀报，刘邦微微一笑："他担心仇家不饶，这有何难？来人，立召郦商将军来！"

郦商自刘邦登基时起，即官拜卫尉，贵为九卿，专事宫禁守卫。闻皇帝召，未及换下戎装，便疾步趋入，立于阶下。

刘邦似随意问道："郦商老弟，朕一向待你如何？"

郦商不知这一问来由，忙惶恐答道："陛下待我，远胜于父母，臣万死难报。"

"哦？果真？"

"陛下若是要取臣之头颅，臣亦甘之如饴。"

"哈哈，这是说大话了。朕问你，昔日伐齐，令兄缘何而殁？"

提及郦食其，郦商不由一震，旋即潸然泪下："为汉家基业而殁，乃郦氏祖宗有幸。"

刘邦忙起身走下，执郦商之手道："将军知大义，这便好！若有一事利于汉家，将军愿听我令否？"

郦商慨然道："臣万死不辞。"

"那么，你听着：今有故齐王田横，愿离海岛来朝，你不得挟私怨、报私仇，以家事凌驾于国事之上。若有违，定当夷九族！"刘邦说罢，将面孔一板，扭身便回到榻上。

那郦商万料不到因此事召他，一时气噎，缓了半晌，才道："家兄死国，我亦曾日夜思报仇，只想将那田横碎尸万段……"

刘邦颔首道："这也不怪，人之常情嘛。"

"然若无陛下拔擢，家兄亦不过一门吏耳，岂得享国士之尊？故郦氏恩仇，全凭陛下措置；陛下若赦田横，臣绝不敢违命。"

"此乃国事，将军可不要食言。"

"郦某身为九卿，尊荣何来，岂有不知？既为卫尉，便是皇帝驾犬，若不从命，如何守得好这禁中？"

刘邦这才面露笑容："如此，你且退下吧，朕自有犒赏。"

待郦商退下，刘邦当即援笔，疾书一道手诏，赦免田横烹郦食其之罪，往事一概不究。写罢，便交予陆贾，命他速送至海岛。

陆贾奉命，又是一番舟车劳顿，过了海，亲赴岛上，将策书呈给田横。

田横读罢，释然一笑，便拉了陆贾衣袖走出大帐，来至辕门，下令召集五百壮士。

待众人集齐，田横便拔出剑来，将剑锷插入石缝中，咔嚓一声折断，宣谕道："汉帝下诏，赦我往昔烹郦食其之罪。我若再有反心，便如此剑！我罪既赦，诸君生死也就无虞了。我这便随汉使入朝，诸君请暂留岛上，待封赏后，同归故土。"

五百壮士闻之，哪里肯留下，顿时喧声鼎沸，都举剑挺矛，要与田横同行。田横笑笑，摆手道："这如何使得？诸君皆是赳赳武夫，此等模样，穿郡过县，岂非太过招摇了？万一招来物议，反有不测。不如静候一二月，朝中自有封赏下来。"

这样一说，徒众才打消随行之念，围上前来，与田横依依惜别。

田横遂点了亲随门客二人，与陆贾同登大船。顺风走了两日，便在即墨东登岸，那岸上，早有县令一班人与邮车等候。田横与县令寒暄毕，便与门客登上邮车，随陆贾车驾一路西行。

车行阡陌间，田横见禾谷尚好，炊烟四起，便慨叹："汉家一统，总还是强于诸侯相杀时。"路过村寨，却见有百姓仍敝衣遮体，面有菜色，便又叹气道："倘天下为我所有，当不至于如此。"

两门客亦是触景伤情，附和道："大王夙夜不懈，泽被齐民，齐民无不感怀。当初楚汉相争时，我齐地富庶远过于此。汉若无韩信掌兵，齐地当仍为天下乐土。"

田横闻言，心中便有无限苦楚，再望两眼田畴，几欲泪下。

行至洛阳城外三十里，恰经过一座馆驿，便停下来打尖。田横向那驿吏询问，方知此地名为"尸乡驿"，神色便是一凛。

待饮罢马匹，田横来至前车旁，朝陆贾打了一躬："今入朝觐见，当诚惶诚恐。然田横自海岛来，风餐露宿，衣冠不整，未免有所不敬，合当在此馆舍梳洗沐浴，方可上朝。 齐本为礼仪之邦，若不沐浴，岂有士风？ 田横实不愿为皇帝所笑。"

陆贾此次说动田横来归，一路上都在暗喜，自然不疑有他，便满口应允："阁下请在此处安心沐浴，待洗好后，再上路不迟。 容下官先行一步，入都禀告皇帝，也好为阁下备好馆舍食宿。"

留下田横与两门客，陆贾便与从人一行，登车而去。

看看陆贾走远，田横对两门客道："如今将入汉都门，不便再佩剑，两位请解下佩剑来，弃于此馆吧。"

一门客遵命，当即将剑解下，弃于角落；另一门客解下剑鞘，神情却似有不舍。 田横将那剑接过，抽出来看了一眼，不由惊道："此乃烛庸子之剑，为我齐之宝物，足可镇国。 可惜，可惜！"

那门客亦惋惜道："亡国之臣，纵是好剑，留之亦无用了。"

田横手抚剑锷，不由哽咽起来："看此剑，鳞纹细密，如涟漪层层，不知用了多少心血来煅打？ 国之利器，却要弃于泥淖了……"

见主公面色黯然，哽咽泣下，那门客便有些慌："大王，此时怎是伤悲之时？"

田横一怔，持剑向东而望，对两门客道："你二位近前来，我有话要说。"

两门客连忙趋前，叉手听命。

田横凝视二人片刻，方道："田氏立齐，至今二百年有余，终亡于我手中，实无颜面去见祖先。 那汉帝与我，本为东西两诸侯，无有高下之别。 他刘季命好，忽一日便翻身作皇帝，我却身为亡虏，奉召千里来朝，上天待我何其薄矣！ 齐自田氏当国，传至我，计有十四代君主，基业何其伟哉！然我生性愚钝，在下不能重振国祚，却要北面称臣，不亦奇耻大辱乎？以往我烹郦食其，今又将与其弟共事，即便郦商碍于上命，不敢计较，我又有何颜面与他同朝而立？那刘季传召我前来，无非是要验明真假，不再疑我逃窜。今既已有赦令，岛上五百壮士，可安然解甲，无性命之忧了；我田横，便再无牵挂。这几日来，离乡愈远，愈觉故国草木皆亲，有万般不舍。实不愿在此下车，向汉家屈膝……"

那两门客听至此，皆泪流满面，不能仰视。

田横执剑在手，仰天叹道："我田横，生来便是堂堂男儿，世食齐禄，又受推为齐君；齐亡而我苟活，断无此理！到此'尸乡驿'，怕就是我归宿了。与其诟笑求生，不若就此殉国，也好博个美名。"

两门客大惊，连连叩头至流血，死命劝阻。

田横并不理会，只朝东拜了三拜，对门客道："家国破灭，尔辈何苦作小儿女状？国虽亡，魂魄犹在，必与山海同寿。罢罢罢！两位义士，洛阳距此不远，我这头颅，劳烦二位这便持了去见汉帝吧。"说罢，将剑往颈上狠命一抹，霎时便血溅三尺，倒地气绝。

两门客惊得魂飞天外，忙跃起施救，哪里还能唤得魂归？只得抱住了田横尸身，大哭不止。

且说那陆贾先行一步，向刘邦禀明：田横已来至城外，正在沐浴。刘邦闻之甚喜："先生功高，居然劝得田横来归！不愧为天下第一利舌。向时那项王，若能听你劝，又何苦身首异处？"

君臣两个正在议论，却有随何仓皇奔上殿，奏道："有田横麾下两门客，在宫门求见，报称田横已在馆驿自尽，嘱二人携首级入朝。"

刘邦听了，大惊失色，瞪了陆贾一眼："书生办事，如何这等不周？ 洗澡，洗澡，竟洗死了天下一等的英雄！"骂了半晌，忽又想起，急忙吩咐传见两门客。

只见两门客以白布幅巾裹头，神情哀戚，至殿前跪下。 其中一位，手捧白绢所裹田横首级，交予随何。

随何将包裹小心打开，呈递给刘邦、陆贾察看。 那陆贾于一个时辰前，还正与田横言笑，此时瞥见田横首级，不由面色发白："陛……陛下，果然是他！"

刘邦见那首级气色如生，怒目犹张，不禁叹息一声："朕虽不识田横，但见这英气不凡，天下又怎有第二人？"

陆贾却犹自惊疑不定："适才在馆驿，还曾见他意态从容，向臣询问汉家诸般规矩，如何顷刻之间，便是天人两隔了？"

刘邦慨叹道："田氏一门，多暴虐之主，唯田横尚可称贤君。他不愿来见我，乃是为守节。 如此惜名节而弃荣华，当世能有几人？ 实是伟丈夫，伟丈夫呀！"

"既如此，他何不在海岛上便了断？ 却要随臣奔波半月，又所为何来？"

"腐儒，看不透了吧？ 田横应召至洛阳城郊，方才自尽，乃是为表明心迹，不欲逆汉家天威，此举，是要为那五百门客求个生路。"

陆贾这才有所悟："哦——，微臣迂腐，竟然毫无所察。"

刘邦又对那两位门客温言道："你二人忠心事主，实属难得，便在军中做个都尉吧。"说罢，又唤随何道："你去知会卫尉衙署，遣一千名禁军士卒，往北邙山去，寻得一块福地，将故齐王尸身收殓，以王礼安葬。 两位客人，可主持其事，诸人皆听他二人调遣。"

随何领命，起身便要将那首级包好，刘邦却道："且慢，朕再看上一眼。"说罢，起身离座，来至首级前，略看了两眼，竟忍不住落下泪来，对陆贾等人道："齐有田横，美名便可传于后世。 千年之后，何人还能计较今日孰胜孰败？ 唯有此等君子之名，妇孺相传，代代有人知。 我辈用兵虽是赢家，然在名节上，却是输给了他。"

两门客闻汉帝如此赞誉，更是涕泗横流，连连叩头。 谢恩毕，两人便由随何引导退下了。

隔日，两门客将田横尸身装殓好，由千名禁军护送，迤逦渡过洛水，至北邙山下，择地挖穴。

待墓穴完工，由随何前来致祭，将田横下葬，按诸侯之礼，筑起一座高有仞余的大墓，墓旁遍植柏树，颇具气象。 封土之后，那两位门客对随何道："故齐王待我等有如子侄，今实不忍骤然离别，请容我二人暂栖此地，守丧一旬后，再行归营。"

随何听了，也觉有道理，于是便不勉强。 只吩咐地方有司，须四时祭享，不得怠慢，便率队返城了。

哪知随何走后，两门客并未歇息，连夜在墓壁上凿了两个洞穴。 待到天明，两人脱去汉家衣冠，换上白衣，向田横墓拜道："王既殉国，臣又岂敢偷生？ 愿陪君上永在北邙，遥望故土。"拜罢，大哭了一场，便双双拔剑自刎，扑倒于穴中。

有附近农家发觉，忙奔告里正。 那里正来看了，惊骇不已，当即报了县丞。 县丞也来看了，亦是目瞪口呆，连忙驰报洛阳宫中。

刘邦在南宫闻报，不由得惊起："齐地有如此奇士吗？"当下，便传了陆贾来，将门客殉主之事告之，蹙额道："田横自刎，二客竟以身殉，主仆恩义世所罕见，然朕闻听此事，却颇觉不安。想那海岛之上，尚有五百义士未归顺，闻风岂不是又要作乱？此事，还须劳烦先生亲往了结，再登海岛，哄得他一众党徒来归，另行安抚。"

陆贾闻命，不禁面露难色："田横自刭，明日洛阳城内将无人不晓。不出月余，海内也将传遍。臣可哄得五百人离岛，然上岸之后，他们知旧主已死，又如何肯罢休？"

"先生勿虑，朕遣郦商率劲卒一队，护送你前往。"

"万万不可！郦将军心怀家仇，遣他去，如何使得？"

刘邦一笑，摇头道："读书人，怎就这般胆小？"略加思忖，又道："你赴海岛，便不必登岸了，随从也无须多带，在船上向彼辈宣谕就是，只说那田横已自刭，朕已下旨以王礼厚葬。岛上诸人，统统授予高爵，听凭各回本乡。朕将明诏下发，各县乡小吏，绝无敢刁难的。"

"宣谕过后呢？"

"你只管返航就是。船不泊岸，还怕那五百人飞过来，将你分食了不成？"

"如此……仅凭这寥寥数语，那五百徒众，果就能偃旗息鼓乎？"

"这一节，你就无须挂虑了。五百人动静，悉听其便。群氓无首，欲反又能如何？朕自会传令沿海戒备。彼主公已死，又有招抚令下，徒众踌躇数日，自会来归。"

陆贾心中犹存疑虑，勉强领命，即日便上了路。待到得海边，将随从留在岸上，随身只带了一名书童上船，便命水手启航。

这日，船行至海岛近处，只闻一声鸣金，岛上山岩间，忽地拥出许多人来。原来，那五百义士早就望见船来，以为是田横归来，都欢喜异常。但张目细看，却不见田横踪影，唯见陆贾偕一位书童立于船头。

众人正疑惑间，忽闻陆贾高声宣谕，所言要领，正是刘邦于日前所嘱。

岛上五百人听了，一时皆怔住。少顷，才都回过神来，明白主公已然死了，登时呼天抢地。陆贾心中发慌，正要下令返航，不想有一壮士猛地跃起，一把扯去幅巾，仗剑披发，引吭高歌起来。

其余义士也都起身，面向西方，齐声歌吟。其歌甚凄凉，辞曰：

> 薤上露，
>
> 何易晞，
>
> 露稀明朝更复落。
>
> 人死一去何时归？

这便是流传于后世的《薤露歌》①，古时崂山一带民间，凡有丧事，必以此曲为挽歌。

五百壮士反复吟唱，歌声与浪涛交混，其声愈悲。陆贾与船

---

① 薤(xiè)，百合科多年生草本植物，今称"藠(jiào)头"，其鳞茎与嫩叶可食。薤露，喻人生如薤叶上的露珠一般，短暂无常。

上水手听了，都不禁为之泣下。

如此唱了多时，那领唱者忽然目眦俱裂，大呼一声："君上，且慢行，我辈也来了！"喊罢，便拔剑自刎。霎时，那五百壮士皆拔剑在手，纷纷自刎。陆贾欲大呼制止，然惶急中，竟然喊不出声来，只在船上看得呆了。

不到片刻工夫，壮士尽皆尸横于地，再无声息，岛上唯闻鸥鸟啼鸣。陆贾惊骇至极，率水手上岛察看，见无一生者，不由唏嘘，良久才登船离去。

待返回洛阳，入朝具奏，刘邦亦甚惊愕，竟瘫倒于座："天下尚义之士，何其多也！"又喘息了半晌，才起身，在殿上踱躞良久，仰头慨叹道："当年若无纪信替死，我刘季，便是今日田横矣。"

陆贾见刘邦怏怏不乐，忙伏地请罪道："臣驽钝，三赴海岛，竟未劝归一人，罪不容恕。"

刘邦掉头望望陆贾，忍不住一笑："先生平身吧，你哪里有罪？你允那田横洗了个澡，便洗去了我心头一大患，褒奖尚且不及，如何能怪罪你？朕这便吩咐萧何，移文即墨县，着县令征调民夫上岛，将那五百人的尸骨收捡起，好生埋葬了，免得齐人心生怨望。"

半月之后，即墨县收到丞相府来文，当即征调数百民夫上岛，将五百义士尸骸尽数收殓，于岛西南最高处，合成一冢安葬了。

此处士冢，规模甚巨，高约丈余，长宽各五丈，至今犹存。经两千年栉风沐雨，已与山峦融为一体，浑然不分。后人仰慕田横高义，遂将此岛命名为"田横岛"，义士冢亦得名"田横顶"。田横之名，果如刘邦所料，相传千年而未灭，此亦为后话。

将田横之事处置完毕，刘邦心头仍有不安，遂召来张良、陈平，密议道："枭雄在野，迟早是个祸患。今田横既除，去了我心腹一疾，然仍有两人漏网，令我枕席难安。"

陈平会意，便道："陛下是说楚逃将季布、钟离眜？臣亦极感忧虑，然不曾察觉二人踪迹。"

刘邦颔首称是，又拿眼瞥了瞥张良。

张良略一迟疑，答道："臣亦不知。"

刘邦便恨恨道："昔日睢水之败，朕与陈平兄逃亡，丢盔弃甲，数历险境，受此二人窘辱已甚。若不是近侍拼死护卫，我刘季之头，早已置于项王案上了！至今思之，犹切齿难忘。"

陈平叹口气道："如今汉家天下，连山越海，幅员之阔不知凡几，藏起两个人来，万难寻觅，唯有张榜缉拿了。"

"好啊！你这就拟出榜文，交廷尉府，找那画师画了像，传布各郡县。有能访获两逃犯者，赐予千金；若藏匿不报者，罪及三族。非如此，休想网得住这两条大鱼。"

张良却还是面露犹疑，半晌才道："榜文一出，郡县自是不敢搪塞。且各地户口渐已造册，所有闲游人等，均难藏匿，这倒是无须担心了。臣之所虑，乃是郡县张网虽密，各诸侯国中，却是难以遵行。"

刘邦便道："朕之心虑，也正在此。为防各王敷衍，可明令各封国相府，大力察访；御史大夫周昌那里，也须向诸侯身边派去眼线。此网一张，不要说两犯，即是虾米，也要打捞出来！"

君臣议罢，陈平便飞快草拟了榜文，送去廷尉府。廷尉府又誊抄数千份，并附二人画像下发，飞骑传至各地。天下各关隘要道，一时皆挂出季布、钟离眛画像。各郡县衙署，皆出动大批差役，明察暗访，一时缉拿甚急。

且说此时的季布，正藏匿于濮阳（今属河南省），地处洛阳以东六百里。这濮阳城中，有一豪族周涉臧，乃季布世交。当初，在垓下被困之时，季布见大势已去，与项伯、钟离眛等洒泪告别，易装遁逃，即潜入了周涉臧宅中。

季布本是楚人，为人豪气任侠，极重然诺，在楚地甚有美名，民间皆赞"得黄金百斤，不如得季布一诺"。那濮阳一带，百姓又多拥戴项羽，故季布逃至此地，应为万无一失。

哪知朝廷缉捕令下，濮阳城内亦不得安宁了。这日，周涉臧出门访友，见闾巷中有差役成队，正挨户察访。上前一问，方知是朝廷悬赏千金，要捉拿季布、钟离眛。周涉臧闻之，不由大惊，慌忙奔回家中。

见到季布，周涉臧便跪倒一拜，惶急道："汉家出千金，搜求将军甚急，眼看便要搜至臣家。一旦破门而入，将军便无处可逃，臣亦将被诛三族，都是白白送死。将军若能听臣一言，臣便为将军献一计；将军若不愿听，臣不如就此自刎！"

听周涉臧如此说，季布便知事已甚急，当即扶起周涉臧，应道："季某已是穷途之人，托庇于此，一切听任足下安排。"

周涉臧得了这允诺，心头一轻，急急说了声"得罪"，便取来剃刀，将季布头发尽行剃落。又为他换上褐衣①，用铁圈套住脖

① 褐(hè)衣，粗布衣，古时为贫贱庶人所服。

颈，装扮成髡钳刑犯①模样，与宅中数十名家奴一道，装入一辆丧车，一起运至鲁城，卖给老友朱家。

那朱家，乃是鲁城一个有名的游侠，与周涉臧素有厚交。此时见周涉臧突至门上，声言是来卖奴，心中便知必有蹊跷。于是哈哈一笑："周兄，何必这般惶急？总要验了货再说。"便步出门来，将那数十人端详了一遍。但见其中一人，虽髡钳敝衣，神态举止却殊为不凡，便猜想此人或是季布。于是也不点破，命家老按数取出钱来，将这几十人一并收下了。

朱家之名，在鲁地威震四方，官府对他亦颇有忌惮。将季布转托于此，当可无事，周涉臧心中一块大石落了地，遂再三拜谢而去。

再说那朱家虽貌似粗豪，但做起事来，却是异常细心。他将数十个家奴分派了当，独独留下季布问话。季布不识朱家，故不敢冒失，只编了一套身世来应付，意态颇从容。

言谈之间，朱家益发认定：此人必是季布无疑！遂起了怜悯之心，有意保全。当下对季布道："朱某不才，唯有胆识而已，十数年来，收留天下豪士及亡命之徒，不可胜数。你只管在此栖身，我并不问你出处。何时住得烦了，你走了便是；若住得安逸，则万事莫问。"

朱家叮嘱罢，又唤来儿子吩咐道："我新购得一奴，颇擅事务，今日起便教他去农田劳作，一切稼穑事务，全听此奴安排，你只须与他同进饭食，勿怠慢就是。"

---

① 髡钳为奴，系秦旧制，汉代沿袭之。

其子不明就里，只得遵父命，恭恭敬敬将季布带去田庄，好生安顿了。季布既知眼下暂无性命之虞，也大大松了口气，遵朱家所嘱，只每日栉风沐雨劳作，并无多话。

那朱家素来乐为人解难，当此际，自是不能安睡了。入夜后，屏退家人，启开一坛春醪，自斟自饮，想了足足一夜，终于想好了为季布解脱之计。

待天明之后，他即吩咐家老，备好一辆上等的辂车，又叮嘱儿子守好田庄，便带上仆从，登车向洛阳驰去。

辂车一入都门，便直奔汝阴侯夏侯婴府第而去，行至府门，朱家纵身跳下车来，向门前司阍拱了拱手，大声道："鲁人朱家，前来叩访汝阴侯。"

那司阍资历颇深，遍识天下显贵，今见朱家面生，不免就有些轻慢，瞥了那辂车一眼，懒懒问道："可有名谒递上？"

朱家不禁火起，叱道："甚么谒不谒的？有活人在此，还要那篾片做甚？"

司阍见朱家虬髯满腮，豪气逼人，心知此人乃厉害角色，遂不敢唐突，连忙进去通报了。

等候有顷，只见夏侯婴衣冠整齐，满面恭谨，迎出了门来。朱家见了一惊，口称："平民朱家，冒昧求见。"便欲伏地行大礼。夏侯婴连忙上前一步，将他扶住："切莫多礼！"两人便相对揖了一揖。

施礼毕，夏侯婴拉住朱家衣袖，略作端详，喜道："侠士，侠士！久闻你大名，却未得谋面，今日何其幸哉。"

侯府那些司阍、侍卫等人，也都是见过世面的，知自家主公乃朝中重臣，功高位尊，无论何等公卿来访，只在中庭迎候；今日见这位布衣来访，主公竟然整衣迎出门，都不禁暗自咋舌。

朱家登堂落座，只说是慕名拜见，与夏侯婴谈古论今，指画天下，片言不及季布事。夏侯婴虽贵为公卿，却不失为性情中人，一见之下，便与朱家相得甚欢。

那朱家本是直爽之人，臧否人物，指陈得失，全无一丝顾忌。夏侯婴听得入迷，对朱家越发敬重起来。两人共话楚汉往事，谈了一整日，夏侯婴还嫌未能尽兴，索性留朱家在府中，连日对酌谈心。

数日后，两人在庭中槐荫下闲谈，夏侯婴忽道："秦失其鹿，汉家终得之。试问，天下平定半年以来，百姓议论如何？"

朱家稍作思忖，便道："息兵宽刑，自是大得人心；然近来不知为何事，却有差役四出，入户搜查，恍又回到秦时矣！"

夏侯婴便笑："大侠勿疑，此乃今上有旨，要捉拿季布、钟离眜二人。"

"季布？此人名声甚佳，乃壮士也。今犯何罪，官家搜求如此之急？"

"哈哈，季布为项羽亲信，昔日征战，追击汉军，曾数度窘辱今上；就连我这御者，也险些吃他砍杀。故今上甚有怨，必捕之而解恨。"

朱家闻言，便一拱手，直视夏侯婴道："以君之见，季布此人何如？"

夏侯婴心中一动，眼睛眨了两下，答道："贤者也。"

"既如此，请容仆直言：为人臣者，各为其主所用；季布为项羽所用，乃职分所在，尽忠而已。今项羽虽灭，然项氏之臣，岂可尽诛？仆以为：汉帝始得天下，怎能以一己私怨，破门凿壁，搜求一人？ 君上欲施仁政，为何要示天下以心胸不广呢！ 且以季布之贤，搜求如此之急，他必远遁外邦，不北奔胡地，即南奔越国。 人君当国，最忌驱离壮士以资敌国。 伍子胥之所以怒鞭楚平王尸骨，恰是恨他事做绝了呀。"

一番话，说得夏侯婴大为动容，向朱家深深一拜："公所指教，实获我心；然通缉令牒已下，奈何？"

朱家道："人才得失，兴衰系之。 君既为朝廷心腹，何不尽力向今上进言？"

夏侯婴沉吟片刻，叹口气道："为人臣者，终有所顾忌。"

朱家遂移膝向前，咄咄道："我虽莽夫，也知敬慕大儒。 吾乡孔子曾言，'见义不为，非勇也'，此为大丈夫立身之道，公不欲听圣人言吗？"

夏侯婴顿感大惭，知季布必匿于朱宅中，便奋袂而起，慨然道："诺！"

朱家大喜，当即向夏侯婴拜别："君之气度，令朱某敬服，幸喜所托不谬。 在下不揣冒昧，两手空空而来，却是满载而归，足矣！"

离了侯府，朱家便驱车返回鲁城，往田庄去探看。 见季布仍是布衣斗笠，埋头劳作，遂不置一词，返回了家中，静候音信。

再说那夏侯婴，果然未曾食言，一心在寻觅时机进言。 这日，刘邦忙毕公务，甚觉无聊，便召夏侯婴进宫对酌。

两人酒酣耳热之际，夏侯婴忽然低声道："季兄，我近日探得季布消息。"

刘邦一惊，双目立即炯炯："哦？ 匿于哪个王身边？"

"诸王新封，何人胆敢收留钦犯？ 季布乃由鲁城一侠士收留。那侠士仗义，不欲我汉家追缉季布，近日寻访至我门上，谓汉家新兴，不应效楚平王逐伍子胥……"

刘邦又是一惊，盯住夏侯婴半晌，方道："夏侯兄，你今来，是为季布做说客？"

"臣不敢。鲁之大侠朱家，千里求见微臣，臣实是无词可推脱。"

刘邦只是拈须不语，夏侯婴看得心急，又谏道："季布在楚地人望甚高，杀之，恐有违人心。"

刘邦抬手示意无须再说，叹道："唉！一代枭将，竟沦落至此，倒也可怜。夏侯兄，昔年在睢水，你救了我，又救了我一双儿女。这个面子，须得卖与你。好吧，朕赦季布之罪，可命他速来洛阳觐见。前事皆不问，有甚么话，教他当面来与我说。"

夏侯婴心中暗喜，忙拱手谢恩。

刘邦又道："早年你为韩信缓颊，使朕得一绝世之才，此事我未忘。今又为季布缓颊，或可为汉家添一忠臣。莫非，你夏侯婴识人之才，远胜于我？"

"季兄玩笑了。若非你仁厚，何人敢为钦犯疏通？"

"嗯……然亦有不妥：既赦了季布，那钟离眜又将何如？"

夏侯婴狠狠心道："既赦季布，下不为例。"

刘邦望住夏侯婴，忽而笑道："也罢，算他季布命好。夏侯兄，自沛县起兵，我辈活到今日不易，今后休得再怀妇人之仁了。项王之鉴不远，万不可忘。"

闻此言，夏侯婴知疏通已成，便信口应付了几句，谢恩退下了。

时过两旬，果然就有朝令颁下，称：今上亲赦季布，不再论罪。令季布无论匿于何处，只管来洛阳朝见。

此令传至民间，闾巷小民皆以为奇，哄传一时。朱家也听到了风声，忙奔至城门处察看，但见那通缉榜文上，季布姓名及画像果然已涂掉，不由欣喜。又前往郡衙中打探，知朝令确已颁下，便疾奔至家中田庄，一把掀去季布头上斗笠，唤了一声："好你个季布！"

季布全无防备，脸色登时变得惨白，抛下掘土的铁锸（chā），叹息一声："在下正是，请公速缚我至官衙。"

朱家便哈哈大笑："公可无虑！今上已赦公罪，请随我速往洛阳朝见。"

季布闻之，又惊又喜。朱家便挽了他衣袖告之：日前请托夏侯婴代为疏通，方有今日。季布恍似在梦中，伏身于地，连连叩首，谢朱家救命之恩。

朱家忙将季布扶起，笑道："将军有盛名，楚人无不敬服，汉家君臣亦有怜惜之意。公请随我返回寒舍，拆去颈上那铁圈，沐浴一新，也好同我赴洛阳。"

季布不由热泪满眶，慨叹道："侠士再生之恩，教季某今世如何报偿？"

朱家便正色道："将军勿出此言。吾乡孔子曰'君子成人之美'，我朱家救人急难，非为图报。若再言报答，便是辱我了。"

隔日，季布换了装束，便与朱家同车赴洛阳，先去拜见夏侯婴。

在汝阴侯府中，季布见了夏侯婴，唤了一声"滕公"，便要跪拜。夏侯婴连忙止住，殷切道："季布兄，今日相见，乃你我前定之缘，都无须客气了，速同我去朝见君上。"

朱家在旁见状，亦甚欢喜，拱手道："滕公，朱某多事，劳烦了阁下多日，当就此别过。"

夏侯婴连连摆手，要留朱家再住上几日。朱家坚辞不肯，向季布揖了一揖，道了保重，便出门登车而去。夏侯婴阻拦不住，连忙随其后送出门外，怅望良久。

这日恰逢朝会，夏侯婴便引了季布入朝。待季布步上殿来，朝中沛县诸旧臣中，多有识得季布的，顿时满堂哗然。

季布趋近御座前，向刘邦叩首请罪道："罪臣季布，有逆天威，藏匿至今方出首，甘受陛下惩处，而绝无怨言。"

刘邦忙道："还说这些做甚？平身，平身！自垓下一战，不见你踪迹，你倒是如何活过来的？"

季布便将幅巾扯下，露出个光头来，将数月来的颠沛情状，逐一述说。刘邦与众臣听了，都不胜唏嘘。

樊哙按捺不住，忍不住道："垓下那时，何不便降了，却要吃恁多苦头？"

季布叹道："垓下逃离，即已无颜对项王，岂能旦夕间便降汉？且季某斩杀汉兵甚多，恐罪不容诛耳。"

刘邦道："岂止是折损我家儿郎？我刘季这条老命，也险些丧于你手！"

此话一出，殿上便是一片肃静，众臣面面相觑，不知刘邦将有何旨意。季布则伏于地，心中生死之念全无，只听凭刘邦发落。

刘邦却开颜一笑，离座将季布扶起："好了！你既知罪，前来出首，朕又岂能计较前嫌？你在楚地，人望甚高，我偏不教你做伍子胥，免得我留下千秋骂名。你既来投，权且先做郎中吧，为我近身护卫。职分眼下虽低，然来日方长，前程未可限量。"

季布闻旨，不由涕泗横流，急忙推辞道："亡国之臣，不堪任事，蒙陛下免赐死，便是大恩，又岂望得官？"

"季布，我汉家冠戴，如何便入不了你的眼？辞官不受，可是仍心怀楚德？"

"不敢！唉……"

"朕倒要问你，当日在睢水，为何追赶我甚急？"

"无他，彼时臣效力于项王，唯恐追敌不力。"

刘邦便大笑："正是呀！朕唯怜你忠心，故而授职，你若再扭捏不肯，便是作假了。昔日在楚，你职分所在，追杀我到半死，然与汉营诸人并无私怨，故可无虑有人报复，用心履职便是。"

季布复又流泪，沉吟半晌不语。

樊哙大急，上前拽一把季布衣襟："活命了还哭甚！"

季布仰面一叹，只得依了，谢恩而退。待季布下殿后，樊哙便问夏侯婴："这季布奔窜民间，如何便撞到了你府上？"

夏侯婴这才将朱家请托的原委，向诸臣一一道明。众人听了，又是一番慨叹，都交口赞季布能伸能屈，终获解脱；又钦敬朱家能急人救难，实为当世无双之豪侠。

那朱家之名，自此便传遍天下，然他返回鲁城后，却立即改名换姓，移居他乡，终身再未见季布一面，其慷慨侠气，实非寻常。此乃后话了。

季布蒙赦，天下皆称汉帝宽仁，此事颇令一人心动。这人不是别人，便是那季布的异父同母兄弟丁公。

原来，季布父早死，母再醮，与后夫生了丁公。故而，这丁公与季布的姓氏、籍贯皆不同，乃是薛城人，本名丁固，世人号为丁公。

丁公投项羽军后，颇有战功，后加为将军。当年在睢水之战中，私自放了落荒而逃的刘邦，算是对刘邦有恩。垓下溃败后，丁公亦易服遁逃，藏身于民间。

这日他听到街谈巷议，知季布已投汉，得授郎中职，心中便大喜，只道是刘邦不再计较前嫌了。想那自家阿兄，于睢水畔追得刘邦鸡飞狗走，今日尚能授官，若我前去谒见，当是显贵无疑，或授个中尉也未可知。如此一想，便一改往日谨慎模样，喜笑颜开，收拾好行装赶往洛阳。

到得宫阙之前，丁公便大声自报家门，要见君上。那殿前郎卫之中，有三五人原是旧卒，皆知丁公当初私放刘邦事，遂不敢怠慢，将丁公迎进殿门安顿好，即飞步入报。

此时，刘邦正在便殿，与夏侯婴、樊哙二人议事，闻谒者通报，一时竟想不起是何人。夏侯婴在侧，忙提醒道："陛下可还记得睢水西归途中，曾有大队楚兵阻路，后又纵我而去，其为将者，便是这丁公。"

刘邦这才记起，淡淡道："原来是他！那么……这就传见吧。"便起身来至前殿，升殿宣召。

谒者闻命，即于殿前高声宣进。殿外所列郎卫，一递一声地传呼出去，备极威严。刘邦笑笑，掉头对夏侯婴道："朕所料何如？你曾言，下不为例，这不是又来了一个？"夏侯婴闻言，心中就一沉，为丁公捏了一把汗。

那丁公被带上殿，急趋两步，伏地拜道："臣丁公拜见陛下。多年不见，臣未曾有一日忘记汉王。"

刘邦只冷冷道："听你此言，莫非是怪我忘记了？"

丁公慌忙道："臣怎敢？今日来朝，便是乞恕罪。"

刘邦闻此言，忽地起身，勃然变色道："来人，将这罪徒捆起来！"

郎中令王恬启在侧，立喝了一声："动手！"殿前郎卫便一拥而上，死死捉住了丁公。

丁公大惊，挣扎了两下，高声道："陛下，莫非忘了睢水边旧事？"

"哼！朕正与你相同，何曾有一日忘记？昔年之败绩，当是我死日，我之不死，自是要谢你。然你既为楚臣，却为何私自纵敌？可叹楚营，有你这等贰臣，背主而留退路，那项王焉能不亡？"

丁公这才明白，刘邦此刻，已毫无念旧之情，只想杀人立威。当下脸色便一白，急切道："既如此，那项伯又何如？"

"早料到你会如此说！项伯之于项王，岂是主仆可比？且项伯纵我，并不在堂堂两军阵上。鸿门宴埋伏杀机，本为不义，项伯不愿范增以诡计杀我，为天下所耻笑，故而纵我，又岂是你临阵纵敌可比？"

丁公便仰天叹道："既是纵敌，又何来异同？我丁某之冤，堪比睢水滔滔。"

樊哙看不过，不禁叱道："蠢人，当此时，还要嘴硬。"

不待丁公再开口，郎卫们便拿来绳索，将他牢牢捆住。刘邦笑道："朕登基伊始，便有人殿上喊冤，真乃奇哉怪也！在此，便与你说个分明吧：我不赦你，欲以你为汉家臣子戒。杀的是二心之臣，以免效尤。"

丁公闻言，怒吼一声，以头触郎卫，挺身起立道："我丁某一念之仁，致有今日。若当初不饶陛下，这殿前被捆的，还不知是谁。陛下既然颠倒恩怨，我亦无话可说，死便死矣，只当为天下投汉者戒。"

刘邦冷笑道："今日知悔，不是太迟了？主既亡，仆亦应随之，焉能有侥幸？所谓留后路者，实为自作聪明。来人！将此人推去营中，传谕三军：丁公为臣不忠，故今日受死。使项王失天下者，此人也。务令诸兵卫都来观看，示众毕，即斩首！"

丁公将脖颈一挺，轻蔑笑道："杀丁某，如杀鸡耳，何必逞天威？只不知自我以后，何人还敢真心向汉？"

众郎卫七手八脚，以绳索将丁公嘴巴勒住，便向殿外推去。丁公虽詈骂不得，然一路挣扎，犹自嘶吼不止。

夏侯婴、樊哙见了，都面露不忍之色，欲开口求情。

刘邦知二人心思，将袖一挥，决然道："为臣者，岂可怀二心？今戮一人，可使千万人惧。此即为大义，非暴虐也。朕今为天子，已非昔日一方之地的汉王了，故私恩不可以蔽公仇。如此，方可使天下知是非。"

夏侯婴、樊哙只得忍住不言，唯在心头唏嘘不已。

刘邦看看二人，又叮嘱道："钟离眜逃遁，至今仍不见踪影。此人勇冠三军，智谋不在范增之下，若潜伏山林，亦效法篝火狐鸣，岂非我汉家之大患？你等位列公卿，一门尊荣，全赖于汉家安否，故此，还须多多留意才是。"

夏侯婴闻言，嘴巴动了两动，然终未开口。

樊哙却笑道："钟离眜？他哪里学得了狐鸣？"

刘邦望住夏侯婴，疑惑道："卿欲何言？"

夏侯婴道："钟离眜究竟何往，臣曾问过季布。季布道：垓下溃败之夜，钟离眜曾言，欲往韩信帐下藏匿。"

"韩信？"刘邦眼睛豁然睁大，恨恨道，"如何却不见韩信举发？"

"或是惧怕陛下降罪。"

"怪不得，缉拿两犯榜文一下，立即逼出了季布，然钟离眜却仍无音信，或正是在韩信那里。也罢！朕即遣郦商，率禁军一队前往索拿。"

夏侯婴一惊，忙谏道："恐不妥！今无证据，便发兵索拿钟离眜，恐使韩信生异心，或将动摇天下。"

刘邦略略一想，颔首道："也是。朕便教陈平拟书一封，问问那韩信，若钟离眜在彼处，则令解送来洛阳便是。"

樊哙摇头道："若韩信不肯解来呢？"

刘邦微微一笑："解不解来，只在迟早间。若钟离眜在楚，我既问过，韩信必不敢纵容他，也就不至弄出祸患来。"

樊哙恍然大悟，敬服道："季兄，我算明白了，这天下，唯有你一人捏弄得了。"

且说钟离眜此时，果然就在韩信处。季布所言，分毫不差。当初垓下溃散，钟离眜扮作商贾，连兵卒都未带一个，即跟踉奔出。欲回家乡又恐被人认出，只得往淮阴一带奔窜，以打探韩信消息。韩信改封楚王后，淮阴百姓奔走相告，钟离眜闻之，便知时机已到。

早先在楚营，钟离眜虽与韩信身份悬殊，然同为淮南人，见识又颇相近，故而相交甚厚。韩信彼时欲投汉，钟离眜惺惺相惜，私授通关文牒，助其顺利逃离。

有此渊源，钟离眜便认定，韩信必不会忘旧，末路时可以往投。 待韩信至下邳就国，钟离眛便来到下邳，登门求见。

此时下邳楚王新宫刚刚在建，韩信又圈占了大片民田，以迁葬父母，诸事皆烦琐。 韩信欲抛下这些俗务，自去寻仙访逸，又因高邑不在身边，无人说话，便也无兴致。 正自无聊间，忽有谒者来报，说有淮南故人求见。

韩信抛下手中书卷，心中便是一念闪过："淮南故人？ 莫非是钟离眛来投？"遂起身到中庭来迎，只见一商贾装束男子，健步而入，不是钟离眛又是谁？

两人四目一对，了然会心，都未作声，只互相施了礼。 韩信一把抓住钟离眛的手，低声道："如何今日才来？ 且往内室坐，好生叙叙。"

两人步入密室，韩信便屏退左右，笑道："兄再有两月不来，我便疑你已经死了。"

钟离眛叹口气道："唉！ 不说也罢。"

韩信便劝道："依弟之见，钟离兄不必沮丧。 人之荣辱，皆由天定。 我今日显贵如此，昔日浪迹淮上时，也是万不敢想的。 兄既来之，则万事勿虑，只将敝舍视作自家一般。"

"若汉王怀恨，明令通缉，将如之奈何？"

"此地是楚地，朝中所下文牒，全当是篾片好了！ 兄栖身敝舍，我可保风雨不进。 韩某未必短寿，我在这世上活一天，钟离兄便可自在一天。"

一席话，说得钟离眛落泪，当下便要伏地叩谢。

韩信连忙阻住："兄千万不必！ 受人以恩，焉能不报？ 你若不来此，倒显得我欠了你许多似的。"

两人叙毕，韩信便唤来内史，安顿好钟离眛的宿处，又给他换了光鲜衣衫。自此之后，闲时饮宴，两人便常在一处。

韩信本是驰驱惯了的，一时闲居，颇为不耐，于是私募了五千壮士，披甲执戟，充做侍卫，偕同钟离眛，只往风景幽绝处去，恣意巡游。

那车驾卤簿所过之处，人马杂沓，矛戟如林，犹如盗寇入侵。地方上多被惊扰，各邑衙署苦于迎送，都怨恨不已。

钟离眛心有不安，便劝道："韩兄盛名远播，世间多有嫉恨者，似不应如此张扬。"

韩信笑道："管他！无我韩信，天下尚不知姓谁。鼠辈小吏，苟且谋生而已，安敢侮慢功臣？"

待通缉两犯榜文下来，韩信看到，只轻蔑一笑，任由楚相府分送各地，循例张挂而已。

稍后季布出首，又有陈平代刘邦拟信至，韩信拆开信读罢，脸色便不大好。钟离眛在旁看见，颇有不安："可是问起我来？"

韩信将信朝案下一丢，嗤之以鼻道："不用理会！他能收留季布，我便能收留钟兄。你我头顶上，唯有楚地之日月。我自饮酒巡游，饲马玩鹰，帝力于我何有哉？"

如此过了数月，旁人不知钟离眛匿于韩信处，周昌所遣暗探却有所耳闻，遂以密信传至朝中。刘邦得知，更加疑心，又亲笔去信询问。然韩信回函，只说正在全力缉捕，尚无踪迹。

刘邦不能断定真伪，问计于左右，诸臣亦劝可暂不追究。如是，刘邦叹口气，也只得将事情搁置下来。

夏六月之后，洛阳城正是炎阳如火，市井百业亦日渐繁盛。自汉家一统之后，君臣忙乱至此，方有了些头绪。城内各公卿趁着闲暇，相互宴请，纳凉消夏，都在安享太平时日。

这日，刘邦带了卢绾、陈平、夏侯婴、王恬启等重臣，登东门而望，见城内烟霭祥和，四民安堵，不由心满意足，喜道："周室定都于此，享国八百余年，子孙传位三十代，何其壮哉！今汉家承周祚，也必有千年之运。"

陈平躬身附和道："岂止千年，万年亦是可期的。"

刘邦便笑："文臣之顺耳话，真是张口便来。万年朕不敢想，然以此城之固，雄踞中国，足以威临四夷。便是那诸侯来朝，路程亦相等，无分亲疏远近，实是上天所赐之福地也。"

陈平又道："即以兵家而论，洛阳亦是百战不堕之地。拥此城，西接秦岭，东临嵩岳，北依王屋，又据大河之险，何人敢犯？"

夏侯婴却道："国祚长短，恐仅系于德政。不然，何来春秋之乱、战国之争？"

刘邦不由回头怒视，叱道："就只你一人会说话！"

稍后，君臣下得城来，见城门仍有张榜，正通缉钟离眛。刘邦便指着榜文道："溃堤者，蝼蚁也。夏侯兄为我忧天下，不若早为我擒得此人。洛阳虽非咸阳，然安危同理，焉知这世上再无人如陈胜吴广，欲假作狐鸣？"

闻此言，王恬启、卢绾两人不禁肃然。王恬启应道："陛下所虑，事关至大，臣这便命各门加紧盘查。"

卢绾也奏道："各郡县奉命缉捕，从不敢稍懈。且各诸侯国处，皆有御史台所遣游士暗访，钟离眛必无所遁形。"

刘邦略略颔首，又嘱道："罗网既张，便勿松弛，尤须留意楚王韩信才是。"

隔了数日，洛阳东门外忽来一人。只见他褐衣草履，风尘仆仆，肩上斜挎一行囊。至城门下，将那通缉榜文看了一遍，大笑道："逃犯钟离眛，何足道哉！吾今有一好计，欲面谒皇帝，惜乎无人引荐。"

城卒闻之，颇感诧异，旋即报与城门校尉。校尉得报，出来盘问了一番，方知来由。原来，此人名叫娄敬，籍属齐人，被征为陇西戍卒，今路过洛阳，欲向皇帝建言。校尉验看了他腰牌，知身份无伪，便道："无人引荐，怎可见天子？"

娄敬便道："吾乡有一人姓虞，传闻已做了汉将军。"

"虞步昌将军？是你家乡人？容我遣人去通报。"因虞姓本就生僻，又恰与虞美人同宗，故汉兵皆知本军中有一位虞将军。

那虞步昌闻之，即骑马来至东门，见娄敬果是乡亲，便愿为引荐。当下，将娄敬引至宫阙前，通报求见。

不多时，有谒者出宫门来，问明原委，又验看了两人腰牌，掉头便去禀报。

此刻刘邦正闲卧便殿，闭目养神，忽闻有虞步昌荐一戍卒求见，不禁好奇，当下便允娄敬进谒。

谒者出了宫门，谢过虞步昌，正要将娄敬引进，郎中令王恬启闻讯赶来，见娄敬衣衫敝旧，便皱了皱眉。王恬启之职，主掌的就是宫禁门户，所有宫禁出入事宜，皆由他总揽其事。

王恬启当下便对娄敬道："且慢！你这装束，如何见君上？无乃太过失礼？"

娄敬便反驳道："宫阙之人，竟也以衣冠取人！臣所服者，乃戍卒之常服也，通行万里，法不禁止。到了这里，如何便见不得人？"

虞步昌忙劝娄敬："宫禁之前，万勿争执。下官衣袍尚新，可易与你。"

那娄敬坚执不肯，只道："昔有秦二世'指鹿为马'，为万世所笑；今汉家号为仁政，竟活现'买椟还珠'之蠢举乎？今日臣衣帛，衣帛见；衣褐，衣褐见；只是决不易衣！"

王恬启在中涓待惯了，未见有敢如此倔强的，一时气极，手指着娄敬说不出话来。

正在此时，随何从门内闻声出来，问道："何事吵嚷？"

王恬启见是随何来了，面色方稍缓，向随何道明了原委。随何拿眼瞄了瞄娄敬，见娄敬虽貌甚卑微，却隐隐有奇骨，便附耳对王恬启道："陛下等得急，宜速宣进殿，小节可不论。"

王恬启便挥了挥袖："既如此，人交予你了！"说罢转身便走。随何也顾不得与虞步昌多言，匆匆拽了娄敬，趋入正殿。

娄敬上得殿来，行过了君臣之礼，便静待皇帝问话。他虽是脱略之人，但初见朝中威仪，仍是不由得拘谨。

刘邦平素见士卒，向来是一见如故。此刻见娄敬衣衫褴褛，便不由得发笑，问了他姓名、籍贯，又温言道："戍卒辛苦，朕早便知，然衣衫何至于旧敝如此？想必在旅途上吃了大苦头。"

娄敬闻此言，顿感亲切，便不再惶然，答道："小臣自秦末至今，备尝困苦，能活到今日已是万幸。些许路途劳顿，算不得甚么。"

刘邦见娄敬衣衫虽敝，面相却甚清奇，知其绝非常人，便道："好个小卒，如此会说话。自齐地来此，好饭也没吃过一餐吧。朕这便赐食，你吃饱了再说。"

"谢陛下。小臣风餐露宿，脚底板还带着黄土，莫要脏了天子处所。"

"哈哈，朕起自草野，不在乎这个。"

此时，便有近侍上前，将娄敬引入偏殿，传菜上来，令娄敬饱餐了一顿。饭毕，又将娄敬引至刘邦榻前。

刘邦正倚在榻上，只略一欠身，笑道："娄敬，见你如见军中儿郎，朕便不拘礼了，你且坐下。"

娄敬谢过，便恭恭敬敬长跽而坐。

"那么，今来见朕，有何可言之事？"

"小臣冒昧叩问，陛下定都洛阳，是要效那周室隆盛吗？"

"当然。"

"然小臣以为，陛下得天下，与周室得天下，两者大不同也。"

听到此话，刘邦不由一震，坐直了起来，仔细端详娄敬道："哦？你但说无妨。"

娄敬便又道："周始于后稷受封，仁德累积数百年，至武王伐纣，方得天下。至成王即位，周公辅佐，始经营洛邑。盖因洛邑居天下之中，往来四方皆便，占尽地利。"

"不错。周室既在此兴，汉家为何不可效之？"

"此处虽好，却无险可守，因而有德易于兴，无德易于亡。想那周德隆盛时，诸侯四夷，无不宾服；而后世衰微，诸侯不来朝，周室却不能制。此不可谓德薄，乃是山川形势太弱也。今陛下起自丰沛，据蜀汉而定三秦，与项羽战于洛阳间，大战七十，小战四十，致使天下之民肝脑涂地，父子暴骨原野，不计其数，啜泣之声未绝，受伤者未愈，汉家之德，岂能追慕周室？小臣以为，陛下以洛阳为都，欲承周室之隆盛，必误！"

刘邦听到此，不禁汗出淋漓，忙招手道："你且坐近前来，尽管放言。"

娄敬膝行前移了些许，又道："陛下自西而兴兵，必未忘那秦地。详察那关中形势，负山带河，四面关塞，险固堪比金城，若猝然生变，百万之众立时可集。臣闻匹夫与人格斗，尚知扼其喉、拊其背、制其险要；而陛下定都，为天下根本，何不择险地而居？"

刘邦拈须颔首道："公之深意，朕已知大略。正如公所言，汉家不类周室，有百年之厚德，这天下之变，或眨眼可至，还远不到蒙头大睡时。"

"正是。故小臣为陛下计，似不宜定都洛阳。此地无险，来日朝廷若势弱，又何以制天下？不若迁都关中，万一山东有变，凭山河之险，亦可进退自如。"

"这个嘛，朕倒要讨教了：为何秦据关中，却二世而亡？"

"臣只知，昏聩如秦二世者，则神仙也救不得了。"

刘邦顿感大悟，喜道："诚然，诚然！只不过那咸阳，曾为亡国之都，甚不吉利。"

娄敬便一笑："天下已不号为秦，咸阳亦可不称咸阳。"

刘邦不禁大笑，以掌击娄敬肩头："公，智者也。如何这许多年，只充作戍卒？朕要为你赐爵！请公暂退，至馆舍小憩，待朕与诸臣好好商议。"

待娄敬退下，刘邦思之，心中仍不免犹豫，于是命随何宣召众臣来议。

不多时，群臣络绎而至，齐集前殿，刘邦便以娄敬所言告之，令各陈己见。

众臣皆为山东人氏，安居洛阳，几同于衣锦还乡，无不志得意满。忽闻君上有意迁都，私心里均不愿意，当下就一片哗然。

刘邦见此，颇感纳闷："迁都有何不宜？"诸臣所答，皆不外"洛阳东有成皋，西有崤函，其山河之固已足恃"之类，也有人力陈"秦都关中，二世即亡，彼处有何可依恃"云云，言语颇激切。

争论半日，大臣中竟无一个赞同迁都者。刘邦见萧何未发一语，想到他必属意关中，便以目视之。萧何略作沉吟，应道："两地利弊兼有，臣不能断高下，唯从众议耳。"

刘邦大感沮丧，翻了翻眼睛，便命众臣散朝。回首悄声嘱随何，速往成信侯府，召张良来密议。

张良自汉家定都后，即料到外敌诛灭，内争必起。为明哲保身计，只借口抱病，闭门谢客，在家中辟谷养生。其间，曾数次上疏请辞，欲往蜀中从赤松子游。刘邦只是不允，嘱他可居家休养，有事仍须入朝。

随何领旨，立即驱车至张邸，叩门再三，却迟迟无人应。在门前候立多时，才有张申屠出来开门，随何急告之："君上宣召，请成信侯入朝议事。"

张申屠一笑："尊驾来得不巧，成信侯辟谷方三日，不许打搅。如此，教小臣怎敢入禀？"

随何顿足道："君上之命，急如星火。你家主公即是随了赤松子去，也须唤回，况乎在家辟谷？"

张申屠无奈，只得将随何引至中庭等候，返身入室禀报。过了多时，张良才姗姗而来，对随何道："足下久候。只不知陛下有何事相召？"

随何答道："陛下欲迁都咸阳，众议不决，故请先生入禁中密商。"

张良闻之，脸色便一变："哦？既如此，我便不备车了，请与足下同车，速入宫。"

随何便驾车急返宫阙，张良来至便殿，见刘邦正负手徘徊不止，忙上前揖礼。

刘邦回首见张良至，便面露欣喜，将娄敬建言及群臣反对之议，具述一遍，请张良权衡。

张良沉思片刻，方道："当日定都洛阳，臣正在赵国，隐隐有所不安，然不及细想。今日看来，洛阳虽有高墙，近畿却无险可守，四面受敌，非用武之地，远不如关中，左有崤山，右有函谷，背倚陇蜀沃野，三面皆据险，一面可制诸侯。若天下安定，可由河渭二水漕运粮谷入都；若诸侯有变，则可顺流而下，重演灭楚旧事。此正所谓'金城千里，天府之国'。娄敬之言甚是，请陛下勿疑。"

刘邦精神便一振，喜道："子房兄以为可，那便是可。"

"事不宜迟。诸臣在洛阳，枝蔓已渐密，若有延搁，必越发难以迁徙。"

"正是！迁都令日暮前即发下。旬日之内，宫中及百官皆西迁咸阳，克期启程，不得有半日延误。如此，断了群臣贪恋繁华之念，方有我不拔之基。"

"然那咸阳废都，如何建造得起来？且咸阳旧称，为秦之都号，天下人皆厌恶……"

"哈哈，子房兄想得周全。娄敬亦有言，天下既已属汉，咸阳亦可不称咸阳。"

张良一怔，即拊掌赞道："此议甚好，甚好。那娄敬，应有所赏。"

"当然。劝朕建都关中者，娄敬也，难得忠心至此。娄，刘也，有何区别？今日朕就赐他姓刘吧，认个本家算了。朕这便唤萧何来，商议新都营造之事。"

待萧何赶到，议起迁都事，亦极表赞成。刘邦便道："那咸阳，经项王焚毁，破败如同鬼城，如何建得起来？"

萧何应道："臣于咸阳山川形势，烂熟于心。修复咸阳，以当今之国力，神仙也做不成，唯有在咸阳近旁起造新都。"

"另起新都？岂非更费物力？"

"不然。渭水之南，故秦有一离宫，为始皇帝之兴乐宫。因一水之隔，昔年未曾遭项王焚毁，稍加修缮，即可暂为汉宫。新都可在兴乐宫附近，觅地而建。"

"丞相果然是留意了。此等善地，渭水之南可有吗？"

"陛下，昔日驻军霸上时，臣确有留意。以臣观之，今咸阳旧宫以南，原阿房宫以北，有一乡，毗邻兴乐宫，名曰长安聚①。此地高敞，乃龙首山北麓，端的是一块善地。新都建于此，便可号为'长安'，岂不是汉家福气？"

刘邦大喜道："丞相，原以为你在栎阳久待，循规蹈矩，不复有往日锐气了，原来仍机敏如昔。如此，甚合吾意。洛阳无险可守，诸臣又贪恋繁华，不如早早迁都。"

"兴乐宫规制宏敞，虽未经兵燹，然亦有堕坏，今可改名长乐宫，加以修缮。迁都之后，宫室、百官可暂栖栎阳，待长乐宫告

---

① 聚，秦汉之邑落名，小于乡。又谓一万二千五百户为"乡聚"。

竣后再迁。 此后，再于秦章台旧地，兴建一座新宫，以为汉家万世之基。"

"你这老儿，名堂倒多，便如此吧。 督建之事，责你去办。迁都事大，不可再延宕。 那百官也无须抱怨了，有栎阳可暂居便好。"

待君臣议过，于当日申时，朝中便将迁都令颁下：即日起迁都关中，百官先赴栎阳，不得违期，否则夺职问罪。 新都承秦制，续周法，于咸阳之南重建，责萧何先赴关中修造长乐宫，以三月为限，克期必成。

至次日寅时，朝中又有诏下，以建言迁都之功，拜娄敬为郎中，号为奉春君，赐姓刘。 此举开史之先例，娄敬，遂成为史上首位获皇帝赐姓者。

百官闻迁都之事，皆奔走相告，倍觉讶异，私下里多有怨言。然仅隔一日，却又有贺表纷纷上呈，称迁都可以"巩立皇图，成万世一系之统"，或称新都乃"奠基天府，坐享金城"云云，不吝赞美之辞。

随何见贺表众口一词，便拣了几件辞藻甚工的，送往便殿，呈与刘邦。 刘邦草草看过，便知百官不敢有抵牾，遂将贺表一推，仰头笑道："看这贺表夸的，朕即是杀只老母鸡，也可称功德无量了。 既如此，明日便可启程，迁往新都。"

四

燕王肇祸
起北疆

高帝五年（前 202 年）七月，暑热正酣。 关中栎阳城里，九卿各衙署分派好屋舍，正在忙乱间。 百官往来于途，汗流如注，只恐事有遗漏。

刘邦在栎阳宫中，见群臣忙碌，反倒平静下来，想着天下可从此无事了，心中便暗喜。 却不料，从赵王张敖处，忽有使者飞骑而来，呈上一份急报。 刘邦正在用饭，心想张敖竖子能有什么急事，便懒得拆开。 又吃了两口，心中忽然一动："莫不是赵地有边警，匈奴来犯？"想着，便急急拆开来看。

只见张敖书信，只寥寥数字，却是字字惊人："燕王臧荼反。"

刘邦惊得一仰，险些将食案上的盘盏打翻。 再去看那附件，原是燕相国温疥写来的密函，称：海内风传齐王田横自戕之事，传至燕地，燕王左右甚恐，皆欲反，群起怂恿燕王起事。 初，燕王未允，后见秋熟将至，军粮将无虞，便允众人于八月起兵。 自此，蓟城（今北京市）每日熙来攘往，不逞之徒纷纷蚁附，公然倡反。

看到此，刘邦脱口而出："小儿也想吞天乎？"于是饭也不吃了，离座而起，急呼："速传陈平来！"

待陈平进宫，刘邦便将密报递与他看。 陈平看过，亦是迷惑：“陛下并未疑燕王，他为何要反？”

刘邦眯眼想想，自语道：“莫非也想争个皇帝做做？”

陈平遂于屋中踱步良久，才道：“弑主之人，必反复无常，不可以常理衡之。 昔年武臣为赵王，封部将韩广为燕王，臧荼不过是韩广属下一将军耳，只因曾随项王救赵，又入关中，得项王器重，日渐坐大。 此人命好，却是容不得旧主，将主公韩广逐走，称霸燕地，终得封了燕王。 可怜韩广只封得个辽东王，旋又为臧荼所杀。 今日之变，正合臧荼本性，不过旧戏重演而已。”

刘邦仍不解：“臧荼一少年将军，侥幸得诸侯王做，仍不知足；可见天下之大，蠢人何其多也。 倒是那温疥，同是少年将军，年前南来广武山一回，便知汉家之恩，今日有此密报。”

“陛下，温疥去年率燕兵南下助我，臣观他相貌举止，十分忠厚。 用他为燕相，实为陛下识人。”

“那是！ 驭下之道，不过几句温言软语而已。 去年秋八月，温疥带兵南来，朕见他忠厚本分，便有意笼络，于广武山老营，曾传见过数次。”

提及广武山，陈平便猛一拍额头：“陛下，臣知臧荼为何要反了！”

“嗯？”刘邦止住踱步，回头以目视之。

“陛下去年在广武山涧，与项王隔涧相对，历数项王十大罪，将他骂成了哑巴。 军中将士，无不拍掌称快，将这十罪状倒背如流。”

“那又如何？”

“其中第七罪，陛下是如何说的？”

“哦？ ……朕倒是记不得了。”

"微臣帐下卫卒都能记诵，是谓'项王帐下诸将，封王皆在善地，而徙逐旧主，令臣子争相叛逆，罪之七也'。想那项王在戏水分封后，新王放逐旧主的，多矣；然将旧主逐离而弑之的，唯臧荼一人。此言传至燕地，那臧荼应做何想？"

刘邦便也一拍额头："原来如此！"

"那臧荼虽已归汉，然也知陛下厌恶弑主之臣，心下必不安。今见田横暴死，焉有不生疑心之理？燕地雄踞于北，背倚辽东，远胜陛下当日之芒砀山，故而此竖子敢反。"

刘邦便大笑："陈平兄高见。臧荼，狐兔耳，自寻死路罢了。倒是你陈平若有反意，或有几分胜算，只可惜你韬略满腹，却仅存盗嫂之心而已。"

陈平脸一红，慌忙道："没有没有！陛下不可玩笑。诸侯谋逆，此例不可开。一王作乱，天下又将分崩，请速遣曹参、灌婴诸将，前往讨平。"

"唉，谈何容易！曹参在齐，不可轻动。其余诸将，何人可统兵讨敌？举目海内，唯楚王韩信而已，然韩信擅留钟离眛一事，尚未查明，如何还敢用他掌兵？"

"如此……臣亦是无计了。"

"爱卿急的甚？朕不是在此吗？"

陈平惊道："陛下莫非要亲征？"

刘邦整一整衣冠，徐徐道："正是。昔日韩信谓我：将兵不过十万而已。明日，朕即点近畿五万兵，往那蓟城走一趟。你且去拟讨逆诏书吧。只可惜，朕那柄神剑，早化作了犁铧。看来，掌天下之柄，还须握上剑柄呀！我还是信了那些腐儒的话，太仁慈了些。"

陈平却还是犹疑："话虽如此，然陛下为万乘之尊，恐还是不宜轻动。"

"陈平兄，项王已成枯骨，如何你还是这般丧胆模样？ 朕也不用你随驾，你只在这关中，等我擒回臧荼吧。"

越日，讨逆诏令一下，刘邦即命卢绾、王恬启挑选内外锐卒五万。 如此半月之后，人马披甲，万事齐备，刘邦便留了太子监国，命陈平与樊哙辅之，自率夏侯婴、灌婴、郦商等一干武将出征。

自灭楚半年来，刘邦未尝挽弓矢，今重登戎车，顿觉豪情复起，每日只督大军疾行，不觉劳苦。 经洛阳至邯郸，又收了陈豨、张苍从代地带来的人马，声势大壮，直扑燕地。

却说那臧荼虽有反意，却只顾放言泄愤，并未有南下击汉的布置。 如此一月过去，其长子臧衍见不是事，慌忙劝谏："欲反，须得筹措粮草兵器。 如此日日鼓噪，事机已泄，还反得成吗？"

臧荼只是不听："小儿懂甚么？ 乃翁早年从陈胜王，你尚年幼，焉知事在人为？ 今日鼓噪，便是惑乱他汉家人心。 汉王近来欺人太甚，不出三月，那英布、彭越，连同韩信等人，必随大势反之。"

臧衍见阿翁固执，知事不可为，叹息数声，只得自去准备后路了。

这日，忽闻刘邦亲征，自洛阳发大军犯境，天下却并未骚动，臧荼便有些心慌，权衡利害，竟想舍却这燕王不做，亲往刘邦驾前剖白，以求宽恕。 左右大急，苦谏道："汉王前已灭魏王豹，后又逼死田横；今举大军前来，大王欲侥幸脱罪乎？"

臧荼虽是莽夫，然亦察知刘邦今番前来，必是存灭燕之心，便想到与其作笼中困兽，还不如以倾国之力一战，或能引动天下响应，遂下令至各部，招兵买马，索性亮出了反帜。他在燕地经营多年，各城均养有死士，闻命即向蓟城聚拢。

然此前的鼓噪，徒费时日，早已失了先机，仓促间筹措军械粮草不继，那汉军便已跨赵境而来，攻城破邑，势如破竹。

臧荼见没了退路，只得集起蓟城丁壮迎战。检点手下人马，堪堪有五六万之众，似可一搏。于是换了戎装，来至演兵场，见遍野蓝旗之下，人头攒动，矛戈如林，亦颇有声势。于是登车大呼道："汉王刘季，反复小人也，负我燕人助汉之恩，妄称天子，兴兵犯境。当此际，燕地军民进亦是死，退亦是死，不若舍了命，与他搏个你死我活。"

众军便应道："愿从大王之命。"

臧荼见士气可用，不禁泪涌，又道："我本燕人，偶逢秦末大乱，方得此位。某虽不才，然主燕九年以来，厚待父老，自秦亡至楚汉互争，燕地皆无兵燹之苦。而今天下已定，却有汉兵前来荼毒，是可忍也，孰不可忍也？"

众军皆呼道："不可忍！"

臧荼便将佩剑擘出，对众军道："自古燕人多奇士，胜有乐毅，败有荆轲，岂为外人所欺？臧某跟从陈胜王举义，起自卒长，得燕民爱戴，称王道孤至今，岂能忍见燕地沦丧？今欲与诸君同死，不使蓟城遭兵火之灾。吾燕人，绝非贪生怕死辈，即是怒对始皇帝亦不惧，况乎那沛县亭长？目下秋高马肥，正好用兵，刘季愿将头颅交予燕人，我有何由拒之？且以这刀剑说话好了！"

这番话，说得众燕兵血脉偾张，举戟狂呼，皆誓言杀贼。臧茶见军威已壮，反意更盛，再无半分犹疑。誓师毕，便率部众浩荡出城，一路南下。

行至故燕国的下都易城（今河北省雄县），忽遇斥候奔回急报，称汉军前锋已距此不远。臧荼便下令止军，据关而守，只待汉军前来。

原来，在易城之西，有一险隘，乃"太行八陉"之蒲阴陉，穿紫荆山而过，后世称紫荆关的便是。此城所倚之地势，山峦起伏，险峻无比。汉军若想北上取蓟城，必从此处过。扼守易城，便是燕军此时的要务。

这日，臧荼率左右，登上易城黄金台①旧迹。见故台虽经八十载风雨，仍巍峨如故，虎视天南，便谓左右道："有此台在，孤王即有立足处。昔刘季芒砀为寇时，我便是堂堂燕将；今刘季翻作天子，反倒要逼我为寇了。"

燕太子臧衍在侧，苦笑道："今昔异时，岂可同论？阿翁欲效刘季斩蛇乎？"

此时，有那善谀之臣便道："大王，彼之芒砀山，土丘而已，岂如我紫荆雄关，可当万夫？"

臧荼遂大笑："然也。他刘季小觑燕人。想那荆轲击筑②悲歌之地，便在此隘之南，古之遗风，迄今不绝。昔荆轲一人，尚敢

---

① 黄金台，也称招贤台，战国燕昭王所筑，故址位于河北省定兴县高里乡北章村。燕昭王即位后有志于新政，拜智者郭隗为师，筑台礼遇，以招揽天下贤士。魏名将乐毅、齐阴阳家邹衍、赵说客剧辛等先后来投。

② 筑，此处读音 zhú，中国最早的击弦乐器，形似筝，有十三弦。战国时已流行，宋代以后失传。演奏时，以左手按弦之一端，右手执竹尺击弦，古时仅见于典籍记载。至 1993 年，于长沙河西的西汉王后渔阳墓中，方有实物出土。

刺秦，况乎燕人万众同心？"

众人闻此豪言，都攮臂喊好，恨不能立即就下城去砍杀一番。

时入秋九月，城上值守燕军望见远远有尘头大起，便知是汉军来了。大队汉军源源而至，距城十余里，便止步不前，安下了营寨。

臧荼闻报，急忙登城察看。见汉军并不多，且不来围城，安营之处，乃是易下一块少见的平坦之地，便笑道："那刘季与项王战，屡战不胜，有何统军之才？今日来犯，也只敢远远下寨。彼兵远来，路上必劳顿不堪，明日我军即倾城而出，一举灭之。"

那燕相温疥在侧，却有另一番打算，此时便请命道："臣温疥与大王生死与共，明日愿率一部，留守关上，为大王后援。若我军胜，则臣率部追击；若我军万一不利，则开关接应，可保万无一失。"

臧荼不疑有他，大喜道："相国谋事老成，有你在关上，孤王后顾无忧矣。杀败他一阵，挫他威风，便可守住蒲阴陉三月不破，届时天下必乱。"

温疥心中暗笑，只装作慷慨应命，自去提点兵马了。

次日晨，只闻一阵惊天鼓响，城门大开，有燕兵蜂拥而出，皆攮臂喧呼，震耳欲聋。一路呐喊奔涌，疾行至易下平坦处，列好了阵。这数万燕军，看似气壮，然皆是匆促集齐，故军械多不全，其中还杂有民间丁壮，只拿着木棍粪叉之类，乱哄哄的勉强成阵。

此时，臧荼乘戎辂车驰至阵前，一面蓝色大纛高悬于顶，迎风猎猎。众燕军望见，一片欢呼，将那长戟击盾，如山呼海啸，只待汉军出来，好尽情砍杀。

再看那边厢，汉军大营栅门紧闭，全无声息，似无人看守一般。

臧荼耐不住，手撑车轼，大喝了一声："刘季何在，还不前来送死？"

话音刚落，只闻汉营内一阵鼓声骤响，转眼间栅门大开，无数汉兵如潮水般涌出，分为战车、弩手、步骑三队，各个旗甲鲜明，气壮如虎，一路声声低吼，疾行如风，开始布阵。此来之汉军，皆为洛阳近畿精兵，训练有素，顷刻间便各自站好了位，与燕军在十数丈之外对圆了阵。

两军此时，如两头巨兽，咫尺相对，喘息之气可拂面。晨风清寒之中，隐隐似能嗅到血腥气。

那燕地军民，在秦亡时并未经大战。唯有年长者，尚能记忆王翦在易水大破燕军的情景。见眼前汉军亦是黑旗黑甲，活脱如秦军再生一般，燕阵中便起了一阵骚动。年幼者初次上阵，已被这气势吓住；年长者则忆起当年，也甚是惶悚。燕军阵中，便如风中之草，一派摇曳不定。

臧荼到底是经过战阵的，并不畏惧，对众军大呼道："汉军人少，何惧之有？"

燕军众卒闻之，精神才稍振，复又稳住了阵脚。

此时，汉营中又是一通震耳鼓响，似风云遽变，骤雨将至。鼓声中，众郎卫簇拥着一辆黄盖戎辂车，疾驰而出。看那黄盖下，正是当今皇帝刘邦。只见刘邦挺立于车上，身披精甲，头戴皮弁，额顶一簇团花耀目，身旁簇拥一片黄钺，宛若天神下凡。汉军见之，更是胆壮，全军连呼三声"万岁"，如惊涛乍起，直拍云霄。那燕军诸将士，则从未见过天子威仪，今日见到，无不惊异；有那看得眼花的，竟然惊叹起来。

待那黄盖车在阵前停住，刘邦便厉声喝道："臧荼小儿，这便是你的谒见礼吗？"

见刘邦摆足了天子架势，臧荼心内更是不忿，应道："正是臧荼迎候！我道是何人？原是刘季亲临战阵。天子不在洛阳，却戎装而来，臧某无乃在梦中乎？"

"小儿，封你为燕王，却如何要反？"

"甚么话？我这燕王，系当年从项王入关而得，与你何干？我倒要问你，今兴兵来犯，究竟为何？"

"不为他事，朕只为教训小儿而来。汉家灭楚，为民心所向，功成各有分封。我这皇帝，也不是凭武功抢得，乃是诸王推举，你臧荼也是联名劝进的一个，曾几何时，便想赖账吗？封疆守土，应是诸侯本分，为何独独你臧荼不服？"

臧荼便也不再理论，挈剑在手道："我臧荼服，然此物不服！即是此物服，吾燕人亦不服！"

刘邦便冷笑："诳话！燕人多福，秦末仅稍有兵燹。如何天下已定，倒要陪着你来打仗了？"

臧荼反驳道："刘季，这话要拿来问你。你做了皇帝，头一件事，便是来伐我燕人，无乃秦始皇再世乎？我燕国乃武王苗裔，立国九百年，破齐抗秦，从无屈膝俯首之举，今番与你汉家再较量一回，又算得了甚么？来来，不说甚么皇帝诸侯了，你便是沛公，我便是燕将，今日以剑戟分个高下，可乎？"

刘邦朝前望了一眼，见千山叶黄，峰峦竟如铜铸，顿生出许多感慨来，缓缓道："燕王，贵乡如此河山，何其壮伟，你心尚有不足吗？ 念及你曾助我灭楚，容你再思忖片时。 今日天下，疮痍未愈，民皆厌闻战声，何人还肯为你这狂徒卖命？ 若你有悔意，不妨阵前便降了，朕可保你荣华依旧。"

臧荼轻蔑一笑，讥嘲道："事已至此，巧言有何益？ 那魏王豹可再生乎？ 田横可再生乎？ 诸侯不死尽，你刘季岂肯罢休？ 臧某虽愚，却早也看透：世事更替，不过是死了个始皇帝，又来个刘皇帝。"

刘邦叱道："民思静时，你偏要动；不智若此，安敢论天下事？ 你今日不出城便罢，出得城来，便是回不去了。"说罢，便朝夏侯婴挥了挥手。

夏侯婴在侧为骖乘，早已等候多时，此刻便掣出一面红旗来，朝四边山上晃了几晃。

说时迟那时快，四面山中猛然杀声四起，郦商、陈豨、张苍等将，各率万余伏兵，从山上奔涌而下。 黄叶遍布的山路上，霎时就如长河决堤，百股黑流，奔蹿而出，其势铺天盖地，任他前面有几多鹿砦、矛戟，都将席卷而去。

臧荼还道刘邦仅有万余人，此时见满山遍野皆是黑甲兵，不由得怔住。 燕军中，有人欲掉头应付伏兵，亦有人想朝前冲去，阵形立陷混乱。 众燕军从未见过这等阵势，前军竟有人掉头便逃。

臧荼正待喝止，忽见身后城门大开，拥出了一彪人马来。 定睛细看，原是温疥率相府亲随，从城中冲出来，直扑向戎辂车，一面疾呼道："相国温疥已降汉，燕人何苦送死。"

刘邦见了，哈哈大笑，遂大呼道："燕军儿郎，擒得燕王来降，可封千户侯！"

众燕军皆愕然不知所措。 对面汉军阵中，为首的陈豨勇猛无伦，率马军突入燕阵中，挥起长剑，奋力砍杀。燕军阵中，顿时惨呼四起，血溅如注。但见陈豨纵马过处，一路血流；残臂断肢，八面横飞；马蹄之下，人头滚滚。数万汉马军也挥剑跟进，劈刺砍杀，如虎驱羊。阵上一股冲天的血腥气，扑鼻而来，几令人窒息。可怜那燕军士卒，稍一迟缓，颈上头颅，便如瓜剖果裂。汉马军冲到何处，何处便是一条横尸之路。数万燕军，原也是阵列齐整，眨眼便如谷垛豆架般，纷纷扑地。有那机灵的，转身要逃，却被汉马军一路踏过，唯闻哀哭震天。

陈豨双目灼灼，瞄住臧荼车驾，跃马近前，一剑砍倒了燕王大纛。围住臧荼的相府叛兵，不由发一声欢呼，一拥而上，用刀剑逼住了车上的臧荼。

臧荼益发愤怒，拔剑护住前胸，回首怒问温疥道："相国为何叛我？"

温疥以剑直指臧荼道："天下已定，不愿枉死耳！"

后阵燕军见大纛被汉军砍倒，叛卒又将燕王团团围住，知大事不好，都纷纷向后退去。陈豨部下汉军见了，发一声喊，都挺戟杀来。燕军更是惶恐，都知死期将至，为保命，勉强壮胆厮杀了片时，终因群龙无首，大势崩解，众军发一声惊呼，便四面溃散，似羊群般漫野逃开。有那逃得慢的，立时就身首异处。

汉军杀得兴起，呼喝声震天动地，见人便砍，不留活口，直杀得原野上血流如溪。

燕太子臧衍见势不妙，取出早就备好的百姓衣服，胡乱换上，潜入乱军中逃命去了。

臧荼见势不可挽，弃了剑，仰天叹道："未败于贼，先败于己，天意乎？"

陈豨见此，发一声喊，登车擒住臧荼，命随从将他五花大绑。温疥遂也登上车，向溃散燕军大呼道："降者生，不降者死！"

燕兵闻声，都纷纷伏地请降。不过片时，五万燕军便半数降了，余者皆四下里逃散。

陈豨将臧荼押至刘邦车驾前。刘邦便戟指臧荼道："竖子，我这皇帝，本事如何？"

臧荼怒目而视道："若无温疥叛贼，你难越易城一步。"

"逆贼，死到临头，还不知错？"

"死便死耳！阵上堂堂而死，岂不强于田横自尽？"

"那好！朕偏就不教你死，关你一辈子，休想再见天日了。"

"不见便不见。古有易水之侠士，今即有不降之燕人。"

"好个臧荼，要做荆轲么？朕便成全你，赐你一筑，伴你朝夕向隅。来人，将此虏解赴洛阳，永世关押。"

几个郎卫诺了一声，上前捉牢臧荼，将他押往后营去了。刘邦又唤陈豨近前，端详一番，赞道："好个少年将军！今破臧荼有功，改日，封你为侯。"

擒了臧荼之后，汉军气未稍懈，用战袍拭净剑刃血痕，又追敌至易城之下，见城门洞开，城头旗帜尽落，全无一个兵卒看守。

原来，那守城的兵卒，早为温疥所贿买，闻阵前燕军已败，便将那城头蓝旗尽行拔下，一齐都散了。

刘邦见此，知事已定，便拿过夏侯婴手中长戟，执戟立于车上，号令众军进城。

过城门时，刘邦仰头望望南门楼橹，忽而命御者停车，对夏侯婴笑道："昔年我阿娘外家王翦将军灭燕，便是从此城北上，直取蓟城。老将威名，曾令六国丧胆。朕承蒙臧荼抬举，亦从此城入燕，不知后世之名，能否胜过王翦？"

夏侯婴也望了一眼城楼，淡淡说了一句："臣以为，陛下之名，后世当与秦始皇相齐。"

"嗯？"刘邦一怔，回首怒视夏侯婴一眼，即高声催促御者："进城进城！"

进了易城后，刘邦登黄金台远眺，更是感慨："壮哉河山，岂能落于他人之手？须得有个心腹，与我把守才好。"

当晚，刘邦便秉烛草诏，询问其余七王及朝中重臣："燕王已废，燕地暂无主，以诸君之意，何人功高可封燕王？"草罢，即交付驿吏飞送各处。

夏侯婴有所不解，发问道："那臧荼，养他到死做甚么？不如一刀斩了！"

刘邦道："这你便不知了。擒之，是为震慑诸王；不杀，是免得逼反他人。此等莽夫，杀他又有何益？"

夏侯婴这才领悟，连连拱手道："季兄，你是越发成神成仙了。"

经易下一战，燕地失了首领，各邑闻败报，无不震恐。千里疆域，凡有城邑处，都纷纷开门迎降。不过旬日，汉军便轻取蓟城，平定了燕境。说来难以置信，此战，竟是刘邦平生上阵之首胜。

待臧荼解至洛阳后，刘邦果践前言，未将其枭首，仅是拘禁于别院，直至老死。那燕太子臧衍脱逃后，单骑北窜，连家也不顾了，自去投了匈奴。

然臧氏后裔，并未就此湮灭，又在汉家衍生出了许多故事来。臧荼孙女，名唤"臧儿"，燕亡后，流落民间，先后嫁与王、田两家，共生有三男两女，与刘邦后裔纠缠不清，且他们后辈多为大贵之人。此为后话了。

刘邦在蓟城住了才三五日，忽觉心神不宁，知此地僻远，不宜久留，便留下郦商、灌婴扫尾，自率大军匆匆返洛阳休整。途中，接斥候报称：代地有山贼数千，趁防务虚空，揭竿作乱。

刘邦闻报，对夏侯婴道："蝼蚁之患，就无须你我操劳了。那樊哙自做了左丞相，寸功未立，此事便交与他去办吧。"言毕即拟诏，命樊哙率兵一万，自关中前去平定代地。

待刘邦回军洛阳，各王复函也接踵而至，皆建言燕王人选事。以楚王韩信为首，各王连同大臣计有十位皆言："太尉卢绾功劳最多，请立为燕王。"

刘邦一时不能定夺，便召陈平进见，与之商议道："臧荼既败，诸王皆曰卢绾功高，可为燕王。然卢绾有何功，朕怎未曾看见？"

陈平道："诸王之议，全在揣摩上意。卢绾与陛下为总角之交，总要靠得住些。"

"这倒也是。此行征蓟城，见秦长城尚未堕，随山势起伏，盘若蛟龙。登烽火墩远眺，几可望见漠北。一夫当此，胡人万骑不可过。若不遣卢绾镇守，用旁人朕也着实放心不下，便准了诸王之请吧。"

当下，刘邦召见卢绾，温言相嘱，命少府将缴回的燕王印绶，改授卢绾。

卢绾闻命，心中亦喜亦忧。喜的是一步跻身于诸侯之列，荣耀满天下；忧的是从此远离中枢，戍守边荒，朝中的威势再也享不到了。

刘邦看出卢绾心思，殷殷劝道："兄长，你我乃丰邑陋巷小儿，若不逢时，必以卖饼鬻粥了却一生。今兄以军功而晋身诸侯，光耀子孙，当喜上眉梢才是。"

卢绾脸一红，忙掩饰道："陛下过誉了。臣有何功，可蒙此殊荣？诸王荐臣，不过是讨陛下欢心罢了。臣知边地险要，昔年始皇帝何其雄霸，也须遣嫡长子驻守。卢某自幼便远逊于季兄，才略疏陋，恐不能胜任。"

"卢兄，历练了这许多年，死人都见过了几万吧？这般谦逊，便是假了！你守燕地，朕方能放心。要地，必亲故守之，朕敢将那韩信放在燕地吗？"

卢绾闻此言，立时掂出了分量，不禁热泪满面，忙揖礼领命。

刘邦北征归来，才得松一口气，正要回军，不料又有事变迭出。原来，返回洛阳后，刘邦想那诸王暂不敢反，便欲召天下列侯①皆至洛阳，当面训诫，以示天威。不料，诏令下发方一旬，便有急报入洛，称楚降将封侯者利几，在颍川郡的郡城阳翟不听诏命，举兵反了。

这利几是何人？前文曾表过，他原是项王所属陈县的县公。昔日项王自广武山退兵，在阳夏一带与追踪而至的汉军对峙，利几曾发陈县壮丁数万，增援楚军。后楚军不敌，大部撤走，仅留钟离眜与利几固守陈县，以为断后。

陈县旋即被汉大军攻破，钟离眜脱逃，利几却降了汉。刘邦

---

① 列侯,亦称"通侯",为最高一等的爵位名。秦及汉初原名"彻侯",后因避汉武帝刘彻名讳,改作"通侯"。

为动摇楚营军心，特加优待，封利几为颍川侯，赐千户食邑。 时才数月，利几忽闻皇帝擒臧荼还都后，立召天下列侯，便疑心刘邦欲捕杀异己，于是索性反了。

颍川郡在洛阳之东，郡城在阳翟，洛阳与阳翟相距不过百余里。 利几据阳翟谋反，无异于腹心之患。 刘邦阅毕奏报，笑了一声："又一个反的！ 皆是王侯不做，愿去蹲监的。"

陈平此时建言道："可命韩王信征发壮丁，编练成军，就地弭平利几之乱。"

刘邦摇手道："万不可！ 诸侯掌兵，终是大患，还是朕亲为好了。"于是下令，发近畿精兵两万，再次披挂亲征。

那利几在楚营，不过为一县公，降汉后方得封侯，声望不高，徒众亦寡，加之颍川一带，向为故韩之地，百姓历来心向汉家，故叛众势弱。 待刘邦亲率大军杀至，叛众立作鸟兽散，利几亦趁乱易装潜逃，不知所终。

刘邦得胜，西还洛阳后，不禁有所疑惑，对陈平道："迁都关中，无乃失策乎？ 朕在关中，席不暇暖，关东各处便连连生事。我一个孤家寡人，囿于关中，岂非成了秦二世？"

陈平本不愿迁都，闻刘邦犹疑，便道："迁都之得失，回军栎阳后，可容再议。"

刘邦平叛归来，时已入十月，连过年都是在途次之中，不胜劳苦。 回军之时，一入关中，便觉满目荒凉。 入栎阳城后，便急发诏令，命天下各处解甲老兵，凡无地无业者，尽可迁往关中，先在新都服役造宫殿，待竣工后，官府皆授予田亩，助其安家。 诏令又曰：昔日从沛公军入关之士卒，愿留关中务农者，免租税十二年；愿归乡者，亦可免租税六年。

如此措置，皆因昔日楚汉相争，关中输送丁壮甚多，大半战死，眼下人丁稀薄，田园荒芜。今新定都关中，便是万世基业，务求人口繁盛，方有个模样。

此时各郡县与诸侯国内，解甲老兵多有爵位低者，无田无产，游荡无着。闻此令，不啻旱天闻雷，皆欣喜若狂，结队赴官府报名入关。

刘邦两次亲征，于行军途中，曾见县邑残破，多不成样；如遇寇起，则无从防御。于是当月又下诏，令天下县邑各起城墙，务要坚固。

待诸事忙毕，刘邦方有空闲，得与戚夫人亲近。眼看那小儿如意一天天长大，越发聪明伶俐，刘邦喜在心头，只庆幸上天赐福。偶有朝政得闲，便往西宫戚夫人居所，拉了如意近身。一老一少额头相抵，刘邦教如意说绕口令："我便是我，我便是鹅……"言笑晏晏，乐而忘倦。

刘邦如此偏私，只冷落了皇后吕雉。那吕后自从楚营归来，已有年余，对朝中诸事皆已了然于心，将此景看在眼里，只恐亲生子刘盈有闪失，便对诸老臣多有笼络。平素无事，便对刘盈百般督促，唯恐其读书不勤，鲁钝无才，将来接不了天下。

吕后身边，有舍人审食其与之谋，又笼络了妹夫樊哙，其势渐强，索性与刘邦分庭抗礼，见了刘邦，全没个好脸色。

刘邦心中有气，然念及芒砀落草之时，吕后曾冒死相助，在旧部中威望甚高，不好翻脸，只得充大度，装作看不见。

这日，博士叔孙通在栎阳东宫，督促太子读书，恰好有一段书，刘盈三读而不能记诵。吕后在一旁见了，又气又急，欲取竹篾来笞打，忽又想道：此处是宫室之内，不似在丰邑故里可以随意，一时气涌上来，竟流了满脸的泪。

审食其在旁见了，心中不忍，便道："孺子可教，需待时日。皇后亦不必烦恼，不若微服出宫去，且宽一宽心。"

吕后抹干眼泪，哽咽道："太子实是无知，死到临头，还不知用功！"

"十岁竖子，不宜迫之太甚。"

"唉！ 也罢，你便陪我出去，走走也好。"

两人便离了太子居处，换了常服，也不带随从，自角门潜出了宫去，在城内闲逛起来。

这栎阳城，乃秦之旧都，规模宏巨，方方正正，纵横街衢各有十余条。 汉家取关中后，便定都于此，于今已逾五载。 经萧何治理，兵燹残迹已全然不见，但见市中车马辐辏，熙来攘往。

此城之奇特处，乃是城中有多处冶铁场，场中昼夜出铁水，有众多匠人打造兵器、农具，一派繁忙。 走近前去，可见一场内有数炉，皆高丈余，火光熊熊，热气灼人。 炉前那班工匠，皆是丁壮，冬日里竟也是赤膊劳作，堪为奇观。

吕后生性喜看热闹，便凑近前去，痴望了半晌，方才回首道："汉家得关中，乃是天助。 老身在沛县，何曾见过这等景象？"

审食其却道："区区关中，河山一隅耳。 偌大天下，皇后将来恐是应接不暇。"

"此话怎讲？"

"君上万年之后，必是如此。"

吕后会心，便一笑："甚么万年？ 那酒鬼若再活十年，我气也要气死了。"

审食其一惊，连忙谏道："《太公兵法》云：'大智不智，大谋不谋。'皇后还须隐忍。"

"说得是,我忍就是了。 那妖姬,迷得住陛下,却是迷不住沛县旧臣,迟早要教那妖做猪狗。 我倒不心急,只恨太子不争气。"

"假以时日,太子当自明。"

"噫! 审郎,天生你,就是为哄我来的吧?"

"皇后玩笑了。"

"你噤声! 出得门来,莫叫甚么皇后不皇后,便叫我外妇就好了……"

审食其脸色便一白:"臣哪里敢?"

吕后回望南宫,叹道:"老娘忝列正宫,倒不及那死了的外妇! 那庶子刘肥,老鬼倒时常去看看,太子这里,他却是来也不来的。"

"太子这里,有皇后在,无须陛下费心。"

"唔?"吕后仰头想了想,容色这才稍缓,"倒也是。 免得刘盈学样儿,如老鬼那般粗鲁。"

两人在冶铁炉边观望一回,掉头又往街市上去。 才离了火炉,便觉北风凛冽,衣不胜寒。

审食其忙替吕后掩衣,道:"皇后该披白狐裘出来。"

吕后摇头道:"田舍村妇,披那个做甚么?"

说话间,不觉便来至西市,忽见前面有一酒肆,门庭宽敞,酒客往来颇多,两人便急忙入内避寒。

这间酒肆,生意极佳,垆上所置酒坛,重叠如小山。 甫一入门,便有容貌姣好之妇,迎上前来道了"平安",将吕后、审食其延入雅座,一面赔笑道:"今日天寒,酒客甚多,须得与旁人共座。"

吕后看看，座中窗明几净，有氍毹①铺地，甚是雅致，便领首道："也不妨的。"

两人落座，见同座乃一端然老者，寿虽高，须发却皆黑。审食其便拱手道歉："长者，在下多有打扰。"

那老者瞄了二人一眼，意态从容道："不碍。老夫独坐，也是寂寞得很。"

审食其便嘱酒保，上些精致酒馔来，欲邀老者共饮。老者摆摆手婉谢，亦不多言，独自饮了一会儿，忽而道："天寒地冻，你夫妇倒有兴致。"

审食其一怔，便是满脸通红，吕后却是只掩了嘴哧哧地笑。那老者见了，忽然领悟，连忙恭谨一拜："恕老夫眼拙，多有冒犯。如此相谐，夫妇反倒是不能！"言毕，便朗声大笑。

待酒菜上来，三人便且饮且谈，闲聊了一会儿。那老者于市井百态，皆洞察于心，聊起关中近九年变迁，不由得便叹："秦人作恶，亦复多灾。幸得汉王治关中，倒是比山东之民少受了些苦。"

吕后与审食其深居栎阳宫，不谙本地民情，便东问西问，问得老者好生奇怪："你二人，莫非自南山而来，又似久居宫中之人，如何百事不知？"

吕后便一笑，掩饰道："中等之家，琐事多不问。看长者如此悠闲，必是本地豪门？"

老者道："兵燹连年，活命尚属不易，何来豪门？你二人也

① 氍毹(qú shū)，织有花纹图案的毛毯，产于西域，可用作地毯、壁毯、床毯、帘幕等。

知，自天子以下，所乘驷马之车，欲配毛色齐一之马，亦是不能；而将相公卿，或有乘牛车者，寒酸已极。至于百姓之家，更无足观，四民皆无藏粮，朝不保夕，还算稀奇吗？”

一番话，说得吕、审二人相视叹息。少顷，审食其忍不住问：“似长者这般，必不致如此疲敝？”

“哪里话？在下身无长技，仅粗通文墨，为他人代写家书，混些润笔之资罢了。亦是勉强。近日多有解甲之卒，来关中落户，家书往来颇多，老夫方得有一口酒饮。”

话说到此，吕后心中忽而一动，脱口问道：“长者适才言及，多亏汉王治秦，那泗……泗水老吏，在秦地似颇有声望？”

老者便挺直身，正色道：“汉王乃天降之才，治秦五年，井井有条。正因他出身老吏，知民间疾苦，故而懂得恤民。天下之民有此明君，恰如涸鱼得江海之水，不是幸事又是甚么？”

吕后略显尴尬，勉强一笑，又道：“汉王自是贤明，然其寿已渐高。他万年之后，又将如何？”

老者便仰头笑：“这位女士，当我是算命先生了！皇帝万年之后，诸事由天定，何人可知？然万法不离其宗，便是治民须有仁心，民方归服。孟子曰：‘乐民之乐者，民亦乐其乐；忧民之忧者，民亦忧其忧。’即是此意。”

“王者治天下，便如此之易吗？”

“当然，孟子之言，还有后半句：‘乐以天下，忧以天下，然而不王者，未之有者。’今上得天下，不是借此，又是所赖为何？刘皇帝这人，文不如周公，武不如始皇，为何能五年即灭楚，将那霸王逼到乌江边去死？不是民与之共忧乐，踊跃相助，灭楚岂非大梦乎？”

"刘皇帝……"吕后便掩嘴窃笑，对审食其道，"这位老者，堪比丞相之才了。"

正在此时，有两三伙酒客从座前走过，见了老者，都作揖致礼，随口招呼道："国舅！"

吕后闻声，不禁大惊，双目直直盯住老者。

那老者便笑："甚么国舅？我那小女，多年前曾被选入秦宫，做了宫人，不过炊妇侍婢。邻里玩笑，戏称老夫'国舅'而已。"

"哦？秦亡以后，贵千金可曾放归？"

"霸王入关，一把火烧了阿房宫，宫人非死即逃，哪里还有音信？"

吕后望了望老者，唏嘘了一回，便又道："闻长者言，心窍皆开。然妾身乃闾里小民，只习黄老之术，素不以儒家为然。"

那老者眼神倏然一闪，盯了吕后半晌，说道："观女士之相，非寻常人也，恕老夫妄言。儒家贵民，法家贵君，黄老之术则贵己，其说各异，然万法归宗，天道唯一。"

审食其若有所悟，插言道："以长者之论，王者必以天下为家。今上封疆于刘氏子弟，岂不是正循此道？"

"非也。人心不古，今世已非古之殷周；以天下为家，便要视民如子，而非一门王侯瓜分天下。分封子弟，虽是近日无忧，然至圣君万年之后，乱将不旋踵矣！"

吕后闻言，几乎要惊起，忙问道："何以言之？"

"那故秦速亡，非为郡县，乃是残民太甚；那霸王覆灭，非为怯战，乃是分封有私。唯封疆罢废，事决于上，天下郡县皆为民，方为万世之道。"

其时离秦政之祸不久，举世皆厌一统，都觉分封甚便，唯这老者大赞郡县。 吕后与审食其乍闻此论，只是摇头，不能信服。

那老者见此，便将面前杯盏一推，笑道："今日得贵客陪坐，饮得尽兴。 如我等草民，朝食既毕，便愁夕食，却有闲心指画天下，甚是可笑！ 也罢，老夫这便告辞了。"

吕后忙起身挽留："长者何急？ 尚未请教尊姓大名，贵府何处。"

"敝姓曹，草野之民，便无须留名了。 平生最敬刘皇帝，唯愿百代后子孙出息，能为刘氏辅佐。"

吕后见挽留不住，只得道个万福，笑着恭送道："长者慢行。子孙若出息，今世亦可遂愿。"

那老者浑身一激，瞥了一眼吕后，略略一拜道："女士之相，贵不可言，或为千古未有之女杰，古之妇好①亦不能及。"说罢将袖一拂，掷下酒钱，便翩然而去。

撇下吕、审两人，面面相觑。 审食其慨叹道："老者所言，或有几分道理。"

吕后便哂笑道："不要管他。 市井老叟，大言欺世而已。 皇帝可姓刘，便也可姓吕！"

审食其闻言大惊，旋又摇头叹道："事或如此，也只得舍命陪你了。"

且说臧荼被擒之后，天下晏然。 汉家君臣，无不额手称庆。然平静尚不足一月，至十二月初，又有大事突生。 朝中在楚地所

---

① 妇好，商王武丁之妻，中国历史上首位女性军事统帅，亦为杰出的女政治家。曾率军征讨，为武丁开疆拓土。

暗伏游士，忽然呈上变告信①，称楚王韩信每月十五日，必巡游一次，所到之处，惊扰县邑。其扈从甲士竟有三五千之众，车马喧阗，公然陈兵耀武，反意已露。

刘邦得此密信，大惊，本不信有其事，但又愿意信其有，于是问计于左右诸臣，该如何是好。

周勃等诸将闻之，先是惊愕，随即义愤形于色，皆攘臂呼道："某愿前往征讨，必擒楚王以还！"

刘邦遂以目视萧何。那萧何当年曾举荐韩信，此时只恐担了干系，便也道："臣以为当征讨为是。"

刘邦瞄了一眼诸人，摇摇头，一语未发，将密奏笼于袖中，命众臣散了，自己进了内室。随后，即遣谒者出宫，速去请陈平来。

陈平应召而至，甫一落座，刘邦便拿出密信与他看。陈平看罢，将眉头皱起，一时默然。

刘邦急问道："如何？楚王不日将兴兵叩关，计将安出？"

陈平哪里肯信韩信会反，欲加辩驳，又恐刘邦气恼，半晌才道："此非小事，似……可缓图。"

刘邦叱道："韩信若反，顷刻间便可席卷关东，还缓图个甚？难道你也为他所买通？"

陈平惶悚伏拜道："臣实不敢！但问，韩信可知有人密奏？"

"不知。"

"韩信反状，可曾坐实？"

————————————————

① 变告，谓告发谋反等非常之事。

"有密奏在此，朕宁信其有。"

"既如此，敢问陛下之兵，可能及楚王之兵？"

"不及。"

"陛下之将，可有能胜韩信者？"

"无有。"

陈平便起身复坐，道："兵又不及，将又不及，起兵讨楚王，胜算能有几何？"

刘邦一怔，离座而起，怒道："莫非，唯有坐以待毙？"

"可召韩信入关，当面询之。"

"腐儒！此时召韩信来，只恐他不反也要反了。"

陈平便俯首道："臣非神人，且容臣细思片刻。"言毕，闭目半晌，方睁开眼道："古时天子巡狩，出入耸动天下，必大会诸侯。陛下可诈言身体违和，欲出游云梦，遍召诸王，会集于陈县，相偕共游之。诸王闻召，敢不从命？那云梦大泽，为故楚之地，浩瀚不知边际，正在今楚境之西。韩信闻召，必来谒见，彼时只须一二武士，即可拿下，焉用兴兵动武？"

"朕至云梦？岂不是到了楚王巢穴，只怕我没拿住韩信，倒要教韩信擒了我去。"

"陛下，古天子巡狩，必统兵随行，以壮声势；陛下亦可效之，率大队禁军随行。那韩信若有异动，可就近击之。"

刘邦听得明白，立时转怒为喜，笑道："竖子，亏你想得出！这伪游云梦之计，何其毒也！识你以来，你之谋，无不为阴谋。将来你只需小心，不要有把柄落在我手上。"

当下，刘邦便命陈平起草诏令，称天下无事，唯圣躬略有小恙，欲南游云梦，稍作休憩，兼以观民风。为此之故，召天下诸侯会于陈县，同赴云梦，以共襄盛举。草毕，即遣使四出，分送予诸王。

各诸侯接旨，皆不敢怠慢，匆匆筹备上路不提。单说韩信见了朝中来使，瞥一眼那使者所戴高山冠，心中忽起不祥之感，脱口便问："使者所为何来？"

那使者道："君上命我飞传诏令，并未言明是何事，待启封宣读便知。然下臣日前在栎阳，曾风闻君上将游云梦。"

"什么？"韩信心中一惊，慌忙离座，伏地接旨。

待使者展开诏令宣读，果然是南游云梦事。韩信谢恩毕，接过诏令，心下便犯了踌躇。此前，刘邦曾两夺兵权，屡次使诈，今又称南游云梦，召我前往，莫不是又布下了罗网？刘邦素恨秦始皇巡游天下，靡费民力；如何自家方才坐稳，便要兴师动众出巡，实令人生疑！想那云梦大泽，距他国皆路途迢迢，唯与楚境相接，今御驾来此，莫非又是意在图我？

韩信想到此，便欲发兵反叛，索性趁刘邦游云梦，出奇兵袭之。即便无果，亦可致天下大乱，或有乱中取胜之望。然转念又一想，自己无罪，何必铤而走险？只是，若老老实实前往谒见，又恐被擒。颠来倒去，一时倒没了主意。

正踌躇间，恰逢高邑自栎阳返回，韩信便急问皇帝南游事。高邑禀道："臣虽有耳闻，然亦不知其详。"见韩信忧惧，便又劝道："臣前在洛阳，今在栎阳，全未闻朝中有不利于大王事。今大王并无过失，君上岂能无端猜忌？唯大王收留钟离眛，实为违命，不若将那钟离眛斩首，持其首级谒见，君上必喜。如此，大王又何患之有？"

韩信倒抽一口冷气，惊道："这等不义之事，如何做得？"

高邑便急道："臣随大王征战，从未见大王临事迟疑，今日又是为何？"

"唉！钟离将军乃我数十年故旧，何忍杀之？"

"臣以为不然。兵家曰'计利以听，乃为之势'，正是说中要害。谋事谋人，唯取利而已。那钟离眜，楚之逃臣也；杀之，亦不伤大义，然可解大王之危。此中的轻重缓急，大王可明断。"

韩信沉吟良久，叹了一声："我终不能杀钟离！或可变通，劝他自裁以免祸。"

"那也好，末将这便去请。"

钟离眜居于楚王宫别院，正在庭中侍弄花草，忽闻韩信有请，急忙放下水瓢，换上锦袍，装束整齐，疾步趋入韩信居所。

甫近屋门外，便见郎卫皆执戟肃立，戒备森严。钟离眜不知是何故，心中便一沉，疑惑而入。进得屋内，只见韩信神色恍惚，正以手支额，伏于案几，似有万般愁思。

钟离眜心中忐忑，施礼毕，坐下便问道："阁下召臣来，必有要事？"

韩信未接话头，只懒懒问道："将军投我，屈居敝舍，不觉已半年有余矣，不知可还安好？"

钟离眜拱手道："多谢阁下。天下攘攘，臣却能安居若此，唯赖楚王存上古之风。"

韩信便叹一口气，怏怏道："将军昔日大恩，弟已舍命报之。自夏入秋，朝中便频有传闻，言将军匿于弟舍，汉帝亦有函询，然弟一力回护，概不理会。"

"阁下救命之恩，钟离愿万死以报。"

"兄有此意便好！我亦不欲瞒兄：今朝中有使者来，称汉帝将游云梦，率禁军至楚境。君上此来，必是风声已然走漏，要索将军之首，并加罪于弟。"

钟离眛闻言，不觉双目炯炯，直视韩信道："阁下欲如何处之？"

韩信苦笑道："事已至此，弟无计可施矣。"

"楚王此时不反，更待何时？"

"我所统之卒，仅三五千卫士，如何敌得过朝廷之兵？"

钟离眛这才知韩信心思，不禁大失所望，起身愤然道："公欲执我献媚于汉王乎？实为至愚！汉王所以不敢击楚，是因臣在，唯恐臣与公联结，天下将无人可敌。若臣今日死，则公亦随手而亡。"

韩信低下头，以衣袖将案头拂了拂，只是不语。

见此状，钟离眛悲愤填膺，戟指韩信道："我以为公乃尚义之人，然看今日，公欲卖友求生，全不念昔年之谊，实非贤德长者也！罢罢，悔不该当初误投此处，奔波徒劳，全没个了局……"言未毕，便拔出剑来。

韩信抬眼，略略瞟了一眼，便扭头望向窗上垂帘，仍是不语。

钟离眛长叹一声："人之愚，不可活也，无非先后而已！"叹罢，便愤而持剑，刎颈自尽。

俄顷之间，地上便是血溅三尺，如残花飘落。钟离眛那七尺之躯，轰然倒下，撞倒了室内瓶瓶罐罐。门外众郎卫闻声抢进，一时都呆住，无所措手足。

韩信纵是唯愿钟离眛死，此刻也不免心颤，脸色白了一白，挥手命左右将尸首抬下，小心取了首级，置于函匣中。

左右将首级函匣呈上，交韩信验看，但见钟离眛双目仍含怒，不肯合上。韩信忽觉浑身发冷，连忙以手抚那双目，将其合上，心乃稍安。越日，只带了少许亲随，携那首级前往陈县，迎候刘邦。

不数日，刘邦车驾抵达陈县，其仪卫迤逦，难望其尾，唯见旗帜之盛，遮天蔽日。此时其余诸侯尚在途中，唯韩信先至，亲率随从出郊外三十里，于道旁恭迎。

其时，大队卤簿缓缓而过，黄钺、御杖耀人眼目。但见那云龙伞盖下，刘邦身着龙凤衮服，头戴七寸高的"刘氏冠"，端坐于车中，威严异常。

辂车来至韩信面前，稳稳停住。韩信连忙整好衣冠，行君臣之礼。

待礼毕，韩信回首使个眼色。高邑会意，便躬身上前，呈上了钟离眛首级。

刘邦一眼瞥过，心中有数，却明知故问："此乃何人？"

韩信道："楚逃将钟离眛，日前潜入楚，终为臣所拿获。"

刘邦拈须笑笑，命人接过那函匣收好，忽就厉声喝道："楚王韩信欲反，与我拿下！"

身边众郎卫闻声，一拥而上，七手八脚，便要捆绑韩信。韩信猝不及防，一面挣扎，一面大呼冤枉。高邑等亲随亦甚惊惶，然未及拔剑，便被郎卫执戟逼住，动弹不得。

一番挣扎过后，韩信衣袍撕裂，蓬头跣足，终被众郎卫死死捆住。

刘邦凭轼望望，冷笑道："你何冤之有？那钟离眛别处不逃，如何便逃至你处？你受一国之封，如何要收容叛臣？几番询问，你只是装聋作哑，我不来游云梦，你怕是还不交出他来，岂非欺我太甚？"

顷刻间，堂堂楚王，便翻为囚徒，韩信心中悲凉，知祸不可免。以往凡刘邦来相见，可曾有过好事？今日之厄，亦是定数。于是仰天叹道："果如人言，'狡兔死，走狗烹；飞鸟尽，良弓藏；敌国破，谋臣亡'。天下已定，我固当烹矣！"

刘邦斜睨一眼，喝道："还不知罪？有人告你欲反。"

"反迹何在？"

"你陈兵出入，惊扰县邑，又藏匿楚逃将，不是想反，又是甚么？"

"此皆臣之罪，然并未反。"

刘邦哈哈一笑："若你反得成，朕还能安坐于此吗？"

韩信怒道："不想果然有今日！"便仰首望天，任由刘邦处置。

刘邦遂下令，收缴楚王印，将韩信械系，戴了三十斤的大枷，载于后车，听候发落。高邑等楚王亲随，亦遭拘押。

待处置毕，恰有衡山王吴芮至，刘邦见吴芮年纪一把，风尘仆仆，心有不忍，便道："今后朝贺，路远就不必来了。"

吴芮恭敬答道："君臣之礼，不可废也。陛下作云梦之游，臣怎能不到？"

刘邦便叹息："诸侯若皆如你，天下何至于乱？"

"不敢，臣唯有一请，还望陛下恩准。"

"但说无妨。"

"衡山旧都鄱阳，城邑破旧，不利子孙居住。臣拟建长沙城，以为新都。"

"这有何不可？为子孙谋福，正是我辈夙念，修好了都城，也好防贼。只不知……你目下还有兵多少？"

"二十万余。"

"哦? 江南竟有如此多兵?"

吴芮登时头上冒汗,伏地连连道:"这便裁汰,这便裁汰!"

刘邦便笑:"平身好了! 你吓的甚么? 衡山之兵,不就是我的兵? 只是你那衡山王,到底还是项羽所封,待你新都建好,朕将改封,也为我堂堂汉家之王。"

吴芮心喜,连忙称谢。

此后,刘邦即遣人知会途中诸侯,托词韩信谋反,不拟再游云梦了,命诸侯折返本国,又留下刘贾代管楚地,便折返西行,直入洛阳。

御驾来至洛阳南宫,刘邦便觉心怡。 想那关中遥远,一旦遇事,须驰骋于长途,实在劳苦,不如仍定都于洛阳,倒还省力。

这日,刘邦想起近来谋反事多,便不自安。 想那九年来,随军士卒无论贵贱,皆有功劳,应好生安抚才是。 于是,次日便有诏下,布告四方,曰:

> 天下既安,豪杰有功者已封侯,然汉家新立,有功未能尽赏,且容徐图。思士卒身居军中九年,未习法令,解甲之后或有犯法者,大至死刑,吾甚怜之,今大赦天下,既往不咎。

此诏一下,朝野皆颂汉帝大恩。 随行文武诸臣,亦纷纷进贺。

此时,有大夫田肯,素为饱学之士,亦前来面贺,建言道:"圣诏所言甚善。 臣贺陛下,既得韩信,又治关中。 臣以为,秦乃形胜之地,带河阻山,悬隔千里而治天下,如拥百万执戟之兵。

秦得此河山，可以二当百，趁地利之便，向下出兵伐诸侯，如高屋建瓴也。 另有齐地，亦不可轻忽。 齐地广阔，东有琅琊、即墨之丰饶，南有泰山之险固，西有黄河之堑，北有渤海之利，地方两千里，亦如拥执戟之兵百万。 齐得地利，可以二敌十。 如此，无异于东西两秦矣。 依臣之见，若非陛下刘姓子弟，不可封为齐王。"

刘邦闻罢，未即作答，半晌才莞尔一笑："儒生之言，多义矣，好不艰深！ 然卿言甚善，朕已知大概。"

诸臣在侧，皆不明田肯之意，只知今后齐地，恐将不得封异姓为王了。

田肯贺罢，正要退下，刘邦忙道："且慢且慢！ 卿之言，皆为良言也，朕须细细品匝。 不似那陈平诡计，朕一听就懂。 故此，朕赏你金五百斤，好好受用。 儒生固穷，然亦须有体面，不要穷得太过了。"

刘邦退朝后，将那田肯之言，反复琢磨，方悟出其意有三：一是言迁都关中，乃不二之选，切勿再变更；二是今后封王，应优先亲弟子；三是此番说辞，显是委婉替韩信说情。

前两事，当无疑义。 迁都大计，不能再变了；齐地封王，亦不可拱手让与他人。 然田肯所言"东西两秦"，控天下之要冲，乃是暗喻，两地皆为韩信所攻取。

此时，刘邦心亦有所悔：汉家之兴，韩信功居其首，今反状未明，若即加罪，不免失信于天下。

想到此，刘邦喟然叹曰："得此智者说情，竖子也是有福了。"于是立唤随何来听旨。

待随何进门拜毕，刘邦便问："方才田肯之言，你听清了？"

随何俯首道："臣已听清。"

"所谓者何？"

"所谓者三：贺陛下擒韩信，言关中地势之要，谓齐地不可有异姓王。"

"朕问你：韩信被擒，有何可贺？"

"这个……毕竟除一大患。"

刘邦便望住随何，冷冷道："昔年定三秦、伐田齐，皆赖韩信之力。 韩信于汉家，可谓有不世之功。 今韩信获罪，你也以为可贺？"

随何这才有所悟，慌忙改口道："臣鲁钝，未曾做此想。 田肯'两秦'之论，原是为韩信说情，臣之意……也是如此。"说罢，便伏地叩头不止。

刘邦挥挥手道："好了好了，你平身吧。 好端端的，如何就变蠢了？ 这便去传我谕旨吧：'赦韩信，降为淮阴侯，留于朝中。'教他来谢恩就是。"

此时韩信身陷囹圄，肩扛木枷，唯旦夕等死而已。 忽而得了赦免令，竟是欲哭无泪，只得随谒者出来，卸去械具，换了衣袍，入宫去谢恩。

韩信见了刘邦，大礼而拜。 刘邦也不作势，似无事一般，微微一笑："谋反之事或为谗言，不提也罢；然收留楚逃将，终是违旨，不可脱罪。 今降你为侯，切莫心生怨望，便留在朝中吧，出入皆报予我知，免得再生事。"

韩信心中长叹一声，脸上却无怒无喜，谢恩道："臣韩信，自恃功高，也是舞刀弄枪惯了，不守法度，行事唐突。 谢陛下开恩，留下了头颅，今后当临渊履冰，不逾矩半步。"

刘邦便笑："言重了！ 为臣者，知错便好。 天下无事，莫再想着打打杀杀了，你一肚子用兵的诡计，去写一部兵书，传之万世，岂不更好？"

韩信俯首应诺，待谢恩毕，便出宫寻了高邑，自去洛阳城中安顿了。

风波过后，韩信知刘邦此番处置，乃是猜忌贤能，自己此后在汉家，再难有大作为了，便不敢再骄矜，只是寡言慎行。

上了几次朝，韩信更加郁闷，差与周勃、灌婴之流同列，索性称病不朝，自闭于宅邸中，每日怨恨，心常快快。刘邦看在眼里，也不去理会他。

待韩信事毕，刘邦稍得了空闲，这才想起：封功臣之事，不能再拖延了。

昔时项王覆灭，刘邦便嘱陈平征询丞相之意，为群臣论功，以备封侯。然群臣争功，萧何、曹参各有一党，纷争不休，陈平哪里定夺得下？与刘邦密议了几次，终是怕伤了自家人和气，以至年余未决，延搁至今。

当此际，天下无事，群臣虽不言，刘邦也知众人多有怨望，于是急召陈平入宫，细与商议。两人斟酌再三，拟出了名单来，皆为爵位最高的列侯。

这名单，仅有二十余人，论功皆无异议；其余诸臣因争功，仍难以权衡高下。陈平敲了敲脑门，大呼头痛。

刘邦亦是不耐，略想了想，便拍案道："便是这二十几人了！其余不封，又能如何？"

陈平想了想，便附和道："如此也好。"

"那周苛、郦食其先前殉国，朕不能忘。周苛之弟周昌、郦食其之弟郦商，虽已位列九卿，也应封侯。”

“那是自然。 臣以为，陛下若虑及人言，可先封十人，听一听朝议，再封余者。”

“可矣！”刘邦长吁一口气，直起身道：“终算了却一事。 陈平兄，你与曹参同为我心腹，皆有大功，朕便封你二人为户牖侯。 户牖，家也，食邑就在故里，世世不绝。 如何？”

“谢陛下大恩。 食邑户牖，乃何其荣耀，然此非臣之功也。”

“这话如何说？ 我用先生计谋，克敌制胜，不是有功又是甚么？”

“若非魏无知举荐，臣安得进身？”

刘邦这才明白，大笑道：“先生可谓不忘本矣！ 好好，朕这便重赏魏无知，不教你欠了这人情。”

议罢，陈平便退下。 刘邦又请来张良，延入内室，与之密语道：“子房兄，不日即将封列侯。 兄名列功臣之首。”

张良忙推辞道：“不敢，臣未曾有征战之功。”

刘邦道：“哪里话！ 运筹帷幄之中，决胜千里之外，子房兄之功也，不封侯可乎？ 别人封在何处，皆由我定；唯兄之食邑，则由兄自择。 天下之邑，丰沃不过齐地，兄可在齐地选三万户。”

张良急摆手道：“万万不可！ 汉家得天下，文武各有功劳，臣抱病在身，向未担任半分职事，焉能贪功？”

“这是哪里话？ 鸿门宴上，若无子房兄，吾命休矣！ 仅此一端，兄之功劳，便可居首位。”

“既如此……初时反秦，臣率少年数百人，欲往下邳投军，与陛下相识于留县（今属江苏省沛县），此乃天意所致。 故而，请准臣在留县选万户，方觉心安。”

"子房兄，何必如此小心？ 我还能将你看作韩信吗？"

"臣谋事，唯不敢任性耳。"

刘邦望望张良，笑道："也罢。 就封你为留侯，食邑万户。"

张良拜道："谢陛下！ 男儿生封万户侯，当世能有几人？ 微臣知足矣。"

刘邦大笑："甚么微臣？ 友人，故旧！ 这天下，就是你我诸友的。"

此后不多日，即冬十二月甲申，终于有诏下：封曹参、陈平、夏侯婴、靳歙、王吸、傅宽、陈婴等十人为列侯。

诏令下，满朝且喜且疑。 喜的是，好事多磨，总算盼来了论功封侯；疑的是，首批封侯，如何有应封的功臣却未封？

吕后闻听封侯事，也找上门来，劈头便问："刘氏天下，吕氏不该有一半吗？ 且不说那芒砀落草时，妾身送饭有功，就只说你在彭城兵败，若非吾兄吕泽接应，只怕是你骨头早不知抛到了何处。"

刘邦眨了眨眼，急拍额头道："满朝争功，闹个不休，舅兄论功之事，险些忘了！"

"忘了？ 你是眼中从无吕氏吧？ 若有吕氏，请将我两兄补上，与十人同列。"

"这哪里使得！ 如此后补，必令天下人笑落牙齿。 待明日，另行加封便是。 吕泽、吕释之，皆封列侯，与功臣同等。"

果然，至高帝六年（前201年）正月初一，又有诏下：特予外戚恩泽，封皇后长兄吕泽、次兄吕释之为列侯。

刘邦命涓人四处打探，闻听封了十人之后，朝议反倒更加汹汹，知是不能再拖延了，该封的都要封。 至正月丙午日起，又陆续封张良、项伯（易名刘缠）、萧何、周勃、樊哙、郦商、孔聚、陈贺、陈豨等人为列侯。除二吕之外，前后计有二十六人，皆封给食邑，世代罔替，罪可免死，是为汉家的"铁券功臣"。

其中，最为显赫者四人，文武各有"双雄"，即曹参封一万零六百户，张良一万户，周勃八千一百户，萧何八千户。此四人，皆为汉家栋梁，显赫无比，天下为之瞩目。只可怜韩信功高招祸，罢废了王位，此次只随这四人之后，委委屈屈封了个淮阴侯。

此时，距项羽覆灭恰是一年，众臣翘首盼论功行赏，已如嗷嗷待哺。得封列侯者，九年锋镝血火，随即化作钟鸣鼎食之尊，自是荣耀无比；然未得封侯者，顿感沮丧，只不知君上还有何等筹划。诸人想道：自投汉以来，头颅暂寄于颈上，战无休日，也是在血泊中蹚过来的，论封侯，却是片羽未得，不由心生恼恨。欲发怨言，又恐遭臧荼、利几之祸，只得缄口观望。一时间人心浮动，各有腹诽。

刘邦却全然不知，想那二十六人封过，有大功者便全无遗漏，对得起天地良心了。余者渺渺，封或不封，彼辈都须端汉家饭钵；怨或不怨，又有何妨？

诏命封列侯之日，刘邦与二十六人剖符为证，信誓旦旦。一番忙碌下来，着实累得不轻，稍事歇息，便又想起了田肯之议。遂取来舆图，反复揣摩，心中便由衷暗赞田肯。

刘邦看罢地图，欲再召陈平、张良来议，忽又觉不妥，只袖手于室中踱步。来回走了几遍，便猛然止步，自语道："田肯之语，乃是天启呀！天下者，西有秦，东有齐，正如首尾。首尾相顾，天下即属刘也。"

于是，想好了诸子弟应如何分派，写下密折，立刻召随何来，口述诏旨曰：

> 齐，古即建国也。今为郡县，应复为诸侯。将军刘贾屡有大功，与其余宗室有贤德者，可王齐、荆。

随何援笔记下，正要退下，刘邦又道："明发此诏，意在令诸王举荐，然刘氏子弟如何封王，尚有诸般细事，诸王并不明了。还须你赴颍川，面嘱韩王信，令他领衔上奏。"

随何疑惑道："何必多事？不如明发上谕，封诸子弟为王就是。"

刘邦便笑："那教天下人看了，自家恩赏自家人，岂非大失脸面？"说罢拿出密折来，交予随何："将此折速交韩王信，无须多言，他自去领会。"

三日之后，那韩王信收到密折，阅毕，岂能不心知肚明，便按照密折所列事项，牵头草拟了奏本，遣使者飞马知会各王。

果然，至春正月丙午，便有韩王信等诸王联名上奏，请将韩信原封楚地，以淮水为界，东为荆，西为楚，分作两国，以东阳、鄣郡、吴县等淮东五十二县，封刘贾为荆王；以砀县、薛城、彭城等地三十六县，封刘邦幼弟刘交为楚王。

隔了两日，诸王又有奏疏举荐，请以云中、雁门、代郡等地五十三县，封刘邦次兄刘喜①为代王；以胶东、胶西、临淄、博阳、城阳等地七十三县，封刘邦庶长子刘肥为齐王。如此一来，子弟

---

① 刘喜，《汉书》亦作"刘仲"，应为异名。"仲"意为"行二"，后世有人认为是刘喜之字。

中亲缘较近的，共封了四王。

其中庶长子刘肥，乃是刘邦早前在丰邑，与外妇曹氏所生。虽为长子，却是庶出，其母又早故，故身份不及吕后所生嫡长子刘盈。刘邦怜惜刘肥，有意将他封在富庶之地，比别家又多得了许多县邑。

刘邦将诸王奏疏展开来看，逐一核对郡县，见与密折所列并无不同，便抚案赞道："好！坐天下，亲子弟，诸王颇晓事也。他们所奏，今日索性都准了吧。那刘肥治齐，恐一人难胜任，可令曹参为齐相国，从旁辅之。"

随何闻言，忙将奏疏接过，便要草拟诏书。待提起笔来，忽而想起问道："子弟封王，亦须论功。刘贾将军功最大，自是无疑，其余宗室也都有些军功，然陛下次兄刘喜，在家经商，归汉以来，未曾披甲胄，阵前寸功未得，当如何论之？"

刘邦瞥了一眼随何，哂道："腐儒！姓刘，便是有功。你就写'兵初起，侍太公，守于丰邑'，岂非大功？"

"哦……然也，然也。"随何忙自责道，"微臣愚钝，所思实不及。"

少顷，随何便将封王诏书草毕，呈与刘邦。刘邦草草看过，喜道："不错，这便发下吧。"

随何却惶惑起来，迟疑道："诸子弟所封，皆汉家郡县之地，计有十郡百县，有如剐股上之肉。如此剐下去，怎么得了？"

刘邦望望随何，摇头道："你还是不及田肯啊！异姓王遍地，四面虎视，我如坐治炉群中，日日似火烤。倘不封子弟为王，一旦乱起，我必成秦二世，坐困孤城而自毙。"

"陛下多虑了。臣以为，异姓诸王，或可渐次削夺。"

"诸王皆有功，共得天下，无罪岂能夺之？"

"这个不难。枭雄得国，必不安分，日久亦必有罪。"

"哦！"刘邦一拍膝盖，心中顿悟，立时目光灼灼，急以手势止之，"公无复多言，朕知矣。"

随何退下后，刘邦再看韩王信领衔的奏疏，又起了心事，于偏殿坐思半日，觉韩王信封地在颍川一带，终是不妥。

想那楚汉相争以来，关中便是汉之根本。往日汉军攻楚，多陈兵于韩地，故而关中与中原始终贯通；如今定都关中，朝廷与齐楚诸国，中间就隔了一个韩，颇有阻梗。三河一带向来是兵强马壮之地，那韩王信，又是故韩宗室，在当地声望颇著，根系错杂，一旦有了异心，则半壁河山立陷危殆。

如此一想，刘邦便惊出一身冷汗来，忙唤近侍拿了舆图来看。看了片刻，心中便有了主意，立即遣使驰赴阳翟，召韩王信来，只说有事面询。

韩王信在阳翟闻召，急忙驱车赶来洛阳，入南宫谒见。刘邦一见，即含笑与之执手，将他延入内室。

两人分主宾坐下后，刘邦和颜悦色道："八王之中，唯公随我最久。你我之谊，胜过兄弟。今欲与公剖符为信，永为手足。汉家万年，公亦世代享封国，如何？"

韩王信受宠若惊，躬身谢恩道："不敢。臣功浅德薄，何敢当之？"

"公不必如此客气。既为兄弟，今日便有要事相托。"

"陛下请吩咐。臣久为汉臣，只恨出力甚少。"

刘邦随手拽过舆图来，指点太原郡一带："你看，今日天下混一，唯有北方匈奴为中原之患。昔年始皇帝尚不敢大意，遣长子

扶苏、猛将蒙恬镇守北边。朕昨日想到，汉家方兴，必得有力之
人守边不可。公随我征战，忠心可鉴，实为不二之选。朕之意，
你可徙至晋阳（今山西省太原市），朕将那太原郡三十一城封予
你，以晋阳为都城，永为汉家北边藩篱。"

韩王信脸色便一变："那韩之旧地……"

"这个嘛，请勿虑。可复为颍川郡，仍归朝廷，你意下如
何？"

韩王信无端被徙至北地，心中老大不愿意，只是此话说不出
口，便勉强道："为王前驱，当勉力为之。"拜谢罢，满脸不豫之
色，一时难掩。

刘邦只装作没看见，急唤随何入内，吩咐道："朕与韩王，欲
剖符为信，永结伯仲之谊。你去将玉符拿来。"

随何取来玉符呈上，刘邦便与韩王信各执一半，相对跪下。
刘邦手捧玉符，面色庄重，对天誓道：

使河如带，泰山若厉，国以永宁，爰及苗裔。

此誓词之意，乃是云：假使大河枯竭如衣带，泰山崩削如砺
石，封国也无变更，可子孙万代享有。那韩王信复诵一遍，心中
却暗暗叫苦，万般无奈，只得随刘邦摆布。

誓毕，刘邦满面笑意，吩咐随何道："韩王明日将徙都晋阳，
你速去备好筵席，朕要为韩王饯行。"

筵席上，刘邦说东道西，言笑晏晏，全不涉正事。宴罢，韩
王信回到馆驿，才缓过神来，知刘邦心存戒备，不由懊丧。返回
阳翟后，只是终日叹息，又延宕了半月，才启程北行。

行至半途，心中忽觉不忿，想道："卖命多年，奔走如狗马，呼之即来，挥之即去。如何一朝见疑，便翻为戍卒？"于是暗暗存了背汉之意。甫至晋阳，即写信给刘邦，巧言道："晋阳距北边，路途尚远，若匈奴袭扰，救之不及。为此，臣请徙都马邑（今山西省朔州市），就近防之。"

刘邦接信，颇觉不解："马邑？如何愿赴那苦地为王？"想了一想，以为韩王信乃是真心守边，便随他去了。次日，便有诏下，允韩王信改徙马邑。

诏书下时，无声无息，就汉家北疆而言，却似巨石投入深潭，激起涟漪层层。从此边地多事，叛乱迭出，直至惹来匈奴内犯，致百年不得安生。然于此时此际，谁又能想得到呢？

五

新丰鸡犬
喜归乡

时入春三月，一番封王封侯事毕，刘邦这才安歇下来，但心头还是惴惴，怕有人再生事。果然，没过几日，便有郦商、灌婴、靳歙、傅宽等一干武将，一齐赴阙求见。

这日后晌，刘邦正与戚夫人闲谈，忽听到宫门外喧哗，吃了一惊，便想去取剑，寻遍室内却不见，于是撇下戚夫人母子，跣足奔至前殿。恰遇随何匆匆来报，方知原委，才大大松了口气，命近侍速取衮服来换上，将门外诸将宣进。

众人进了大殿，一齐跪下，连呼"不公"，个个都似有天大的冤屈。刘邦见来者全是新晋的列侯，冠服簇新，便沉下脸来喝问："吵嚷甚么？封了列侯，还不知足，竟是要吞天吗？"

那郦商本就气盛，此时更是一脸怒气，挺身道："臣等赴阙鸣不平，是为萧丞相欺人太甚！"

刘邦惊讶道："萧何？那老儿，又如何惹到了诸位？"

"萧丞相封侯，竟有八千户食邑，险些便是万户侯，此何以服众？"

"原来如此。你等有何不服？说来朕听听。"

"臣等披坚执锐，多者百余战，少者数十战，攻城略地，大小各有功。今萧何未有汗马之劳，仅掌文墨，坐而论道，从不曾亲临一战，却蒙垂顾，功居臣等之上，何也？"

"嘿嘿……"刘邦一笑，环视诸将，缓缓问道，"尔等皆有此怨吗？"

诸将齐声应道："正是。"

刘邦便招了招手道："来来！各位平身，坐拢来。朕于今日，恰好神闲气静，便为诸君辩上一番。"

诸将便不再嚷，都膝行前移。唯灌婴愤愤不平道："好言好语，可抵得食邑吗？"

刘邦也不理会，拈须片刻，忽然目光一闪，发问道："诸君可知狩猎乎？"

诸将便笑，参差答道："知之。武人焉能不知猎？"

刘邦环视诸人，正色道："那好！朕无文，只擅讲粗话，今日便说说这狩猎。诸君必也知，追杀野兽者，狗也；而寻野兽之踪、指点兽在何处者，人也。今诸君因善跑而得兽，不过功狗耳。至于萧何，寻兽踪、指兽处，乃是功人也。且诸君多是独个跟从我，至多偕两三子弟；萧何则有宗族数十人皆随于我。故而丞相之功，朕不可忘！"

这一席话，甚是洪亮，声震屋瓦。谒者鄂千秋在殿侧当值，吓了一跳，手中笏板险些掉落。连那殿前郎卫亦觉惊异，各个大气不敢出。诸将自然能掂出此话分量，便也不敢再言语。

刘邦这才面色稍缓，又道："看看尔等新贵，大冠冲天，言语汹汹，可还记得广武山相持之时，何其愁苦？若非萧丞相在关中，为我输粮增兵，你我诸人，恐早已暴尸荒野。汉家之胜，非唯剑戟下所得，乃是萧何守住关中，得秦民之心，我辈才有所恃，好歹未成丧家野狗。若忘了此一节，我辈于今后，又何以守住这天下？"

诸将相互望望，似仍不能释疑，只是参差应道："微臣明白。"

刘邦便道："若再有不明者，便不配受列侯之赏了。"

诸将虽心内并未全服，也只能口称诺诺。

见众人再无异议，刘邦便释颜一笑，道："列侯虽已封，然尚未排位次。诸君既来，以为谁人可排首位？在此不妨说说。"

诸将闻言，稍一商议，便纷纷道："自是平阳侯曹参，当属第一。"

刘邦便问："是何道理呢？"

灌婴朗声答道："臣与曹参同征伐，东出齐赵，朝夕相与，知曹参全身被创七十余处，瘢痕累累，教人不忍直视。他在军中为骁将，攻城略地，身先士卒，功最多，当居第一。"

"这个嘛……"刘邦闻言便沉吟起来，未予作答。心想方才论功，已严词驳斥众将，此时论及排位，便不忍再驳诸将了；然在心内，还是欲推萧何为第一。

大殿之上，一时便哑然，诸将只是望着刘邦，不知他如此阴阳莫测，究竟有何名堂。

此时在侧的谒者鄂千秋，已知刘邦心思，便跨前一步，禀道："臣有进言。"

这鄂千秋，在汉家也非等闲人物，因军功早就封为关内侯①，随刘邦日久，谙熟君上心思。今日当值，见刘邦犹豫，知刘邦既不愿推曹参为第一，又不忍为难众臣，便开口进言，要为君上解

_____

① 关内侯，爵位名。秦汉时置，位于列侯之次。有其号，无国邑，但封有食邑若干户，多赐给有军功者。

围。

刘邦见鄂千秋出列，颇感诧异，忙允道："公可畅言。"

鄂千秋亦是个辩才，开口便滔滔不绝："臣以为，群臣所议皆误！曹参虽有野战、略地之功，然均为一日之功，不可夸大。想那旧时，君上与楚相持五年，失军亡众，只身脱逃之败曾有数次；然有萧何在关中，常遣兵员赴山东，予以补足。君上并无诏令相召，即有新兵数万，补足军前所缺，如是数次，功难道不大吗？汉家与楚，在荥阳相持数年，军中无粮，萧何自关中漕运转输，补给不乏。此功，不是大功又是甚么？陛下虽数次亡失山东之地，然萧何却保全关中以待陛下，这不是万世之功吗？我汉家，即便无曹参之辈数百人，又有何所缺？汉家获全功，岂是这数百人所致？臣实为不解：岂能以一日之功，凌驾于万世大功之上？臣以为：若论功，萧何当属第一，曹参次之。"

刘邦不意鄂千秋如此善辩，拊掌笑道："好好！"便起身离座，踱至鄂千秋面前，上下打量了一番，感慨道："可叹呀！宝藏在手，便不是宝。你终日随侍在侧，我却视你为无物；今日方识得，身边便有国器在。"

鄂千秋连忙揖道："臣不敢当。适才放言，于诸功臣多有得罪。"

刘邦便一拂袖："哪里话！公若不言，诸人还在懵懂。"说罢，又返身坐下，对诸将道。"鄂公若不言，朕亦是不悟：萧何之功，竟有如此之高。好了！朕这便下诏令：列侯之功，萧何乃第一，赐予'剑履上殿，入朝不趋'①，以示恩遇。萧氏父母兄弟，拢共有十余人，皆封予食邑。萧丞相今有食邑八千户，再加封两千户，成全他一个万户侯。"

诸将闻此命，心中五味杂陈，却都作声不得。

殿上众臣神色如何，刘邦全当不见，只掉头问鄂千秋道："你这关内侯，食邑多少？"

鄂千秋答道："回陛下，臣食邑两千户。"

"哦——，吾闻'荐贤者应受上赏'。有你今日这番话，朕便加你为安平侯，也做他个列侯，教你光宗耀祖。"

鄂千秋忙躬身谢恩："臣食汉禄，已是莫大恩典；因片言受赏，实于心不安。"

"这些客气话，就无须再说了。朝中多些敢言者，朕方得不昏。"

众臣仍是默然，唯夏侯婴不冷不热道："萧何功高，臣等也无话可说。然八千户食邑，已是上赏，为何又加两千户？"

刘邦望望夏侯婴，笑道："这个嘛……你也是沛县故人，可还记得，昔年我率役夫赴咸阳，服秦宫徭役，诸友各赠我三百钱，独萧何赠我五百钱，足足多出两百钱来。今日多封他两千户，便是我偿他那两百钱吧。"

众人闻言皆笑，夏侯婴也忍俊不禁，道："如此说，季兄欠我之账，又何止两百钱！"

---

① 古人席地而坐，入室须脱鞋；公卿大臣皆佩剑，上殿则不得佩剑。剑履上殿，即是允许穿鞋佩剑上殿。另，古时臣子见君主须"趋"，即快步走。入朝不趋，是指上朝可无须快步走。这两项，乃是君主对臣子的极大优遇。

见刘邦宠信萧何，不可摇撼，众人也无意再争，便一起告退。

送走这群列侯新贵，刘邦正待歇息，忽又有谒者来报："留侯张良，前来谢恩。"

一听张良之名，刘邦便觉神清气爽，连忙宣入。张良上得殿来，便要拜谢，刘邦连连摆手："子房兄，封个列侯，谢甚么恩？"

张良道："臣近日多病，封列侯诏下，未及上朝谢恩。今日稍觉复苏，特来与陛下剖符为盟。"

刘邦便执了张良之手，道："你我二人，已是剖心之交，还剖甚么符？你既来，便同我去偏殿闲谈。连日来，封侯事闹得人好气闷。"两人便并排往偏殿走去。

这洛阳南宫，南临洛水，本是古时周公所建；终周一朝，皆为王宫。秦定天下之后，在洛阳一带置三川郡，封十万户给丞相吕不韦。吕不韦便在南宫大兴土木，增建楼台，以作饮宴宾客之用。

至秦末变乱，南宫所幸未遭兵燹，安然无恙。刘邦见之甚爱，年初定都洛阳之时，在南宫没有住够，此次借伪游云梦之机，又在南宫勾留了数月，乐而忘返。

南宫台基甚高，宛如城墙，丹陛竟有百级之多，仰望之，似可登云摩天。台上殿阁，几近仙境。正殿与偏殿之间，有双层架空的复道相接，踏上复道眺望，远野平川，历历在目。

两人行至复道上，凭栏而望，见夕阳衔山，万树苍茫，草色如氤氲，不由就赞叹起来。

刘邦拍栏道："如此河山，不知是多少条命换得，我辈岂容在自家手中溃灭？"

张良便道："陛下登基以来，既未衣锦还乡，亦未沉湎于酒色，便是对得起这河山了。"

"哦？如此说来，我在这南宫也流连不得了？"

"这个……臣不敢忘田肯之言。"

"哈哈，好吧！为人主，志不可丧，还是要回关中去，且宽限我几日。"

此时远眺宫门前，可见洛水沙地之上，有将士三三两两席地而坐，聚议纷纷。刘邦便对张良道："我居南宫，见诸将往往在此相对私语，不知是何故？"

张良手搭遮阳，望了片刻，回首道："陛下起自布衣，与部属共取天下，今陛下贵为天子，所封者皆为故旧爱将，所诛者皆为平生怨仇；那军吏数百上千，却寸土尚未封。彼辈焉能不计算：若照此封食邑，则倾尽天下之土亦不足，故而万难再封侯，显见是富贵无望。再者，彼辈见臧荼、利几之祸，也怕因细故而被诛，故相聚谋反。"

刘邦大惊，望着张良道："可当真？子房兄，此是危言吧？"少顷，又叹口气道："……诸将之心，我知矣。然如何安抚得住？"

张良道："有陛下素所厌恶的部属，可择群臣共知最甚者一人，先行封赏，以示恩典。如此，群议汹汹，自然便了。"

刘邦略一思忖，不由击掌道："你是说雍齿？好计好计！此人倒险些给忘了。"

且说那旧部雍齿，与刘邦渊源甚深，原为沛县大族，累代豪雄。秦二世二年（前208年），刘邦于沛县起兵，被父老推为沛公，雍齿亦率徒众跟从。然其性本桀骜，不服调遣，曾数度窘辱刘邦。

沛公军当年在沛县举旗,有泗水郡守效忠秦廷,发兵来攻。刘邦率部迎击,留雍齿守故里丰邑。 不料,时有魏人周市①为陈胜部将,拥立宗室魏咎为魏王,占了魏地三十余城,前来劝降雍齿。周市许之以封侯,且言不降则必屠城。 那雍齿本就不甘做刘邦臣属,当即便降了魏。

雍齿叛后,丰邑众子弟亦随之叛,守城拒刘邦,致使刘邦有家难归,颜面扫地。 刘邦回攻丰邑不下,大病一场,只得北上留县求援兵,于途中偶遇张良,这才与张良结下平生厚谊。

后在下邳,刘邦从项梁处借得援兵五百,回军攻丰邑。 雍齿力不能敌,逃奔魏国去了。

然世事翻覆,秦将章邯率兵平乱,将魏咎攻灭。 雍齿无所归依,犹豫再三,到底还是归了汉,在军中主管粮财。 雍齿归汉之后,好歹有些战功,故刘邦也未计较前嫌。

经张良一说,刘邦心中便有了主意,隔日即在南宫置酒,大宴群臣。 随驾入洛之诸将,功爵无论大小,一概请到。

数百人陆续入座,见筵宴之盛,甚于往日,便互相探听,却无人知道是何故,只疑是为废黜楚王韩信而庆功,于是都拿眼角去瞄韩信。 韩信默然于座中,亦甚感不安,想那刘邦诡计多端,莫非此筵便是个"鸿门宴"?

刘邦看看人已到齐,便环视众臣,开言道:"今日置酒,不为别事,只为一人……雍齿可来否?"

那雍齿正在座中,闻听刘邦点名,以为是要算旧账,脸色便一

---

① 市(fú),此处为人名,与市县的"市"字不同,中间为一竖,贯通上下。市,古之祭服,也作"韨"。

白，战战兢兢起身道："臣在。 臣戴罪已久。"

刘邦便大笑："雍齿兄，何罪之有？ 乃是你有功，而朕未曾赏！"

"臣之小功，实不抵大过。"

"哪里？ 诸君有所不知：昔日在沛，雍齿兄乃一方豪雄。 想我刘季，在沛县亦可称跋扈，自萧何以下县吏，无不被我折辱；唯在雍齿面前，却抖不起半分威风来。 秦末，我在沛县举义，雍齿兄投军最早。 中间跑掉一回，算不得大错。 后又归汉，悉心料理粮财，助萧丞相之力甚多。 日前封列侯，因陈平匆忙，拟诏时竟将他遗漏。 今日置酒，便是要遍告群臣，朕将封雍齿为列侯，以感旧恩。 至于封在何处，食邑多少，请萧何、陈平火急议定，来日便降诏，晓谕天下。"

此言一出，满座皆惊，群臣纷纷交头接耳。 那雍齿立于座前，脸色由白转红，恍如梦寐，半晌才惊醒过来，伏地叩首不止。

刘邦忙离座上前，将雍齿扶起："好了好了！ 故人何必如此？ 与人共事，难免有恩怨，岂可经年累月挂怀？ 天下者，乃诸君共取之，非我一人而得之，亦非我一人可独享。 汉家初兴，诸事太多太烦，封侯之事，急切间尚不完备，诸君亦不可心急。 即便仅有寸功，亦可等到封赏。 尔等在沛，还不是与我一般，布衣匹夫，然九年间便可翻作列侯，上下百代，唯在汉家可得。 要谢，就谢那秦二世好了。"

群臣闻此言，皆哄堂大笑。

雍齿泪流不止，谢恩道："臣雍齿，沛县一莽夫耳。 早年痴狂，竟胆敢犯颜不从。 谢陛下不计前嫌，又赐列侯，几疑是在梦中。 若有再世，臣当变牛做马，服侍陛下。"

"哈哈，切莫作此言。若有再世，我或为你执鞭，也未可知。"

此时，周勃忍不住流泪道："看汉家今日，公卿满堂，哪个不是人头滚滚才换得？常念起纪信兄诸人，心中总是不忍。"

刘邦闻之，亦面露悲戚之色，叹道："纪信之忠，千年所无，朕亦不敢忘。惜乎纪信无后，特封他长侄纪通为襄平侯、次侄纪亨为襄城侯，皆为我亲随。日前我与丞相商议，拟将纪信故里从阆中分出，另立一县，赐号'安汉'（今四川省西充县），以享万世美名。纪信衣冠，今已厚葬于城固县（今属陕西省汉中市），也算是哀荣备至了。"

樊哙却嚷道："人已死，墓冢再好，又有何用？"

刘邦便叱道："天下只你一个聪明！纪信若不死，你我可活乎？"遂又对群臣道："昨日得萧丞相信，已在故秦上林苑，立起纪信祠一座，其坐像服天子衣冠。今后每年春二月，皆以天子之礼祭之。"

群臣闻言，无不惊愕，相对慨叹不已。

刘邦又道："周苛于荥阳死国，忠直可泣鬼神，其子弟不可不封。弟周昌，继其兄为御史大夫①，封汾阴侯；子周成，封高景侯。至于奚涓将军，昔为我丰邑舍人，由郎中而将军，年少有为。惜乎睢水之败，为我护驾而死。他年少无后，亦不得封侯，幸而其母疵氏尚在，不日便封为鲁侯。"

群臣又是一片惊呼。陈平便道："此为'母代侯'，古未有

---

① 御史大夫，官名。掌监察百官、代皇帝受百官奏事、管理图册典籍、起草诏命文书等。西汉时，御史大夫与丞相、太尉合称"三公"，相当于副丞相。

之。"

刘邦便一笑:"古未有之,今可以有。 男或女,贵或贱,皆天命也,无分高下。 昔之屠贩、漂母,今为王侯,即自我汉家始,难道不好吗?"

群臣闻之大悦,纷纷起立欢呼。

樊哙便叫道:"项伯何在? 舞剑! 舞剑!"

项伯闻声而起,拔出佩剑道:"幸而今日不是上朝,剑在身上,臣这便舞起。"说罢便离了座,在殿上舞了起来。

刘邦大笑道:"好剑! 好舞! 昔日若没有项伯,哪有今朝这酒喝?"

众臣感奋,亦纷纷拔剑击案,以歌和之,一时声如鼎沸。

当晚,君臣杯觥交错,尽欢方散。 众人宴罢,出了南宫之门,都击掌而喜道:"连雍齿都能封侯,我辈再无祸矣。"

韩信恰与陈平走在一路,便问道:"陈护军,雍齿不斩,便算是恩典了,今日竟能封侯,今上大智也。 此计,莫非自你出?"

陈平也正迷惑,忙辩白道:"弟之微末小计,非诡即诈,岂能有此等高妙? 想来,应是留侯所谋。"

韩信便摇头叹道:"拥沛公者,不如反沛公者也!"

陈平一怔,心内大惊,嘴上却戏谑道:"淮阴侯悔不当初?"

韩信道:"悔亦无用。 我乃直木,雍齿乃弯木;陛下之斧,岂能砍那弯木?"

陈平望望韩信,不知从何说起,只能暗暗叹息。

时至春三月中,果然有诏下,封雍齿为什邡侯,食邑二千五百户。 自此,雍齿子孙在汉家累代侯门,袭爵八十九年方止。

刘邦纳张良之计,悟到了安抚臣属之道。 自那之后,朝中便封侯不止，未出三月间，便又封侯九人。 此后，便无月不封侯，终其一生，共封侯一百四十四位。

且说当日宴罢，刘邦回想群臣种种神态，忽地想起，韩信于座中，似颇有失意之色，恐须好言安抚才是。 于是，次日一早，便命随何去请韩信来。

韩信闲居寓邸中，忽闻召见，不知是祸是福，匆忙赶来，神色不免惶惶。 刘邦就笑："召你并无他事，多日不见，闲谈而已，且入内室坐下。"

在内室甫一落座，便嗅到有一股异香。 韩信左右看看，原是屋角置放了釉陶香炉，便道："陛下好兴致。"

刘邦欣然道："香气如何？ 此物甚稀奇，乃是蜀地献来，系西方象雄国①所产。 偶或点燃嗅嗅，便觉神气清爽。 近闻你抱病居家，莫不也是神气滞碍？"

"非也，臣乃是心慌。"

"心慌甚么？ 无兵可用，只须潜心研习兵法，自然就不慌了。"

"臣于破楚之时，每每十余日不得饱食，倒也无事。 而今闲居，体反而愈弱，若逢多事之时，或可无药而病除。"

"哈哈，果然是心病！ 多事之时，家国不幸，还是今日承平为好。 邀你来，不为别事，只因封侯一事，群议纷起，想听你细说诸将优劣高下。"

刘邦遂将那诸将争功事，向韩信略述一遍。 韩信听罢，开口

---

① 象雄国,古代横跨中亚地区及青藏高原的一个大国。

便道："鄂千秋所言极是。甚么曹参之辈数百人？此等匹夫，天下车载斗量。"

"诸将固然平平，然……樊哙或堪大用。"

"不过将兵三万。"

"那灌婴如何？"

"将兵五万而已。"

"曹参又如何？"

"或可十万。"

"你看我今日，可将兵几何？"

"将兵异于治天下，臣仍不改前之所言：陛下将兵，不过十万而已。"

"如你，可将兵几许？"

"如臣，多多益善耳。"

刘邦不禁大笑："多多益善？如何又为我所擒？"

韩信脸一红，不由辩道："陛下不能将兵，然善将将；臣为陛下所擒，便是此故。且陛下胜出，乃是天授，非人力也。"

刘邦拈须笑道："此言甚好，'不能将兵，然善将将'！正是如此。然则……诸将为我出力甚多，终还是不能亏待。"少顷，望着韩信又道："楚汉争战，我数年不与公见面。待天下既定，只觉公之锐气有所减，甚么'天授''非人力'，这些奉承话，你学来做甚么？"

"非为恭维，臣唯敬陛下耳。"

刘邦便叹了一声："唉！无怪众臣妒你。眼高于顶，终难立足于群僚。除张良、萧何以外，诸将那里，还是要多走动才好。"

韩信听得动容，连忙应道："陛下说得是，容臣改过。"

君臣两人，又恍似回到汉中时，谈起旧事，都唏嘘不已。直至朝食时分，刘邦留韩信用过膳，两人方依依惜别。

韩信于此后，对刘邦所嘱也有所留意；然高蹈之气，一时难改，仍是不愿与众臣交往。

这日，他乘车在市中闲逛，偶过樊哙寓邸前，心中一动，便教御者停车。下得车来，在门前望望，便对门上阍人道："你去通报，就说韩信登门拜访。"

樊哙闻听韩信来访，大喜过望，急忙趋出门外，施大礼相迎，口称："大王居然肯光临敝舍，臣何其幸也！"

韩信还礼毕，笑道："甚么大王？笼中之鸟罢了。无事闲到骨头痛，今日来贵府坐坐。"

樊哙受宠若惊，忙将韩信迎入上座，叙起旧来。韩信本也无心，只由着樊哙扯三扯四，讲了些汉中拜将时的逸事。

其间有仆役进来，端上两碗汤汁，其味温润，色如琥珀。樊哙拱手笑道："大王，你来尝尝。"

韩信饮下，但觉有股清淡异香，便问："此是何物？"

"此乃巴蜀之物，以树叶焙成，名曰'茶'。臣昔年所率板楯蛮，每日必饮，臣曾试饮之，一饮便成了瘾。此物有奇效，可以提神。饮之，闲谈至半夜也不倦。"

"我在汉中，亦有所耳闻，原来是这等滋味。"

"敝舍中尚有许多茶叶，愿赠大王。"

韩信一摆手，语甚不屑："不必了。我虽降爵，但甚安泰，还不至沦为板楯蛮之流。"

樊哙尴尬一笑："也是也是！大王入都之后，能吃能睡，面色似也不黄了。"

坐了多时，韩信看樊哙并无长进，依旧粗鲁，便觉不耐。想这堂堂汉家，竟用此等人物为丞相，不亦悲夫？如此一想，谈兴顿消，起身便告辞。

樊哙挽留不住，连连惋惜道："大王莅临，臣生平之荣耀也，何不共尝春醪，对饮一番再走？然敝舍亦无好酒，只怕是难合大王之意。"

韩信便道："樊左相，好意我已心领。谢你讲了许多旧事，实是至情。人都是旧时的好，只是，河焉能倒流？鸟焉能倒飞？倘使有一日，我这头颅落下，神仙亦不能令我复生了。"

那樊哙听不明白，只得干笑："大王，你书读得多，赛过下臣平生所食之盐。樊某乃莽夫一个，须有人指点，唯愿大王常来。"说罢，便跟在韩信身后趋出，恭立于门外相送。

韩信望了望寓邸大门，笑道："偶一为之，尚可。常来，岂非欲谋反乎？"

樊哙一怔，忍不住冒出一句来："我那姐夫，不识好歹人，大王请勿多心。"

韩信顿然无语，挥了挥袖，便头也不回，登车而去。车行至半路，见贩夫走卒络绎于途，相貌皆猥琐，不由便冷笑一声："未料此生，竟然与樊哙之流为伍！"

又过了数日，韩信正在寓邸闲看兵书，忽有阍人来报："郡守陈豨求见。"

闻听故人登门，韩信神情便是一振，整了整衣冠，急迎出中庭来。见陈豨英气依旧，不由大喜，忙上前执手问道："定陶一别，几近半年，常辗转思之，别来可无恙乎？早闻你做了巨鹿郡守，近日又封了阳夏侯，知你可堪大用。今日看你满脸喜气，恐又将高升？"

陈豨道："得大王赏识，陈某方有今日……"

韩信便将手一摆："就称将军吧。"

"哦，自与将军别，臣亦是无日不系念。日前闻听云梦之变，我日夜忧心，幸喜陛下尚不至绝情，将军得以免祸。今陛下召我回，加我为代相，监督边备，不日即将赴任，特来告辞。"

"是到刘喜封国去？"

"正是。"

"哼！那田舍翁，百无一用，执戟怕也要拿颠倒了！看来，北地边备，唯赖你一人了。"

"臣唯尽职而已。"

韩信仰头想想，欲言又止，只拽住陈豨之手，在庭院中踱步。如此绕了数匝，忽而止步，仰天叹道："天下至苦者，乃无人可与之言也，你是可与之言的人吗？我胸中有许多话，要说与你听。"

陈豨便敛容道："唯将军之命是从。"

韩信望住陈豨，双目如鹰隼，急切道："公此去代地守边，非同寻常，正如当年我领兵赴赵。公之所居，为天下精兵麇集之处，公又为陛下所宠信。身居权要，看似风光，然有何可喜？若有人进谗言，诬公举兵欲叛，陛下必不信；若再进言，陛下必疑之；三进言，陛下必怒而御驾征讨。公所恃之宠信，便似暮气归也。旦夕之间，或有大祸临头，内外相逼之下，只怕是无所归处。"

一席话，说得陈豨额上冒汗："依将军所言，臧荼之祸，我也将逃不掉了？"

"正是。那臧荼，无智无谋一武夫也，陛下也要灭之而后快，况乎公乃天下名将，拥兵北地，岂不正是当今之蒙恬吗？"

陈豨大惊失色道："如此说，今上就是秦二世，陈某必死无疑了！"

韩信松开陈豨之手，又独自踱了几步，猛然回转身道："我为公之内应，天下可图也。"

陈豨浑身一颤，当即跪下，拜道："将军所言，陈某谨受教。"言毕，起身便告辞。

韩信诧异道："如何这便走了？且共饮一回，再走不迟。"

陈豨道："臣虽鲁钝，然亦知事之缓急。天下可徐图，边事却须急图；否则，头颅必不保。到那时，欲受将军一饭，可得乎？"说罢一揖，撩衣便走。

韩信急忙追上两步，送陈豨至寓邸门外，又嘱道："兵法曰：'合于利而动，不合于利而止。'今日事，莫与人知。"

陈豨翻身上马，抖了抖缰绳，抛下一句话来："将军，你且看吧。"便绝尘而去。

且说刘邦率诸臣在洛阳，应对天下事，不觉便忙过了一冬。春来桃李竞放时，方离开洛阳，返回关中。

至栎阳宫住下，刘邦想天下已定，朝野都不可再有戾气，应各有太平良俗，于是，率先尊礼法，五日拜见一回太公，风雨不误。

刘太公素知此子顽劣，今日竟彬彬有礼，以九五之尊而行孝道，只觉是在做梦，于是只得敷衍：你要如何拜，我便如何回，权当儿戏。

如此拜见了三数回，这日，又望见刘邦车驾远远而来。此时，有随身家令①乌承禄，忽在身后低声道："臣闻天无二日，士无二王。君上虽为子，然却是人主；太公虽为父，却是人臣，焉有人主拜人臣之理？如此，汉家还有甚么威重之名？"

太公闻言，甚觉不安，略一想，便从门后拿起一把扫帚来，洒扫庭院。见刘邦步入，便忙不迭地持帚退后，毕恭毕敬。

刘邦见太公竟又伏地，欲行稽首大礼，不由大惊，急忙上前扶住："阿翁，这是耍甚么把戏？老归老，尚不至昏头了吧？"

太公便道："皇帝，人主也。不跪拜可乎？岂能以我而乱天下礼法？"

刘邦便拽着太公衣袖，匆匆入内，边走边道："阿翁，你今日若与我说卖饼，我定当受教；说甚么天下礼法，你又从何处知晓？你这便如实告之，此乃何人进言？"

太公立时惶恐，结结巴巴道："乃家……家令乌承禄所言。"

刘邦仰头大笑："果不其然！来来，我看看是哪个？"

乌承禄在侧闻听，魂飞魄散，慌忙伏地请罪道："小人便是。适才妄言，万望陛下宽恕。"

"起来起来！你哪里有罪？公所言甚是，早在定陶，我与叔孙博士便有此议。礼法之事，容我请教博士再说。今日，你进了个好言，朕赐你黄金五百斤，今后做不做这家令，都随你了。"

乌承禄喜出望外，连忙叩首谢恩。

当日刘邦问安返回，便立召叔孙通入宫，提起拜见太公事，询之有何良策。

---

① 汉代皇家属官，主管家事，诸侯国亦设此职。后世则仅有太子家令。

叔孙通熟知《周礼》《仪礼》，于此早就想好，脱口便道："汉家既已定天下，便要循个礼法，否则何以统百官？何以谐万民？尤不可诸事从权，无所敬畏，致使官不知禁，民不知礼，渐渐便没了天下的样子。"

"言之有理。博士请指点，朕可有何不合礼法之处？"

"有！陛下在丰邑，本名为'季'；分封之后，易名为'邦'，'季'便应作字。旧部因避你名讳，可称你作刘季，陛下则万不可自称刘季了。"

"哦？这一节，朕倒是疏忽了，受教受教。我刘……邦，也有个堂堂正正的字了。做皇帝，实在不易，小户人家做得，朕反而做不得了。请博士教我：朕欲拜谒阿翁，如何能拜得名正言顺？"

"别无他途，'必也正名乎'。想那秦始皇登基之后，曾追尊其父庄襄王，号为太上皇。臣以为此号甚好，堂而皇之，陛下不如效仿之，也尊太公为太上皇。如此，君臣父子有序，陛下再向太公问安，于礼便不相悖了。"

刘邦仰头想想，不由大笑："养个儒生，倒也有用，就如此吧。只是……便宜了我那乡下阿翁。那庄襄王，是在黄泉下受的追尊；我这阿翁，却是活着得了个太上皇做！"

后至本年夏五月，果然就有诏下，称：

人之至亲，莫亲于父子，故父有天下传归于子，子有天下尊归于父，此人道之极也。此前天下大乱，兵戈并起，万民苦殃，朕亲披坚执锐，自率士卒，犯危难，平暴乱，立诸侯，偃兵息民，天下大安，此皆太公之教训也。诸王、列侯、将军、群卿、大夫已尊朕为皇帝，而太公未有号，今应尊太公曰太上皇。

下诏之日，刘邦亲捧诏书，登太公之门，叩拜之后，双手呈上。 刘太公问清缘由，只道："我不看，你读与我听就好。"

刘邦便朗声诵读一遍。

刘太公闭目听罢，又道："你再读一遍。"

刘邦再诵读一遍，刘太公方睁开眼，接过诏书瞄了瞄，道："我儿当了皇帝，文采也好了许多。 阿翁听明白了：皆因小儿做了皇帝，便不能有个白衣老父，故而赐了个名号，才配做你阿翁。 只可怜你那已故的嫡母，没福气做那太上皇后！ 然则你说你的，我还是我。 阿翁向以沽贩养家，从未教训你甚么'披坚执锐'，倒是教训过你不事生产，于家事无补。 你得了这天下，我半分功劳也无，故不敢与你共享，唯愿长得安闲，不再有下油镬之厄。"

刘邦连连额首："阿翁毕竟明事理。"

"想我昔日在丰邑，斗鸡走狗，何等自在。 自你做了沛公，便尊了我一个'太公'，今又要加封太上皇。 日后，只怕说也说不得，笑也笑不得，让我活活坐囚笼。"

"儿又何尝不是？ 哪里还敢呼朋唤友去赊酒？ 阿翁，做了这太上皇，便是天下一等的尊荣，任性不得了。"

太公将诏书置于一旁，拈须道："如今我为太上皇，有事要问皇帝，可否？"

刘邦恭谨答道："无不可。"

"你长兄刘伯早亡，尚有长嫂、侄儿在。 你日前封刘氏子弟四人为王，连族亲刘贾都封到了，如何独独忘了你亲侄刘信？"

"阿翁，儿非敢忘之也，只因其母太不厚道。"

"哦？你那长嫂如何得罪了你？"

"儿未发迹时，因小事被官府追缉，躲避之中，与诸友赴长嫂家就食。那长嫂，厌恶我白食，某日见我与诸友至，便假作羹饭已尽，刮锅铿铿作响！诸友听到，以为无饭，便都掉头散去。我之颜面，扫地以尽！待诸友走后，我再返身去看，原来锅中尚有羹饭。这长嫂，竟视小叔为乞丐，岂不可恨？"

刘太公听得哈哈大笑："有这等事，如何我未曾闻？"

"当年不舍一饭，今日却欲封侯乎？人心世态，怎的就贪婪若此？早年刘季，今已据有天下，何处不是我食邑？不再差老嫂一锅羹饭了。"

刘太公便拱手道："我儿，旧日之事，何必再提起？你肯赏亲老子的脸，送我这个太上皇做，何不也赏你侄儿一个脸面？"

刘邦负手望天，想了一想，方回身道："也罢！便封刘信一个县侯吧。至于名号，待我问过陈平再议。"

越日，朝中便有诏下，封刘信为羹颉侯，封地在舒县与龙舒县两地①。此号中的"颉"字，后世有大儒训其读为"戛（jiá）"。戛，敲击也，故而这"羹颉侯"就是"刮锅侯"之意。

此诏书颁下，刘太公见是羹颉侯，不解其意，问了乌承禄方知奥妙，便哭笑不得："竖子，家丑可如此外扬吗？"只得唤了刘信来，温言劝道，"你这叔父，颠三倒四！勿与他计较，且偕你母去就国，好生做你的'戛戛侯'。"

此后，刘邦仍是五日一拜太公，未尝稍懈。因怕太公拘束，

---

① 舒县、龙舒县，原为西周之舒国，秦时属九江郡。汉王四年（前203）起置两县，即今安徽省舒城县。

便也不事张扬，只如平常人家行父子礼一般。如是数次，见太公还是怏怏不乐，不由奇怪，便问道："阿翁尚有心事乎？"

刘太公只叹息道："徒然为天下第一父，反不如往日乡居了。"

"何出此言？"

"如此深宫，门禁森严，何如在丰邑逍遥？宫中不过是个名堂好，整日坐卧起居，不出三十步，不是囚笼又是甚么？你有沛县旧友，随时可晤，虽不能在泗水亭饮酒，却能在这宫里饮酒。乃翁也欲寻旧友饮酒，可得乎？"

"原来如此！然此事不可。阿翁贵为太上皇，欲归乡里，恐只能在梦中耳。"

"莫非，乃翁要囚死在此？"

"也未必。阿翁既如此思乡，容儿另谋计策，或可变通。"

拜罢太公归来，刘邦便唤了几个涓人来，命去民间寻一能工巧匠来。不数日，便觅得一巧匠，名唤吴宽。

刘邦将吴宽宣进宫，面授机宜，如此这般。那吴宽心思机巧，当即会意，领了出差文牍，便单骑急赴丰邑。

到得丰邑，找到三老、啬夫，出示了中涓发给的文牍。乡官们见了，不敢怠慢，带领吴宽走门串巷，将那丰邑百户人家描绘成图。其田园屋舍，鸡埘狗窦，皆纤毫毕现，无一遗漏。

忙碌了一月余，吴宽携图归来。刘邦看过，见无一不是旧时景象，不由心花怒放，便命吴宽在故秦的骊邑地方，平地造起一座"丰邑"来。

栎阳县衙接到诏旨，忙调集民夫，日夜赶工。不数月，便在始皇陵北二十里处，造起了惟妙惟肖的一座新"丰邑"。

完工之后，刘邦遣人赴丰邑，将那乡邻千余人，连同鸡犬、箱笼、被盖等尽皆迁往新邑。

各家父老、妇孺长途跋涉，到得新邑一看，不由大惊：那竹篱茅舍，田园树木，竟与自家的一模一样。鸡犬认户，人识其家，各自都欢欢喜喜进了门。当晚，家家便炊烟四起，过起了日子来。顽童们当街嬉闹，竟没有一个迷路的。

却说栎阳宫内，这日一大早，刘邦身着常服，带了夏侯婴，来请太公外出一游。太公只是懒懒道："又是邀我去那上林苑。荒山野水，有何可看？"

刘邦窃笑道："今日游行，必令阿翁眼界一新。"

太公拗不过，只得唤了乌承禄一道，登车随行。出了宫门，望见田园寥廓，草木葳蕤，不觉就是一阵怆楚，险些落下泪来。

刘邦也不言语，只催着夏侯婴驱车疾行，赶了一天路，至日暮时分，来到新邑。刘太公凭轼一望，顿觉恍惚："季儿，如何一日便到了丰邑？"

下得车来，只见街巷与丰邑一般无二，寻路而进，竟然找到了中阳里老宅！太公见门扉洞开，便急急抢入，环视那灶间柴房，无不熟悉；案几箱柜，尽为旧物。当下便呆住了，几欲晕厥，乌承禄在旁连忙扶住。

此时，门外忽有嘈杂声起，太公回头望去，只见四邻父老蜂拥而入，争相执手问候。

太公不禁老泪纵横，都一一寒暄过，方问刘邦道："今朝是在梦中乎？"

刘邦这才微微一笑："闻阿翁在宫中时有愁闷，儿心中不忍，便于骊山之下择地，起造故邑一座，又将那丰邑乡邻迁来。人生在世，最惬意者，莫如景物如昨，阿翁可在此久住了。"

太公闻言，抓住众乡邻之手不放，禁不住号啕大哭。众人亦是悲喜交集，连忙劝慰，又邀太公一行到邻家饮酒。

刘邦陪老父至隔壁院中坐下，向邻家翁妪拱手道："太公居此，便是无忧，要多多拜托父老了。"

诸乡邻争相道："放心放心！皇帝阿翁做我邻居，我等焉能不敬？"

刘邦又道："方才路过鸿门旧地，想起当初情形，身上尚有冷汗。蒙上苍垂顾，致项王覆亡，我刘季得了天下，否则乡邻也必受拖累。今无以回报，唯愿各位多福。待太子长成，我将天下托付于他，也来此处栖息，做个太上皇。"

刘太公瞥一眼刘邦，故意板起脸道："休想！你欲偿此愿，也须待我入土之后。"

众乡邻闻太公戏言，皆大笑不止。

当夜痛饮尽欢，刘邦与夏侯婴便告辞，去了馆驿，留乌承禄陪太公在"家"中宿夜。次日，宫中又有车驾至，将李氏及一应物件送至，太公夫妇便在新邑长居，呼朋尝酒，朝夕言笑，过起了好日子。

后刘太公驾崩，刘邦便将骊邑改名为"新丰"①，以为纪念，亦为后世留下了一个"鸡犬识新丰"的成语。

入夏之后，关中盛暑，平野可见白气蒸腾；人在屋中，动辄汗流浃背。刘邦觉内外无事，虑及百官辛苦，便也放松了朝政。朝

---

① 新丰，即今西安市临潼区新丰街道。今辖区内有项王营、鸿门宴遗址等景点。

会并无定时，仪礼也尽量从简，只每隔三五日便在宫内一宴，安抚众臣。

然众功臣骤成新贵，只道是卖命八年，竟换来这万世勋禄，何其幸也，便都骄纵不可一世。入宫赴宴，全无规矩。饮宴时论及往事，皆大言自夸，彼此争功，闹得满堂喧声鼎沸。更在那酒酣耳热时，拔剑起舞，击柱狂呼，直如乡间莽夫。

刘邦看着厌恶，欲加斥责，又碍于汉家已罢秦法，不便管束过苛，也只能蹙额而已。

博士叔孙通在旁看得清楚，知进言时机已到，便于次日入宫求见。刘邦闻报，心中一动，急召老夫子入内。

见叔孙通进来，刘邦便笑："稷嗣君，封了你这名号，已有年余。此号为张良所拟，朕倒一直不明，其奥妙何在？"

叔孙通答道："回陛下，稷乃齐都临淄城西门。早年田氏代齐后，齐威王曾于稷门外设置学宫，号为稷下学宫，曾聚贤士千人，坐而论道。"

"哦？来头不小，不知有几位是天下闻名的？"

"大有人在。稷下诸贤中，有孟子、淳于髡、邹子、慎子、申子、接子、涓子、尹文子、鲁连子、驺子、荀子……"

"好了好了，先生不要点名了，这子那子，朕哪里记得住？我只问你：这上千贤人，齐威王如何待之？"

"诸子只一心向学，既无官职，亦无言责，尤其有上贤七十六人，特授给上大夫之禄，然亦是无须治事。"

刘邦不禁睁大眼睛："那就是白养着了？"

叔孙通额首道："正是，故而稷下学宫，可称史上第一。当其时，临淄城汇集百家，极一时之盛，助齐威王成就了霸业。"

刘邦这才大悟："原来如此！ 这个张良，瞒了我这许多时日。原来'稷嗣君'之意，乃是寄予叔孙公厚望，只望你承稷下学风。然汉家钱粮甚少，白养恁多贤士，怕是吃力，暂且先白养你一人吧。 今日你来求见，又有何事？"

"吾辈儒生，手不能缚鸡，难与陛下攻伐进取，然可与陛下守成。 现天下已定，便须重整朝仪，若朝仪不肃，朝中尊卑混杂，呼喝连天，那陛下还算甚么天子？ 臣愿前往鲁地，征集儒生来都中，与臣之弟子一道，为群臣开启朝仪。"

"欲起朝仪？ 先生，稽首叩拜，殿上弄来弄去的，烦不烦呀？"

"臣闻五帝不同乐，三王不同礼，汉家方兴，合于时世人情即可。 那上古夏商周三代之礼亦是各不同，臣可以采上古之礼，与秦礼杂用，总教这汉家之礼，简便好用就是。"

刘邦大喜道："好一个叔孙公！ 朕看得明白，臣下善谀，自是常例，然无一个如你，处处能挠到朕的痒处。 朕这便为你写一道手谕，择日赴鲁，去网罗高人。 只是这炎天暑日的，先生须多保重。"

叔孙通领命，次日便启程赴鲁地，到了临淄住下，四下里探访，果然寻到了三十余位儒生。

这日，叔孙通将三十余人延至馆驿，围坐于槐树下，讲明了来意。 那班儒生半世苦读，多无上进之途，只与沽贩脚夫等为伍，潦倒不堪。 忽闻天子招贤，可入朝效力，无异于一步登天，都喜不自胜，庆幸多年的"锥刺股"未白费，今朝终获报偿。

为首一老者须发皆白，颤颤立起，向叔孙通揖道："公之大名，遍于齐鲁。 今富贵不忘布衣，不啻令我辈再生。 臣老朽，幸未死于战乱，得为新天子效力，荣莫大焉。"

众儒生也纷纷拱手拜道："叔孙先生，实乃汉家儒宗。"

叔孙通含笑受之，正欲答谢，忽见座中有两人拂袖而起。其中一位年少者高声道："公之好意，我二人实不能领。适才有人称，公为汉家儒宗，大谬矣！察公之既往，先事始皇，始皇崩，又事二世；二世危殆，又降项梁；项梁薨，又事项羽，至彭城一战，方转投汉家。若是儒宗，岂能百变若此？"

另一年长者亦道："公所事者，屈指算，恐已有十家主公了；所投门下，哪一处不是以面谀而得宠贵？方今之日，天下初定，死者未葬，伤者未愈，你便要起礼乐。那古之礼乐，缘何而起？乃是积百年之德，而后可兴。观今日天下，民瘝遍地，君子岂可佯作不见？公所热衷礼乐事，我不忍为也。"

两人话音高亢，惊起树上鸦雀乱飞。座中诸儒听了，皆遽然变色。那叔孙通脸色，亦是由白转红，拱手道："二位之言，在下谨受教。叔孙不幸，生逢秦末，身世有如转蓬，频换主上，恐非我一人之过也。况且见贤思齐，乃儒家之德，叔孙谨守之，辗转投汉，不知有何过错？"

那年少者便冷笑："公贪恋富贵，不能效伯夷、叔齐，所起之礼乐，怕也是反复小人之礼乐。"

年长者更厉声道："公之所为，不合古制，我不能随行。公请自去，勿来污我！"言毕，拉了那年少者，便昂然出门而去。

叔孙通倒也不恼，望二人背影，摇摇头笑道："尔辈真鄙儒也，不知时变。"

座中诸儒见叔孙通尴尬，都纷纷道："公莫气恼！知时变，通古今，当世之儒无有如公者。"

叔孙通连忙摆手道："诸君休要谬赞了。适才两人曾言，我本无长技，唯擅面谀耳。诸君若再夸赞，岂非抬举佞幸之徒了？"

座中遂有一人高声道："遇明主，即便面谀，亦无不可。"

叔孙通闻言，朗声笑道："此理……只可意会，不可言说，不可言说呀！诸君且去收拾行装吧。"

待叔孙通与所征三十余人，跋涉千里至栎阳后，与其弟子百余人会合，一时名声大震。诸生将周礼秦仪反复掂量，择其要者，开列明白，制成一套朝仪。叔孙通看了，又用心揣摩刘邦好恶，略加删削，这才敲定。

待初秋稍凉，一行百余人便赴栎阳城外南郊，选了一方场地，遍插竹竿，系以棉线，以为进退标记。又去农家索来许多茅草，扎成草人，各个高矮不等，权作臣吏尊卑之位。这一番操演，史书上有载，名为"绵蕞习仪"。

众儒生操演于艳阳下，进退行止，忙个不停，引得四周农夫都来看稀奇。叔孙通早先在秦庭，是见过世面的，此时便扮作中涓，发号施令，引导众人赞拜。操演旬日，渐渐有了模样。十日后，叔孙通命众儒生演习，自上朝至罢朝，如是三回，分毫不差，当下就大喜，返身去向刘邦复命了。

刘邦闻禀，大感欣悦："想那秦始皇坑儒时，也不过有儒生四百六十名。始皇自作孽，不知爱惜读书人，活该国灭。我汉家定鼎，尚未及两年，招揽儒生便已过百。待天下复苏，养儒生千名充门面，亦无不可。"

叔孙通便道："天下安宁，儒生方有可为，远不止充门面而已。"

"先生辛苦了！然儒生可恶处，朕也知一二，你须好生管教。有了饭吃，有了好面皮，便应知足，彼此间不得鸡啄狗斗。那么，今日朝仪既定，还须我做些甚么？"

"回禀陛下，请选文吏数十人，交予臣下，同赴郊外演练，务求熟记于心，以便传授群臣。待文吏练习熟了，再请百官前来观看。"

"此事易耳，就命随何去办。"

隔日，九卿各衙署果然调来文吏数十人，连同卫尉麾下郎卫一队，随着叔孙通来至郊外，与诸生一道操演。不料，所调文武吏员，皆起自草莽，插禾割稻尚可，演习这斯文之礼，颇觉吃力。叔孙通喊得喉咙嘶哑，操演了足有月余，方稍稍合于仪注。

叔孙通看了，虽心有不满，然好歹有了个模样，聊胜于无。便上朝复命，请刘邦亲往检视。

这日天气好，刘邦便偕了陈平、随何两人，亲赴南郊察看。来至旷野，涓人张开伞盖，刘邦独坐于茵席之上，陈平、随何侍立于后。抬眼看去，见那文吏数十人，早已在场中列队等候。

叔孙通便上前，启奏道："陛下恕罪，容小臣暂且扮作皇帝，众文吏扮作群臣，演习一回，陛下可试观之。"

刘邦望望陈平、随何，忍不住大笑，对叔孙通道："好好！汉家仪礼，将要传于万世，起首便不能敷衍。今日，先生你就做个皇帝；我在这里，看谁敢不听命？"

叔孙通得了谕令，便振起喉咙，发号施令。那一众文吏，随口令进退伏拜。依次而行，端然有大雅之风。刘邦直愣愣看了半晌，忽然拊掌叫道："此易耳，我也能为之。"

说罢便起身，对叔孙通道了一声："可矣！先生有功。"便率众人告辞。回到宫中，即唤来九卿、诸将、各衙要员，面谕了一番。 命众臣尽去南郊观看，熟习仪礼，待十月岁首起，上朝时，务必依礼而行，不得犯禁。

樊哙不耐这番啰唆，气鼓鼓道："半生打杀，今朝却要学做倡优！"

刘邦闻之，勃然变色："天下已无事，还念念于打杀；你要打杀的，莫非就是我了？"

樊哙闻刘邦出此言，不禁愕然，脸便忽地涨红。

随何见不是事，连忙高声道："各位重臣，请移步南郊。 叔孙先生为起仪礼，日夜操劳，殊为不易。 演练才不过一月，竟晒得如同罗刹①人了。"

众臣哈哈一笑，也不等刘邦发话，便散了朝，都往南郊去观礼了。 刘邦见此，也是一笑了之。

---

① 先秦两汉时，相传海上有"罗刹国"，系食人的"罗刹鬼"聚居之处。

六

平城雪掩
汉家郎

高帝六年秋九月，嘉禾丰盈，遍野金黄。 这一年关中又是大熟，汉家上下，皆充盈一股喜气。 在栎阳宫，刘邦常与戚夫人相守，凭栏远眺，共赏金秋。

　　这日在回廊上，刘邦看得心怡，叹道："往昔为亭长，催督役夫，押解刑徒，见百姓哭爷喊娘，老弱无助，只觉自己是做了恶鬼，不如立时就死！ 怎能想到今日，万民安康，各得休息。"

　　戚夫人道："小民之事，陛下倒不必多虑了。 莫说当今已宽刑减赋，即便不宽减，只要无征战、无苛政，小民便喜称万岁了。"

　　刘邦笑问："那么我问你，向日你在戚家寨中，所忧为何，所虑为何？"

　　"所忧为酷吏进寨，催征赋役，闹得鸡飞狗跳。 所虑嘛……乃是万一嫁不到好夫君，定然要受气。"

　　"哈哈，好夫君……你看朕今日如何？"

　　"只须善待我儿如意，便是好。"

　　刘邦闻此言，脸色便猛然一暗，拉起戚夫人之手，缓缓道："此事，亦是朕心头大事。 天不来索命，我还有几年可活，容当从长计议。"

　　正闲谈至此，忽见随何仓皇奔入，手持军报一卷，禀称："匈奴国单于冒顿（mò dú），发胡骑二十万，将我马邑团团围住。"

"啊？"刘邦急甩开戚夫人之手，接过军报来看，原是韩王信亲笔告急。看罢便问："马邑今日如何？"

随何禀道："急递军使报称，自他一马出城，胡骑便漫山遍野而来，围住马邑。骊山烽燧有传警，狼烟滚滚，终日未熄，显是马邑已音信不通了。"

"这如何是好？匈奴之患，我忧心多年，今日终于撞上！前朝秦时，蒙恬曾逐匈奴至漠北；然秦末变乱，匈奴又趁机收复，直逼燕、代。今汉家草创，何人可当得蒙恬用？"

"小臣以为韩信可当。"

刘邦叹口气，将文书弃于廊上，道："敢用蒙恬为将者，唯有始皇。我若以韩信为蒙恬，只怕连个秦二世也做不成！"

随何慌忙谏道："事急矣，虽不能用淮阴侯，然可问计。"

刘邦眨眨眼，一拍栏杆道："也罢！你去唤他来。"

日暮时分，韩信应召入栎阳宫。刘邦在偏殿迎入，屏退左右，与韩信隔案对坐。

灯下，韩信脸色略显苍白，刘邦寒暄道："多日不见，将军病恙似不见好？"

韩信拱手道："谢陛下垂问。昔在战阵，百病皆无，承平之日反倒是不行了，臣恐是没有清闲之福。"

"你将养多日，眼见得面色不黄了，总还是好。今召你来，是为冒顿单于南犯事。胡人南犯，自古便有；然此次匈奴来，其势汹汹，为周秦八百年间所未见，如何应对，我在此就教于将军。"

韩信默然半晌，方道："冒顿其人，确为八百年所未见之悍虏。吾闻之：因其父头曼单于欲传位于其弟，冒顿便率死士，以鸣镝为号，万箭射死老父，自封为单于，还将那老单于的后宫全收了，以父之嫔妃为妻。"

刘邦一惊："啊？此子狠毒！"

"昔日匈奴，常在漠南。今冒顿自阴山南下，西逐月氏，南破楼烦①；东灭宿敌东胡，今后所图，必为中国。其兵锋，已达燕、代。千年以来，边患未有甚于此者。"

"可恶！我汉家方兴，海内归服，这胡虏偏要来扰。以将军之意，理他还是不理他？"

"匈奴，大患也。以始皇之威，尚须筑长城而守，故不可轻视。"

"若将军统兵，须多少能胜匈奴？"

"故赵名将李牧，曾统军十六万戍边，大破匈奴十万骑，使之数十年不敢南望。臣若有十六万兵马，亦能胜之。"

刘邦便一拍膝："甚好。那李牧破匈奴，有何良策？"

韩信伸出三根手指："一、抚士卒；二、勿轻战；三、有良马。李牧破胡骑，非为朝夕之功，乃涵养多时，一战而下。此战，所赖仅一万三千马军、十万弓弩手而已。"

刘邦大喜："得将军指点，不啻寻获兵书一部。将军还请好生将息，破虏之策，朕自有布置。"

韩信见刘邦并无意起用自己，不禁失望，起身怏怏道别。临行，又忍不住道："冒顿凶悍，陛下万勿轻敌。李牧当年破匈奴，

---

① 楼烦，系北狄部落之一支，春秋时期成国；另一说，则指楼烦为周天子所封诸侯。其地在今山西省西北之宁武、保德、岢岚一带。

亦多赖'用间',广遣耳目,方知胡骑动静。"

刘邦执韩信之手,慨叹道:"大哉李牧! 我也曾听人说起,惜乎此人,竟死于谗言。 我看你之才,远胜于李牧,也必招人妒恨。 然无须惧怕,只须朕活一日,便不教将军被谗。"

韩信怔了一怔,瞥一眼刘邦,道:"臣已是无毛之凤,人又何妒?"说罢,也无多言,只揖谢而去。

次日晨,刘邦便急召夏侯婴、周勃、樊哙、灌婴、郦商等将议事。 待诸将集齐,刘邦劈面便问:"马邑可守乎?"

周勃对奏道:"韩王信自徙都以来,大兴土木,北边各邑均是高墙深堑。 坚守数月,似不难。"

刘邦便放下心来,又问:"若急调燕、代、赵诸地兵马,往援韩王信,可乎?"

灌婴奏道:"赵地马军尚堪用,可命其速赴晋阳应援,与韩王信内外呼应,马邑必不会失。"

"这便好! 赵相陈豨,目下正监赵、代边兵,责无旁贷,可急令他带兵往援。 朝中也点起三秦郡县兵,由灌婴统军,克期往援。"

灌婴领命,即调齐关中兵五万人马,披挂出征。 送行时,刘邦又嘱灌婴道:"天将寒,不宜用兵,此次赴晋阳,以袭扰匈奴为要。 待三月春暖,匈奴粮尽,自会退兵。"

送走灌婴,堪堪已近高帝七年岁首,众诸侯王陆续入关,正等候朝见,刘邦便唤来叔孙通,问道:"元旦将至,新朝仪可否施行?"

叔孙通答道:"群臣已演练多次,进退有序,当可施行。"

刘邦大喜,随即下令:元旦朝会按新仪注施行,群臣各有规矩，不得马虎。

元旦这日，天色微明，文武百官便齐集于魏阙之下。文官头戴建华冠，武将头戴大冠，皆宽袍大服，虽布料颜色不一，然已比往常齐整多了。

在宫外候了半个时辰，便有谒者出来，引导诸臣鱼贯而入。文官各个手执笏板，耳簪白笔，为上朝时记事所用。武将识字不多，则一概免去记事之劳。

入庭中，只见车骑、步卒环列，执戟警戒，两旁旗帜高张。诸臣觉今日气象非同往常，都敛容屏息，立于阶下等候。

少顷，殿内郎卫依次传出一声："趋！"诸臣便排列成伍，躬身疾步而入。

殿外台阶两侧，有数百名郎中肃立，执戟夹道，威严异常。各功臣、列侯、将军、军吏上得殿来，立于西侧，面朝东；文官丞相以下，则立于东侧，面朝西。为使进退有序，掌礼宾的大行①官员，专设了九名傧相，于殿上传呼。

待众臣各入列班，刘邦这才乘坐辇车，自后殿房内而出，至殿上，南面就座。众近侍执旗传警，引导诸侯王以下至六百石官吏，依次朝贺。

此等排场，诸侯王与百官均闻所未闻，莫不肃然。待诸臣行礼毕，中涓又端出酒盏，依爵位高下分发。诸臣手捧酒盏，依序为君上祝酒。酒过九巡，谒者一声"罢酒"，朝拜才告毕。

祝酒之时，殿上众近侍皆俯首于地，不敢仰视。叔孙通当庭

---

① 大行，此处是指礼宾官。

宣布：诸臣若有不合礼仪者，即有御史上前，当场呵斥纠察，带下殿去处置。众人闻听，哪里还敢轻狂？

这一场朝会，上千文武依次祝酒，竟无一个敢喧哗失礼者。待刘邦起身退下，随何高呼一声"散朝"，众臣这才松了口气。

散朝后，百官列队等候出宫，个个都喘息抹汗，咂舌称奇。此时，忽有一涓人奔至，疾呼道："博士叔孙通慢行，陛下传见！"

叔孙通在队列中闻听，知是皇帝大悦，要论功行赏了，便返身直趋后殿。

刘邦见了叔孙通，大笑道："我今日乃知皇帝之贵也！"

叔孙通道："九五至尊，理当如此。无尊卑，则无以治天下。今时不比在芒砀，可以论兄弟，把酒吃肉。"

"不错！看那英布、彭越，从来桀骜，今日也是战战兢兢；至于吴芮、张敖者流，更是气不敢出。诸侯王是甚么骨头，朕早也看透！你若以兄弟论之，他便要与你来争了。"

"陛下英明。新仪注，就是要令天子扬威，臣子畏服。"

"叔孙夫子，委屈了你多年，只得伴太子读书。向日在鲁城，听闻城上鲁人奏雅乐，便知儒家这一套，还是有用的。今为表彰，特加你为九卿，任太常①之职，赐金五百斤，好生去弄这一套吧。"

"谢陛下！老臣自彭城投汉营，为的就是今日。在此，另有斗胆一请：诸弟子随臣久矣，与臣共为，颇为不易，愿陛下也为彼辈加官。"

---

① 太常,汉九卿之一。秦曾置"奉常",掌宗庙礼仪;汉取"尊大"之意,改名为太常。

刘邦大笑："老儒到底是不同啊！ 先前我还纳罕：叔孙通有弟子百人，为何不见他来请官？ 原是只等着今日。 好好！ 你那弟子，想必也不差，便统统加为郎中吧，免得你挨弟子骂。"

叔孙通拜谢出官，回到府邸，诸弟子早已闻风而至，将老师团团围住。 待问明恩赏，各个都喜不自胜。 叔孙通便道："数年隐忍，只苦了孩儿们！ 今日终有报偿，不但得官，陛下所赐黄金，也尽归于你等，我分文不要。"

诸弟子大喜，拿秤来分了金，皆拱手赞道："叔孙师真乃圣人也。"

叔孙通拈须笑道："哪里？ 天下未定，擅实战者强；天下既定，则擅虚文者强。 岂是我等高明，乃时势不同也。"

诸弟子闻言，面面相觑，继而又会心大笑。

不料，汉家君臣才安心过了元旦，便又有边报告急。 羽书称：灌婴、陈豨两路大军赴援晋阳，行至半途，忽闻马邑有变，只得勒兵不前。

马邑之变，事出有因。 那韩王信被困了几日，每日登城瞭望，见匈奴势大，穹庐漫山遍野，自忖力薄，恐不待援军至，早已成了胡人之囚。 思来想去，别无他途，只得遣使入匈奴大营，暗中求和，请冒顿退兵。

冒顿得了韩王信书信，心中有数，便回信力劝韩王信归降。 韩王信犹豫不决，只是拖延，两边每日互通信使，讨价还价。 如此，城上城下便松弛下来，全无战意。 马邑城中，已无人不知韩王在与匈奴议和。

灌婴得了斥候密报，不由大惊，想那韩王信若是叛降，匈奴便全无掣肘，其势更不可当，自家所部五万人马，赴马邑无异于为虎驱羊。于是遣人飞报朝廷，请示进退，又知会陈豨勒兵勿进。

刘邦得报，不禁拍案大怒："韩王信也叛了？岂有天理！"起身数次，复又坐下，半日里焦躁不安。当晚，即修书一封，遣使飞递马邑，责问韩王信道："马邑城坚，援军即至，公何以擅自求和？我与公曾剖符，誓言生死与共，公竟弃大义而通敌，便不惧雷劈乎？"

韩王信接信阅罢，知事已不可挽，不由叹了一声，唤来丞相箕肆，商议了一回，亦无良策。

当晚，又想了半夜，觉刘邦来信之意，定是要追究。若是如此，昨日臧荼便是今日自己，绝无侥幸。想自家早年投沛公军，几经生死，助汉王得了天下，才享了几日清福，便无端见疑，被发配至北疆。原想若待天下生变，可在北疆裂土自守，不料却有匈奴重兵压境，成了战不能、降亦不能。

韩王信独自在中庭徘徊，候至天明，终是拔出剑来，斩断了一株庭树，将心一横，写下降书，遣一名心腹缒下城去，送入冒顿大营。

冒顿看过降书，喜出望外，立遣一使者入城，与韩王信议定了迎降时辰。至约定之日，便点起十万精骑，鼓角齐鸣，浩浩荡荡直赴马邑城下。

当日，韩王信率属下百官，免冠素服，出城门迎降。城内百姓，几代未曾见过匈奴兵模样，都拥上街来看热闹。

只见那尘头起处，有大队匈奴人马，前后迤逦而来。风过处，杂色旌旗猎猎作响，间杂着胡笳低鸣。那旗帜最密处，是两千名亲随护卫，将单于前后簇拥。

马队到得近处，忽闻一声呼哨，一枝鸣镝冲天而起，射向半空。护卫骤然朝两翼分开，冒顿跨了一匹浑白胡马，跃然而出。

但见那冒顿，头戴尖顶"栖鹰冠"，身着猩红长袍，披发左衽，英气勃勃。身后，乃是望不见尾的十万匈奴骑士，皆身着短褐，冠上斜插白隼翎，各个手执弯刀，勇悍异常。

冒顿见韩王信伏于道边，忙跳下马来，双手扶起，道："我是单于，你亦是汉家王，不必恭敬如此。"

韩王信道："汉帝多疑，猜忌功臣，多有无端被诛者。臣不忍受辱，故开门向单于输诚，愿永为臣属，以避族诛之祸。"

两边说话，有译官代转，并无滞碍。冒顿听罢，便大笑："韩王与那刘邦离心，我早有耳闻，否则怎敢来中夏巡游？只是……韩王虽有此意，你属下可是真心？"

韩丞相箕肆与韩王部将王喜、丘曼臣、王黄等数十人，原本亦伏于道旁，股栗汗流，闻冒顿此言，都激愤而起，争道："汉家无道，赏罚不明。我等若不降单于，迟早也是个死，故愿随韩王投北，绝无异心。"

冒顿便挥挥手，示意众人起身，对韩王信道："既投匈奴，便是一家。我大军自北面来，耐不得热，冬日巡游尚可，然岂能久住？破汉家，尚需你等出力。我且引兵驻上谷郡（今河北省怀来县），防燕赵之兵侧击；你等南攻晋阳，略定太原。太原一郡内，并无强兵，只看诸位身手如何了。"

韩王信不禁迟疑道："本军原为弱旅，恐难敌汉军。"

冒顿便笑："我千里而来，便是要会刘邦，若我军横扫太原，他还敢来吗？你且放胆杀去，我在上谷为你应援。若刘邦敢出头，我自有妙计。待晋阳城破，我便南下，料那关中也指日可下，刘氏天下也好换一换了。"

韩王信闻言，不禁感泣，连忙伏地谢恩。诸降将亦手舞足蹈，齐呼万岁。数日后，韩王信便整军出城，翻越雁门山①，南下来攻晋阳。

那晋阳城，本属韩王食邑，如今主公忽然降了，且领叛兵内犯，城内军民便大起恐慌。一日数骑奔出城去，飞报朝廷。

刘邦得报之时，正在西宫逍遥，抱戚夫人于膝上，闲谈小儿事。涓人送来军报，刘邦一只手接过，抖开来扫了一眼，不由大惊，险些摔下了戚夫人。

戚夫人脸色发白，忙问："又有何事？"

"夫人，顾不得与你说话了。"说罢，便放下戚夫人，趿起鞋，往前殿疾奔，一面高声吩咐，"速请陈平、樊哙来！"

当夜，刘邦与陈平、樊哙在灯下共话对策。刘邦道："今冒顿倾国而来，韩王信又叛，若坐视，则贼势愈盛，关中亦必不保，故而朕决意亲征，发各郡之兵，与之一决。"

陈平不无担忧，迟疑道："那匈奴近来甚嚣张，兵至河南②，灭东胡，逐月氏，锋锐正盛，陛下不可小觑。"

刘邦轻蔑一笑："正是不可小觑，才须起天下之兵。胡骑虽众，然有何可惧？你给我想想，当年拒胡者，秦将王离也；灭王离者，项王也；灭项王者，则又是何人？"

"那垓下之胜，非一日之功，况乎……"

---

① 雁门山，古称勾注山，横跨今陕西、山西两地，属恒山山脉。雁门关即由此山而得名。

② 此处的河南，即今之"河套"，指贺兰山以东、吕梁山以西、阴山以南、长城以北之区域。

"察陈平兄之意，垓下决胜，似唯赖韩信一人？"

"岂敢，微臣绝非此意。"

"哈哈，不错！ 无韩信，便无垓下之胜，你忌讳个甚么？ 然韩信今有疾患，不能出征。 日前，他已将此次破胡之计，尽授予我。"

樊哙急问："是何妙计？"

刘邦一笑，徐徐道："多遣斥候。"

樊哙便觉失望："韩信做楚王不成，倒也罢了，怎的连好计也献不出了？"

刘邦睨视樊哙一眼，道："这就是好计！ 冒顿劳师远征，必有虚空，我须日夜窥伺，方能寻机破敌。"

陈平便道："然匈奴之虚实若何，恰恰不明。"

刘邦笑道："着啊！ 冒顿此时，亦不明我之虚实。 他率大兵犯境，以为我汉家惧敌，不敢应战，我偏要举兵北上，出奇兵。他南犯塞内，意在劫掠，必不敢恋战。"

陈平蹙额，仍有疑虑，道："冬十月，天将大寒，恐不利于战。"

刘邦道："天时若此，岂能纵敌不顾？ 况我军苦寒，匈奴亦不能免。 昨日晋阳来人报称：匈奴已止军于马邑，唯韩王信所部来攻晋阳。 他一军来攻，便无可惧。 那太原郡久属汉家，人心皆向汉。 我大军一到，他徒众必无斗志，可一击而溃。 匈奴见此，也必气沮，自会退去。"

樊哙建言道："与匈奴战，须赖马军，我汉家尚有骑士万人，留驻赵国，皆未解甲，此次可充作先锋。"

"正是！ 有强弓良马，还怕取不到冒顿头颅吗？ 故赵名将李牧，曾以十六万人大破匈奴，朕比不得李牧，人马须翻倍，方能壮胆。"

陈平不敢诤谏，只委婉道："当年蒙恬，曾拥三十万众，方守得住长城。"

刘邦便笑："陈平兄，我不如蒙恬乎？ 罢了罢了！ 吾意已决，无须再多言。 你这就草诏，天明即发，晓谕各郡国：今匈奴来犯，朕欲建蒙恬之功，令各地急征兵马，每郡五千，半月内赴河内郡集结，候命北上。"

各地得了诏令，知大敌将至，都不敢怠慢。 一时间各城乡道上，丁壮云集，人马喧阗。 半月内，征齐了二十二万人马，聚于河内郡。 自大河北岸起，连营至修武城下，旌旗林立，鼓号齐鸣。 云台山下旷野，顷刻间便呈鼎沸之势。

刘邦命太子刘盈监国，萧何辅之，便自率众臣及禁军，沿崤函古道东出，驰至修武。

修武县四面阔野，此时正一派人欢马叫。 刘邦登上戎辂车，将大营巡视一遍，不由踌躇满志，对众臣道："燕王卢绾、代相陈豨共有北地兵十万，与本军会合，便是三十二万人马，足可与冒顿相抗。 千年来胡人为患，侵扰中夏，周秦都奈何不得他。 如今汉家方兴，正应挟灭楚之威，逐匈奴回漠北。"

樊哙附和道："陛下说得是。 天下百姓，在秦末已死过一回，今逢汉家初兴，有如重生，对朝廷甚是感恩。 闻有边警，都争相来投军，大军集结，从未有今日之易也！"

陈平仍是犹豫，劝谏道："冒顿之猂，世无其匹，陛下似不宜轻进。"

刘邦笑道："书生论兵，总是胆怯。 今赴晋阳，我为主，匈奴为客。堂堂汉家，反倒要怕那掳掠之寇吗？”

樊哙睨视陈平一眼，请命道："晋阳城安危，至今不明；臣愿率马军为先锋，昼夜突进。"

刘邦大喜道："好！兵法曰：'可胜者，攻也。'那韩王信所部，皆为我汉家儿郎，其心必不向匈奴。大军一至，立可瓦解。朕令你与周勃做先锋，率马军急赴晋阳，如遇敌，只管痛击。我亲率步卒各营，迭次北进，为你后援。"

樊哙、周勃得令，即点起马军，连夜疾驰而去。

这一队人马，向北突驰了四日，便见前面有难民络绎而来，拦下探问，方知晋阳早已失守，韩王信叛军正趁势南下，一路攻城破邑，无有阻挡。

樊哙、周勃两将听了，不由火起，立即催兵大进，冒寒又疾行了两日，翻越太岳，来至太行山下一处平阔之地。问明百姓，方知此处名曰铜鞮（今属山西省沁县），正要前行，恰与叛军迎头相遇。

且说那叛军仓促起事，尚不及更换旗甲，只在头上斜插白翎，便算是叛了汉家。韩王信部将王喜，一路为先锋，气焰大张。正督军前行之际，忽闻有汉家马军拦路，不禁吃了一惊，连忙下令布阵。

这边，樊哙、周勃看得明白，韩王所部约有十万之众，自太行山各隘口络绎拥出，旗帜相接，声势颇壮。那韩王信则远远留在阵后，于山崖之下观战。

此时，一阵寒风扫过，满山黄叶乱卷。骑将靳歙不由打了个寒战，建议道："樊左相，敌军势大，不若候陛下大军至，再行决战。"

樊哙眯起眼睛，眺望片刻，便哂道："尔辈乃是杀过项王的，如何要惧这乌合之众？ 那韩王军虽众，然列伍杂乱，兵器不齐，显是仓促凑成。 今可一鼓而下，省得烦心。"说罢，便望向周勃。

周勃颔首道："左相看得明白，韩王徒众，唯人多而已。"

樊哙大笑："如此，还有何惧？ 儿郎们，张弓！ 拔剑！"

当下，两军相隔十数丈，将阵对圆。 樊哙跳下戎车，拉了一匹马来，翻身跨上，吩咐靳歙道："你且代我擂鼓，看我如何冲阵。"说罢，便一马跃出，大叫道："来将通名，是何方奸佞？"

那王喜见了，命御者驱车出阵中，高声应道："韩王信帐下将军王喜，前来迎候樊丞相。 丞相出行，何须用兵？ 是视我太原郡无人吗？"

樊哙大怒："无耻小儿！ 华夏千百年，夷狄为患，本为常事，然举国而降胡人者，唯你家主公一人。 背主之徒，脸面何在？ 今陛下亲征，统大军三十二万前来，就是要扫灭你辈，活擒冒顿！"

王喜冷笑道："我主虽弱，终究是六国诸侯之后，名正言顺。不似尔辈屠沽，专使鸡鸣狗盗之技，侥幸得位，旋即反目，欲置我主公于死地。 今匈奴单于执大义，为我伸张，我尚未往栎阳问罪，汉兵反倒犯我境；世间事，有颠倒如此的吗？"

樊哙便戟指王喜骂道："冒顿弑父，以群母为妻，其行之丑，教人说不出口来。 尔等却靦颜以父礼事之，愚顽更在猪狗之下！我问你：引胡虏犯境，辱没祖宗，便是你那主公的大义吗？ 人若癫狂，说理也无用，今若不砍下你头颅来，你便不知'人'字怎样写！"说罢，拔剑在手，回首大呼道："儿郎们，汉家有此叛逆，实为奇耻。 今日讨贼，不杀则罢，杀便杀他个干净！"

那汉家马军疾驰多日，都憋足了劲，要与叛贼厮杀。 闻樊哙发令，立时分三路杀出，鼓声动地，万箭齐发。

再看韩王军中，虽以老卒为主力，然亦裹挟了不少民间丁壮。丁壮们初上战阵，不知所措，见中箭者纷纷翻倒，早慌了手脚，只顾蹲下身，头顶盾牌躲避。待一阵箭雨过后，汉马军已杀到，刀剑交并，直将那王喜前军冲得七零八落。

王喜见势不妙，喝令中军："区区汉马军，并无重甲，何足惧哉？待他马军抵近，以长戟迎之！"

众韩军这才稳住阵脚，挺起矛戟，密集如林，死死抵住汉马军冲击。

两军厮缠多时，互有死伤。那王喜亦是一员老将，只教士卒结阵拒敌，决不分兵去与汉军厮杀。汉马军十数次冲阵，却不能得手，渐渐便力疲了。樊哙大急，解去甲衣，赤膊冲在前面，大呼道："拔去白翎，便是汉家郎，一概免死！"

汉马军见此，声势复振，都跟在樊哙身后，齐声大呼："拔去白翎免死！"

众韩军闻呼声遍地，顿觉惶恐。少顷，便有人拔去白翎；更有老卒不愿战，索性弃了戟，伏地乞降。如此，受裹挟而来的丁壮更是惶恐，拔腿便逃。前面动摇，后面渐也顶不住了，全军立呈溃散之势。

王喜怒骂连声，然亦喝止不住，便急命御者掉头回撤，岂料马头刚刚转过，忽有一箭飞来，正射中他背心，其势凌厉，力透七层犀甲。王喜大叫一声，跌下了车，当场身亡。众韩军见折了主将，一片惊呼，都四散逃去了。

韩王信在阵后见了，也是心慌，知南下已是无望。此时，部将丘曼臣、王黄自阵前败回，急催韩王信北逃。丞相箕肆亦拉来了两匹马，劝道："事急矣，大王可投冒顿！"

韩王信望了望遍地乱兵，满心绝望，仰面泣道："堂堂汉家诸侯，竟投匈奴，先人祖宗将不容矣！"

丞相箕肆劝道："先人祖宗于地下，无所见；然汉军刀剑箭矢，却认不得你韩王。若再迟疑，我君臣将陷于阵中。"

韩王信呆望了大纛片刻，长叹一声，才脱掉袍服，弃了车驾，跨马朝那深山窜去了。

汉马军大胜之后，刘邦亦率步军赶到，就地扎营歇息，众臣皆来中军大帐致贺。刘邦精神大振，手指太行山，对众臣道："韩王信胆小，此一逃，必是遁入匈奴营中去了，彼之巢穴马邑，已在我股掌中。今大军宜疾进晋阳，剿灭叛众，据城御敌，略定北边。"

众臣齐声称善，刘邦便命步骑合兵一处，直扑晋阳。途中，忽又想起韩信之言，便派出数路斥候，打探匈奴虚实。

再说那韩王信，果如刘邦所料，过马邑亦不敢停留，只带了几个亲信，投冒顿大营去了。

他的部将丘曼臣、王黄两人，跑得没有这般快，逃至马邑之南的广武邑（今属山西省代县），便不知韩王何往，只得收拾了残兵败将，暂且扎营。

两将思前想后，心有不甘，欲伺机反攻。然苦于找不到主公，自家名号又不响，便觅了个故赵宗室后裔，名唤赵利，奉其为"赵王"，扯起旗来反汉。一面又派出亲信，往上谷向冒顿求援。

冒顿得报大喜，本想借兵与韩王信，令他返身杀回，又恐韩王信万一败亡，便失了一个好筹码；于是留韩王信在帐中，只遣了左右贤王两人，率胡骑万名西援叛众。

待两下合兵一处，王黄等残部声势复振。知晋阳尚未失，便与匈奴军商议，欲南下晋阳以拒汉。岂料此时，汉大军已连破六城，先一步抵达晋阳城下。

一月以来，晋阳百姓惧于叛众势大，皆不敢言。今见王师来攻，阖城顿时皆欢，都偷偷备下酒，只等城破之日庆贺。城外，那三十二万汉军步骑相接，源源而至，于城下扎好营垒，只等择日攻城。

不数日，叛军与匈奴军自广武邑南下，也来至晋阳城外。众叛军多系受裹挟而来，见汉军连营竟有十数里，鼓角喧阗，旌旗蔽日，不由都觉胆寒。

左右贤王眺望半晌，见汉军壁垒高矗，不易攻打，亦是大感踌躇，便命丘曼臣、王黄上前喊话劝降。两叛将无奈，只得壮起胆子，骑马奔至汉营前。

左右以藤盾将二人护住，丘曼臣便喊道："汉王刘邦何在？你孤家寡人做了天子，便容不得旧部存活，其心何毒也！今冒顿单于举大义，助我兴兵问罪，如何不见你露头出来？"

刘邦在壁垒上看了多时，见只是两个裨将出头，便冷笑一声，挺起身来叱道："鼠窃狗偷辈，也想举大事乎？我刘邦即便千错万错，然亦不忘祖宗。尔辈鼠兔，生于中夏，头上插了一枝白翎，便可改换祖宗吗？也罢也罢！你不认我这天子，我便教你识得我手段。"说罢，将袖一挥，壁垒上立时冒出几千弓弩手来，张弓搭箭，万矢齐发。

那丘曼臣、王黄慌忙蹲下，左右急举盾牌遮挡，眨眼间盾上便成一个刺猬。两人趁放箭间隙，狼狈奔回。第二轮箭雨转眼又至，匈奴骑士与叛军多有人中箭，纷纷倒地。

众叛军正慌乱间，忽见东面尘头大起，有灌婴、靳歙、傅宽、郦商等一干骁将，引汉家马军杀至，势如狂潮。叛军望去，见汉军中军大纛下，正是绛侯周勃！

那汉家骑士各个善射，弓弩之力远胜于匈奴兵，未等驰近，便是一阵如蝗箭雨射来。匈奴兵甲胄不齐，辗转于箭雨之中，死伤累累。左右贤王见不是事，急令所部不得畏死，冒矢迎击。

片刻后，两军骑士迎头相遇，杀作一团，满耳只闻杀声震天，刀剑铿锵。从城上望去，遍野是马匹交错，旗帜杂乱，连守城叛军也看得呆了。

战了多时，汉军挟得胜之威，愈战愈勇；城内百姓只盼汉家得胜，不顾叛军禁止，都走上街衢，敲击锅镬以助汉威，响声震天动地。

匈奴马军闻声心慌，渐感力不能支。正在此时，刘邦一声令下，壁垒内忽又擂起一通鼓来，只见营门大开，数万步军自营内拥出，旗甲耀目，长戟如林。匈奴军大惊，皆无心再战，欲回上谷，却见东归之路已被截断，只得向西逃去了。

匈奴兵既败，城内百姓便一拥而上，夺了守城兵的刀剑，将四门打开，迎汉军而入。

周勃与诸将追了一程，见匈奴已逃远，便下令回军。返回途中，正遇见刘邦率陈平、樊哙、卢绾等人，自晋阳城内乘车而出。周勃忙上前禀报："敌已西遁，陛下可回城。"

刘邦道："千里而来，只为吓跑这班蟊贼吗？传令三军，随朕之后，无分昼夜追敌，务求斩尽杀绝。不如此，无以震慑叛众。"说罢，便招呼左右侍卫，扬起大纛，只管向西疾进。

众将见刘邦率先追敌，都不敢怠慢，拨转马头，也随着向西追去。一时间，三十二万步骑，尽皆拔营西行。

才追了半日，便逢天大寒，鹅毛大雪纷纷扬扬。陈平此时为刘邦骖乘，手冻得握不住戟杆。刘邦回首瞥见，便持剑割袍，"嚓"的一声，撕下了一缕缎面来，扔给陈平："拿去做个'笼手'！"

陈平将手背裹住，忧心忡忡道："雪猛天寒，为行军之大忌。那匈奴兵，人人皆有羊皮，不惧风寒。而我军冬衣，仅为麻絮，教士卒如何消受？"

刘邦头也不回道："看你貌美如妇，怎的连心肠也如妇人？此时追敌，敌也甚苦，不出旬日，便可除去大患，中尉何必纠结？"

时至冬十一月末梢，天气愈加寒冷，士卒盔甲皆结满白霜。周勃飞马从前军奔回，急急禀道："士卒多有冻堕手指者，情形惨苦，可否稍停取暖？"

刘邦摆手道："不成！此时若纵敌远遁，后患无穷。可令士卒撕衣襟裹手，人马勿得停留。"

周勃忍了忍，未再言语，只将这道军令传下。众军甚是无奈，唯有冒寒疾进。接连两日，追至离石（今属山西省吕梁市），果然见前面有敌军奔逃。

那匈奴兵与叛军，连日西窜，饥寒交加，见汉大军追至，无不惊慌，只顾向前逃命，迷蒙雪雾中，处处可闻人喊马嘶。汉马军疾驰突进，循声追去，杀入了大队逃敌中。

左右贤王率部抵挡，然抵不住汉军凌厉，死伤枕藉。那丘曼臣、王黄、伪王赵利在侧翼，见势不妙，慌忙率部奔逃，不知去向。左右贤王见大势已去，只得弃了军卒，拼死杀出，向北逃去了。匈奴残部没了首领，立时溃不成军。

汉军大胜，又马不停蹄向北急追，刘邦唤了陈平、樊哙、周勃，四人跨上坐骑，甩开步军，只随马军疾进。如此长驱五百里，直至长城之外，追入楼烦境内，一路搜杀，匈奴兵的断刀残旗，抛了一地。更有那随军的老弱妇孺，被弃于荒野，求生无门。

汉军沿袭秦制，以斩首计功，故全军正在搜杀匈奴老弱，斩下首级，那匈奴眷属队中，便爆出一片哀叫声。

刘邦闻听，叹了一声，对樊哙、周勃道："秦制虽好，然太过狠毒。"随即下令，此役不以斩首计功，放过那些老少，交后军收容，解至太原郡安置。

越日，忽有斥候来报：左右贤王已逃至楼烦西北，聚拢残兵，似欲反扑。刘邦闻报，急令周勃率军往击，追踪至碪石（今属山西省宁武县），大破之。又北追五百里，至武泉（今属内蒙古自治区托克托县）之北，复又大破之。

汉军连胜，气势大振。这日，刘邦驰上郊外大野，勒住马，眺望茫茫雪原，不禁大笑："这是何地？云中郡也！大丈夫，生当如蒙恬，逐匈奴至天尽处。"

陈平在旁苦笑道："今日我知蒙恬滋味了。"

"如何？气壮否？"

"固是壮哉，然昨夜臣巡营，见士卒冻堕手指者，已十之二三……"

刘邦闻听，脸颊微微一颤，知军力疲极，那左右贤王又不见踪迹，这才下令回军，返晋阳暂歇。

在晋阳歇了数日，刘邦便命樊哙、周勃，向民间征集御寒衣物。城内百姓感恩，都纷纷捐输，将那羊皮、麻絮、毛毡等物送至军营。 兵卒们添了许多御寒物，士气渐高，不似先前那般怨望了。

日前遣往胡地的斥候，此时亦陆续来报，称冒顿发誓要雪耻，已率众离上谷郡，进至雁门山北之代谷（今桑干河谷），按兵未动。 那韩王信投在匈奴营中，日日与冒顿谋划，欲进袭汉地。

连日里，又有斥候纷纷报称：此番胡骑南来，足有三十万众，游弋于长城内外，数度惊扰边地，军民不堪其苦。

刘邦闻报大怒，决意北进，与冒顿一决高下，便甩去裘衣，对众臣道："我韬略不及蒙恬，然雄心未必不及，今挥师北上，誓教匈奴不敢南下牧马。"遂接连派出十名使者，以索还韩王信为由，前往匈奴营中交涉。 刘邦密嘱使者：见了单于，无须力争，只探明匈奴虚实便可。

那冒顿见汉使络绎于途，异乎寻常，知是刘邦诡计，便下令：军中壮士与肥牛悍马，均匿于山谷中，营中只留老弱人马，佯作困顿。

汉家先后有十名使者来访，对索还韩王之事仅是敷衍，两眼却只往四下里瞟，窥看匈奴营中景象。 待汉使离去，匈奴阖营都在窃笑，只待刘邦上钩。

使者回报刘邦，皆言匈奴可击，无须顾忌。 先后十名使者，竟无一异议，刘邦且喜且疑。 喜的是，匈奴果然疲惫，正是千载难逢之机；疑的是，此情若果是真，那匈奴何来往日赫赫威名？

数日里斟酌不下，刘邦便又遣刘敬出使匈奴，嘱其务必留意。 这刘敬，便是曾力谏定都关中的齐人娄敬，现已赐姓刘，官居郎中，常在刘邦近旁。

那冒顿也知刘敬来历，闻此人来，不敢疏忽，严令精壮之卒不得暴露。 刘敬入了匈奴营，也不掩饰，于营中往复探看，心中便有了数。 返回途中，正遇汉大军源源而来。 原来刘邦终是按捺不住，唯恐错失良机，已下令北上。

刘敬急入见，禀道："陛下万不可击匈奴！ 愚以为，两国相斗，必张扬己之所长，唯恐不强，以期震慑敌胆。 然今臣往匈奴营去，唯见疲瘦老弱，不成体统，必是故意曝短处，暗中却藏奇兵。 请陛下详察，不宜轻动。"

此时，汉军已有二十余万出了晋阳，正翻过雁门山，进逼马邑。 大军粮草辎重绵延于途，甚是壮观。

刘邦立誓灭胡，号令既出，势已箭在弦上，此刻闻刘敬之言，不禁大怒："齐虏！ 你以口舌得官，本属侥幸；今大军出动，乃敢妄言摧我军心乎？"于是下令，将刘敬戴枷下狱，囚系于广武邑，等候发落。 大军不得有片刻停留，务要夺取马邑。

那马邑城中，尚有韩王信残余，此时闻风，都一哄而散，逃往代郡去了。 邻近的霍人县，闻汉大军至，也开门请降。

刘邦率群臣入马邑，登长城北望，但见那万里苍茫，直抵天际，不由大喜道："昔日蒙恬，筑长城便在此处。 此去边外五百里，便是大漠，冒顿实已途穷矣！"

陈平谏言道："胡人之运，已有千年，灭此顽敌恐非朝夕之事。 不如待来春日暖，再择机进剿。"

"你懂甚么？ 今番雪地灭胡，绝非大梦。 那匈奴虽猾，然性亦多疑，我大军应疾进至平城（今山西省大同市），出其不意，截断他后路。 他全不能料我军迅疾，惊惧之下，必不战自溃。"

见众臣面有难色，刘邦便又道："雪地远袭，步卒确是不易，可由周勃、卢绾统步卒，在马军之后逐次而行。 朝中文武随我，与马军先发。十日内，务必奔入平城，以断匈奴退路。"

卢绾望望众人，叹一口气应道："陛下既忘生死，臣等岂敢畏敌？然平城之途，地近塞外，须派出斥候，好生打探。待查无埋伏，再发兵不迟。"

刘邦便嗤笑："匈奴新败于楼烦，元气已大伤，何须如此小心？兵贵神速，瞻前顾后还谈何用兵？"

众臣无语，只得各自回营整装。周勃知前途莫测，便严令诸骑士，每人须带两个箭壶，装满五十支箭，不得短少。

次日，汉军冒雪北行，马军当先，步军在后，长驱七百里，昼夜兼程。

这一路，唯见雪满太行，绝少人迹。众臣都觉此行凶险，一路沉默，只顾催马疾行。

刘邦见众臣畏敌，便对陈平道："妇人之怯，如何上得战阵？我军新胜，兵精粮足，旬日间驰至平城，必惊破冒顿之胆。"

陈平不答，只依凭车轼，手搭遮阳不住左顾右盼。

刘邦回首瞥见，嗤笑道："天寒若此，连飞鸟也藏匿不见，你看个甚？"

陈平不理会，仍凝神观望。此时夏侯婴为御者，插了一句说道："陈平兄未忘昔年。一日睢水，终生噩梦。"

刘邦顿感不悦，叱道："陈年烂谷子嘛，还说那些做甚？几日奔袭，可见匈奴一兵一卒？"

陈平这才道："陛下，《太公兵法》有诱敌之计，乃是'先见弱于敌'，臣只恐冒顿深谙此道。"

刘邦便仰头笑："冒顿若也懂《太公兵法》，河当西流，日头也将西出矣！"

陈平脸一红，便不再作声。

行至第十日黄昏，众军渐感力疲时，前锋忽然一阵欢呼，原是平城已在望，众臣这才松了口气。

大队入城，好好歇了两日，众臣心方稍安。刘邦登城，远望阴山一带，渺渺茫茫，心中大起感慨，急欲出战。见步军仅到了两万，大部尚未抵达，便又觉焦躁，决意亲率马军一万、步军两万东出，先击匈奴。

这日晨，大雾弥天，数里内不辨人马。三万汉军披挂整齐，便络绎出东门，刘邦亲率众文武居于中军。

出城六七里，迎面红日东升，雾渐渐散去。刘邦大喜，在马背哼着谣曲，催军疾进。不料，出东门五六里，才行至白登山①下，前军忽起骚动。众臣也觉出异常，侧耳细听，隐隐可闻吹角之声四起。

刘邦蓦然一惊，但见中郎将徐厉驰至，急禀道："匈奴大兵至，人马甚众，不知有多少！"

刘邦大惊失色，忙甩下白狐裘，跃起张望。夏侯婴也连忙停车，足登车辕之上远望。

刘邦急问道："敌势如何？"

夏侯婴大惊道："嚯矣！远望十里不见尽头，唯见胡骑遍野，足有数十万众！"

"数十万？莫不是自地下冒出？"

"陛下，贼来神速，必是已觊觎我军多日。今之匈奴，与往

---

① 白登山，即今山西省大同市东北之马铺山，亦名采凉山。

日楚军不同；若是楚军，早便接战了，我辈此刻恐已授首矣！ 匈奴此来，似不欲速战，只远远将我围住。"

刘邦急下令道："全队速返平城。"

夏侯婴回望一眼，脸色便一白："归路已断矣！"

刘邦左右望望，果然烟尘四起，不禁顿足道："中了贼计！ 我军在平野，焉能抵住数十万胡骑？"踌躇片刻，忽然一眼看到白登山，便又大呼道："全军爬上白登山，安营筑垒，以待后军。"

那汉军骑士，皆为"郎中骑"出身，久历战阵，忠勇自不必提。 突临大敌，各个都不慌，只弯弓搭箭，护着刘邦与群臣，爬上了白登山。

登上山来，望得远了，君臣这才大吃一惊：那匈奴兵，堪堪有四十万众！ 茫茫雪野上，唯见一片褐衣杂旗。 六七里之外，平城遥遥在望，然插翅亦难飞回了。

至午，匈奴兵已列阵完毕，只见原本杂乱之旗，竟然依照青、白、黄、黑四色，分东、西、南、北排列，声势既壮，行列亦井然。

"冒顿果然神勇，今番完了！"刘邦倒吸一口冷气，跌坐于雪地上。 随何、周绯、徐厉诸人连忙上前，将刘邦扶起。

随何劝慰道："陛下勿虑。 马军骑士有万人，人人皆是神射手，所带箭矢亦充足。 一时半刻，匈奴近不得身，只须静候周勃步军来援。"

刘邦稍作喘息，摆摆手道："我无事，你等速去督促士卒，张弓控弦以待，不得有片刻疏忽。"

此时，陈平、樊哙、夏侯婴、郦商等文武重臣皆聚拢来。 刘邦看看诸臣，泪水就涌了出来："我轻敌，连累了诸君！"

陈平道："匈奴不来攻，必是惧我。陛下请稍宽心，等援军前来就是。"

刘邦长叹一声："唉！熟读《太公兵法》，却被那匈奴竖子给骗了。若我被杀，则汉家一世而亡，今后万年，恐也再无此例。"

樊哙大急，劝道："姐夫不可作此想！汉家重臣，尽数在此，又有善射骑士万名，智勇皆为天下之首，顶个十天半月，又有何难？"

刘邦只是沮丧，道："这白登山，山不甚高，山势又平缓，守一日尚可，如何能守得十天半月？"

灌婴便建言道："白登山虽不高，然平地突起，中有沟壑，四围宛若城墙，正为我射手的好屏障。胡骑不谙阵法，上阵仅一人一骑，蜂拥而上。此时不来攻，显是惧我汉家射手。陛下可传令各部：胡骑敢有近前者，一律射杀，以震慑敌胆。"

刘邦摆摆手道："军中之事，交樊哙、灌婴处置，你二人自去斟酌。朕头痛欲裂，只想歇息，诸君都散开吧。"

周緤、徐厉忙将一捆饲马谷草解开，拣了一处松柏丛中，将草铺好，扶刘邦箕踞其上。刘邦坐下，仍觉寒风凛冽，浑身瑟缩，忙又盖上白狐裘御寒。

待刘邦坐好，二人便拔剑在手，跪于地上护卫。刘邦望望二人，苦笑道："你二人随我上阵，却屡见我败阵。我枉为天下之主，如此不堪，真是白活了！"

周緤道："陛下不可出此言。昔在汉中，臣为陛下骖乘，彼时汉家何其弱小？后随陛下东渡河，渐取天下，岂能言屡战屡败？今日虽小挫，然万名郎中骑，皆汉家死士，足可守此待援，陛下请勿烦恼。"

刘邦点点头，不再作声，只睁大眼睛，呆望着天上白日。

再说那山下，冒顿令众骑围住汉军，并不来攻打，确是心存戒惧。当日见汉军退上白登山，冒顿狂喜，将那栖鹰冠抛向空中，便要下令进击。他身边左右贤王自楼烦逃回，深知汉马军弓弩之强，皆力言不可。

冒顿不以为然道："我军势众，冒矢而上，无非是死个千把人，有何不可？"

那左贤王道："看那汉军，计有两三万人，其中轻骑人数便近万，皆身负满壶箭矢。接战之际，箭矢如雨，弓弩之强远胜于我。前日在楼烦，我骑士冲阵时，多为箭矢所伤。今汉军在山上，据地势之利。我若强攻，死伤必多，不如久困为上。"

"哈哈，他箭矢再多，也总有用尽时。"

"大王，汉马军恐有万人，若每人身负五十支箭，便是五十万支，不可小觑呀！"

冒顿便一怔："五十万支箭？……韩王，你意下如何？"

韩王信在侧，忙谏言道："左贤王之言有理。那汉马军，即是大破楚军的'郎中骑'，长于强弓，精于骑术，不宜与之相抗，可围之。以汉军常例，军卒所携粮秣，不出五日便告罄，而后必溃散。"

"嗯……那丘曼臣、王黄所部，今在何处？"

"日前已有使者来，称该部自楼烦逃回，人马未受大损，约期三日内即来平城，会攻汉军。"

"如此也罢。先困住汉军，且候丘曼臣、王黄前来。该部自有强弓硬弩，可与汉军相抗。"

匈奴各部得了军令，只在白登山四周鼓噪，大队胡骑往来驰骋，却不来搦战。汉马军疑心匈奴有诈，皆拉满弦，目不交睫，不敢有丝毫懈怠。

至黄昏时，只见匈奴队中，有一少年"百长"①，飞马驰近，徒手于马背上腾挪翻飞，叫嚣寻衅。

灌婴望见，便唤来一名楼烦骑士，密嘱了两句。那楼烦兵得令，拉开强弓，瞄准良久，只是迟迟不放箭。待那百长炫耀够了，正欲得意扬扬归队，只听弓弦"砰"的一声响，一支雕羽箭呼啸飞出，正中那百长之冠，将他掀下马去。

那坐骑受了惊，扬蹄长嘶一声，狂奔而去。百长自地上爬起，羞愧难当，顾不得拾起尖顶冠，慌忙一瘸一拐奔回大队。

众匈奴兵不由大惊，纷纷退后，望见那百长的狼狈相，复又哄然大笑。自此，胡骑只在数里之外徘徊，无人再敢靠近。

至夜，匈奴兵堆起狼粪、枯柴，点燃篝火取暖。远远望去，但见千堆万盏，恍如星河。众胡骑自单于以下，各个围坐在篝火旁，炙烤猎来的羊狐鼠兔。

那山上汉兵，嗅到香味飘来，都在心内叫苦。山上无水，所携米粮亦不多，汉兵只得渴饮雪水，饥餐干粮，勉强果腹。

刘邦与诸臣也是一样，饿了整日，竟浑然不觉。至夜，山下并无动静，夏侯婴才忽觉饥渴，急命近侍拾些枯柴，以刁斗煮了雪水，端给刘邦。刘邦接过来，凄然一笑："落魄皇帝，与贫家有何两样？"

众臣连忙劝慰，刘邦才勉强进了些冷食。草草食毕，又立于

---

① 百长，匈奴军职，即百骑长。

山巅，望见阔野里篝火闪闪，不由叹道："狼烟四起，何以求生？我刘邦身后所留，恐只是一个羞名罢了！"

此时徐厉在侧，便劝道："陛下不必烦恼，绛侯、燕王所率步军，一两日内必至。"

刘邦只是苦笑："大雪满地，行路迟缓，我怕是等不及来援，冻也要冻死在此了。"

徐厉想了想，又道："此围之严密，臣自投军起便未见过，恐只有陈平将军可解。"

刘邦转头望望徐厉，忽一拍掌："着啊！ 速去请他来。"

片刻之后，陈平应召而至，刘邦便道："汉家之危，唯你可解。 往昔如此，今日更是如此。 你且好好思量，不必理会军中之事。"

陈平应道："昔年李牧、蒙恬守边时，匈奴之兵，才得二十万众，今日竟有四十万众！ 足见冒顿此酋，乃千年未遇之悍虏也。 即便李牧、蒙恬在世，应付起来，恐也是吃力，请容臣细加思量。"

刘邦便叱道："若有李牧、蒙恬，何须用你？ 堂堂正正之阵，我刘邦是打不得了，只有赖你出个诡计。 朕之意，你须听好：只教那冒顿放我一条生路，世间何等奇耻，我都能忍得下，你自去想吧。"

"臣即使有妙计，也非一两日内便收功效。 儿郎们昼夜警戒，只怕是吃不消。"

"你只管谋划，我自会吩咐诸将。"

其后接连两日，匈奴兵仍是只围不攻，在四面鼓噪。 山上汉军不敢懈怠，昼夜轮换，张弓以待。 若仅止于此，倒还罢了，只苦了那些士卒，还须忍饥耐寒。渐渐有人撑持不住，倒地便不起了。

众军盼援兵盼得心焦，援兵却连影子也不见一个。诸将唯恐军心动摇，只得昼夜巡查，以好言慰之。

刘邦整日在谷草上躺卧，万事不理，至第三日黄昏，才脱口自语道："陈平若今夜仍计无所出，吾命休矣！"

此时徐厉砍来大把松枝，扔在篝火堆中，安慰刘邦道："陛下往昔仅数骑，便可自鸿门宴脱逃，今日天下属汉，岂能轻言战败？那陈平将军，定有好计。"

刘邦笑道："徐厉，今番若被你言中，朕便加你为封国相，无须再为我执戟了。"

当夜，果然陈平便来求见，称计谋已成。刘邦大喜，一跃而起，拽了陈平衣袖，在篝火边坐下，急问道："公有何计？"

陈平却不语，只环顾左右近侍。刘邦会意，即命周緤、徐厉等近侍回避。

待众人退下，陈平才道："此计，只涉妇人。"

刘邦未解其意，不禁瞪目："妇人？军中何来妇人？"

"匈奴营中却有妇人。那单于正室夫人，号为阏氏（yān zhī），略同于汉之皇后。此妇，非同小可。想那冒顿正得意，即是许给他汉天下，他也必不肯退兵。然有一人可使他退兵，这便是阏氏。文章可在阏氏身上做。"

"那冒顿蛮横，如何肯听妇人之言？"

"陛下不肯听皇后之言乎？"

"这个……咳咳，且言正事！须如何打点阏氏才好？公貌美，欲潜入敌营进幸乎？"

陈平便苦笑："陛下还有心思玩笑？ 臣自有妙计。"说罢，便附耳向刘邦低语了几句。

刘邦听罢，拊掌叫好："陈平兄，我看此计可成。 此番若能脱险，我必为你晋爵。"

第四日白昼，刘邦下令诸将：将所掠韩王信之珠宝珍玩，尽数缴上，不得私藏。 另又觅得一擅绘之小吏，描摹了数幅美女图，精工细笔，眉黛如生。 待诸事准备妥停，便唤来随何，密嘱他率数名楼烦士卒，变装易服，潜入匈奴营中，依陈平之计，去劝说阏氏。

随何闻命，大起惧色，连连摆手道："如此使命，臣如何当得？ 若被单于查获，吾命不足惜，陛下大事必坏矣！"

刘邦便正色道："汉家运祚，系于公一人，公能忍见天下分崩乎？ 若冒顿明日来攻，必是尸横遍野，公又岂能独活？"

随何想想，也是无奈，只得领命而退。 当夜，便唤来数名楼烦兵，换了匈奴服饰，悄悄潜近匈奴大营。

一行人匍匐于雪地，借篝火之光，觅得一楼烦人千长①。 见那千长一人在烤火，众人便起身走过去。

那千长仓促间看不真切，惊问道："是何人？"

此时，一名楼烦兵跨步上前，指了指身后，叩头便拜："此乃大汉使者，有要事面谒阏氏，事关两家安危。 看在同族面上，烦请千长通报。"

那楼烦千长闻听乡音，又惊又喜："哪一个是汉使？"

---

① 千长,匈奴军职,即千骑长。

随何一揖道："在下随何，今为汉使，在此见过千长。"

千长打量随何，见果然是显贵模样，便道："今日恰是下官当值，使臣遇到我，也是天意。且随我来吧。"

诸人随他走近一座金顶穹庐，见有数名都尉，执刀于门前护卫。那千长回首，对随何低语道："我家阏氏娘娘，向来独居一庐，掌军中粮财事，容我先去通报。"

少顷，千长出来对随何道："娘娘愿见汉使，请汉使独入。"

随行楼烦兵便卸下财宝，足有两大布袋，匈奴众都尉上前来接过，一起搬了进去。随何整了整衣冠，也缓步而入。

进得穹庐，放眼看去，只见那阏氏年纪并不老，身披云肩①，面有黥纹，别是一番风姿。

随何大气不敢出，行过大礼，便自报姓名。

阏氏一笑："原来是随何！久有耳闻，只知你巧舌如簧，无人能拒之。今日来此，所图又为何？"

"我朝皇帝，巡游平城，不意惊动了单于大驾。今日我汉帝惭悔，特地遣臣来，携珠宝若干以献，望阏氏娘娘开恩，劝说单于大王退兵。"

阏氏见布袋内金光灿烂，眼睛不禁一亮，然转瞬便面露不屑："随何，你身为汉家重臣，天下怕是已走遍，然何以这般蠢？老身日理万金之财，这区区财宝，便可买通我不成？我只问你：若我军攻下白登山，这财宝又将归于何人？"

随何一时语塞，顿了顿才道："汉军出行仓促，稀世之宝不及

_____

① 云肩，古代女性衣饰，是指披于肩头的织锦饰物，发源于北方游牧民族。因其有云纹图案，故有此称。

携带，此仅为谒见之薄礼。 汉家地广物丰，尚有绝品，堪称惊世，暂且先绘图以献之。 待两家罢兵，将源源不断送入王庭。"

"又是巧言！ 汉家之宝，无非巧技雕琢之物，于匈奴又有何用？"

随何也不答话，从袖中掣出几幅绢帛来，双手呈上。

那阏氏接过，抖开一看，见是蛾眉女子画像，面色便大变："此乃何意？"

随何恭谨道："汉家美女，妖冶曼妙者不计其数，可岁贡数十百人，为王庭增色。"

阏氏便大怒："你是说老身姿色不足吗？"

"臣不敢。 汉匈两家本为兄弟，汉帝之赠，亦是美意。"

阏氏又仔细去看那图，凝视良久，忍不住赞了声："汉家女子，确是绝美。 这些画像，老身收了，无事也好照着描画颜面。"

"如此女子，想那单于大王也是喜爱的。"

"放肆！"阏氏呵斥一声，稍后又叹道，"汉家能臣，何其多也！ 这是哪个为汉王出的计策？ 单于若得了这般女子，老身怕是要被贬去牧羊了！"

随何连忙道："汉家君臣，无不景仰阏氏娘娘，两家修好，唯赖娘娘代为一言。"

那阏氏低头想了片刻，便抬头道："你是聪明人，汉王遣你来谒见，果不辱使命。 汉家君臣之意，我已知悉，你且回去复命吧。 所有乞请，我自然知道该怎样说。"

随何知事已成，按住心内狂喜，脸上还是一派愁苦："受困四日，我君臣饮食不济，已苦极。"

"唉！ 那也急不得吧，须在这几日方能弄妥。 如围兵有缺，尔等尽管走脱。"

随何遂不再言,谢过阏氏,步出穹庐来。 见那千长仍在外面等候,便从怀中摸出一把金钏银簪来,偷偷塞过去,一面连声道谢。

千长笑道:"北地风俗,女主外交,上使算是找对了人。"说罢,便将一行送出大营,彼此相揖道别。

随何回到山上,将面谒阏氏经过,向刘邦略述一遍。 刘邦便问:"那阏氏见到财宝,是何神色?"

"面有喜色,而语甚不屑。"

"见到美人图呢?"

"立时色变。"

"好!"刘邦大喜,从谷草上一跃而起,"你大功告成,下去歇着吧。"随即唤来樊哙、灌婴嘱道:"每过一时辰,向四面派出斥候,仔细察看。 如围有缺,全军尽出。 你二人,三日内不得合眼!"

樊哙迟疑道:"不割出半壁河山来,那冒顿如何能放我军归去?"

"多话! 你遵命便是。"

二人走后,陈平急急来见,刘邦一把抓住他衣袖,问道:"随何已返回,称胡地风俗,女主外交,可是有此事?"

"不错。 北地女子强悍,在外为夫奔走,不足为奇。"

刘邦大喜道:"陈平兄,你计谋已成。 阏氏收下了财宝,应允劝说冒顿撤围。 你快去收拾装束,好好歇息,等匈奴退了,也好快马奔出。"

陈平也大喜,仰天叹道:"天佑汉家! 若再有三日不撤围,白登即成我坟冢矣。"

当夜，刘邦酣睡一夜。早起，见大雪茫茫，呆望了一会儿山下，便蜷于草堆上看《太公兵法》，边看边摇头叹息。

连日大雪，又过了三日，堪堪已被围七日。日暮时分，灌婴来报："军士难耐酷寒，冻毙饿毙者甚多。今援军渺茫无期，再有两日，全军即告粮尽，不如今夜便拼死杀出。"

刘邦浑身一震，低头想想，便唤来随何嘱道："天明时，再往阏氏帐中，哀辞恳求。日后岁贡，也是可以商量的。"

至半夜，大雪止住，天气更寒。汉军斥候轮番而出，均为匈奴兵阻住。熬到天将明，大雾四起，随何连忙奔往匈奴大营。西行数里，却未见匈奴一兵一卒，惊异之下，急忙回马来报。

刘邦得报，将手上兵书一抛，立即吩咐道："遣斥候四出，务必好生窥探。"

不过片刻，众斥候便驰回禀报：东北南三方仍有重兵，仅西面一角解围。

刘邦立时精神陡涨，抢过一匹马跨上，下令道："匈奴解围了西面，全军即发，速撤回平城。所有卤簿、车辆等无用之物，尽皆弃之，疾驰溃围而出。"

此令一出，白登山上一片欢悦。众军纷纷弃了多余负累，轻装上马。

灌婴却道："陛下，万万不可！我军疾驰，若为匈奴所察，必趁势掩杀。那胡骑皆为短刀，弓弩甚少，我军可张强弓、搭双箭，面向外警戒，徐徐而出。"

夏侯婴也道："诸军不可喧哗，若有人奔逃，必斩之！"

刘邦颔首道："二位所言甚是，便照此办理吧。"片刻之后，三万步骑便悄无声息，各个持满弓，分数列缓缓而下。

下得山来。刘邦回头一望，见山上松柏间，仍有军卒持弓，浑身覆雪，一动不动，不禁诧异道："何故还有儿郎未撤？"

夏侯婴也望了一眼，回道："皆冻僵矣。"

刘邦大惊，瞪目半晌未作声。少顷，有两行热泪涌出，叹息道："无此忠勇之士，我必成被俘皇帝。"说罢，挥鞭打马而去。

且说那冒顿，为何要解围一角？自然是阏氏如约进了言。

随何深夜谒见后，翌日晨，阏氏便对冒顿道："我大军南下数月，败多胜少，折损近万人。今日即便缚住刘邦，得了汉地，亦不能久住；与之争，又有何益？古来交兵，两主不相为难。白登困住了他，大王脸面已足，不如退去。且我闻汉降卒说，汉王屡败不死，似有神，请大王察之。"

阏氏之言颇恳切，冒顿听了，却是觉得好笑："有神？他有甚么神？"继之，又沉吟不语。想起先前与丘曼臣、王黄约好，合兵攻平城，而今竟全无消息，不由便疑惑起来。

原来，那丘曼臣、王黄所部迟迟不至，是因天寒雪大，迷了路，辗转不知何往。冒顿数次命韩王信探听消息，亦无头绪。

这一枝节细故，引得冒顿大起疑心，当下便认定，那丘曼臣、王黄两人，多半是暗通了汉军，要断匈奴后路，于是越发不安。如此挨了三日，到围困第七日，忽有斥候来报：汉步军三十万，已由周勃、卢绾领军，往平城浩荡而来。

冒顿当下大惊，召来左右贤王、谷蠡王、诸将及大都尉等臣属，气急道："那汉家步军，甲厚戟长，擅长战阵，我部骑士少弓弩，哪里是他对手？汉军若与丘曼臣、王黄前后夹击，则我必无归路矣！"

左右贤王心知是冒顿多疑，欲谏言，却因此前多有败绩，屡遭申斥，故而也不敢多言。

夜来，冒顿挥退左右，坐在篝火旁，细思前日阏氏所言"汉王有神"，觉甚有道理，于是唤来西面统兵的万长，教他率军稍稍退去，解围一角，放汉军撤走。

白登山上汉军，就在冒顿略一犹豫之际，趁大雾突围而出。那平城军民见皇帝安然归来，阖城欢呼，敲锣打鼓不止。

次日晨起，周勃所率三十万步军也源源而至，旗帜蔽天，金鼓大作。大队未及歇息，便列队鸣鼓，准备往击匈奴大营。

匈奴斥候探知，忙奔回大营禀报。冒顿听了，连忙奔出穹庐，果然望见西边有烟尘腾起。仰头一望，忽见天上云色诡异，势若龙蟠，不由脱口道："这是甚么？"

左贤王抬头看看，脸色忽地就一白："大王，天上之云，不是一个汉家的'天'字吗？"

冒顿闻听，眯眼去看，也顿感大惊，默然半晌，知时机已失，叹道："汉王果然有神！"遂下令全军大部撤回漠南，唯留一万骑士，交韩王信统领，专事袭扰汉地边境。

当日近午，刘邦率众文武登上城头，远望雪尘漫天，知匈奴兵已解围退走，便都长吁一口气。刘邦凝望良久，百感交集，忽见天上云色有异，细一辨认，忽大惊失色："此云，岂非一个'人'字？"

众人跟着望去，也看出了端倪，不由惊叹连连。

陈平道："上天之意，不可亵慢。"

刘邦思忖半晌，叹气道："此为上天儆我：人所不欲，便不能勉强。耻哉！耻哉！活该我兵败。今日知道了，恤民为上，霸业为次，不能再弄颠倒了。"

此时，周勃上前请命，要率队追击。刘邦下令道："绛侯周勃，骑都尉靳歙，率本部大张旗帜，鼓噪前行，追击二十里即止。遇敌则击，不遇敌则归，均不得穷追。"

樊哙愤急道："七日之耻未雪，如何不穷追？"

刘邦瞥了他一眼，忽问道："你头颅今在何处？"

樊哙愕然，摸摸脖颈道："在项上。"

刘邦便冷笑道："若无陈平，你也只配做无头将军！"

说罢，不再理会樊哙，对众人道，"趁冒顿胆怯，我军尽速撤回晋阳，不得迟疑，违令者斩！"

卢绾便问："陛下拟据守晋阳？"

"晋阳亦不能久留，月内即罢兵回朝。汉家今日，尚不能与匈奴相抗，即是百年之后，亦不能。灭胡之计，且留待后人吧。"

诸臣闻言，神色多沮丧，便各自散去。刘邦独独唤住了陈平："公请留步。"

陈平止住步，向刘邦一揖："陛下，适才布置，并无不妥。"

刘邦挨近陈平，低声道："公所献之计，功盖天地；然其计之鄙，实有伤国体，仅你、我、随何三人知而已，万万不可泄露！"

陈平神色一凛，忙应道："臣已知。臣宁死不泄露。"

至日暮，周勃、靳歙率军大破韩王信所部匈奴兵，得胜而归，掳得许多马匹、军械。冒顿受了惊吓，率全军远遁而去。汉家边塞危局，立告舒解。

刘邦大喜，见了周勃，抢步上前去，执手道："绛侯功高，威名远扬北疆，当加为太尉，总揽天下军事。靳歙亦有大功，加为车骑将军，统领天下车骑之兵。"

二人未料于灭楚之后，尚能以军功加官，都喜不自禁，谢恩再三。

时已至冬十二月末，刘邦在平城坐卧不安，一日也不想多住，便告罢兵。诏下之日，汉军大队拔营而起，各归来处。马军九千人仍由靳歙带回，长驻赵地东垣（今河北省正定县）。

此时韩王信尚有残部，在云中、雁门一带游弋。刘邦恐其势大，便命樊哙率军一部，留在代地平乱。刘邦次兄刘喜，年前便封了代王，至今仍未就国，此次便命他赴代县就国，与樊哙一同用兵。

刘邦率大军出平城后，行不远，便望见白登山，其山形似覆盆，又酷似陵墓。刘邦禁不住伤感，唤了随何来，命他传令平城县衙，征调民夫，掩埋好冻毙将士尸身。待又走出数里远，刘邦仍回望再三，叹息道：“白登之耻，万年也洗不掉了！”

陈平在侧道：“陛下全身而退，当欣喜才是。”

刘邦沉默有顷，凄然道：“厚贿妇人而得保命，王者之耻，有过于此乎？”

过广武邑时，刘邦想起刘敬之事，急命收捕往日曾往匈奴探营的十名使者，尽皆斩首。又将刘敬放出，召至驾前。

见刘敬蓬头跣足而至，刘邦连忙起身一揖，面有惭色，温言慰谕道：“我不用公之言，以至受困平城，羞对天下。今已将此前言匈奴可击之使者，统统斩首，以谢公。”

刘敬大惊，嘴张了两张，才道：“陛下不杀我，幸莫大焉！然十名使者，罪亦不当死。微臣一人，如何担得起这多条命？”

“嘿嘿，彼辈不死，便是要我死！今日我还能与你说话，才是幸莫大焉。公之忠直，朝中难有其二，今日便封你为建信侯，食邑二千户。是为关内侯，仅逊于功臣列侯，此爵当可与公之功劳相当。"

刘敬慌忙顿首谢道："臣为昔之齐虏，寸功未建，今日竟得封侯，岂非梦寐？臣披肝沥胆，亦无以报答。"

刘邦便笑："齐虏？哈哈，公不肯忘记前嫌乎？来来，请入座，朕还有事要讨教。"

君臣于是隔案而坐，刘邦问计道："冒顿兵强，控弦三十万，数苦我北边。我虽亲征，力终不敌，公于此有何妙计？"

刘敬于此早有熟虑，当下便道："天下初定，士卒多年征伐，皆疲于战，故未可以武力服胡人也。那冒顿为暴虐之主，杀父代立，又娶群母，专以强力立威，故又不能以仁义说服之……"

刘邦便发急道："文亦不能，武亦不能，莫非只能坐视，任他在我头上着粪？"

"有计。然计为长远，乃在他子孙身上做文章，令他子孙为我汉家之臣。"

"你有话爽快些说，何计能用得这般长远？"

"恐陛下不能为矣。"

"若可行，又何为不能？你尽管说。"

刘敬这才正襟敛容，叩首道："陛下可将长公主①送入匈奴，为冒顿妻，并厚赠嫁妆。那虏酋见此厚礼，心慕汉家繁华，必以长公主为正宫阏氏，生子又必为太子，日后可继任单于。如此，冒顿在，为汉家子婿；冒顿死，则陛下外孙为单于，胡汉血脉相混，

---

① 西汉时，皇帝的女儿或姐妹通称"长公主"，由皇帝册封，地位高于所有的嫔妃。此处的"长公主"，即指鲁元公主。

便成一家。遍观史书，岂有外孙敢与外祖分庭抗礼的？有此祖孙名分，则匈奴可不战而成汉家之臣也。"

刘邦闻之，抚膝大笑："这岂不是和亲之计，果能有此功效乎？"略一思忖，便又道："计是好计，然须舍出鲁元公主……也罢！女儿不入匈奴，阿翁便入匈奴，就令长公主去吧。赵王张敖那里，我去打理。"

"陛下今日便可致书冒顿。"

刘邦却面有难色，道："天下事，我做得主；嫁女之事，我却做不得主。须回栎阳后，与皇后商议。或者以宫女代之，诈称公主，亦无不可。胡人见汉女相貌，都是一样的，他晓得甚么真伪？"

刘敬便又一拜，谏言道："妇人爱女儿，乃是常情；然国事大于天，不嫁长公主，则胡地豺狼不去。两相权之，孰轻孰重？"

刘邦白了刘敬一眼，反问道："你无女儿吗？你无浑家吗？将长公主嫁与赵王，我已是一百个不放心了；如今又要教长公主休了夫，改嫁入狼穴，岂能这般轻巧？"

"若陛下不舍长公主，而令宫女代之，诈称公主，匈奴日久必知，反生怨恨，此举便毫无用处。"

刘邦忽觉心烦，便道："公之言甚是，你且退下，容我细思。"

此后数日，大军一路南行，为防匈奴蹑踪而来，不敢有所停留。直至翻过云中郡山口，晋阳城遥遥在望，刘邦这才长出一口气，开颜而笑。三军见已撤回塞内，再无性命之忧，皆摇旗挥载，欣然开口大笑。 此地后世名为"忻口"①，这"忻"字与"欣"通假，故当地有传说，此即为纪念汉卒归来大笑而得名。

高帝七年（前200年）正月，大军过晋阳小住，刘邦心仍郁闷。 这日，靳歙前来辞别，欲领马军返回赵地。

刘邦感念马军此次拼死用命，十分不舍，又想起刘敬所献之计，便道："罢罢！ 我索性也与你同行，往赵国一游，去见见那不争气的女婿。"

当年二月，刘邦命周勃率禁军大部还都，自己仅率万余人，与马军同行。 至东垣，马军留驻，刘邦才与靳歙依依作别，自往邯郸去了。

这日，大队行至曲逆县，入城稍歇。 刘邦登城而望，见城内屋宇高敞，栉比相连，端的是天下罕见气象，不由赞道："壮哉此县！ 我行遍天下，未见有如此宏敞之城，唯洛阳方可与之媲美。 如此好县，却为何叫了个'曲逆'？"

夏侯婴一向掌车驾之事，于地理、路途无所不通，此时便道："此地原系中山国，有一道濡水过境，因水道回环，故又称曲逆水，县城便以此水得名。"

"哈哈，也好！"刘邦观之良久，忽命御史近前，问道，"曲逆今有户口几何？"

御史对曰："故秦时，有三万余户，近年兵乱屡起，今尚有五千余户。"

---

① 忻口,在今山西省忻州市以北五十里之忻口村,为晋北向南通往太原市之要冲。

刘邦便唤过陈平来，温言道："陈平兄，白登之围可解，唯赖你奇计，功高已不可再封。今日见此县甚好，我便以此县五千户为你食邑，改封曲逆侯，以酬兄之大功。原户牖侯之食邑，本就不足道，便免除了吧。"

陈平一怔，眼眨了两眨，忙拜谢道："谢陛下深恩，得了这'曲逆'封号，臣更是如履薄冰，终身不敢狂悖。"

刘邦闻言，不由一怔："哦？这个……"继之便放声大笑。

隔日，卤簿车驾抵达邯郸。赵王张敖闻报，早早率了文武百官，郊迎于道旁。

那张敖，乃豪雄张耳之子，秦末随父举义甚早，受陈胜王封为"成都君"，曾率万人从项王，共赴巨鹿救赵，堪称是少年将军。然此人脾性，却是十分温厚，对刘邦极表恭谨。当日将刘邦迎入王宫，即设宴接风。

当日席上陈设，极尽奢靡，有西域氍毹铺地，酒器各显琳琅，赵相国以下诸臣皆作陪。张敖视刘邦如父，执礼甚恭，每一佳肴至，必袒臂亲自奉上。

刘邦数月以来日夜征战，皆在苦寒之地，尝够了残羹冷饭。此次入了赵王宫，甚觉惬意，想想翁婿间也不必多礼，便箕踞于上座，开怀大饮。

见张敖躬身低眉，数次上菜，刘邦便一把抓住他肩膀："小子，如何这般殷勤？此事教下人去做。你来，坐于我身旁，有要事与你商议。"

张敖不知有何事，战战兢兢坐下。刘邦便凑近他耳语，将那刘敬所献和亲之计，和盘托出。张敖闻听，脸色便一变。原来那张敖与鲁元公主，感情甚笃，忽闻外父欲拆散小夫妻、嫁女于匈奴，直如五雷轰顶。

刘邦瞥了瞥张敖，略一踌躇，又道："白登之围，老夫险些丧命。然何以制胡？恐是百代也无良策，幸有谋臣出此计，你意下如何？"

张敖埋首半晌，终还是忍了下来，施礼道："国事为大。阿翁之意，便是小婿之意，不敢有所违逆。"

岂知刘邦于和亲之计，也在依违之间，不能定夺，心内实不愿鲁元公主远嫁。因此，暗盼张敖能大怒抗命，也好对刘敬有个交代，便不纳此计。不料，张敖却只唯唯从命，那鲁元岂不真要嫁入胡地了？

刘邦大感失望，不禁火起，骂道："吾兄张耳，何其豪雄！跋扈于燕赵，无人敢敌。怎的小子你与乃父浑不相似，竟是无一丝骨气？逆来顺受，如同姬妾，何敢称张耳之子、刘邦之婿？"

张敖不知刘邦火气从何来，唯有叩首谢罪道："小婿无能，难副其实；然执干戈、披甲胄，为阿翁守边，尚堪一用。仅此而已。"

刘邦只顾恼怒不休："废才！只是个废才！多说何益？"

诸陪客中，官位最高者乃是相国贯高、内史①赵午，两人原皆为张耳门客，性素耿直，年纪却已逾花甲。闻刘邦詈骂，不禁面露怒色，对视了一眼，便双双起身向刘邦敬酒。

刘邦见两老臣神色，也觉自家失态，这才收起腿，正襟而坐，道："日前征胡不利，朕数月不能安寝，故有失言。赵家君臣大

---

① 汉初诸侯国所置内史，相当于朝中御史大夫，负责监察百官、掌图册典籍、诏命文书等。

度，还要多包涵些。"

座中诸臣见此，亦纷纷举起酒杯，强作违心之笑，将尴尬掩饰了过去。

宴罢，群臣出宫，贯高与赵午走在一处。赵午目睹适才张敖受窘，怒气难平，对贯高道："吾王，真孱王也。"

贯高心亦恨恨，切齿道："国之不幸，莫甚于此。公请随我至敝舍议事。"

赵午心领神会，便打发随从先回去，自己上了贯高的车。

这边厢刘邦醉意正浓，只能留宿宫中，张敖便将后宫一姬妾献出，为刘邦侍寝。这位姬妾，史称赵美人，天生丽质，花容月貌；那一颦一笑，只合天上才有。刘邦如何能把持得住，当下笑逐颜开，全忘了方才的气恼，拥着美人，踉跄进了寝宫。

再说赵午随贯高来至相府，两人进了密室，闭门稍作商议，便出来，在相府门客中选了十名武士。贯高平素待门客甚厚，此十人皆为贴身死士，此时，他只吩咐了一句："去换了便装，携短兵，随我进宫。"

十武士齐声应诺，便都去换了黑衣劲装，各揣了匕首，骑马随在贯高、赵午车后，往赵王宫而行。

到得宫门，贯高手持龙首符节，高声呼道："相国贯高来此，有王命传召！"

贯高为百官之首，威震朝野，赵人妇孺皆知。那宫城侍卫岂有不识的？见是他来，急忙将宫门打开，执礼放行，一面便去飞报张敖。

此时张敖已然入睡，闻近侍急报，吃了一惊，忙起身来至偏殿。刚换好衮服，见贯高、赵午率武士拥入，张敖便脸色大变，仓皇站起道："诸君何为？"

贯高率诸人一起跪下，朗声道："天下豪杰并起，能者先立。今大王事汉帝甚恭，而汉帝无礼，臣请为大王杀之！"

张敖听清了此言，睡意顿时全消，以手指着贯高，不知该如何训斥，竟一时气结。众近侍慌忙上前，为他拊膺舒缓。

过了片刻，张敖才缓过气来，心生急怒，咬破了手指，对天誓道："上天可鉴，我怎敢有此心？君何以出此言？我先人亡国，赖汉帝之助，得以复国，惠及子孙如我，秋毫皆出于汉帝之力也。此等狂言妄语，诸君不得再出口！"

贯高还要辩解，张敖便急得几欲泪下："相国要逼死小子吗？"

贯高、赵午见张敖执意不肯，只得深揖谢罪，退出宫去了。回到相府，两人又与诸武士商议了许久。

贯高叹息道："此事我是做得莽撞了。吾王为有德君子，不肯做那背德之事。而我辈唯好义，不甘受辱。今汉帝辱吾王，故我辈欲杀之，然岂能以此举污了吾王？杀汉帝之谋，切勿与吾王知，成则功归吾王，败则我辈独当就是。"

诸人都攘臂应道："大丈夫行世，义无再辱，愿从相国之命。"

贯高便道："今晚已惊扰吾王，不宜再入宫。我等且伏于宫外，天明之后，伺汉帝出宫，拼得性命，一剑将他毙命！"

众人闻之，皆曰善。贯高便命从人逮了鸡狗来，杀了取血，十余人设香案，歃血为盟。如此忙了一番，天已将明。贯高说声"好了"，便挑起一盏相府灯笼，率众人拥出门来，往赵王宫疾奔。

行至街上，偶遇巡夜兵卒，见是贯高带人夜行，都急忙让路，不敢多问。

如此一路无阻，不料，行至城南武灵丛台下，忽见前面有一壮男，挂一铁杖，当街而立。

　　众武士疑是事泄，纷纷从怀中拔出匕首来，要上前拼命。贯高却摆手道："且慢！"遂举灯高照，见那壮男蓬发虬髯，身负藤篓，腰间还挎有一酒囊，显是游士无疑。

　　赵午遂高声呵斥："犯禁夜行，是何歹人？"

　　贯高却拽住赵午道："不得亵慢高士。"说着，便向那人一揖，"敢问高士，来自何方？"

　　那人向前走了几步，众人才看出，原是一个跛足人。正在诧异间，只见那人将铁杖夹于腋下，还了一礼，答道："在下为巴国津琨人氏，早年云游，曾投军从项王，于巨鹿之战伤了一足，现下为游医，草草谋生。"

　　赵国臣民恨秦人入骨，多感念项羽当年巨鹿救赵，闻跛足人曾为楚卒，便生敬意，不再戒备，都收起了兵刃。

　　赵午却是不信，仍厉声问道："游医亦应知律法，衾夜私行，所为者何？"

　　跛足人以铁杖指了指众人，道："与诸君一般无二，为济苍生耳。"

　　贯高闻言一震，旋即问道："游士，可知我辈为何人？"

　　那跛足人便指一指丛台道："此乃何地？丛台也。昔赵武灵王在此，率赵家儿郎，胡服骑射，遗风今尚在。尔等短衣夜行，身怀利刃，迅疾如狸鼪，岂不是当今侠士吗？"

　　贯高闻此语暗含讥诮，便知此人绝非常人，便朗然道："说我是侠，我便是侠。道之所在，虽千万人吾往矣，先生请勿阻我问道。"

跛足人仰面一笑："鸡鸣狗盗之技，焉用问道？ 往昔赵家豪雄，累代不穷。 如廉颇、蔺相如、李牧、赵奢等，皆伟丈夫，惜乎流风不再！ 且看今日诸君，蹑足潜行者何为？ 欲溅血三尺于帷幄而已。 想这朗朗世间，近年幸得干戈止息，百姓不必再如我断手残足，可叹诸君却只知怀利刃、行诡计，豪气俱无，何敢奢言道乎？"

贯高为壮士气势所慑，竟一时哑然。 赵午不由大怒，喝令众人："犯夜禁者，非盗即奸，快与我拿下！"

那跛足人却淡然一笑："秦法严苛，尚不禁医。 且小人夜诊，并未步出闾里，何以犯禁？ 倒是诸君所谋，怕是天明即做不得了，请自去奔忙，恕在下不陪。"说罢，便略施一揖，转身步入了一条小巷。

贯高急呼道："不知先生高姓大名？"

那跛足人止住步，回首一指灯笼道："人之一生，譬如此灯，风来倏忽即灭，其亮或不亮，后世何人能知？ 足下必欲留名于后世，或可如愿，然非我之志也。"言毕，即隐身于街巷暗处，再不见踪影。

赵午望住贯高，急道："此人必是朝中耳目，何不拿下？"

贯高摇头道："朝中焉能有此等人物？ 且放他去吧。 看来，今番谋大事，未逢吉时，出门便有异人阻道。 今日便作罢，我等暂回，诸君若有心，请勿躁，可留待来日。"

赵午见贯高改了主意，顿足叹了一声，遂不再多言。 众人便都藏好利刃，随贯高回府了。

翌日晨，刘邦醒来，意仍迟迟，睁眼见身边有玉体横陈，几疑是在梦中，丝毫未觉夜来曾险遭杀身之祸。

赵美人见皇帝垂爱，越发娇懒，便生出了百种妩媚来。刘邦凝视美人酥胸良久，赞了句："好个白登山！"

赵美人不解其意，忙问缘由，刘邦也不答，自顾道："上苍解人意，到底未使我成囚俘。虽被困七日，然亦得赵姬，不负此行也。"

赵美人仍是听不懂，只顾搂住刘邦缱绻。少顷，有近侍叩门，在帷帐外告之：张敖已备下朝食，等候良久。刘邦便起身，令赵美人伺候穿衣，去进朝食。

张敖一如昨日，挽袖亲自上食。朝食既毕，刘邦对张敖道："离关中日久，诸事都无头绪，我要回去了。"

知刘邦将行，张敖松了一口气，连忙虚言挽留。刘邦只摆了摆手，笑道："贤婿尚知礼，送我赵美人解忧；国中诸事，似也颇有条理。看来赵地安危，我也不必多虑，走了走了！"即携赵美人匆匆出宫，赴行辕召集众臣，点起兵马启程，要往洛阳去。这边厢张敖也连忙集齐百官，赴南门相送。

刘邦拥赵美人倚坐车上，见张敖伏于道旁，汗出如雨，不由起了怜悯心，温言道："孺子诚可教也！你为我守赵地，左有陈豨、右有卢绾，皆一时之雄，可以壮胆。且好好与父执辈同守北疆，勿有所疏漏。"

张敖叩首应道："阿翁所嘱，小子不敢大意。"

刘邦挥挥手，夏侯婴便一甩长鞭，启动车驾，大队卤簿簇拥而去。张敖望尘而拜，许久不敢抬头。那贯高、赵午在后，草草拜罢，犹自愤恨，怒视车驾良久。

于此一切，刘邦皆毫无所察。行至洛阳，又住进南宫，与美人逍遥，如新婚宴尔。这位赵美人，后为刘邦诞下第七子刘长，另有了一番故事，亦为后话了。

在洛阳住了没几日，忽有谒者来报："代王刘喜，自代郡奔回。"

刘邦心中纳罕，忙宣进询问，方知匈奴兵与伪王赵利等又掠代地，侵扰上谷、代郡、云中、雁门诸郡，声势浩大。不数日，又闻赵利已僭称"代王"，设丞相、将军等职，俨然自成一国。

时值樊哙已回关中，代相陈豨虽勇，然四面有警，疲于应付，一时回援代郡不及。那刘喜不曾上过战阵，突遇叛众漫山遍野，三魂都惊出窍来，也无心守代郡了，弃国而逃，只身奔回了洛阳。

刘邦见了刘喜，不由大怒："仲兄啊，你好歹是个王，临敌而逃，成何体统？你那沽酒卖饼的命，有何金贵，逃得如此之快？竟连封国都不要了。"当下便欲治罪，然一想到太公，便又叹了口气，命刘喜暂去馆驿歇息。

隔日，刘邦便有诏令下：废刘喜王号，降为合阳侯，留置洛阳县，另封少子如意为代王。因如意年尚幼，暂不就国，诸事仍由陈豨代管。同日，又命周勃、郦商发大军前往代地征讨。当年冬十一月，汉军便相继攻下代郡、雁门，大破贼众，俘伪丞相程纵以下十余贼首，伪王赵利遁逃，代地方告平定。

至春二月中，刘邦这才依依不舍，离了洛阳。甫一入关，便直奔新都长安，见那长乐宫已有了模样，不由大喜，当晚便住了进去。

然在巍巍宫阙中睡了一夜，白登山之围仍似噩梦，萦回于心。次日晨，刘邦惊起，踌躇再三，只得回到栎阳，硬起头皮，与吕后商议，欲遣鲁元公主赴匈奴和亲。

吕后闻之大惊："鲁元？不是已嫁给张敖了吗？"

“法不禁民女再嫁，宗室再婚更无禁忌。当今之计，国事为大，鲁元可再嫁，我已向张敖有所交代。”

“甚么？你三十万兵出塞，反为匈奴所困，羞也不羞？吃了败仗，却要我女儿去和亲，休想！妾身仅有太子一男、鲁元一女，为何要将鲁元遗弃于匈奴？”

“昏话！和亲乃为社稷，怎的就成了遗弃？”

吕后也不再理论，当下大哭：“我女若嫁给冒顿，老身也一同嫁去。”

刘邦大怒：“乱说！成何体统？”见吕后久久啼泣，全无头绪，一怒便拂袖而去。

此后数日，吕后茶饭不进，只在后宫日夜哭泣。刘邦见不是事，便召刘敬告之：“遣长公主和亲之事，朕不能为。可在城内寻一民女，封为长公主，嫁与冒顿了事。”

刘敬便一惊：“臣不明，长公主如何便不能嫁匈奴？”

“皇后不允。”

“皇后？陛下也惧浑家乎？”

刘邦望望刘敬，忽而一笑，反问道：“你有多大年纪？”

刘敬不解，答道：“臣已年近不惑。”

“哼，我看你离不惑尚远。”

“臣驽钝，愿陛下详示。”

“公有所不知：皇帝家事，实与平民无二。表虽不同，里却相似。”

刘敬这才醒悟，叹了口气道：“如是，北疆百年之内，势必不宁。皇后不舍女儿，却宁舍河山？”

刘邦亦是心有戚戚，道：“汉家不强，奈何？所谓‘长公主'，便在宫女中选一个吧。 此事，还须公前往匈奴，巧为掩饰，定下和约便好。"

待时至春暖，刘敬便奉了诏命，头戴高山冠，手持旌节，护送假冒"长公主"往匈奴和亲。

那匈奴耳目甚多，岂有不知"长公主"为假的？ 多亏刘敬善辩，再三陈说利害。 冒顿见汉帝已屈尊，真假便也不计较了，两家仇雠，就此勾销，结下了和好之约。

冒顿接了和亲策书，向南方拜了两拜，算是拜了外父刘邦。又教人奏起胡乐，将"长公主"安顿于穹庐。 刘敬趁机向冒顿进言，力言胡汉不可反目。 冒顿笑道："那是自然。 今后我若捉了外父，只怕是不好处置了。"

那漠南地僻，早春仍是一片雪意。 刘敬于返国途中，一路看来，见匈奴部落中，小儿亦能骑羊，引弓射鸟鼠，稍长则骑马射狐兔，各个都极彪悍。 所有男丁，人人备有弓矢短刀，精擅骑术，随时可上马征战，便知晓匈奴已成近身大患。

回朝见了刘邦，刘敬便急奏道："臣观河南白羊、楼烦之地，匈奴俨然为王，四处有胡骑纵横，其势猖狂，离长安近者仅七百里，一日一夜可至关中。 关中在秦末遭战乱，至今空虚，地广而民少；依臣之见，可徙人口入关，以充实之。"

刘邦沉吟半晌，才道："公之言，高见也；然从何处可得民？"

"臣以为，秦末大乱，诸侯初起时，势虽汹汹，然无非齐之田氏，楚之昭、屈、景等大姓，可以成事。 今陛下虽以关中为都，却是人少财薄，北近胡寇，东则有六国遗族，余威尚在，一旦有变，陛下如何能高枕无忧？ 臣以为，可徙齐、楚、燕、赵、韩、魏之后裔，以及各国名家豪族，居于关中。 若无事，可以防胡寇；若诸侯有变，陛下则可率此辈东征，好处甚多。"

"哦？此计甚妙，所虑甚周，先生莫非曾习《鬼谷子》？"

"此为'强本弱末'之术，臣之愚见而已。往昔，臣不过一戍卒耳，焉能习诸子之说？"

刘邦大喜："公有大才！我得一刘敬，如秦孝公得商鞅也。此事就交予你办，择日赴齐楚，遍查户口，将那齐之田氏，楚之昭、屈、景等诸姓，迁来十万口，充实关中。如此，豪雄皆伏于阙下，天下再无敢蠢动之人了。"

刘敬道："诚然！关中既实，不独胡人畏惧，陛下也可不再跑洛阳了。"

刘邦一怔，望望刘敬，忍不住哈哈大笑。

七

贯高慷慨
报君王

高帝七年春二月末，萧何向刘邦奏称：经数月修葺，将原秦宫稍事增添，今已建成长乐宫。刘邦大喜，即命栎阳宫室及丞相以下百官，尽徙至长安。

萧何交了差，但并未得闲，又在长乐宫西面之龙首原，凭借故秦章台，再建一座未央宫，务求与秦故宫规模相当。

自此，从春至夏，刘邦在长乐宫住了数月，虽觉绮丽不及洛阳南宫，然气象远过之，便觉称意，对那未央宫建得如何，也不大在意了。每日得闲，便在长乐宫中游览，将长信殿、长秋殿、永寿殿、永宁殿四大殿，及椒房殿、临华殿、长亭殿、温室殿、钟室、月室、鸿台等处，看了又看，摸了又摸。

夏日炎天，刘邦特意召萧何入宫，登上鸿台纳凉。刘邦殷切道："丞相辛苦了！长乐宫如此壮丽，昔日沛县起兵时，何曾想到？年初在平城，朕唯恐命将不保，想到太子孱弱，我若撒手，偌大一个天下，丢给谁去打理？彼时，唯想到丞相，心方稍安。"

萧何连忙谢道："臣之所能，小技耳。陛下得天下，唯在战，而臣无半分战功，实有负重托。"

"唉，话也不是那样说嘛。天下者，人心也。自入关之日起，丞相便甚得人心。七八年来，我在外征伐，关中人心，唯赖你笼络，今已成不拔之势。前日白登山之围，我自感无望，然想到关中，便生出百般胆气来，你说怪也不怪？丞相日常所务，多为琐事，我不曾过问，不知近来可有何繁难？"

萧何便将近日政务一一道来："民间所用钱，多为'秦半两'钱，秦亡后，不再铸造，民间之钱遂不敷使用，私铸之风大盛。有那奸猾之徒，竟然将圆钱剪边，七八枚钱所剪下之边，即可私铸一枚新钱。如今市上，剪边钱与私铸钱流通，法不能禁。"

"哦？"刘邦便笑道，"宵小能有此等心机，倒是不可小瞧。还有甚么？"

"数年间，六国之民纷纷徙来关中，尤以豪族人口众多，然却无田可耕。那前朝宫室及官宦，却有大片苑囿荒芜，无人耕种；不如将废苑分给流民，好生耕种，令弃籍流民回归本业。"

刘邦捋须想了想，方缓缓道："丞相所言，皆田亩、钱粮之事，我不能立断。所谓无钱可用、无田可耕，汉家吏民多智，自有疏解之道，也无须惶恐。你曾记否：昔年关中大饥，朕不忍，允饥民就食巴蜀。然饥民至巴蜀，谷价再贱，亦无钱买米，我是如何说的？"

"陛下降诏，允饥民卖子，所得钱，用以解困。"

"着啊！官府若照旧例，以掠卖人口禁之，饥民岂非将全数饿毙？"

"臣受教了：凡事不宜先言禁。宽以待之，事或济矣。各郡国近来也有铸钱，本拟禁之，看来也可不禁。"

"哈哈！以此推之，当可不禁。十余年来，朕四方征战，所虑皆为干戈事。余生之年，只想剪除豪强，为子孙廓清天下。钱粮细务，还请丞相自度。"

见刘邦不耐烦议论细务，萧何便起身告辞。刘邦送萧何至覆盎门，回望宫内巍峨十四殿，笑道："丞相建了宫阙，叔孙通定了朝仪，这才像个天下的样子嘛。"

萧何回到府中，细思方才刘邦召见，语中多有不明之意，似暗含猜忌，心下便觉郁闷。至掌灯之后，仍独坐于书房，嗒然失神。

此时，长史萧逢时呈上一盘瓜，萧何便信手取过一片。食之，味甚甘甜，不由便问："此为何瓜？"

萧逢时一笑，答道："此乃东陵瓜，长安城内无人不晓。"

萧何笑道："这么说，倒是我一人不知了。此瓜鲜美，是何人所种？"

"便是咱相府中的东陵侯呀！"

"东陵侯？原来是召平老先生。只知他闲来无事，在城东种瓜，原来就是这好瓜。你这便去，请他来一晤。"

原来，这位召平，曾是故秦东陵侯；秦亡，遂成布衣。因家贫，躬耕于长安城东，声名甚著。当年沛公军入关，萧何在咸阳闻其名，便招为宾客。平素只知他寡言，不露头角，焉知他种瓜种出了如此大的名气。

萧逢时遵命，返身去寻，众人却道召平久已不在府内。萧逢时便又出城去寻，见东陵侯果然在瓜田守夜。待萧逢时说明来意，却只得了召平一句答复："此瓜正逢时，正如人亦逢时，无暇他顾。"

萧逢时不知所对，只尴尬道了声："先生真乃知时长者。"便拜礼而别，回府中复命。萧何闻罢，哈哈大笑："此等逸民，勉强不得，明日我自去见他。"

次日夕食毕，萧何便换上布衣，带了萧逢时，徒步往城东而去。出城不远，即见东陵侯瓜田，果然是商贩云集，争相买瓜。

那召平年事已高，白发满头，着一身葛衣，正在田间忙碌，见萧何微服到访，大惊，忙抛下杂务，来到田头，向萧何一揖："何事惊动了丞相？这等地方，实有辱尊驾。"

萧何拣了个干净地方，与召平相对而坐，笑道："食东陵瓜，方知身边有奇人。虽知瓜美，却不曾见过召公之瓜田，故欲一睹为快！"

"丞相说笑了。臣家贫，不得已耳。"

"哈哈，此言就不诚了！公为我宾客，未闻用度拮据，莫非尚嫌不足，恨食无鱼、出无车吗？"

"丞相善察，我岂是求财之辈？小臣不才，然在前朝曾经显赫，必招人怨，而今无所依恃，或有人存心报复，若不抱朴守身，必遭大祸。"

萧何浑身一震，沉吟有所思，稍缓才道："难道，公种瓜，仅为示人以弱而已？"

召平便一指遍地金灿灿的甜瓜，道："丞相看此瓜，大者先摘，小者留存。人世间荣辱之道，也是一样的。"

萧何有所悟，立起身来，感慨道："我居百僚之首，不免有窃喜之心。闻先生言，方知藏拙善抱之智也。"

召平望望萧何，疑惑道："丞相忽来我这里，可有事吗？"

萧何遂躬身一揖："在下前来看瓜，本为消遣；不意数语间，竟得先生指教，不胜感激。"言毕，便索要了几枚瓜，教萧逢时捧着，告辞回府了。

走出数里之远，萧何不禁又回望，见召平皓首立于夕阳中，霞满白衣，宛若仙人，不由对萧逢时叹道："我虽显贵，暮年归乡时，若能淡泊如此，便是幸事。"

萧逢时想了想，回道："汉家非秦，丞相晚年……尚不至于此。"

萧何摇摇头，不再言语，只低头默默踱回府邸。自此后，于朝中诸事，更是百倍小心。

且说刘邦自平城归来，受惊吓不小，以为撞了霉运，后必祸事连连。然世间之事，偏就否极泰来，本年里，内外竟再也无事，一派安泰。自春起，宫室即迁至长安，入住长乐宫。唯刘太公恋旧，仍留栎阳宫不走，间或在骊邑小住。

此时后宫赵美人已有孕，若是生子，则皇嗣将有七子。刘邦想想，甚感满足，迄今膝下已有六子，即曹氏所生刘肥，吕后所生刘盈，戚夫人所生刘如意，薄夫人所生刘恒，其下还有刘恢、刘友①两幼子，每问安，可谓济济一堂。汉家河山，交于众多子嗣把守，焉能有失？

内外渐安，刘邦便益发随意。那戚夫人徙来长乐宫后，住在长信殿内，刘邦便时往长信殿走动，与小儿如意嬉戏，觉其乐无穷。由此一层，与那吕后便更显疏远，竟至数月也不见一面。

这日午时，有御史大夫周昌，为监察贪渎之事，入宫急奏。闻宦者告之："陛下在长信殿，已歇息。"

周昌知刘邦又去了戚夫人处，因事急，便径往东边长信殿谒

---

① 刘恢、刘友之母，应为刘邦后宫的其他姬妾，具体为谁，史籍不详。

见。 至殿外，闻内有男女嬉戏之声，不免怔了一怔，以为是戚夫人与如意游戏，也未在意，撩起帷幕便入。 不料，正撞见刘邦揽戚夫人于膝上，卿卿我我，做交颈状。 周昌大惊，掉头便跑。

"周昌，御史！ 你跑个甚？"刘邦唤不住，便放开戚夫人，跣足去追。

待追上周昌，刘邦一把揪住周昌后领，按倒在地，骑在周昌脖颈上，问道："来见我，为何忽然便跑，如见了鬼一般？ 跑个甚？见到酒池肉林了吗？"

周昌挺项道："不忍见如……如此君主。"

"哦？ 依你之见，朕似何等君主？"

"陛下就是桀纣之主！"

刘邦闻言哈哈大笑，放开周昌，道："说得好！ 且受我揖礼。"揖罢又嘱道："你既未见到酒池肉林，便勿与外人乱说了，我自当收敛。"

周昌资历深厚，耿直敢言，即是对萧何、曹参等重臣亦甚鄙之。 刘邦平素不畏物议，唯惧周昌直谏；经这次闯宫，对周昌就更有所忌惮。

过了炎夏，刘邦忽而静极思动，携了戚夫人与爱子如意，径往洛阳南宫，一住就是半年，只求与吕后愈远愈好。

如此换了新岁，是为高帝八年（前 199 年）。 冬十月，忽有边报驰送入洛，称韩王信所部余寇，袭扰代、赵，声势甚大，聚徒众数万，前锋竟到了东垣城下。 代、赵各郡县，城池残破，人民逃亡，地方不能自保，北疆几呈动摇之势。 车骑将军靳歙镇守东垣，自忖兵力单薄，担心有失，昼夜有羽书飞驰告急。

刘邦得报，不由得恼恨："天下安，食得饱，却偏有狂徒倡乱！如此天下，怎敢交予刘盈？看来，我活一日，便要厮杀一日。"

陈平见刘邦欲再亲征，便劝道："代赵固有边警，然有樊哙、陈豨坐镇，不可谓将不强；陛下只须添兵北上，贼势即平，何必披甲亲往？"

刘邦却道："你是给白登山吓破了胆！那韩王信虽不足虑，然冒顿可虑。非韩信、英布、彭越，不能制之。可是此三人，有兵便是祸患，又教我如何敢用？"

陈平见刘邦不听，心下愈急，强谏道："白登山侥幸脱险，事不可再，望陛下三思。"

刘邦便望着陈平，哂笑道："白登山又如何？你莫吓我！我舍了脸皮，与冒顿和亲，莫不成是空费力？我与他才成翁婿，他怎好意思领兵南犯？今代、赵之乱，不过王黄、赵利之流南窜。倘仅由樊哙平定，那天下枭雄，何人还惧我刘邦？此番亲征，无非大军游行一番，利多害少，却可扬名，你便无须多言了。"

如此，刘邦便点起五万人马，大张旗帜，冒雪北行。至东垣，与靳歙马军会合，号称十万雄兵，声震北疆。

那王黄、赵利等部，不过是趁乱取利的余寇，哪里还敢堂堂正正一战。见汉大军至，果然从各郡县望风而逃。太尉周勃率部一番追杀，斩获颇多，贼众向时所掠牲畜，遍地弃之。不出一月，北地便告廓清。

刘邦每日看捷报，甚是得意，笑对陈平道："如何？我不亲征，人不惧我，汉家又何以立威？"

陈平嗫嚅道："臣唯知冒顿不来，万事皆安。今汉家有个假冒长公主，便可抵得三十万军了。"

刘邦哭笑不得，指着陈平骂道："愚夫，敢笑我嫁女使诈！天下之大，只你一人知用诡计吗？"

当月，刘邦率军班师，路过赵地，因得胜而归，便也不急，只优哉游哉而行。于途中，刘邦对陈平道："我临战，虽败多胜少，然终究有胜，此战便是。今后王黄、赵利者流，当闻我名而丧胆。"

陈平乖觉，再不出言相忤，只道："汉家河山，已如磐石之固，猛兽亦奈何不得，况蝼蚁乎？"

刘邦闻言，不知是褒是贬，便笑道："你又是大言！此次荡寇，如无周勃，中尉恐又将与我逃命矣！"两人对视一眼，都仰头大笑。

再说那贯高在邯郸，闻说汉军班师，知时机已到，旋与赵午商议，召那府中十名武士来，慨然道："汉帝跋扈，吾王孱弱，此乃赵之耻也，非血溅三尺不能雪洗。今闻汉军得胜南归，戒备必疏，可以行刺，诸君建功之日已至。想吾辈一生，除此更有何求？今诸君为国除害，必为世人所仰。"

众武士齐声应道："愿从丞相之命，为国赴死！"

贯高即命道："诸君请易装北上，蹑踪汉军，寻机谋刺。"

十武士领命，遂换了便装，昼夜兼程，疾驰二百余里至柏人县（今河北省邢台市柏乡），终探明了汉帝行踪，知其当晚必宿柏人县内，便潜入馆驿，伏于茅厕夹壁中。伺半夜汉帝起来小溲，即乱剑杀之。

此计甚密，可谓万无一失。众武士也顾不得气味难闻，隐身于厕中，只待天黑夜半，出来一个便杀一个，要教刘邦死在这臭茅坑里。

且说汉军大队行至柏人，看看天黑，果然便要宿营。众军于城外扎营，刘邦则率诸臣投宿城内馆驿。入城之际，刘邦举目四顾，见县令率父老迎于门外，便随口问左右："此县为何名？"

夏侯婴在侧答道："柏人。"

"柏人？"刘邦早疑赵家君臣或有不轨，闻此县名，不由心中一跳——觉"柏"字近"迫"，甚不祥，遂下令道，"柏人者，迫于人也！今夜不得宿此，加紧赶路，至信都（今河北省邢台市西南）安歇。"

见夏侯婴还在迟疑，刘邦便向他背后一击："还张望甚么？宁走枉路，不做枉事。"

夏侯婴一凛，猛然醒悟，当下挥鞭驱马，便向城外驶去。

众军卒见此，只得又张起旗帜，随刘邦车驾向南疾行，至信都方歇。就此，刘邦竟在无意之中，又躲过一场杀身之祸。

那十武士在茅厕中藏了一夜，并不见有贵客入住。待天明时，悄悄出来打听，方知汉军已绕城而去，都跌足不已，只得怏怏返归邯郸。

闻知行刺未果，赵午恨恨不已，拊膺惋惜道："若成，正如兵法所言，是以十攻其一也，汉帝岂能逃脱？悔不该前次半途收手，饶过了他！"

贯高也是无可奈何，只道："汉帝有天命，尚不及亡。然诸君豪壮，可追古风，皆为当世之荆轲、聂政①。且缄口，只当从未有

---

① 聂政（？—前397年），战国时侠客，韩国轵（今河南省济源市东南）人，为春秋战国四大刺客之一。原为市井屠户，为报大夫严仲子知遇之恩，刺杀韩相侠累。

过此事，伺机再动。"

众武士慨然允诺，皆愿日后再效命。

刘邦侥幸躲过一险，却浑然不觉，只道北地已固若金汤，便命靳歙亦不必再留驻东垣，率全队随驾回朝。

大军一路上行止不定，一月后，方抵长安。正要好好歇息一番，忽有萧何上朝奏道："未央宫兴作，已有一年，如今初具规模，请陛下移驾察看。若有不足，可及时添造。"

刘邦不觉惊喜："新宫一年便建好了？丞相办事，果然神速。"说罢，便同萧何出西阙，往未央宫来看。

往日，刘邦只知有民夫无数，在长乐宫西侧负土垒石，却无暇多顾。后移驾洛阳，更是不知新宫建成了何等模样。这日进得未央宫，来至前殿，不觉就一怔——只见那前殿巍峨，屋脊高耸，望之几令人晕眩。

宫内有东阙、北阙、武库、太仓等处楼宇，皆宏丽之至。前殿之外，各起居殿阁，则有宣室、麒麟、清凉、金华、承明、高门、白虎、玉堂、椒房等数十处，皆是斗拱如龙，飞檐似翼，地面遍涂丹砂，精致远胜过长乐宫。

在前殿阶陛上，刘邦蹀躞往复，张望了几回，但见殿宇勾连，复道相接，似有楼厦无数，便问："新宫占地几何？有屋宇多少？"

萧何答道："周回二十八里，有殿阁四十，门户近百；尚不及长乐宫占地之大。"

刘邦便哼了一声："不小了！若再大些儿，我岂不成了秦始皇？"

"即是做秦始皇，又有何不可？臣以为：始皇乃一统之君，陛下亦为一统之君，兴国之宫室，总该求个规模阔大。"

刘邦未再作声，又走了数步，忽见前面有一阁道，凌空而起，如长虹悬于半空，直通长乐官，当下就吃了一惊："丞相，何必如此夸张？你是要抬举我做天上神仙了。"

萧何一揖道："比之阿房宫三百里，未央宫仅附骥尾，不可谓奢华。"

刘邦便止住步，勃然大怒："天下汹汹，苦战数岁，成败尚未可知。你我君臣行事，应示民以俭，令万民知天子悯其疾苦。历来为上者怎样，在下者就怎样，若天下都奢靡起来，有几多资财可堪挥霍？命你修治宫室，唯遮风挡雨而已，何以这般铺张？欲穷尽天下之力，为我一人独享乎？"

见刘邦发怒，萧何也不惊惶，只缓缓道："正是天下尚未定，故汉家须大治宫室，示民以威。天子以四海为家，宫室若不壮丽，又何以立威、何以统驭四方？且今日规模稍大，后世便无需再添造了，亦不失为节俭之道。"

刘邦仰头想想，才转怒为喜，嘴上却道："丞相到底是老吏出身，能言善辩，无论怎样，都是你对。罢罢，宫室既兴作，总不能拆了，来日权作西宫吧。然我却不能住——只恐住了要做秦二世！可徙太上皇居于此。太公因我颠沛多年，险些受烹，送他住进这人间瑶池，也算我尽了孝道。"

"正是。陛下如日月，万民仰止，天下便都乐于行孝。"

"唉！人变作日月，不分昼夜有人窥望，也未见得就好。想那始皇、项王，哪个不曾似日月？又能如何，还不是落得万民咒之？其中道理，我也想了数年，觉韩非子有一言，深得我心，即

'事在四方，要在中央；圣人执要，四方来效'。那法家驭民，如驱猪狗，我向来不喜，然韩非子此言，却为治世之窍门。始皇得之，而项王失之，这才有我刘邦登位之日。"

"陛下，秦法万不可效！"

"那是自然。秦法苛细，驱民如猪狗，民即变作遍地盗贼，朝廷纵有千军万马，又岂能制住举国滔滔？故我辈在上者，待百姓还是宽厚些好。然秦制却与秦法不同，实为万世维系之道。你看，中枢执要，四方来效，河山岂不皆似在渔网中？以一绳即可牵之。可叹那项王，懒于用心，不承秦制，偏要将天下瓜分，倒是如何了？五年即灭！故而我汉家，须废秦法而承秦制，要好好坐稳这龙首。"

闻此一番话，萧何才知：刘邦虽连年征伐，于治天下却也颇有用心，所谋甚大，与往昔霸上驻军时，已不可同日而语了。于是连连揖礼，满心折服道："陛下所思，臣尚不及思；然一砖一石，垒砌天下，乃臣之本分。"

至此，刘邦才渐露笑意："好了，这便劳烦丞相，于这未央宫四周，再添筑城垣，为天下之京邑，号为'长安'，昭告天下，再不迁都了。"

这日以后，刘邦果然未住进未央宫，仍在长乐宫理政及起居，久之，臣下也习称未央宫为"西宫"了。

此后数月无事，星移斗转，不觉又换了新岁。至高帝九年（前198年），刘邦出行洛阳之际，赵相贯高谋刺皇帝一事，忽然遭人举发。

原来当初谋刺未果，与谋者十数人后来每每相聚，提起此事，都扼腕叹息。那贯高在赵地，纠劾不法之事，一向甚严，不免就有怨家。朝中同僚中，有一怨家，对贯高怀恨在心，偶尔探得谋刺内情，便欲置贯高于死地，疾奔长安，至长乐宫阙楼，擂响了"敢谏鼓"，上奏变告。

刘邦接此人密奏，大惊，忽想起去年在柏人县，竟是侥幸脱险，当初所疑丝毫不差，不觉冷汗就冒了一身。当下冷笑一声："竖子，忍了你许久！"便唤了卫尉郦商来，命他持策书、符节，率禁军一队驰往邯郸，将那张敖、贯高一并逮住，押往长安刑讯。

受此一吓，刘邦也无心再在洛阳流连，翌日便启程还都了。

再说郦商领命，率五百禁军赴邯郸，闯入赵王宫，见了张敖，以策书、符节示之。

张敖见郦商入宫的架势，便知有大祸将至，待策书宣读毕，当即汗流如注，辩白道："陛下疑我乎？何其冤哉！那贯高行事，素来独断，我亦不知情。"

郦商早前与张耳也算熟稔，见张敖惶恐，叹了口气道："大王清白与否，可向汉帝面禀，臣仅奉诏而已。请大王召丞相来问话！"

不多时，贯高闻召而来，众禁军便一拥而上，将他掀翻在地，锁拿住。郦商展开策书，又宣读一遍，贯高这才知事泄，却面不改色，昂然道："此事确有，系贯某一人所为，无关吾王。"

郦商道："君上命捕你二人，下官不敢违。相国如有话说，可往朝中去说，恕在下失礼了。"便令众卒褫去二人冠服，各押上一辆槛车，递解长安。另有一队军卒，亦逮了张敖之母、诸兄弟及后宫美人，解至河内郡羁押。

大队人马行至南门，赵国诸臣闻之，都纷纷赶来，赵午及相府门客也在内。郦商见众人聚于途，群情汹汹，便恐生出枝节来，连忙向众人出示策书，宣谕道："赵王张敖、赵相贯高，谋刺天子，事泄，今朝廷捕之，余者皆不问。"

赵家诸臣闻诏，讶异万分，慌了片刻，便都伏地恸哭。

赵午知大势已去，遂起身，悲鸣一声："王将死，臣独活何为？"便欲拔剑自刎。众门客见了，也纷纷拔出剑来要自尽。

张敖在槛车中望见，只是落泪。那贯高虽披发戴枷，威仪仍不减平日，厉声喝道："谁令公等如此？此谋只与我一人相干，吾王不曾与谋。今朝廷捕我去，万事只我一人当了，吾王无端受累，乃是千古奇冤。公等若皆死，何人还能辩白吾王不反？"

众门客都怔住，只得收起剑来，聚到槛车旁，欲随赵王、贯高前往长安。

郦商见不是事，忙将手中策书一举，喝止道："有诏命：赵家群臣宾客，均不得随赵王行。若随行，诛三族无赦！"

赵国诸臣见朝命严厉，只能叹息落泪。赵午在槛车旁，伸手进去，执贯高之手泣道："与公一别，重逢无日。公慨然就义，我等又岂能偷生？唯静候公之音信，虽千里相隔，也要同日而死！"

贯高道："大丈夫，何必作小儿女之泣？老臣即是死，亦是死国，留名于世，若太行巍然，万年不灭，又何其伟哉！人活一世，如此夫复何求？诸君倒要多保重了，但求吾王无虞，便是幸事。"

郦商看不下去，一声断喝："罢了！"众禁军便上前，舞动长戟，驱离众人。

贯高紧握赵午之手，急嘱道："老臣罪当诛，累吾王受辱，国中一时无宰执。公身居要枢，须当起大事，勿负王命。若有事不能决，可报鲁元公主。"

郦商大怒："再多言，便是通谋！"

赵家诸臣只得向后退去，两槛车载着张敖、贯高离了南门。禁军各持短兵在手，前后相随，一阵尘头远去。诸臣眺望车队良久，当下哀声一片。

是夜，贯高门客孟舒、孟广、田叔、朱建等十余人，聚在相府商议。孟舒道："相国待我等恩重如山，值此生死之际，在下不能弃相国而不顾，便是死，也要随吾王赴长安。"

众门客道："我等也愿往！"

孟舒道："不如皆扮作家奴，随王而行。"

众人皆称善，于是纷纷剃去头发，戴了束颈铁圈，假作家奴模样，星夜骑马追去。

翌日，众门客追上押解槛车。郦商见了，颇怪之，问是何人。众门客答道："我辈为赵王家奴，昨日不及随行，专此赶来。"

郦商见是一群髡钳之徒，也未起疑，便命众门客跟在车驾之后，歇宿之时可以伺候赵王。

如此，一行人缓缓向长安而行。众门客强忍悲痛，每日为张敖、贯高备好饭食，尽力伺候。张敖虽叫不出门客名字，然尽都面熟，也知是相府死士相随，只是不敢声张。那槛车遮挡严密，贯高每日闭目而坐，不发一语。只在进食时，与众门客以目示意，全无一丝惧色。

待二人押解至长安，刘邦也不见，只吩咐交予新任廷尉①宣

---

① 廷尉，掌刑狱。秦始置，为九卿之一。

义，对簿问罪。

那宣义新任九卿高位，急于立功，然见了张敖，却颇感踌躇——想那赵王之号尚未褫夺，又是皇帝女婿，金玉之身，如何能下狱拷掠？于是将张敖别置一室，每日奉上美馔，只是不得与外人交通。一面便提了贯高来，对簿开审。

宣义早揣摩好刘邦意旨，只要逼问出张敖为主谋来，便可交差，于是劈面便问："足下为封国相，乃一方尊长，荣耀万分，朝廷有何负于你，竟要谋逆？"

贯高扬声道："朝廷固不欺我，然欺吾王耳！"

宣义喝道："问你的便是这个！赵王欲图不轨，是如何指使你谋刺的？足下可早些招来，免得受辱。"

那贯高在赵国，也时常亲问刑狱，哪里在乎这场面，翻来覆去只一句对答："柏人谋刺，确有其事，皆为吾及属臣所为，吾王实不知。"

宣义便冷笑："谋刺天子，岂是你一个相国敢为？如无赵王阴使，敢问足下有几颗头颅？"

贯高仰头笑道："贯某虽官居区区二千石①，然从先王张耳，举义资历，亦不输于汉王。今汉王得诸侯之力灭楚，以一隅而得天下，便来折辱吾王，天理又何在？吾王虽弱，亦是堂堂诸侯，汉王令吾王折节，我便要汉王折颈！君子报仇，何须受人指使？"

宣义大怒，一拍惊堂木，吩咐狱令道："来人，榜笞伺候！不

---

① 二千石，汉官秩名。汉郡守、国相之官俸，皆为二千石（粟），故彼时习称地方行政长官为"二千石"。石，今读 dàn（担），旧读 shí（石），古代容量单位，十斗为一石；亦为重量单位，百二十斤为一石。

吐真情，只管每日拷掠。"

狱令遵命，将贯高押至刑堂，扑倒在地，以竹条猛击臀背。贯高咬牙，一语不发。 如此，每日一刑讯，榜笞不足，又以铁锥刺股，致腿上血流如注。

贯高只是坚不吐口，那狱令嗤笑道："任是何等高官，来至此处，也是猪狗！ 廷尉只要足下牵连赵王，足下照做便是。 即便是诬言，不也可以解脱了？"

贯高不由大忿，詈骂道："人与猪狗，所异只在信义。 守信之士，即临鼎镬之烹，又何所惧哉？ 如你这等人，恐只配做猪狗！"

狱令暴怒，呼狱卒上手，复又加刑，贯高忍痛，数度晕死。狱令便以冷水泼醒，拷掠再三。 贯高呼痛之声，满堂狱卒皆不忍闻。 过了不几日，便身无完肤，竟是无可再用刑之处了。

狱令无计可施，只得报于宣义。 宣义来看了，也是无法，便下令停刑，待贯高创伤稍愈，再来拷问。

这日，贯高卧于竹榻，正在忍痛，忽闻窗外隐隐有呼声："相国！ 相国！"忙勉强撑起，蹒跚至窗口察看，见一莽汉正倚于窗下。 定睛望去，竟是那夜丛台下路遇的铁拐壮士。

只听那人低声道："在下已买通狱卒，佯作收溺水，只为见相国一面。"

贯高大惊："你怎知我在此处？"

"相国高义，长安士民无不口传，皆为相国抱不平，在下亦多有耳闻，方知相国羁押于此。 只不知相国何日能脱罪？"

"此来别无所求，唯一死耳，谈何脱罪？"

"相国抱定死节之心，但求青史留名，在下甚敬服。 然张敖不过一诸侯耳，死生天定，相国奈何以命报之？"

贯高大忿，疾言道："君子死义，不问贵贱。壮士休得多言，请速离去！"

那壮士长叹一声，从怀中摸出几粒紫黑野果来，迅疾递上："请相国收好。在下知相国义无再生，只悔当初未曾力阻。诏狱酷刑，非人所能受，不忍见相国蹈此水火。此野果，乃滇国的箭毒木①所结，我于日前觅得，赠予相国，若何时打熬不住，服下数粒，便可升仙。千年之下，忠义之士念及相国，亦当有人流涕。在下泯然一匹夫，实无力相救，就如目睹山崩而束手无策，痛在肺腑呀……"说到此，竟哽咽不能再言。

贯高接过野果，迟疑片刻，当即揣好，道："壮士之心，老夫虽魂魄化作鬼神，亦不敢忘，请速离去！"

那壮士见贯高收下箭毒果，方才凄然一揖，一步三回首，蹒跚离去。

且说张敖、贯高为朝廷捕走后，鲁元公主闻赵午进宫来报讯，也顾不得那许多了，唤了数名从人，改服易装，飞马潜入长安，直奔长乐宫椒房殿，向吕后哭诉。

吕后闻变，不由大惊："甚么？有这等事？那失心翁，为妖姬所惑，又要来害我婿！"言毕，即起身去找刘邦。

吕后见了刘邦，当即涕泪横流，斥道："你当年避祸芒砀，惶惶如丧家之犬，饮我所煮热浆，食我所蒸热饼，若非老娘冒死济之，恐早成饿殍。这才做了几日皇帝，便要加害我女，又是何道理？那鲁元，非你所出乎？竟是那审食其所出乎？何须你如此

---

① 箭毒木，桑科热带树木，本名"见血封喉"。其果实有毒素，树液含剧毒，生长于云南省西双版纳和海南省一带的雨林。

残害？"

刘邦闻听吕后言语非常，便也发火道："这是哪里话？ 我待鲁元，如何不似亲父？"

吕后拭泪道："那张敖，乃鲁元夫君，两人琴瑟友之，关你何事？ 为何要诬张敖谋反，捕来长安？"

刘邦这才想起，便冷冷道："张敖阴使贯高等人，在柏人县驿谋刺，有人举发，不得不审。 现张敖、贯高羁押于诏狱，自有口供出来。"

吕后便顿足道："那诏狱，何人进去能不招供？ 便是将我掳进去，拷掠之下，也只得承认谋反。"

"哼，皇后谋反？ 天下无此笑话！"

"那张敖为天子之婿，又何以要反？"

刘邦不由震怒，叱道："柏人谋刺，刺客藏于厕中，贯高已供认不讳。 那张敖若得逞，据有天下，还少了你这一女乎？"

吕后怔了一怔，又泣道："那张敖，杀狗尚且无力，拿甚么谋反？ 我看你得了天下，便失了心！ 老娘不与你理论，自去探望我婿。"

刘邦怒气未消，也不言语，任由吕后离去。

吕后带了从人来至诏狱，即高声呼喝，要见张敖。 宣义闻之，连忙赶来劝阻："皇后陛下，无符节，宫室与百官皆不得入。"

"我只看我婿，要甚么符节？"

"赵王今虽入狱，然绝无刑讯，饮食起居照常，皇后请无虑。"

"那贯高是如何说的？"

"赵相虽经榜笞，默然无所招供，一身担下了罪名，称与赵王无涉。"

"那还关着赵王作甚？"

宣义一时不能答，只得支吾道："贯高之言或不实，对簿尚未毕。"

吕后便大怒："宣义，你个甚么廷尉！老娘今日既来，自有来的道理。那张敖若谋反，我便也要反了！你官至九卿，莫非是赖榜笞所得？苦苦相逼，究竟有何利可图？莫非逼出口供，你便可加封诸侯王吗？我今日方知：天下冤狱，皆是你这等酷吏所为！老娘今日有言在先：若将那贯高笞毙，死无对证，我必令你死无完尸，除非我死在那失心翁之前。"言毕，冷笑一声，便拂袖而去。

宣义面如土色，怔在原地，竟不能动弹，心中将吕后所言权衡了半晌，觉自家万万担待不起，只得入宫向刘邦禀报。

见了刘邦，宣义便将刑讯贯高始末，逐一陈明。刘邦起先尚面带冷笑，闻听贯高身无完肤，仍坚不改口，便有所动容，赞道："壮士！如此，赵王是否主谋，倒是难断了。"

宣义想到吕后适才威胁之语，心有所惧，忙奏道："贯高，绝非常人。其伤甚重，不可再加刑了。"

"也罢，权且将他羁押于狱中，从长计议。不知那群臣之中，可有人与贯高相熟否？若有，可以私下询之。"

宣义得了上命，便教狱令为贯高敷了药，任由他将养。又遍访群臣，终探知中大夫①泄公与贯高有旧谊。

刘邦闻报，立即召泄公来问。泄公禀道："贯高，与臣同邑

---

① 中大夫，秦制官职，汉代沿用，掌论议。

也，略有旧谊。此人耿直，在赵地无人不知，乃守名节、重然诺之士。"

刘邦道："既是如此，甚好！公可持节，去狱中探视。私下里问明：赵王究竟是否主谋？"

泄公领命，便持符节急往诏狱，叩门大呼。待狱令迎出，泄公以符节示之："上命臣劝慰贯高。"

"贯高？"那狱令将符节接过，看了又看，仍不敢放入，急去请了宣义来。

待宣义赶到，验过符节，问了泄公数语，才开门将泄公放进。

泄公来至贯高监室外，待狱令打开门，见贯高伤势甚重，斜倚榻上，已奄奄一息。泄公心中大不忍，急忙来至竹榻前，轻唤数声。贯高睁开眼，仰头望了片刻，忽而眼睛一亮，挣扎欲起："来人……莫非是泄公？"

泄公连忙扶贯高卧好，道："正是在下。闻贯公在此，特来探视。"

"那宣义，怎能允你进来？"

"这个，我自有疏通。"

贯高见了故人，不禁热泪长流。泄公便在竹榻边坐下，嘘寒问暖，说了许多安慰的话。两人谈兴渐浓，一如平生之欢。如此，话题由远及近，便谈及入狱之事。泄公不住叹息，忽又似漫不经心问了一句："那赵王，到底是否主谋？"

闻此一问，贯高当即警觉，料定泄公乃是刘邦遣来试探的，于是答道："我今谋逆，论罪三族皆死。若供出赵王为主谋，则我诸亲皆可活。以人情世故论，谁不爱己之父母妻子？赵王若反，我怎能为他瞒得住？我虽为臣，又怎能弃亲属性命不顾，去换他一个赵王活？ 然赵王确乎不反，我又何以忍心诬之？ 此谋仅我等属官为之，与赵王实不相干。"

泄公叹道："公乃赵之名人，素有高节，却如何做了这等事？"

贯高便将诸臣为赵王抱不平，私下与谋，而赵王实不知等先后情状，详述了一遍。

泄公听了，心中有数，忙嘱道："公勿心急，好生将养便是。赵王冤情，终可辩白。"遂唤来狱令，留了些钱，嘱其万不可亏待贯高，便告辞而去。

待泄公出狱门，见了宣义，便邀其一同入见君上。 进得宫中，泄公将所探得谋刺始末，禀告刘邦，刘邦方才释然："原来如此！ 果然冤枉了小儿。"

宣义在侧又禀道："臣有属下探知，贯高门客十余人，为辩白赵王，皆扮作钳奴，一路跟来，誓不弃旧主。"

"哦？ 倒是离奇得很！ 这便回去吧，将张敖赦了，送至皇后处。"

宣义领命，立即退下，回狱中去放人了。

刘邦又对泄公道："贯高重然诺，不肯诬主，乃古之侠士遗风，实属难得。 今之世，人相戕害，父子尚相疑，况乎主仆？ 应厚赏此人，以正风习。 公请再往狱中告之，赵王既赦，请贯高多将养几日，其谋逆之罪，也一并赦了。"

泄公大喜，出宫即驱车至诏狱，入贯高室内，坐于榻边，高声唤道："可贺可贺！ 今赵王已然蒙赦。"

贯高本倚在榻上，昏沉似无知觉。 闻此言，忽地便惊起问："吾王果然出狱了？"

泄公道："公请勿疑。 君上盛赞公为贤者，不日也将赦出。"

贯高便缓缓撑起身，蹒跚踱至窗口，张望许久，喃喃道："吾所以忍刑不死，并无其余牵挂，唯欲辩白赵王不反。今吾王出狱，吾责已尽，死亦无憾矣！且人臣负此篡逆之名，还有何脸面再事今上？纵然不杀我，我岂能无愧于心……"

泄公听出贯高心事，便低头细思，该如何与他宽解。过了半晌，不闻贯高再开口，抬头一看，见贯高面色青紫，身体已僵。泄公大惊，急起用手试探他口鼻，却是呼吸全无，端的是服毒而死。最可骇怪者，乃是那僵躯竟倚墙而立，昂然不倒！

泄公连声急呼，众狱卒抢进屋来，见此也是慌了，忙与泄公一道，将贯高置于榻上，千呼万唤——但哪里还能唤醒？再看贯高手中，尚有黑果数粒，当是毒物无疑。

泄公不意有此骤变，登时抚尸大哭。宣义闻讯赶来，亦是惊出满头大汗，连忙赴阙禀报。

刘邦闻报，愕然半晌，唏嘘道："奇士，奇士呀！赵家竟有这等辅臣？吾儿刘盈，福气不如张敖了。且厚葬了他吧，速召张敖来。"

且说张敖获释后，正在椒房殿吕后处，与鲁元公主相对垂泪。吕后在旁愤然道："你二人，也无须再回邯郸了，就在这椒房殿住下。不信老娘裙带之下，还有人敢来加害！"

闻刘邦宣召，张敖知事情将有分晓，便急忙入宫中面谒。

刘邦见了张敖，叹了一声："你知否？贯高已死，万事便也了结。令堂与诸兄弟押于河内，而今一并开释。然你僚属犯上，你为王，总不能无过；这个王，看来是做不得了，且封为宣平侯吧。"

张敖闻贯高死，心头一震，险些当场落泪。然好歹自己保住了命，哪还敢计较，于是忙伏地谢恩。

刘邦又道："贯高门客十余人，扮钳奴从你入关，倒是侠义。这等豪杰，不结交是可惜了，且去唤来我见见。"

张敖便去长安市中，寻着了十余名门客。众门客早知贯高已自尽而死，正悲不自胜，各个白布缠头，商议如何扶枢还乡。此时闻皇帝宣召，皆感惊异，张敖便道："诸君请勿疑。相国为我而死，今上称其贤，欲召见诸君，以为嘉勉。"

孟舒等十余门客，这才松一口气，都随赵王进了宫。上得殿来，十余人皆是一身素白，顶发皆无，只以白幅巾抹额，颇显怪异。殿前郎卫们见了，不由都一凛，连忙横持长戟戒备。

刘邦见这一众门客，各个器宇轩昂，知其绝非俗流，当即慰谕道："贯高侠义，朕久不闻世有此风。如今不幸亡故，朕亦感哀伤，已令治粟内史拨公帑，迁枢还邯郸，厚葬于乡。闻诸君随赵王入关，不避斧钺，为王辩白，堪称是当今贤者了。惜乎日前曾有谋逆，故不可不加罪，以示惩戒。"

那孟舒便禀道："陛下恩典，臣等自是感激。然孔子曰：'志士仁人，无求生以害仁，有杀身以成仁。'陛下无礼于吾王，吾辈为王争名分，甘冒杀身之祸，是为成仁，故原本便无罪。"

宣义在旁，闻之不悦，斥道："你这是如何说话？韩非子亦有言：'公心不偏党也。'尔等唯贯高是从，就是结党；谋刺今上，就是偏私；如何能说无罪？"

只见那门客列中，朱建抢出一步答道："廷尉言及公私，臣便斗胆问廷尉：何谓公？何谓私？臣以为：忠君，即是至公。我辈不图资财，不为爵禄，唯愿为赵王争名分，又怎的是私？"

宣义未料会受顶撞，一时语塞。樊哙见之，则大怒，叱道：

"甚么至公至私？竖子便不怕死吗？"

田叔应道："蝼蚁贪生，义士则求死。汉家既然宽仁，吾辈难道不能求死吗？"

众臣闻之大愤，欲加诘难，然仓促间却是无辞以对。

刘邦开怀大笑道："好好！都无须再争了，此处又不是学宫。朕酒后疏慢，竟惹出这一场大祸来。我只问诸君：赵王、贯高虽免罪，然诸君触犯刑律，却是法不能容，可有人悔之？"

十余人齐声答道："无悔！"

刘邦当即起身，赞道："甚好！往日恩怨，从今起，便毋庸再议。朕万想不到，贯高府中，竟如此济济多才！今赦尔等无罪，亦无须东归了，且留长安，来日遣往各郡国，为我效力，都做个二千石的职官，为我守好郡县。"

众门客闻之，互相望望，心中悲喜交集，踌躇不作答。群臣在旁，急忙递眼色，门客见了，仍无所应对，急得樊哙大喝："叩头，叩头！竖子还想如何？"

众门客泪流满面，迟疑再三，方伏地叩首谢恩。

这日之后，遵刘邦谕令，贯高善后事宜，皆由萧何出面操持，将贯氏妻儿自赵地接来，入殓致祭。百官慕其名，也多有来拜祭的，祭罢，遣公差扶棺枢返乡。

枢车出城之日，长安百姓无不悲戚，成群伏于道旁，焚香礼拜。众门客一身缟素，扶枢东出长安三十里，方啼泣而归。自此，贯高之名，风动天下。后孟舒、田叔、孟广、朱建等人，官声甚著，子孙也累代在朝为官，皆为二千石之职，此为后话。

嗣后，刘邦便下诏，徙封代王如意为赵王，代国撤废，原代地并入赵国，仍令陈豨代为守土。

贯高谋刺一事，到此方告平息。此案中，另有张敖所献赵美人，竟也无端遭受株连，其终局实属可怜。

原来，郦商早前赴邯郸之际，先就奉了上命，逮赵美人下狱。赵美人在狱中受苦不过，哭诉于狱令道："日前得君上临幸，已有子。"狱令不敢隐瞒，急报入宫。怎知刘邦正值盛怒，竟不予理睬。

赵美人之弟赵兼，此时赶来长安，亲往审食其府中求见，哀恳审食其出面，请吕后从中转圜。审食其受托见了吕后，说明原委，吕后却妒火中烧，不肯为赵美人辩白。审食其知妇人之妒，向来不可理喻，也就未再勉强。

如此，赵美人在诏狱中，不数月便诞下一子来，即刘邦少子刘长。赵美人抱婴儿苟活于铁槛中，几为世人所忘，思前想后，甚觉生之无趣，竟用丝带在梁上结了个缳，一死了之。次日，狱令见了，大惊失色，慌忙抱起婴儿送至宫中。

刘邦见那婴孩活泼可爱，逗弄了两下，不禁生出悔意来，悔不该将无罪的赵美人活活囚死。叹息再三，遂令吕后为刘长之母，厚葬赵美人于其故里。可叹一代娇娘，就此香消玉殒，竟连个真姓名也未留下。

这年入秋，关中田禾大熟，仓廪充实。那关东故楚诸大姓与故齐田氏，共计十余万口，经刘敬亲自督促，已陆续徙入关中，定居长安一带。长安人口顿时繁盛。一时五方杂处，言语庞杂，俨然成了冠绝天下的大邑。

京畿一带，自此豪徒纷聚，侠客如云，多有结纳权贵、仗势逼强的。新接掌近畿治安的中尉丙猜，几不能禁，诸种不法犯禁事，皆上请丞相裁夺。京城治安，由此上交朝廷，此风一开，延及后世，竟是两千年不断；后世有史家论及，皆指此为刘敬之失。

于此，刘邦也甚是无奈，索性令新任御史大夫周昌，仍兼顾原职，助中尉丙猜执掌长安戍卫。

当此际，未央宫已告建成，长安城更是堂皇无比。萧何入朝奏报，刘邦闻报大喜，要在未央宫行"大朝"，大会群臣与诸侯。

诏命一下，各路使者便四出通告诸侯王。稍后，刘邦又唤来郎中令王恬启，吩咐道："小舅，未央宫既成，乃咱家一大事，不可冷落了阿翁。你这便往栎阳，迎太上皇来。"

王恬启领命启行，数日后，便迎来了太公。待四方诸侯集齐，刘邦便在未央宫前殿置酒高会，与众人同贺新宫落成。

这日筵宴之盛，乃前所未有，案头水陆齐备，珍馐如山。开筵前，百官列于丹陛下，人头攒动，喧声如沸。待刘太公车驾幸临之时，诸臣皆伏于地，齐声祝颂。

太公下得车来，进了北阙，走在陛路上，目睹卤簿五色，耳闻笙簧齐鸣，便是一阵头晕。家令乌承禄连忙将他扶住，缓缓从执戟列伍中走过，受百官之拜。

刘太公慌得直摇手："使不得，使不得！我何人哉？如此，岂不要折寿？"

乌承禄急忙附耳道："群臣所拜，实非太公也。"

刘太公望望乌承禄，恍然大悟，苦笑了一下，只得对群臣连连拱手。至前殿，见阶陛皆涂红，是为"丹陛"，太公又不敢踏足了。乌承禄忙上前扶了一扶，太公这才拾级而上，于主座面东而坐，刘邦与诸臣这才各自入座。

刘邦头戴刘氏冠，威仪非常，于座上开言道："今日群贤齐集，同贺新宫落成，堪为汉家千载盛事。我汉室方兴，承秦之制，一统海内；然除秦之苛法，宽以待民，期之以万世传续。唯愿此宫，他日不要似阿房宫被一火焚了。我自幼好武少文，然也知秦亡之鉴，在于骄矜无度。故汉家君臣，不可行事无度。有度，则山河永固；无度，则暴起暴亡。这道理，诸君不可不察也。"

群臣齐声称是，樊哙更是高声道："我等屠狗织席之辈，今日坐庙堂之上，当知足矣，何人还敢无度？"

刘邦瞥他一眼，笑道："你是每饭不忘屠狗，不要终落得回家屠狗。"

樊哙正欲辩白，众人却腾起一片哗笑。

刘邦示意群臣噤声，又道："今日汉家，法度渐明，诸君不得视若无物。以朕所顶戴刘氏冠，自明日起，第八等爵以上，亦即乘公车者方可以戴，以示尊贵；非公乘以上者，不得戴。"

群臣闻听，皆一惊，稍后便齐声称诺。

刘邦环视群臣，微微颔首，又提高声音道："大业既成，须常思开辟之难。诸公冠带，不知由几多人死了才换得？今日环顾座中，不复见纪信、郦夫子、周苛、奚涓等诸友，能不悲乎？我辈虽得这天下，然先死之士又怎能再生？我于梦中，常见有血流漂杵之景；夜半惊醒，就再也睡不成。各位俱为功臣，想想早死之人，便不可忘形。我有言在此，请诸君戒之：万勿纵容子孙跋扈，致犯禁坐法，闹得三代之后便夺爵除邑，那就怨不得我刘邦了！"

众人闻之，皆感悚然，殿上立时鸦雀无声。

刘邦也不加理会，起身离席，双手捧一尊玉卮①，盛酒四升，来至太公席前，为太公敬酒，高声道："往昔之日，大人常言季儿不可依恃，不能治产业，不如仲儿得力。今日看我刘季之业，所成就者，与我仲兄相比，谁多？"

众人闻此言，初觉愕然，继之都掩口暗笑。

刘太公略一发窘，旋即笑道："那刘仲的气力，总还比你强些。"

"阿翁，你那仲儿日前怯敌，弃国不顾，私自逃回洛阳，现已降为侯。连个王冠都戴不稳，气力又有何用？"

群臣听到此，再也忍不住，都开怀大笑，齐呼"万岁"不止。

大朝之后不久，便是高帝九年（前 198 年）新岁，诸侯尚未返国。元旦日，有淮南王英布、梁王彭越、燕王卢绾、荆王刘贾、楚王刘交、齐王刘肥、长沙王吴芮等七王，相偕入长乐宫朝贺。

长安初入冬时，偶也有艳阳如春，照得满庭明亮。长乐宫前殿阶陛上，郎中执戟，禁卫张旗，威仪更甚于往日。诸侯由谒者引入，皆服新袍，前后织有章纹，望之灼灼耀目。

司掌迎宾的大行②官，侍立于殿前，依次传呼诸王进殿，向刘邦致贺。

刘邦头戴刘氏冠，身披彩绘龙凤玄袍，端坐于中央，受七王之贺，不由满心欢喜，宣谕道："今八方诸侯齐集，仅闽越王无诸，因路远未及来朝，然此盛景已足观。汉家维天之命，据中国而临

---

① 卮（zhī），古代盛酒的器皿。

② 大行，官职名，掌迎宾及外交。

八荒，有龙首，有指爪，有龙尾，何其壮哉！ 我忝为龙首，诸君方为干城之才，委屈做了四肢八爪。 还望诸君同心，致力于天下复苏。 务求路无饿殍，民无鸣冤，总得要好过那暴秦才是。"

英布、彭越等异姓王，因韩王信叛逃之故，都感心神不安，哪里听得进这许多堂皇话？ 只是俯首应诺，敷衍而已。 另有刘氏三王，则踌躇满志，刘贾更是高声应道："陛下雄踞关中，四海宾服；齐楚千里之地，子弟亦可保无虞。 坐天下，以往思之有如做梦，今日看来，不过如此尔尔。"

刘邦便笑道："又是大言。 治天下，岂是昔日游击可比？ 子弟又如何？ 那刘喜废才，也只配在长安卖饼！ 我汉家地广，唯赖诸君及子弟分守，日夜勿松懈。 唯愿我有生之年，不再动干戈。"

诸王皆同声应诺："勉勉我王，纲纪四方！"

此时，叔孙通率众弟子立于殿侧，白衣垂袖，齐唱《周颂》："烈文辟公，锡兹祉福。 惠我无疆，子孙保之……"君臣皆肃立，屏息静听。

唱诵毕，诸王分座，刘邦御赐酒宴。 一队涓人手捧酒卮，鱼贯而出，为诸王斟上法酒①。 君臣各进三杯，行礼如仪。 仆射即高呼道："罢酒！"君臣便又起立互揖，举座尽欢。

刘邦笑道："我辈费尽牛力，方夺得这天下，若无规矩，与里巷恶少又有何分别？ 不如此复礼，无以称家国。 诸君若不惯，也须忍忍。"

诸王哪里敢有异议，都只是说好。

———————————

① 法酒，古代朝廷行大礼时之酒宴。因进酒有礼，故有此称。

刘邦便又道："诸君可不要阳奉阴违，朝仪既定，便是汉家之法。明年此刻，七位再来，不要有缺席。"

元旦朝贺罢，诸侯见迁延日久，担心国中有事，便都匆匆离了长安，各归其国。

年来春夏无事，风调雨顺，眼见得是汉兴之后最平顺的一年。这日，刘邦忽想起：韩信已有一年多不见，不知是否还安分？问起中涓，只道是韩信失职，四年间托病不朝，不奉召侍行，已成常例。

刘邦当下便感不安，急唤来周昌，问道："你为我泗水亭旧部，素知内外轻重，今兼掌长安禁卫，可知韩信动静？"

周昌答道："陛下所虑，便是我性命大事。兹事体大，臣怎敢疏忽？有眼线密布淮阴侯府四周，韩信一动一静，皆在臣之股掌中。"

刘邦喜道："那好！竖子近来可安分？"

"淮阴侯虽负气不朝，然亦无异常，平素几无交往，只与留侯过往甚密。"

"哦？他与张良商议些什么？"

"臣曾问过留侯。留侯道：'陛下曾嘱萧丞相定律令，嘱留侯定军法。'留侯便邀韩信一道，删定春秋以来诸家兵法，用以参酌。"

刘邦听了，拈须良久，叹了一声："子房兄，用心良苦啊！韩信这豺虎，果真是在笼中了。"便命周昌速往留侯府邸，取些二人删定的兵书草稿来。

隔日，周昌携了数卷兵书，呈给刘邦，道："留侯闻陛下留意删兵书事，极表感恩，命臣随意选了带回。还特嘱臣转告陛下，他与韩信二人联袂，已搜齐古来兵书，凡一百八十二家。至年前，已删繁就简，取用三十五家，尚在编纂中。简册如此之多，臣实不知该如何选拣。"

刘邦好奇道："你拿来的是甚么？"

"此为淮阴侯亲撰《韩信兵法》，仅成三篇。臣以为或有大用，特向留侯借得，请陛下过目。"

刘邦接过，急忙解开一卷，看了两眼："哦？《项王篇》！甚好甚好。容我嘱人誊抄好，你再交还留侯。"

周昌正要离去，刘邦又叮嘱道："韩信竟能静若处子，实出朕意外。普天之下，也唯有子房能挟制得住他了。你只管照常密查，不得大意。"

周昌领命而归，心知刘邦放心不下韩信，便又指派得力属吏，与韩信府中人多多交往，阴探其私下所为。

且说韩信年前在送走陈豨之时，尚存谋叛之心，今见韩王信谋反不成气候，几近流寇，知世事已与秦末大不同。如今汉家无为而治，就好比秦始皇弃了苛法，天下还是那个天下，却宽待了百姓，百姓当然拥戴，又怎能生变？想那秦末时，倒行逆施，又钳制甚严，民不堪其苦，故而群雄并起，天下响应。而今，万民感念宽政，全无忧患，何人又有心毁家作乱？

如此一想，韩信的事功之心，渐渐也就淡了。每隔三五日，便带了家老郤（qiè）孔，骑马去张良府上，切磋编纂兵书。主仆两人，皆服白衣，骑纯色白马行于市中，粗看不过是富家主仆，细心者方能辨出是豪门中人。

这日后晌，两人又去张良府邸。出得门来，驱马方至巷口，就见一落魄壮汉，蹲在路旁。韩信拿眼扫去，见他衣衫褴褛，满面尘灰，心里就是一叹：当年若是混迹闾巷而不出，至今怕也正是这等模样。人之贵贱沉浮，神人也是难料！

那壮汉见有人路过，头便抬了一抬。韩信忽觉眼熟，细一辨认，此人不正是昔年汉中道上所遇的壮士吗？

此时，那人也将韩信认出，脸上便一阵惊喜，连忙起身。两人对揖罢，相对而笑，却都叫不出彼此名字来。

韩信便问："壮士，数年不见，何以沦落至此？当年远行，可曾抵达南海之渚？渚上可有仙人优游？"

那壮汉脸忽地一红，踟蹰道："唉，一语难尽！世间事，总是亲见大不如耳闻。"

此时，正有一个酒肆店伙，担了酒桶，从巷中路过。韩信见了，便对壮汉道："想你此刻也无事，不如前往酒肆一坐，从头道来。"

那壮汉赧然道："看军爷今日，定是已发迹，或为王侯也未可知。鄙人碌碌经年，颠沛千里，却是沦落到不如从前了，实无颜把酒叙旧。"说着，抖抖身上那污脏白袍："看这衣袍，当年还是军爷所赠，已是褴褛至此了。"

韩信拽住他衣袖，含笑道："壮士何必拘细节？人世相逢，同心乃为至贵，且随我来。"随即吩咐郅孔："你且先赴留侯府，我与故人闲谈数语，稍后便至。"

二人来至路边酒肆，于柜前坐下，要了两碗村醪，对酌倾谈。

韩信问道："闻说赵佗在南海郡自立，五岭已不可通；壮士此行，想必是颇为不易？"

壮汉便赞道："那赵佗，倒也是个人物！他原是秦军一员副将，秦末趁乱出头，竟然自封了'南越武王'。虽下令封关，不与中原通，然南越也因此未遭兵灾。五岭各关上，守卒只拒大军南下，对流民倒也禁格不严。鄙人本为游士，耐得辛苦，自荒草棘丛中寻路，也就攀爬过去了。"

"原来如此。那赵佗，是北地何处人？"

"真定人氏。"

"壮哉壮哉！惜乎在下无此好运。闻听象郡①、桂林二郡，也入他版图了？"

"正是。目下之南越国，东西纵横千里，以'和揖百越'为要旨，波澜不兴。"

韩信闻听，似有所动，颔首叹道："今昔果然势已不同！草民于今所望，只是一个安稳。欲再登高一呼，海内沸腾，怕是不易了。"

两人又对酌片刻，韩信忽而一笑："幸逢壮士归来，你我却在此言不及义，说起甚么赵佗来！我只问你：可曾寻到'夸风'之仙？"

那壮汉仰头笑道："军爷有先见之明。想我中土万里，无奇不有，尚且难觅一个两个仙人；那南海之渚，尻尾大个地方，又何来仙人？在下乘舟登岸，方知彼地尚未开化，人皆赤身而行，栖于林间，食杂果鱼虾，粟米皆由番禺贩至。百姓在市中贸易，不知用铸钱，只将那海贝作钱，犹如上古。最可笑之事，市中竟有那三五闲人，常问我：'南渚之盛，胜过中土几许？'此等笑谈，无日

---

① 象郡，秦始皇所置"岭南三郡"之一，辖今之广西西部和越南中北部。另外两郡，为桂林郡与南海郡。

无之。 或者，这便是'夸风'之所在吧？"

韩信怔了一怔，不由便笑："愈卑之，则愈夸之，自是常例耳。"

那壮汉又端详韩信半晌，道："向时在汉中道上相逢，军爷就已是校尉了；这许多年过去，汉家得了天下，军爷再不济，也应做了将军吧？ 然细察军爷神态，富贵中却有杀伐气，倒不知是何故了？"

韩信苦笑道："刀剑杀伐，早已成过往，我倒宁愿仍为将军，可以恣意驰骋。 今虽显贵，却是如髡钳之徒，欲效兄云游四方，那是奢望了。"

"军爷果然是做了王侯，然意态为何如此不振？"

"临其境，方知其无趣。 正如兄之遥想南渚，或有神山仙人，美妙无伦，即使跋涉万里往投，也在所不惜。 彼时兄之意气，磅礴如虹，何其昂扬？ 而今真正领略了南渚风土，见岛上并无仙，所遇无非庸碌之徒，兄之意气，能再如当年了吗？"

"不能，吾气已泄矣。"

"着啊！ 王侯人人仰之，却不知其位之险，其心之苦。 凡操弄权柄者，焉能不如履薄冰，总不免有失足之时。 如有得咎，便落得个满门皆斩，此等险途，有何可羡之？"

壮汉闻此言，脸色不禁黯然，半晌才道："兄已洞察幽微，固然是好，然眉宇间杀伐气未免太重，不如及早抽身，隐遁于江湖才好。"

韩信摇头道："隐于市，或可以；隐于江湖，今上已不能容了！"

壮汉面露惊愕，沉吟片刻，拍拍所携米袋，道："弟流浪日久，只须这米袋有米，足底便有路。贵如兄者，弃荣华，辞富贵，莫非很难吗？"

韩信只道："由贱入贵，譬如攀爬，上去了便万难下来。当年我做校尉时，若弃了兵刃，与兄同游南渚，或非难事；然今日……怕是不成了。"

壮汉脸色白了一白，摇头叹息道："福祸无常，兄须小心些。"

韩信摸摸自己头颅，笑一笑道："我不反，便无人能取此物。倒是兄长，既无仙人可寻，又身陷困顿，仍奔波于途，所为者何？不如这便随我去，在敝舍中屈就，也免得栉风沐雨。"

那壮汉眼中忽现悲情，将碗中酒一饮而尽，起身一揖道："列子曾言：'不知吾所以然而然，命也。'兄乃贵人，事多无暇，不必牵挂我这废人了。今日重逢，不知今后尚能再晤否？昔年相识，兄曾赐我白袍，我披上身，于途中便有无穷胆量，虫蛇虎豹，皆无所惧，在此当俯首谢过。然寻仙梦破，小弟往昔之虚骄气，便也随风而去，终知人生在世，多活一日便是好。任凭何等功名，也与'夸风'般不可依恃。我今虽困顿，尚不至饥渴而毙，能沐风鼓盆而歌，便胜过那道旁白骨，故不必与兄攀附。就此别过，还望兄多多保重！"

说罢，壮汉挎上米袋、操起藜杖便走。韩信连忙起身去拽，哪里还能拉得住？那壮汉步履雄健，一如当年，转瞬便隐于人群中了。

韩信不知那壮汉为何没了谈兴，说走就走，不由得心生惆怅，只得付了酒钱，骑马来至张良府邸中。

张良见韩信神色不快，便问起缘由，韩信遂将巧遇故人之事，讲了一遍。张良笑道："韩兄打算忘情于山水间，也并非奢望。"

韩信摆手道："唉！ 今日君上，已非当年汉王了，如何肯放我出长安？"

张良便笑："韩兄只须寸步不离我，即是象郡，也是可去得的。"

韩信望望张良，忽然有所领悟，惊喜道："弟倒是未想到这一层！"

张良便道："昔日弟在定陶，曾遇一卖荷女子，说过一番话，惊出我一身冷汗来。 此女曰：兵戈虽息，人心仍险，就如刀剑环伺。 闻此女言，如茅塞顿开，当世有此见识者，寥寥而已。 数月前，长沙王吴芮至舍下，讨教保全之道，我只是点拨他：承平时日，国中养二十万兵，绝非良策，而是取祸之道。"

韩信便笑："那胆小鬼，吃你这一吓，还敢养兵吗？"

"吴芮旋将二十万兵，尽数送给了荆王刘贾，于人于己，都做了件善事。"

"那吴芮无能，即是五十万兵，又有何用？ 依兄之论，弟当年在楚王位上，若握有二十万兵，恐在云梦便不能生还？"

"这个嘛，可想而知。 云梦之厄，韩兄不可淡忘。 今日兄不做诸侯了，君上再不会为难你，然欲杀你之人，今日不出，明日也将出。 不为他故，只因你战功甚大，为人所不及，故有人恨不得你死。 于此，兄无所惧，弟倒是替兄担着心呢！"

韩信听罢，忽就想到壮士所言之"杀伐气"，不由脸色苍白，欲言又止。 张良会意，连忙嘱左右家臣暂且退下。

韩信见四周无人，方道："不想天下安，吾命却凶险至此，如何才能解脱？ 还请子房兄教我。"

"这个么，兄也不必自扰。 向日在洛阳南宫，陛下曾当众赞许'汉家三杰',亦即你、我、萧丞相也。所谓三杰,便是鼎之三足也,若欲除去内中一人,须得借助其余二人之力。"

"哦?也是!那萧丞相,当年曾举荐我做大将军,今日必不会害我。"

"昔在定陶,闻那卖荷女之言,句句如鸣镝,令我心惊。想到功臣自保,原来在于术,而勿托庇于他人之仁。就萧丞相而论,当年曾举荐你,有如放贷;今日若欲毁你,便是要收本息了,也是并无愧疚的。"

韩信不由扶案惊起:"丞相有此心?我岂非危殆矣!"

张良便笑笑,按住韩信坐下,缓缓道:"兄若有危,君上必询我与萧何之意。我今虽抱病躯,然尚可活十数年。有我在,兄自可无虞。待到刘盈掌天下时,便无人能撼我辈了。"

韩信这才长舒一口气,歉然道:"子房兄,我与你交往多年,以往却是大不敬了。今日方知,你不单有奇智若神,且仁心宽厚。待兵书编罢,我便随你去隐遁,天南地北皆可。"

张良起身,徐徐踱至窗口,张望园中片刻,方回首道:"你看这窗外,处处是障目之物,不得舒展。此等压迫之物是甚?即是那王位、爵禄、子嗣、财帛、名望……重重叠叠,如何不教人气闷?昔年我于博浪沙谋刺秦始皇,事败逃匿,曾避居于云台山中。那山上村寨,仅七八户田舍家,临一潭碧水。出则见日月,入则见泉瀑,远望可见千山万壑。生而成仙,不就是此境吗?"

"云台山?当年我驻军大河之北,即在彼地,可惜不曾进山中探访。今日王侯也做到了这般地步,方有所悟:求富贵者,必遭灾祸;求淡远者,易得至福。当下世事由乱入治,祸起恐就在朝堂,我等还是远避为好。编纂告毕,你我便同赴云台山好了。"

张良笑道:"不忙不忙,今上若能四处征战,便不是你我退隐之时。 留待他日,再作打算吧。"说罢,便高声唤张申屠、郄孔进书房:"来来,进来研墨!"

八

深宫悲鸣
久绕梁

高帝九年这一夏，汉家内外无事，刘邦细思登基以来天下事，惶惑益多，知理政不能仅凭小技，每每便欲向儒生讨教。环顾海内，名儒凋零，身边唯余陆贾一人可供顾问。于是，常召陆贾至近旁，问东问西。

　　那陆贾素来自负才高，自以为不输于郦食其，然自投汉以来，不过是刘邦座上一清客，偶或出使诸侯国而已，其功远不及郦生。此次有了可以建言的身份，也就乐于在刘邦近旁，说《诗》道《书》。

　　岂知刘邦素昔所闻，总不外陈平的奇诡之计，对大道至理总还是隔阂，勉强忍了几回，已不耐烦之至。

　　这日，陆贾在朝会上，又论起《诗》《书》之类来，滔滔皆是"生民如何？克禋克祀""不拆不副，无菑无害"等等。刘邦闻之甚恶，终忍不住大怒，指着陆贾鼻子骂道："老子我是在马上得的天下，与《诗》《书》有何干？朝议均是燃眉急事，最烦你这等人啰唣。'生民如何'？我倒是想问你如何？杀鸡都杀不来的儒生，你知道该如何吗？"

　　陆贾不服，亢声道："在马上得之，难道可在马上治之乎？汤武革命，是为逆取，然也只能顺守之。此乃何故？文武并用，方

为长久之术也。 往昔吴王夫差、晋大夫智伯，恃武而亡；暴秦只
重刑法而不知变通，终是亡国灭族。 倘使秦并天下之后，行仁
义，法先圣，陛下又从何处可得这天下？"

刘邦一时语塞，转念想了想，夫子所言也不无道理，操弄文武
之道，恰是己之所短，不觉便有惭色，叹了一声："陆生到底是大
才，朕腹中学问，远远不及了。 请先生为我著文，将那秦所以失
天下、我所以得天下之缘故，兼及古来成败之理，统统写来，我要
好好领教。"

陆贾领命道："臣实无大才，唯知食鱼易而烹鱼难。 故万不敢
近庖厨，作那烹鱼之痴想。 今受命作旁观者文，当勉力为之。"

刘邦笑道："又来了，你个迂夫子！"

之后数月间，陆贾遵刘邦之命，文思如涌，试论秦汉得失，及
春秋以来各国治乱缘由，陆续写成十二篇。 每成一篇，即上奏刘
邦。 刘邦每于辍朝之暇，便捧读陆贾文，往往读至夜半。 每看毕
一篇，必慨叹连连，拍案称善。 左右侍从诸人，从未见君上有过
如此意兴，皆伏地高呼"万岁"。

书成，陆贾总其名为《新语》。 其文采甚佳，起首便是一段高
论：

张日月，列星辰，序四时，调阴阳，布气治性，次置五行。春
生夏长，秋收冬藏，阳生雷电，阴成霜雪，养育群生，一茂一亡。
润之以风雨，曝之以日光，温之以节气，降之以殒霜，位之以众
星，制之以斗衡，苞之以六合，罗之以纪纲……

这陆贾，果然是才子，洋洋一万二千言，多为韵文，其势如飞

瀑出山，一泻到底。 其间有述说，有缕析，总之是千方百计谏言——坐天下者，须知"君子握道而治，据德而行，席仁而坐，仗义而强"之理，无怪乎刘邦读得入迷。

这日，读罢十二篇之末篇《思务》，刘邦久不忍释卷，喟叹道："太公误我，生我于闾巷，陷我于鄙俗。 活了半生，不就是个盲人吗？"又抚案呆坐半晌，忽然便援笔，给太子刘盈写了敕书一通，告诫曰："吾生遭乱世，正当秦禁书之时，曾窃喜，妄言读书无益。 自登位以来，方知读书须多思其意，不明之处，乃使人探问作者之意。 追思昔时己之所行，多不是。"

敕书下给刘盈后，又想起刘盈近日怠惰，有事上疏，竟由太傅叔孙通代笔，实不成体统。 于是又写一敕，传了过去，敕云："吾未学书法，今日看你笔意，尚不如我。 今后上疏宜自书，勿使他人代笔也。"

敕书送走后，刘邦仍觉心烦意乱，想起太子孱弱，直不敢再思后事，遂长叹一声："如此犬子，文不能，武不能，天下若交予他，恐将害尽苍生！"

叹罢，信步出了前殿，慢慢踱到长信殿，见幼子如意正在殿上舞剑，戚夫人在旁抚琴助兴。 刘邦便踱至阶下，驻足观看，见剑法沉稳，中规中矩，间或虎虎有生气，心中便暗喜。

待如意将一套剑路舞罢，戚夫人不由拊掌叫好。 刘邦便笑道："女人家，懂甚么剑法？"

如意闻声，弃了剑，奔至刘邦跟前，问道："阿翁，若有战事，我可否上阵了？"

刘邦伸手摩挲如意头顶，哂笑道："竖子！ 你这几套把戏，如何便能上阵？"

如意却不以为然："当年沛公军中，亦有少年将军呢，其年岁能长我几何？"

刘邦便仰头大笑："吾儿好武，倒是不愧姓刘！"

戚夫人此时上前，将如意揽入怀中，对刘邦嗔道："孩儿今已满十龄，你只将他看作顽童。"

"好个虎子，可惜再无楚军给你杀了。"

"阿翁，我自可杀匈奴。"

"哈哈！天下已定，吾儿无须言必称杀，安心读书，方成大器。切勿似乃翁，一身的闾巷气。"

闻刘邦如此说，戚夫人便回身拿来一卷简册，刘邦展开来看，原是如意抄写的《太公兵法》。细看那笔法，亦隶亦篆，稚嫩中略带险峻，不觉大奇，连连赞了几声，又将如意拉到身边，叮嘱道："天下渐安，文治必兴，在马上建功的事，不常有了。欲做大丈夫，须将那古今典册读通，无事多亲近叔孙通、陆贾这几个叔辈。"

如意昂首道："我只羡樊哙、夏侯婴叔父英武。"

刘邦大笑，拍拍如意肩膀道："小子到底是虚荣！樊哙、夏侯婴者流，不过仆役婢女罢了，有何可羡？我只望你做萧何第二。"

如意不解阿翁之意，只是眨眼。刘邦便对戚夫人道："如意似我，及长，可以托付大事。"

戚夫人却眼含怨意，道："你只是虚言，如意千好万好，封国却在赵地——他如何只抵得个张敖？"

刘邦听出言外之意，沉吟了片刻，方才说道："我终将先赴黄泉，不能护佑爱子终身。好在刘盈懦弱，必不会兄弟相残。"

戚夫人却道："刘盈固然知礼，然皇后却不拘礼法。你百年之后，我母子将如何得活？"

刘邦不觉倒吸一口冷气："唉，皇帝家事，一如市井小户，纷乱如麻。你与皇后势同敌国，总不是事。如意乖巧，不觉年已十龄，可以去历练了，便令他赴邯郸就国吧。如意不在皇后眼前，皇后或能稍为宽解。"

戚夫人没料想刘邦起了此念，顿时失色，伏于地上啼泣道："十龄也不过幼冲之童，令我子赴北地，是要他去与匈奴厮杀吗？陛下此举，不知是何意？不如便将我母子赐死好了！"

刘邦无言良久，叹了一声："你无非欲居于皇后之上，然名义未顺，朝臣不服，如何能说得通？你莫迫我，待我细细斟酌。"

如意在旁，听不懂父母所言深意，但见母亲哭泣，亦知事关自身前程，便道："我不要做赵王，我只要做二世！"

刘邦一惊，叱道："竖子，休得胡言！"便黑起脸，向戚夫人道："教他万事都抛开，只须读好一部《老子》。"

当晚，刘邦辗转不能入眠，只想不出好办法来。这等家事，又不好去找张良、陈平商议，只得独自苦思。想到自家百年后，吕后如想加害戚氏母子，确是无人可挡。欲保戚氏，便要废后，然礼法所拘，情理所限，吕后又如何能废？废后不成，就只能废刘盈，另立如意为太子。待如意继大位之日，内外瞩目，吕后总不敢公然杀储君。如此，吕后、戚氏这两端，各有制衡，反而可相安无事。

如此一想，刘邦心中便豁然开朗，披衣起身，踱出屋外，在回廊上凭栏张望。见西边长信殿的宫灯，遍布庭中，正似戚夫人目光，耿耿不灭。耳畔更有夏夜虫鸣，一阵阵急管繁弦，似美人哭泣。刘邦呆立半晌，忽觉心酸，几乎要落下泪来！

次日一早，刘邦即命人知会群臣，朝食后行"大朝"，有要事相商。

汉家草创，至此时，朝会仍无定时，全凭所需，随召随至。至朝食过后，群臣便陆续上朝来。

刘邦戴上刘氏冠，正襟危坐，环视文武两班一遭，朗声道："今年开年大吉，至今内外无大事，照此下去，朕倒是无虑身后事了。唯太子刘盈，生性懦弱，颇不似我，来日恐为天下累，今召诸君来，便为此事。朕之意：拟废刘盈太子位，另择皇子中睿智者为太子。"

叔孙通在列，闻言便是一惊，手中笏板"砰"一声落地，也顾不得拾起了，跨步出列，伏地一拜，疾声道："臣斗胆问，哪个皇子可称睿智？"

"朕意所属，乃皇子刘如意。"

众臣这才明白刘邦心思，不禁面面相觑，都知是因戚夫人之故，方有这违背伦常之议。

叔孙通当即再拜，亢声道："太子刘盈，性素温良，册立至今并无过失。今陛下无端兴起废立之议，便是违制废礼，实为我汉家之不祥。"

周勃也跪奏道："臣粗鲁不文，然亦知'必也正名乎'。立嫡立长，自古已然，乃大统延续之道。今无端废长立幼，便是无名，恕臣难于遵命。"

周勃言甫毕，便有数十名文武大臣，纷纷出列伏地，同声道："臣亦不能遵命。"

刘邦早料到群臣必有此一举，便冷笑道："如意系我与戚夫人所出，而非草莽私生之刘肥，如何名便不正？当年若无戚太公容留，我与夏侯婴等必陷楚军重围，如何能有汉家今日？ 周勃，今召你来，非为商议如何循古制，乃为汉家万年计，选贤任能。"

"陛下，不循古制，又何以选贤？"

"哈哈，此话甚有理！ 然若循古制，你我君臣，又何以称君称臣？ 你便该去做你的织席匠，我还是泗水岸边一亭长！"

樊哙早已耐不住，此时便跃起嚷道："刘盈我侄，自幼及长，皆在我眼眉底下，从未闻有何不端。 且此子乃皇后所出，不是太子又是甚么？"

刘邦便叱道："内戚应知回避，你嚷甚么？ 皇后所出，便是圣人吗？ 你那内侄，文不能，武不能，只一块废才而已。 朝堂重地，出言理应三思。 得天下，少不得你一柄屠猪刀；治天下，那屠猪刀还有何用？"

樊哙脸涨红如紫，仍欲抗辩，夏侯婴急拽他衣襟。 樊哙怔了一怔，方才住口。

见刘邦不肯纳谏，群臣心头惶急，然亦无良策可施，只是跪地不动，君臣便在殿上僵持起来。

少顷，刘邦颇不耐烦，忽地一拂袖，起身道："今日朝会，便议至此，散了吧。 中涓听命：按我旨意，草诏颁布天下。 废立之事非关亲疏，乃为安社稷、惠万民之举，诸君可勿多言。"

谒者正要高呼"散朝"，忽见文臣班中跨出一人，将笏板掷于地，暴怒道："不，不可！"

刘邦注目望去，原是御史大夫周昌。 但见那周昌虬髯偾张，满面涨红，双臂横举作拦阻状。

刘邦知周昌为人倔强，敢直言，此时不许他奏事，万难做到。 于是复又坐下，问道："公有何言？ 不妨平心而论。"

周昌患有口吃，又正值盛怒，出言竟是句句结巴："臣口不能言，然臣期期……知其不可！ 陛下欲废太子，臣期期……不奉诏！"

刘邦正黑脸听着，闻言不禁笑道："御史公，'期期''期期'，你这倒是几期？"

只见周昌面色由红转紫，益发愤恨："臣素强直，期期、期期，只是一期。"

众臣闻之，亦满堂大笑，原本殿上的震悚之氛，竟一扫而空。

原来，周昌也是沛县人，操楚语，本想说"极以为不可"。 楚语中称"极"为"綦"，读如"期"。 周昌口吃，盛怒之下连说"期期"，便成了一段掌故。 至后世，"期期以为不可"竟成了一句成语。

刘邦笑得腹痛，亦知众意不可违，便挥袖道："公既有此言，也罢，此事便不再议。 散朝！"

散朝后，周昌也不与他人多言，只低头趋出殿门。 正行走间，忽有一宦者拦路，称："御史慢行。 奉皇后命，请御史入东厢问话。"

闻吕后宣召，周昌不知底里，只得随宦者转入正殿东厢。 见吕后正恭立迎候，周昌大惊，急趋几步，欲行大礼，忽见吕后先跪下了，谢道："老身适才于东厢听廷议，若非君抗旨廷争，太子几废！"

周昌慌得不行，连忙也跪拜如仪，道："皇后请勿在意。 臣性愚直，唯、唯知守礼，故惹恼了君上，是为公也。 当不起皇后如……如此大礼。"

两人皆起身后，吕后恨恨道："君乃旧人，知我当年如何助那酒鬼。今日他坐了龙廷，便宠妖媚。来日他必不肯罢休，总要生事，还望君仍为太子伸张。"

"臣唯知刘盈为太子，不知其他。"

吕后闻此，面露欣慰之色，这才再三拜谢而去。

且说那边厢刘邦退朝，便往长信殿戚夫人处歇息。戚夫人早已探得，今日廷议乃是改立太子事，忙上前询问详情。

刘邦手扶栏杆远望，怏怏不快，只道："群臣皆曰不可，奈何？"

"妾实不明白：废立太子，乃天子家事，与朝臣何干？"

"你是妇人，有所不知——朝臣无一人遵命，便是无人赞同如意继位。若违逆众议，强立如意，则我百年之后，他又如何能登大位？即便继了皇位，群臣不服，他又如何能安坐？天子家事，恰不似民间，非但不能违群臣，也要顾忌天下之口。"

戚夫人张了张口，欲言又止，旋即泪流不止。

刘邦看得心酸，将戚夫人揽在怀中，喃喃道："此事容我转圜。"

戚夫人泣道："如意聪慧，乃汉家之福，不知何人要与我母子为难？"

"唉！今日廷争，是周昌最力。"

"旧部骄横，周昌尤甚，连萧丞相都不在他眼中，陛下何不借故杀之？"

刘邦不禁瞠目，凝视戚夫人半晌，才道："旧部随我，舍生冒死至今，必无异心。为姬妾而杀重臣，我不能。若杀，必为桀纣，为万世所骂。"

戚夫人知事不可为，忍不住掩袖而泣；刘邦见了，心也黯然。

从此后每逢散朝，必来戚夫人处，两人执手相语，总不离如意将来之事。如此再三再四，却只是无计可施。日复一日，两人倚坐于栏杆，望见庭中花事凋零，触景伤情，不由相对唏嘘……

再说白日罢议之后，吕后回到椒房殿，思来想去，坐卧不宁，唯恐刘邦再生事。此时审食其自内室出，见吕后愁眉不展，知是为太子事，便问道："君上又欲换太子乎？"

吕后当即落泪道："今日朝会，若非周昌，我儿便做不成太子了。"

"既如此，皇后理应庆幸。"

"还庆幸个甚？过两三日，那失心翁必定反复。"

审食其便凑近道："留侯张良善用计，君上对他，一向言听计从。"

吕后拭干泪，想了想，猛然站起道："如何便将他忘了？"

"皇后欲召张良乎？"

"这个……恐为不便。张良未必肯为我献计，反易生枝节。且去召吾兄来。"

吕后之兄吕泽，当年在下邑接应刘邦败军，立有大功，又贵为外戚，故而封为建成侯。平素在朝中极擅结交文武，人望甚高。今夜闻召而来，跑了一头大汗，见了吕后便嚷："阿娣，半夜唤我来，有何事？莫非是今上病危？"

吕后便嗔道："乱说甚么？今上好好地，倒是你外甥儿快要丧命了。"

吕泽闻之一惊，连忙四下里瞄看，要找刘盈在何处。

吕后这才拽住吕泽，将白日易太子之议对吕泽叙说一遍。

吕泽顿足道："这如何使得？如意若做了太子，那戚姬岂不要登天了，还有我吕氏的活路吗？"

"正是。此事关天，阿兄请速去见张良，就此事问计。"

"张良？他怎肯为我献计？"

吕后便将眼睛一瞪："你统兵多年，羽翼满朝中，怎的就说不动个张良？"

吕泽眨了眨眼，似有所悟："我知矣！这便去留侯府上。"当即疾奔回府，换下衮服，戴起武官大冠，全身披挂，带了府中数十名甲士，骑马急赴留侯府邸。

到了门口，时已入暮，吕泽挥手示意，众甲士便一拥而上，将门叩得山响。

司阍闻声，连忙打开门探看，见门外甲士成群、剑戟交错，不禁大惊失色，连忙施礼。吕泽自马上跳下，看也不看，便大步迈入，边走边道："建成侯吕泽，拜访留侯！"

他身后甲士，也疾步抢入，司阍瞠目不知所措，哪里还敢阻拦。府中家老张申屠闻声，连忙迎出，见是吕泽，脸色也不由一白，慌忙施礼道："建成侯驾临，恕小臣未及迎候。"

吕泽粗声道："去唤留侯来！"

张申屠将吕泽迎入堂屋，忙去禀报张良。其时张良已睡下，闻听吕泽忽然来访，连忙更衣而出，见吕泽竟是武官装束，又有数十名甲士立于庭中，情知事非寻常，心中便一凛。与吕泽相互揖过，便请吕泽入书房坐下。

张良心中不快，却强作笑颜道："建成侯光临敝舍，倒是头一回，适才在下已就寝，迎候不周。不知我这病夫，可为将军做些甚么？"

吕泽打量张良一眼，语甚威严："君为今上谋臣，今上日日欲易太子，君还能高枕而卧吗？"

张良闻言，心中明白了，吕泽原是为此事而来，便道："昔年君上数次在危困中，屡用臣之计策；今天下安定，臣之谏言，就听不大进了。君上偏爱幼子，欲易太子，此骨肉间之事，谁人可多言？即有百个张良，又有何益？"

吕泽一挺身，猛地抓住张良手腕，勃然变色道："吾乃武夫，不说废话，请与我献计！"

张良面色尴尬，然亦无奈，只蹙额道："将军，臣有疾患。"

吕泽这才松开手，问道："留侯欲坐视太子失位乎？"

"臣不敢。此事，不可以口舌争也；愈谏，君上便愈怒……"

"不谏，太子失位岂不更快？"

"不然。臣于此事，日前倒是有所虑。将军可知'商山四皓'乎？"

"不知。"

"此乃四位老者，当世罕有之高士，声名远播，民无论贤愚皆仰之。然四人以今上侮慢名士，不愿入仕，逃匿于商山，誓不为汉臣。今上却不以为忤，甚是高看。今将军若不惜金玉财帛，令太子写一封信，遣门下善辩之士，安车往山中相邀，彼辈或许能来。既来，则为太子宾客，出入相随。今上若亲见四皓为太子僚属，或将大有利于太子。"

"好！多谢留侯为我出计，然这四个老翁，能做得甚么？"

"此四人，义高于天，今上欲召入朝，四人不应，太子却能收其为宾客，上必大惊。此可谓太子之仁，天下皆服。"

吕泽闻罢，面露喜色，忙执张良之手道："留侯，善人！你救我吕氏矣！"随即起身，要去见吕后复命。

张良也起身，嘱道：“四皓有美名在外，然终归是凡间之人，岂有不爱财之理，将军请勿吝啬。”

吕泽便笑：“这个自然，金玉财帛算得甚？事成，也有你留侯的。”

“这便免了吧！臣久抱病躯，正欲往蜀中的天台山去，要钱财也无用。”

“哈哈，这……也好，也好。”

吕泽辞别了张良，返回宫中，面禀吕后，将那张良之计一一道出。

吕后想想，叹口气道：“张良若仅有此计，也只得如此了。”便命吕泽遣人去请商山四皓。

隔日，吕泽便派一得力心腹，前往山中，卑辞厚礼，以奉太子读书之名，说动了四位老翁出山。以车载至长安，安顿于吕泽府中，以备启用。

且说那周昌自廷争之后，声震朝野。他心下也知，君上既如此倚重，于公事就更不可有半分懈怠。其所掌御史台，平素负责起草皇帝诏书，发至丞相萧何处，再由丞相下达百官。又代皇帝受理群臣奏疏，摘录条陈上呈，每日过手文稿，如同山积。

周昌执掌纠察百官，平素事多，似这等文稿拟批、呈送等事，则多为属下掌玺御史赵尧操办。

这位赵尧，乃一少年文吏，办事干练，胸中亦多谋。周昌有一友人方与公，曾对周昌道：“你属下这个赵尧，虽是年少，然胸中有奇志，君不可藐视。不妨多倚重，日后此人必能代君之位也。”

"赵尧?"周昌闻之,不觉冷笑,"我自血泊里蹚过,数历生死,方坐得三公之位。赵尧年少,且一刀笔吏耳,何能至此!"遂不信,一笑置之。

岂知周昌却是看走了眼,这赵尧,心智胆略都远在一干庸吏之上。入了几次宫,看君上终日愁眉不展,便悉心揣摩,知君上是为爱子之事烦恼。

这日,赵尧入宫送文稿,趁空便对刘邦道:"小臣平日几番入宫,每见陛下怏怏不乐,想是忧心赵王年少,而戚夫人与皇后有隙,恐于陛下万岁以后,赵王不能自全。"

刘邦苦笑道:"然。私心忧之,苦无良策。"

"臣以为:赵王应当就国,早得些历练,也好早为天下计。"

"唉!那孺子怎可就国?"

"陛下只须为赵王置一强相,便可。"

刘邦听出门道来,便坐起问道:"言之有理。你看朝中,何人可当此任?"

赵尧遂深深一躬道:"臣想那皇后、太子,皆贵不可言;阖朝文武,亦居功自傲,然众人最惧是谁?"

"莫非周昌?"

"正是。周昌其人,坚忍耿直,皇后、太子及大臣等,素所惮之,故赵相一职,独周昌可当。"

刘邦不由一振,拊掌叫道:"此议甚好。有周昌辅佐如意,谅诸人都不敢相欺。"

"有周昌在,赵王便可无虞。假以时日,羽翼渐丰,进退也就两便了。"

刘邦细思赵尧所言,甚觉惊异,端详了他一会儿,嘉许道:

"你这小吏，实不寻常。在御史台行走，未免屈了才，来日将有大用。"

隔日，刘邦便唤周昌来，推心置腹道："赵王如意，久未就国，实乃朕心头一件大事。公也知我怜赵王，若遣之就国，稚子将暴露风雪，迫近敌寇，如之奈何？"

周昌不知刘邦之意，稍沉吟方道："赵王就国，可缓行。"

"不可缓！朕于此子，所望甚厚，今若再不就国，必成废才。"说罢目视周昌，目光炯炯。

周昌连忙揖道："陛下有忧患，臣何以得安？愿听陛下吩咐。"

刘邦有所动容，也朝周昌一揖："朕爱赵王，朝野均有非议，公亦谓赵王不可为太子。今远遣如意，是为他好，然稚子处险地，我又怎能忍心？故欲劳烦公，请公勉为其难，为我出任赵相，为赵王之庇荫。"

周昌位列三公日久，骤闻此命，一时愕然，竟忘记了谢恩，急道："臣自沛公军初起，即随陛下，陛下为何半途而弃臣，将臣发配至诸侯国？"

刘邦连忙道："公随我日久，互不相疑，故而以幼子相托。今改徙公为赵相，我亦知此为左迁①，然我甚忧赵王，非公不能解忧，望公不得已而勉强受之。"

周昌闻刘邦肺腑之言，不由热血上冲，立时答道："既有上命，臣万死不辞。我在如意身侧，即为如意之壁垒，无人可逾！"

――――――――――――

① 左迁，贬降官职的委婉说法，犹言"下迁"。汉代贵右贱左，故将贬官称为左迁。

刘邦大喜，执周昌之手道："我辈起自草野，手创基业，惜乎天不假年，好日子谁知还能有几时？若我先赴黄泉，则如意仍托庇于公，勿生差池。"

周昌应道："定然无误！"说罢便告辞，即回御史台办理卸任了。

刘邦又至戚夫人处，告之拟遣周昌随如意就国。戚夫人本就不舍如意，正悲愁间，闻之不觉大惊："那周昌，曾力阻如意为太子，如何将如意交予他手？岂非害了吾儿？"

刘邦便嗤笑道："妇人之见！周昌既敢违朕意，又更惧何人？他为赵相，谁又敢欺如意？"

戚夫人闻言，心方稍安；数日后，终与如意垂泪作别。

自周昌赴邯郸之后，御史大夫遂告空缺。此时"三公"之中的丞相萧何、太尉周勃，均为开国勋臣。资历相类者多另有重任，御史大夫应属谁，一时竟不能定夺。

如此，御史大夫印绶，便置于刘邦案头多日。这日，刘邦拿起摩挲良久，叹道："满朝文武之多，有谁可为御史大夫？"

此时，恰逢赵尧来送公文，侍立于案侧。刘邦熟视其良久，脱口道："非赵尧不可了！"于是立即下诏，拜赵尧为御史大夫。

那赵尧，此前因军功已封有食邑，然终为平常文吏；因缘际会，竟一跃而为三公，朝野皆啧啧称奇。

周昌于赴邯郸途中得此消息，亦是大惊，遂想起好友方与公此前所言，心中感慨，叹息数声而罢。

光阴荏苒，倏忽而过，到了高帝十年（前197年）夏，内外仍是无事。然甫一入秋，代郡忽又生出了不祥之兆。

这日，周昌告假返长安休沐，忽然夜入长乐宫求见。刘邦知其必有机密要事，当即宣入。君臣相见，只见周昌以目示意，刘邦不由心中一凛，忙屏退左右。

周昌见涓人已退下，便奏道："代相陈豨，自称素慕魏公子信陵君，于代郡广招宾客。常告假休沐，借道过赵，其宾客随从竟有千余乘车，浩荡堪比始皇出巡。致邯郸客舍皆满，赵地官民，无不惊异。臣见陈豨宾客太盛，又掌兵在外，恐生变故。"

刘邦闻奏，心中大骇，良久方道："人心莫测，竟至此耶！公可速返邯郸，静观其变。朕这便遣人赴代郡密查，无事则罢，倘若查实，我再亲征不迟。"

周昌领命，便要告辞，刘邦少不得又叮嘱了一句："吾儿如意在赵，乃百年之托，公勿大意。"

周昌慨然道："太子、赵王，皆吾侄儿，臣当舍命护之。"

刘邦闻言动容，几欲泣下，执手亲送周昌至北阙，方作别。

待周昌返国，刘邦即命赵尧遣游士潜入代郡，密查陈豨宾客有无不法事。稍后，游士奉命入代，未及数日，便查得诸多罪证，暗地驰报长安。岂料陈豨在代地经营多年，耳目甚广，不久便察知朝中有眼线潜入。

陈豨素好结交，门下宾客不计其数，得报不禁大恐，心知宾客鱼龙混杂，不法之事甚多，自己也逃不脱干系。若彼等罪名坐实，自己必是菹菜下场。当下，便想起了韩王信。原来，自平城解围，韩王信一直游弋于北边，不时袭扰，又遣部将王黄等人，赴陈豨营中策反。如是再三，陈豨见大势未明，不肯答应，然与王黄却有了暗中交通。

此时，陈豨情知再不容迟疑，便立遣心腹，夜奔王黄、曼丘臣处，商酌联结起兵事宜。此后，两家信使又几经往返，盟誓立约。如此，陈豨反汉，已是迟早之事了。

正当此际，恰逢刘邦连丧考妣。夏五月，刘太公续弦、太上皇后李氏崩；至秋七月，太公亦崩。

却说那太公秉性，至为执拗，长居栎阳宫，不肯移居长安，独喜骊邑新建的"丰邑故里"，不时前往，与旧友斗鸡走狗，淹留不归。彼时未央宫建成，刘邦请太公入住，太公也只偶尔小住，未及三日便不耐烦，总要匆匆返回栎阳。

老妻病殁后，刘太公忽然也病重，卧于骊邑不起。刘邦闻信，急往探看，又亲扶辒辌车载往栎阳宫。太公病渐危，于病榻上嘱道："天下姓刘，或是上苍错予，季儿不可忘乎所以。我死后，骸骨恐未能归乡，愿勿远离骊邑。"

刘邦含泪道："阿翁生养我，饱受颠沛。儿至今方悟：生于闾里者，才知孜孜以求而脱困厄，遂有今日。若阿翁身为王侯，则我必骄狂而不知法度，终不得好死。"

太公气息奄奄，勉强一笑："吾儿知尽孝，容我斗鸡走狗到老。今生足矣。"

刘邦坐守病榻，昼夜不离。未几日，太公终告不治，遽尔升遐，刘邦便于栎阳宫发丧。

讣闻传至四方，朝野上下，自是一番忙碌。朝中重臣与各诸侯王，皆来参与会葬。栎阳城内，一时冠盖云集。诸侯中，唯彭越最为哀切，一身缟素，亲执灵幡，处处与刘邦一道，也充作了一个"孝子"。

太公陵寝，就在长安以东。落葬后，刘邦又下诏，在陵侧新建一邑，号曰"万年"，设吏为陵寝监守。原骊邑则改称"新丰"，以志追怀。　不久，又诏命各诸侯国，于各都城设太公庙，四时祭享。

想那刘太公本为闾里沽贩，生平唯喜嬉戏，因其子而贵甲天下，亦可称是秦末乱世中的一位奇人了。

正当此时，刘邦得游士密报，知陈豨已有不轨之心，甚怒之。然念及旧谊，心中尚有踌躇，便唤陈平来商议："陈豨或是欲反，或是仅为牢骚，我不能断。　拟率禁军一支巡游邯郸，就近察看，兄以为如何？"

陈平问明周昌所奏缘由，便笑道："陛下若率军北上，那陈豨不反也要反了。"

"哦？　也是。　那该如何是好？　怎知陈豨有无反心？"

"诸侯会葬太公，只须召陈豨也来。　若来，其心必坦荡；若不来，则反迹已明矣。"

刘邦望望陈平，忽而大笑，以手指点道："公之诡计，何以百出而不穷？"

于是，翌日便有谕旨下，以沛公军旧部故，特宣召陈豨前来会葬。　数日后，陈豨闻召，心疑事已败露，哪里还敢来？　只称病不奉召，一边便加紧谋反。

待会葬毕，诸侯各自归国，转眼时已入九月，陈豨果然揭起反旗，自立为代王，遣人四处张贴布告，与王黄、曼丘臣相约发兵，劫掠代、赵。

那代郡东西当途，往来商贾甚多，闻陈豨起兵，多有响应者；另有市井少年、乡野农夫，亦持棍棒来投，一时从者甚众。

陈豨便在城中竖起大纛，疾声对众人道："今上刘邦昏聩，因诸侯之力得天下，席不暇暖，便恩将仇报，逐灭功臣，前有臧荼，后有韩王信。 更有那淮阴侯韩信，助刘邦灭楚，功高于天，反遭褫去王位，废置不用。 我等之功不及韩信之一二，于前程更有何奢望？ 今陈某举兵，是为天下豪杰讨公道。 自陈胜王起，人人可做王侯，天下焉能为汉所私有？ 那汉家文武，唯淮阴侯一人可称雄霸，然今已不为刘邦所用，故汉军不可畏也。 趁秋高马肥，望诸君勠力同心，随我杀进关中，也学那刘邦灭秦，共享荣华，岂不强于寒暑稼穑、贩运于途？"

众商贾闻之，血脉偾张，手足狂舞，每日有千余人来投军，半月便聚起徒众数万。 代郡军卒，原即为天下精兵，今又骤添新附丁壮，就更为嚣张。 代地各城邑闻陈豨倡乱，无不震动，各遣使者持羽书，飞驰长安告急。

陈豨见声势已壮，即发兵四出，劫掠代、赵，其势猛不可当。 各城郡守、都尉无兵可用、无险可守，哪里见过这等阵势，纷纷弃城而逃。 代、赵吏民，出降者无以数计。 陈豨兴兵未及一月，代、赵大部城邑，便席卷而下。 唯上党郡守任敖，守着一座孤城苦撑。

长安九月间，边警迭至，骊山烽燧，可见黑烟冲天。 阖城百姓见了，惶惶然奔走相告，一时店铺关张，家家囤粮，似又将重现秦末大乱了。

刘邦心中震怒无可形容，急召众臣宣谕："陈豨为我旧部，受我驱使，素来行止有信。 那代地，为北境要冲，为我忧心所在；故封陈豨为列侯，出守代郡。 焉知人心不足，忠亦作奸，竖逆竟勾结王黄等贼，劫掠代地。 那陈豨原是个无名下僚，以事功而骤贵，不知报恩，竟得意忘形至此！ 朕意已决，拟率军亲征，必斩此竖子头颅。"

周勃闻言，出奏道："那代、赵吏民，目无君上，贼至即降，罪实可族诛！ 若非任敖死守上党，则贼势恐将摇撼关中。 陛下可发诏令，从贼者概不免罪，传檄至邯郸，以为震慑。"

刘邦便笑："太尉所言差矣！ 那代、赵吏民，非有罪也。 悍骑将至，你教人家以钉耙、连枷讨贼吗？ 此事我已想好，亲领近畿精兵八万，赴邯郸讨逆。 太尉可领别军一支，进至太原，伺机侧击。 区区边将作乱，上下都不必惊惶，你这便去点起人马，克日发兵。"

待诸臣散朝，各去布置，刘邦亦无心去戚夫人处消遣，不知不觉踱至椒房殿，来见吕后。

吕后早已知刘邦有意亲征，见他心事重重，便道："夫君，何所忧之？ 你自去征讨，关中有老身在，且与萧何商议，必无差池。"

刘邦心头一热，方知临大事，还是老妻靠得住些，便直言道："陈豨随我日久，我素知他善战，不易平定。 方才朝议，我口出大言，是为安定人心。 今亲征诏令虽已下，然决一胜负，我近畿之兵、朝中之将，总还觉得力单。"

吕后冷笑道："那韩信闲居长安，彭越、英布各拥其国，你养着他们做甚么？ 用人之际，就该召来。 莫非天下只须共享，无须共守的吗？"

刘邦便一拍案："言之有理！ 我这便召他三人前来，随我讨逆，都不要太安逸了。"

是夜，刘邦、吕后于灯下商议良久，似又重返当日在芒砀时情景。

翌日，便有谕旨入淮阴侯府邸，宣召韩信。 另有羽书两封，飞递出关，征调梁王彭越、淮南王英布之兵。

岂料三道诏令发出，竟全无效用。当日，淮阴侯府便有回音，称韩信病患甚重，出入皆感不便，故不能出征。不数日，彭越、英布处也有快马回报，皆托病不能从命，仅由部将率人马少许助战。

刘邦连连遭拒，怒不可遏，一脚踢翻香炉，与左右道："韩信与我赌气，争谁将兵更多，不来倒也罢了。那彭越、英布如何也不来？若无我刘邦，彼一为山贼，一为水贼，何来累世王侯可做？今日天下略有骚动，便要看我笑话，心何其私也！此等异姓王，是何居心？我不欺他，他反倒要来欺我。"当下，便遣人持戒书①去责问。

陈平见刘邦恼怒，恐有扰征讨，便劝道："汉家休息已数年，关中渐盛，陈豨不足为虑。今有樊哙、灌婴为前锋，周勃、王陵为别军，郦商、夏侯婴等骁将为左右翼，便是项王再世，亦可与之一战，不可谓无胜算。"

经陈平这一说，刘邦心中方觉稍宽，立遣周勃率别军三万北进抵太原，自己则领劲旅八万赴邯郸。行前，钦点御史大夫赵尧随行，留太子刘盈监国，萧何辅之。又私授吕后问政之权，可裁处朝中大事。

未几，汉家大军抵近邯郸，于城下扎营。刘邦则率左右入城，于丛台之下安营，赵王如意、赵相周昌闻知，忙率封国诸臣来见。

---

① 戒书，汉代皇帝四种命令之一，用以戒敕外官。

刘邦见如意神色如常，并无惊惶，遂大感欣慰，向周昌发问道："陈豨今驻兵何处？聚众几何？他给我布下了甚么阵势？"

周昌见刘邦所带兵马，远不及叛军之数，心中不免忧虑，回奏道："陈豨自反后，屯兵于曲阳（今属河北省保定市），遣人四方搜罗散兵，号称聚众五十万，气焰大张，代、赵各处，已罕见汉家旗色。"

刘邦哂笑道："咦？相国之勇，何以不如从前？此等乌合之众，有十万人堪用，便是他福气。那么，他手下将佐，又有几个？"

"原韩王信所部王黄、赵利，皆甘为他前驱。另还有侯敞、张春、刘武等人，皆为他悍将。"

刘邦鼻孔嗤了一声："悍将不悍将，总不比季布、钟离昧高明，相国可勿惊。那陈豨，徒有善用兵之名，今日起事，不南来据邯郸，好凭漳水阻我大军，我便知他无能矣！"说罢，又掉头对赵尧笑道："项王在时，我不敢大言；今区区小儿，且看我手段就好。"

周昌仍未能释虑，吃吃道："朝中大军，不……不足十万，与叛逆五十万众相抗，如何能……能胜？"

"你怎道我无兵？赵地丁壮，遍野皆是，我兵即在此处出。"

周昌见刘邦似有轻敌之意，又提醒道："代、赵二十五城，二十城已陷于贼。各城守尉，不战而逃，令吏民束手投敌。臣请陛下传令：凡弃城守尉，皆诛之，以振军心。"

刘邦一怔，心知周昌有卸责之意，便故意瞪目道："啊？二十城守尉皆降了？"

"降倒未降，然各个弃城而逃。"

"这就对了。 弃城乃是力不足，彼有何罪？"

"失地甚多，郡守、都尉无罪，那便是臣有罪。"

"相国亦无罪！ 那陈豨，昔为我左右亲信，受我调教，勇悍多谋，休说你周昌难敌，便是我亲征，旗鼓亦相当。 汉家昔日勇将，今又多病，可叹临阵之猛士，为数寥寥。 请相国尽速在赵地选壮士，可为将者，召来晋见。"

周昌领命而退，去闾里探访。 此时恰逢投军者甚众，周昌没费力气便觅得了四人。 隔日，便入奏道："有四人可用。"

刘邦即命宣进，只见那四人昂然而入，皆布衣莽汉，不知规矩，叉手呆立于御座前。

随何此时侍立帐前，看不过眼去，正要喝令下拜。 刘邦却抬手止之，戟指四人骂道："尔等竖子，可知兵法？ 可上过战阵？ 我看尔辈，欺行霸市尚可，然能为将乎？"

四人见刘邦发怒，大惭，慌忙伏地请罪道："小人无知，只想着侥幸受赏，万望宽恕。"

周昌立在帐前，面色便显尴尬，期期欲有所辩解。

刘邦却忽地大笑："尔辈虽竖子，然知羞，尚可教也！ 不错，今日讨贼，便是你等立功之时。 便如此吧——皆封千户，各为将，且归灌婴麾下。"

四人闻命，疑是梦寐，抬起头望望，皆感泣谢恩而退。

随何不解刘邦用意，发急道："将士用命，军功皆自血泊中来。 自沛公军入蜀汉，至伐楚，大小百战，军士尚未遍赏。 此四人白手入营，竟得了好运。 臣不明：彼辈有何功可赏？"

刘邦见诸臣亦有疑惑，便高声对随何道："这便非你所知了。 陈豨反，赵、代两地大半归其所有，我发兵之前，曾发羽檄征天下之兵，竟无一个来的。今无他计，唯在邯郸就地征兵，又何必吝惜这四千户？以此为恩赏，激赵地子弟从军，岂不是好？"

众臣闻听此番言说，方大悟，交口称善不止。

刘邦忽地想起一事，望望周昌，问道："古之燕将乐毅，可有后乎？"

"有。后人名唤乐叔，今为布衣，长居故里乐乡。"

"好！传朕谕旨：即封乐乡为其食邑，号华成君，以慰代、赵豪族名家。"

至此，周昌神色方稍缓，深揖谢道："陛下睿智天授，谋于帷幄，臣……臣鲁钝不能解，甚为惭愧！"

"哪里？你坚守邯郸不逃，护卫吾儿无险，便是有大功。想我汉家，素以厚德待民，对代、赵多有恩惠；只不知那陈豨有何高德？竟能聚起五十万众来，眨眼就倾覆北疆！"

"回陛下，此处城乡，商贾甚多，陈豨部将亦多为商贾。此辈财厚，不安于乡里，闻陈豨反，皆散财聚众，故而一呼百应，群情汹汹。"

刘邦笑道："无怪乎！我知如何与之战了。"

当下便罢议，刘邦又召治粟内史来，吩咐多拨金帛交予赵尧，遣斥候携金，分赴各失陷城邑，广贿陈豨部将不提。

且说自刘邦率军东出，长安城内，更是人心浮动。闾巷中，多有流言四布。曰："陈胜王消，陈豨王起。"市井商贩，多关门歇业；大户人家，亦纷纷迁往乡间避祸。萧何察知，心甚不安，遂与王恬启商议，遣禁军昼夜巡行于市，以安人心。

此时淮阴侯府中，亦不安宁。韩信多年门庭冷落，当此时，却有久不走动的故旧络绎来访。此中有一人，便是旧日部将高邑。

高邑自韩信云梦被擒后，已解除原楚王宫中职，归属汉军本营。后因心中不平，便托病不履职，只在长安逍遥，偶或也来淮阴侯府闲叙。

这日向晚时分，街衢肃静，司阍忽来报："高邑将军来访。"

韩信一惊，急忙迎出，一把拽住高邑衣袖："宵禁如何出行？"

高邑道："昔在洛阳，即有夜行腰牌，至今未缴。"

"门前可有人窥见？"

"小臣已留意，鸟雀也无一只。"

韩信知高邑此来，必为陈豨之事，便拉高邑直入书房，屏退左右，促膝对坐。

高邑急切问道："陈豨起事，此前可知会大王？"

韩信便笑："何来大王？病夫而已。闲居多年，与陈豨早已不通音信。"

高邑似不信，望着韩信，试探道："大王何不赴代地？"

"陈豨事起，君上召我从征，我数夜不能成眠，苦无良策，唯有托病一途。若随军征讨，以旧日之谊，实难刀剑相向……"

"大王休要回避。我只问：如何不去助陈豨，共享功成？"

韩信脸色一变，向后移席数尺，只闭目不语。

高邑心急，膝行向前道："陈豨称王，关中震动，豪杰皆不安于室。长安城内，唯见壮士磨剑，宾客奔走于大户。一俟汉军败报传来，势必乱民四起，阖城皆反矣！"

韩信浑身一颤，睁开双目道："战事未明，愚夫蠢动于内，那不是自寻死？"

高邑亢声道："市中风传，陈豨屯兵曲阳，已聚众五十万，气吞河岳。代、赵皆不能守，遍竖降旗，直教汉家坐不到二世了！"

"曲阳？"韩信仰头思之，遂叹道，"陈豨竖子，徒然大言，不知兵法云'隘形者，我先居之'，却为何要自居死地？"

高邑不由一惊："曲阳背倚太行，屯兵此邑，如何不是先居隘形？"

"大错！曲阳之南，一马平川，有何险可守？区区一隅，又有何粮可筹？若南下邯郸，进抵漳水，粮足而兵多，临水拒汉，则可演成今日之鸿沟！只须僵持数月，天下必乱，群雄伺机而起，令汉军首尾不能相顾，大事或可成。而今一错，叛众即使有五十余万，亦为汉军砧上肉矣。"

"这……如何是好？陈豨将军英武盖世，素为小臣所敬服，何忍心坐视其败？小臣愿微服北行，潜入他营中，当面授以大王谋略，以助其成。"

韩信沉吟有顷，忽地起身，坐于案前，援笔疾书一札，其文无头无尾，唯见寥寥数字：

弟举兵，吾在此助弟。

书毕，交予高邑。高邑捧起信札，喃喃读了两遍，大惑道："此有何用？"

韩信笑道："我为他献计，乃是据邯郸、阻漳水，你已熟记于心。此札，只为信物耳。"

高邑这才领悟，连连颔首。正当此时，有府中舍人栾说，端了两盏热羊羹进屋。韩信见有人来，立即以目示意，高邑慌忙将信藏于怀中。

栾说将羊羹置于案上，见灯火已暗，又为膏油灯添了些油，方才退下。

两人用罢羊羹，韩信又嘱高邑道："今赴曲阳，不必急归，便在陈豨帐下好了。那陈豨若受点拨，全力取邯郸，则我三人可在长安相会。若天不助代，公且好自为之，可微服匿于民间，待事平后，再归长安。"

高邑闻言，神色凛然，以手指天誓曰："昊天有成命，匹夫亦当受之。愿从大王之命，万死不辞。"旋即起身，与韩信作别，阔步迈出侯府。

韩信送高邑至府门，凝视良久，直至高邑转入闾巷，才吩咐司阍将门关好。

越日，韩信正在书房编纂兵书，家老郄孔前来禀事，禀罢欲退，韩信唤住问道："陈豨举事，家臣中有何议论？"

这位郄孔，乃东海人，在韩信麾下为家臣多年，已是身边心腹。闻韩信提及陈豨事，双目即炯炯有光，答道："家臣数十，闻陈豨将军反，皆踊跃。"

"哦？此乃何故？"

"臣等久为主公抱不平。今陈豨既反，汉家河山必动摇，主公吐气之日，将不远矣。"

韩信环顾屋外，见无他人，便密嘱道："今夜子时，在家臣中觅死士数人，到此来议事。"

郄孔闻命，便猜出了八九分，满面欣喜而去。

至夜深，郄孔带了宾客、舍人、仆役十数人，来见韩信。

韩信逐一看过面孔，略一颔首，便命众人环绕坐下，拱手道：

"诸位义士随我多年，亦饱受朝廷欺凌。我为汉家第一功臣，因功高而获罪，祸及诸位，我心常有不忍！君上无德，负我久矣。今逢陈豨举事，席卷代、赵，天下亦蠢蠢欲动，不知诸君将做何为？"

众人闻韩信吐露肺腑之言，不禁动容，齐声道："唯主公之命是从。"

"好，便请诸君听好：今上亲征，胜负在未定之数。若汉军败，则我辈便有千载难逢之时机。可聚众据有长安，效项王入关事，号令天下，诸君亦可得封王封侯。"

众家臣闻之，皆雀跃，唯郄孔略显踟躇："主公，兵从何来？"

"此易耳！趁夜于市中，广张布告，诈称奉诏命，诛杀皇后与太子，立赵王为太子，并赦免各官邸奴仆、刑徒。待天明后，官奴蒙赦，必从我；我则纠众攻入宫中，杀皇后、太子，代汉而立，传檄四方，定可克竟全功。"

郄孔又道："各官奴徒，不过乌合之众，持白竿而聚，如何能闯入宫禁？"

韩信便仰头笑道："陈胜王本为何人？沛公军原为何众？孙子曰：'屈伸之利，人情之理，不可不察。'那官奴累代困苦，乍闻一夜便可赎身，子孙有望，必舍命而从之，其势何人可当？不见当年骊山刑徒蒙赦，出关御敌，势若猛虎，斩豪雄之头如探囊取物么？"

众家臣闻之，皆血脉偾张，攘臂大呼，但求歃血为盟。

郄孔便起身道："诸君稍候，我这便去杀羊取血。"随即出了书房，来至堂下灶间，见舍人栾说与其弟栾仲正在闲谈，便吩咐道："且去捉一只羊来，我杀之有用。"

栾说闻言，面露惊异，略一迟疑，便与栾仲去畜栏，缚了一只羊来。郂孔在灶头寻了一柄利刃，将羊头按在地上，对准颈侧，一刀抹过。那羊蹬了蹬腿，颈血如注而出，郂孔以碗盏接满了血，转身便要离去。

栾说抢上一步，道："容小人来伺候！"便接过碗盏，随郂孔步入书房，将盛血之盏置于案头，方低首而退。

众人便轮流以手指蘸羊血，涂于唇上，而后齐齐跪下，面朝东，对天起誓。如此喧嚣至天将明，方才散去。

盟誓之后，韩信便吩咐郂孔：府中杂事，尽可以不问，须常去太尉府打探，务将北地军情探明。其余十数死士，则于府邸后园操练刀剑，以备事变。

却不料，北边传回军情，陈豨军并无作为。朝廷大军开至邯郸，两边均按兵不动。僵持之中，刘邦阴使赵尧，重金贿赂陈豨部将。彼等叛众本为商贾，易见利而忘义。收了朝廷贿赂，便陆续有各城守将降汉。

韩信心中焦急，又想到那高邑北行之后，渺无所踪，也不知是否将密信带到。两月后，忽闻陈豨军四方出击，并未南下攻邯郸，便知高邑使命未成。

却说陈豨月前在曲阳军中，闻高邑来投，便唤他进大帐，问明了来由。陈豨昔日与高邑同为韩信僚属，彼此相熟，见面也无暇叙旧，只问淮阴侯可有信来。高邑从怀中摸出短札，双手递上。陈豨看了，先是一喜，继而又疑道："如何只有这几个字？"

高邑便将韩信计谋，详尽道出。陈豨听罢，却是不大相信，只道："将军微服远来，想必历经万难，且在军中好生歇息，容在下细思。"

高邑面露疑惑，急道："汉帝亲征，是要置足下于死地。依下臣之见，如遇斧钺加颈，便是野兽也知腾跳逃生，当此际，请大王早些儿决断。那邯郸攻不下，何以图大业？举事就是动刀兵，还要细思那么多做甚？"

陈豨面露不豫之色，道："军中事，也是帘幕重重，百计万端，岂是一语可以了结的？请将军暂且退下吧。"

高邑一怔，连忙起身，叹了口气道："可惜淮阴侯一番用心了。"遂再不言语，一揖退下。

当夜，陈豨便与王黄、赵利、张春、侯敞等部将商议，对众将道："淮阴侯现居家，已数年矣，与我久不通音信。当年分别，虽有约定，然今日他是否真心履前约，外人不知。彼在长安，或为刘邦所挟制，以数语诳我南下，投入汉军罗网，则我命休矣！"

众部将听了，都七嘴八舌。有说淮阴侯久存叛汉之心，不致有诈；亦有人说，汉王之诈，不可不防，仅凭淮阴侯无头无尾一札，便听高邑口信，驱新募之兵往击汉军，实为险棋。说得陈豨越发心乱，遂道："罢罢！权将高邑软禁，淮阴侯信札或真或伪，不必理会，我军自是不宜南下，免得自投罗网。且我军东西出击，南北游行，令汉军首尾不能相顾。久战，天下诸侯必不会袖手，或将揭纛四起。"

众人皆称善，当下便各个领命。不数日，先后有王黄率马军千余，西取曲逆；张春率步卒万名，渡河向东，围攻聊城。另有伪丞相侯敞，率劲卒万余人，东西游走，全无定略。

高邑见陈豨多疑，既揭反旗，又畏首畏尾、心存侥幸，不由在军帐中大骂："竖子将误淮阴侯矣！"然士卒将他看守得紧，寸步不离。高邑出不得军帐，徘徊无计，也只得终日借酒消磨，坐看陈豨事败。

　　果然至数月后，陈豨在曲阳立足不住，仓皇西窜。高邑遂趁乱逃出，知天下事再不可为，便在民间隐匿下来，终身不复出。此乃后话了。

　　且说冬十月间，新岁方至，刘邦坐镇邯郸，看过了四方军情，笑道："陈豨这等小儿，徒然拜服韩信，何曾学得韩信半分堂奥？且看我如何布阵！"

　　于是下令，命东武侯郭蒙引军一路入齐，与曹参部将合兵一处，赴聊城击张春；命樊哙领军一路，赴信都击曼丘臣；灌婴领马军一路，追击侯敞；又传令周勃，率别军自太原杀出，趁陈豨后方虚空，攻入代地。

　　汉军以强击弱，不及一月，各军均告大捷。郭蒙会合齐地汉兵，在聊城大破张春，斩首万余；樊哙先后略定清河、常山，击破曼丘臣，动摇陈豨曲阳大营。灌婴率军攻曲逆县，与王黄、侯敞激战一场，尽灭贼众，斩杀侯敞于阵中。王黄单骑脱身，落荒而逃。

　　周勃一路更是威风，入代地如入无人之境。途中进至已叛之马邑城下，数度劝降，马邑叛众只不肯降。周勃怒起，发大军猛扑马邑城垣。不数日，便攻破西门，尽灭叛众。周勃见马邑屡叛，实为不驯之城，将来恐还要生事，于是下令堕城，将城垣拆了个精光。

　　又过半月，代地大部收复，有叛众眼见无望，便绑缚了曼丘臣前来降汉。刘邦在邯郸闻之，大喜过望："此等贼子，留之何用？斩了吧，将首级传回。"

如此，陈豨军在东西两面皆损兵折将，声势大减。樊哙更领兵前来攻陈豨。陈豨见势不妙，率部逃离曲阳，与韩王信会合。樊哙领兵追之，追至雁门郡楼烦地界，大破之，叛军余众逃散。此时，唯有原伪王赵利死守东垣，气焰仍炽。

刘邦见陈豨军连战皆败，占地日蹇，不由大喜，对陈平、赵尧道："陈豨年少，虽勇悍，终无谋略。若是韩信为他谋划，焉能不来攻邯郸？日前贼势浩大，倘趁势南下，我必为其所困。"

赵尧道："陈豨若所图者大，本应兵锋直指关中，彼进兵一寸，则天下便动摇一分。而今看他，却只在边地袭扰，全是蠡贼所为，陛下无须多虑。"

刘邦便大笑："我得赵尧用之，便是又得一陈平。今日军中，也用不着甚么御史大夫，且为我参酌军事便好。那贼子赵利不知好歹，且看他往哪里逃？"于是传令三军，轻装裹粮，自邯郸北上，务必一击而下东垣。

此次出征，刘邦所率近畿精兵尚未一战，军士求战心切，一路疾行，金鼓喧阗，长驱二百里，三日便进至东垣城下。

那东垣城，曾由靳歙经略多年，城高堑深，易守难攻。赵利所拥徒众甚多，据守坚城，有恃无恐。

刘邦自城下仰头望去，方知叛众何以如此嚣张——但见那城头旗帜如林，尽是故赵规制的蓝边赤旗，簇新耀目。守城士卒所用铠甲、剑戟，也一派簇新，气势上远胜过朝廷大军。原来，陈豨军自反汉之后，多有劫掠，各路商贾亦纷纷出资，故而军器粮秣十分充足。

叛众以逸待劳多时，今见汉军前来，竟是灰尘满面、衣袍旧敝，便都不以为意，只在城上哗笑。

刘邦便对夏侯婴、郦商叹道："贼众竟如此之富！ 我汉家方兴，官民皆贫极，家无余粮，户无肥马，卿大夫上朝，竟有乘牛车而来的！ 萧丞相经营关中多年，民之膏脂，尽付了南北征战之用。 这天下，如何还能再战？ 再战，小民负累又何以堪？"

赵尧在侧道："陛下不必忧心，商贾从军，见过甚么阵仗？ 还以为是钱能通神。 然彼能通神，我亦能通神；东垣之外，贼众多受我贿赂，已纷纷瓦解。 这赵利孤军，必也不久。"

陈平亦道："御史大夫所言甚是，临阵交兵，并非交易，钱多有何用？ 我军善战，彼军杂凑；我奉正朔，彼为叛逆；我有安邦之谋，彼辈则赖劫掠度日，有何可忧？ 以臣观之，陈豨之乱，月内可平矣！"

刘邦便笑："两位高士，巧言有何用？ 只为哄我宽心吧！"说罢，便唤了周昌所募的赵地四壮士，以盾护身，纵马跃至城下近处。

城上士卒见汉军竟有敢来搦战的，都齐声哄笑。 有那嗓门洪亮的，在城上喊道："城下汉将何人？ 看你尘土满头，形似种菜翁，如何敢来受死？"

刘邦身侧一壮士便回道："城上听着，汉家天子在此！ 大军扫逆，势若雷霆，你等顽竖，聚众械斗尚可，上阵便是送死。 竟敢从伪王赵利，违命犯上，可是不要命了吗？"

城上那叛卒便笑道："甚么汉家天子，无非泗水老吏，拖几根木杆起事，混个巴蜀诸侯，便可妄称天子吗？ 秦末以来，遍地枭雄，哪个不比你家主公善战？ 照此说来，都可称天子了吗？"

另有一叛卒亦附和道："秦失天下，皆因小民不得活。 你这新天子出世，倒教左右功臣也活不得了。 俺只问你，这天下，是何人助你取得？ 你做了天子，最应善待何人？ 寡恩无义之徒做了皇帝，普天下都将无耻无义。 开此恶例者，便是千秋祸首，不如今日你便死在这城下，以谢苍生，免得众人受万代之祸。"

刘邦受此詈骂，面色便一白，以剑指城上道："天下定于一尊，自古已然；若人人皆欲坐天下，恃力相逐，你便有十个头颅，亦不够砍！ 今秦亡楚灭，万民求安，唯你辈从逆，屡屡生事。 我当年揭竿，是为除苛政；你辈今日生事，则是扰乱天下。 道之不同，差得天与地去。 上天助我，却助不得尔等蟊贼。 尔等不服，且伸长了脖颈看剑。"

身侧壮士亦戟指城上，大骂道："小儿不识顺逆，助贼气焰，竟不知身死将至？ 你家伪王赵利，先附韩王信，为匈奴犬马；今又自去伪号，觍颜为陈豨走卒。 你等自倡乱以来，打家劫舍，形同山贼，其罪滔天，百身莫赎，还想活过今日吗？"

城上那叛卒当即回骂道："听你口音，亦为赵人，为何资敌入境，反以为荣？ 赵国先贤辈出，多如星汉，廉颇、李牧、赵奢，哪个是投到别家旗下的？ 便是那不争气的赵括，亦是为国而死。 你等食故邦之粟，何为他人张目？ 我辈固无名分，然并未兵临他国，只奋起守土，反被指为贼。 你刘氏新天子的道理，便是如此诡辩吗？"

刘邦连遭奚落，满面涨红，不由大怒，骂道："竖子无知！ 那陈豨本为汉家臣子，奉命守边，却聚众反叛，允诺你等可封侯王。 然不忠君者，何以言而有信？ 无非是欲借你等白骨，成就他裂土分封之梦。 此梦若在项王未死时，或可成真，然汉既有天下，便容不得你草寇自立。 道理不道理，全在兵戈强弱、民心向背，绝非你等妄人想做甚便可做甚的。 早降，或还能食几十年粟米；若不降，今生便休想再见天日了。"

那叛卒便笑："夺人山河者，反来教训我辈如何忠君，直是旷世奇谈！ 秦末以来，赵之国君，先后不知有几何；前有武臣，后有张耳，如何一夜间赵地便须姓刘？ 我军主将赵利，本为贵胄，乃故赵王之后。 我辈小民，为王前驱，为国执戈，已将生死置之度外。 你这亭长老儿，敢说我辈不忠君吗？"

刘邦气急，怒道："我识得你两个竖子面孔，城破之日，万难全尸！"

城上众卒侧耳听到此，都一派哄笑；遂又将那城堞上红旗拔下，左右摇晃，直看得人眼花缭乱。

刘邦满面尴尬，回首对四壮士道："赵国之人，何以口齿如此伶俐？ 若在故赵未亡时，骂也将那秦军骂跑了。"说罢，便率四人奔回营中，唤来夏侯婴，下令攻城。

夏侯婴领命道："臣遵旨，若三日不下，愿提头来见！"

刘邦却摆手道："夏侯兄，切勿心急。 东垣城高粮足，贼势正盛，不可以血肉搏之。 那叛众之中，多为商贾大户，平素骄奢惯了，耐不得久战。 你只须昼夜袭扰，令其寝食不得安，不出一月，贼子自会请降。"

夏侯婴似不相信，眨眨眼应道："陛下既如此说，臣领命就是。"

翌日，汉军将城四面围定，以盾遮箭，负土筑版，两日工夫便筑好了壁垒，与城对峙。 更有那冲车、壕桥、抛石炮，皆推进至四门外，杀气腾腾。 夏侯婴望了城上一眼，冷笑道："今日汉军，已有秦军之悍。 莫说个小小逆贼，便是项王在城内，也只能俯首！"

这日晨，夏侯婴一声令下，汉军阵中便金鼓大作，从四面扑城。数千名弓弩手，遍布壁垒，一队射罢，后队继起，但见箭雨遮天蔽日般射向城头。四门外之抛石炮，亦齐声击发，呼啸声破空而来，愈近愈令人震恐。斗大的巨石接二连三，落在城门楼上，地动山摇，腾起烟尘蔽天。

一阵箭石之后，近畿精兵与赵地新募之兵，便前赴后继，竖起云梯扑城。数十辆冲车，各高约十丈，恍若怪物，从四面逼近城垣。车内藏有长戟兵及弓弩手，初时万箭齐发，近城时，甲士便纷纷挺戟乱刺。东垣四围，霎时杀声动地，剑戟相击。

但见那东垣城头，血光四射，刀剑交集如苇丛密布，惊恐、绝望、呼痛之声迭起。两军士卒在城头互搏，跌落下城的，如虫蚁密密麻麻。原本为褐色的城垣，经血水浸漫，渐成酱紫色，竟至士卒们站立不稳，纷纷跌倒。

如此惨烈厮杀，一个时辰过去，汉军大营中猛然一阵鸣金，所有扑城将士，闻金而退，另换了他营士卒，复又进击。

城下汉军，因新添赵地新募兵，堪堪已过十万之众，将城围困数重。墙垣上血色，愈发深浓，看去竟连天色也成了殷红颜色。两军士卒，都放开喉咙喊杀，鼓噪之声，震耳欲聋，连校尉传令之声都掩住了。夏侯婴、郦商心中发狠，连日身不解甲，督军昼夜攻打，轮番不休。十数日下来，城上簇新旗帜，已被箭矢射得千疮百孔，有如丐衫。四座城楼，三座为炮石所毁，唯余残梁瓦砾，尸积如山，令人惨不忍睹。

那城上叛众，多为新附商贾，平日娇养惯了，何曾见过如此凶恶战阵。初几日，尚能在城头力搏，叫骂不绝；挨了几日，夜不得眠，昼不得歇，便觉饥疲交困，气力不支。加之多为生平头回拿刀剑，见了许多血泊，听了满耳杀声，身旁积满残肢断臂、无头尸骸，只觉得心胆俱裂，方知战阵绝非游戏摔跤，直是拿命来填沟壑！

叛将赵利看得心焦，率一队彪悍亲兵，于城垣上踏着血海积尸，日夜巡行；何处喊杀声劲急，便急趋何处，督叛众力战。 只要城外攻势稍缓，便急命军士将积尸搬下城内，依内墙堆成小山数十座，留待他日收拾。

众叛军看了，各个心惊，每日睁开眼，便不知能否活到日暮，只能强忍惊恐，活一日便是一日。

如此又过了半月，时入冬十一月，大雪如絮，寒风刺骨，军士手指几乎冻堕，难执矛戈。 城上叛众昼夜惶惶，饮食不济，越发地耐不住了，便有许多怨声出来，军心渐至动摇。

刘邦见城上气焰不似先前了，知时机已到，便要下令全军尽出，三日内务必力拔此城。

陈平却谏道："不可！ 天大寒，士卒苦于战，不如智取。"当下附于刘邦耳畔，献上一计。

这日，汉军忽然便不再攻城了，雪野一派岑寂，唯闻旌旗猎猎作响。 城上叛众正在疑惑，忽见东西两面，各有车队源源而来。 至南门近处，方看清原来是一车车首级！

待车马缓缓行至城下，随车汉兵便将首级卸下，堆作一处。渐堆渐高，竟巍峨如一座丘山。 城上叛众伸出头看去，见那无数首级累累如瓜，其面覆血，其目圆睁，竟是令人惊恐之极。

少顷，又有一队汉马军，以竹竿高挑一首级，绕城而驰，喧呼耀武。

叛众看得瞠目，正惊愕间，只见刘邦身披铠甲，头戴皮弁，率四壮士纵马奔至城下，高声道："前日辱我者何在？ 今叛贼王黄、曼丘臣、张春等部，皆为我汉军所破。 从逆诸众，抛尸荒野，魂魄已不得归乡。 此首级，便是曼丘臣之头。 城上将士，都睁眼看看，这便是你辈贼首，如今已成阴间白骨矣！ 那贼首陈豨，逃往雁门，来日怕也是无多。 东垣孤城一座，上天也救不得你辈反贼。 我先前曾有敕令：赵地吏民附逆，非为本心。 大军既至，降者便不问；不降，则要拿你辈头颅，在此筑一个京观①。 诸位后代子孙，来日若要祭享，便来此地寻祖宗头颅吧。"

刘邦言毕，城上便是一片死寂，先前曾詈骂不绝的兵卒，也再不敢开口。 正僵持间，忽见汉营中有一骑飞驰而出，却是文吏装束。 众人望去，原是赵尧单骑奔出，只听他高声道："陛下请回，待臣来劝降！"

刘邦一笑："御史也要来争功了！"

赵尧一拱手道："此时不建功，臣便愧为三公。"

刘邦大赞道："文臣贵在有勇，今日朕便看你手段。"言毕，便勒转马头，与四壮士退回营中了。

只见那赵尧双手高举，缓缓放马至城下，至半箭之地才停下，喊道："我乃御史大夫赵尧，请赵利将军答话。"

城上闻之，便是一阵骚动。 堞间藏身的弓弩手，也忍不住探头张望。 少顷，便有赵利一身戎装，自城堞后探出头来答道："我便是赵利，有何话可说？"

赵尧遂翻身下马，朝城上拱了拱手："见过将军！ 在下与将

---

① 京观，古代为炫耀武功，聚集敌尸，封土而成的高冢。

军，百年前或为同宗，以此之故，有数语欲说与将军。 我为文吏日久，已多年未执兵戈，今又见尸山血海，实有不忍！ 唯恨秦灭六国以来，苍生无辜，屡遭屠戮，人头枉自纷纷落地。 将军乃故赵后裔，当最恨暴秦，今汉家灭秦，亦是为赵复仇，将军何故要无端生事，恩将仇报？”

赵利双目圆睁，怒视赵尧道：“你少年新进，哪里配来指点山河？ 吾赵固然不幸，先亡于秦，后亡于汉；然赵人一日不绝，社稷一日不复，烽烟便一日不能消。 正所谓，国若不存，生之何为？ 恃强凌弱者，焉知壮夫之志！ 此东垣城虽小，也是赵之国祚所系；岂是你片语蛊惑，便可拿下的？”

“将军大义，可感可佩。 然老子所言圣人之治，要者有三：一者‘使民不争’，二者‘使民不为盗’，三者‘使民心不乱’。陈豨倡乱以来，劫掠城邑，流寇四方，驱民为盗贼，徒乱民心，与将军所言之高义，相去又何其远矣！”

“少年狂徒，岂知鸿鹄之志？ 故赵宗室，绵延千百年，岂肯臣服于一个泗水亭长？ 你未经国灭之痛，不知沧桑，且放你一马，速回你营去。 若再狂言，小心万箭穿心。”

赵利此言一出，城上弓弩手便一齐跃起，各个满弓，只待令下。

赵尧却是面色不改，深深一躬道：“谢将军不杀之恩。 小臣今来，早已不计生死，只以城中众生为念。 今东西两面，叛军尽殁，陈豨自顾不暇；此城之破，只在旦夕。 若愚顽拒降，则城中丁壮，必为城下白骨。 听好！ ——若弃干戈而降，则两军无须再死一人。 两相权衡，将军还犹豫甚么？”

这一番陈词，听得城上叛众发呆，闻听“两军无须再死一人"，立时群情哗然。 俄顷，便有人高喊一声："今日降了吧！"说罢，便将手中兵器抛下城去。 诸叛众饥寒交迫，皆无战心，一时纷纷附和。 眨眼之间，旗帜、剑戟便雨点般抛下城去，片刻便如山积。

赵利一惊，拔剑正要弹压，却见群情汹汹，势不可当。 大股叛众蜂拥奔下城去，欲开城门。

众亲兵见状，知大势已去，急劝道："请将军易装，趁乱溃围。 我等即是舍命，也要为将军杀出生路来。"

赵利持剑在手，叹了一声："哪里还有生路？ 赵尧此番劝降，是以一命赌我一命。 今唯有我死，诸君方能存活。 你辈小子，不如缚了詈骂刘邦之卒，自求活命去吧！"随即环顾一眼城垣，便欲自刎。

众亲兵急拦阻道："赵国未复，将军不可轻生。"

赵利环视众人，怆然泣下道："国既亡，乃是弱不敢强，复之谈何容易？ 诸君不允我死，莫非忍心见我受辱乎？"言毕，趁众人怔神之际，便猛一挥剑，刎颈而亡。

恰在此时，城南门轰然洞开，其余三门亦继之大开，叛众纷纷拔旗弃戟，伏地请降。 四门之外，满地皆是蓬头跣足之众，密密匝匝，犹如蚁聚。 刘邦在壁垒上望见，哈哈大笑："壮哉赵尧，片言即下一城！"便命樊哙挥军入城。

稍后，已降的赵利亲兵，将日前两个詈骂刘邦之卒缚住，推至刘邦驾前。 两小卒浑身战栗，只低头不语。

刘邦瞥一眼两人，问道："逞口舌之快者，必在口舌上死。 今日如何？"

为首一卒抬起头来，求饶道："陛下仁厚，恕小人无知，万不该污言犯上。"

刘邦微微一笑,挥袖道:"我本无能,屡遭楚营将士詈骂,倒也听惯了;且你二人詈骂君上,罪亦不当死。 然煽惑人心,裂土分封,却是罪不容诛。 今日便要借你二人头颅,以儆天下嗜血之徒——不思安居,恣意倡乱,只配往那黄泉下去做勾当。 我汉家天下,无为而治,官不逼民,民亦莫存妄念。 左右,拖下去吧,枭首悬于城头,成全这两个无名竖子。"

众郎卫闻声而上,将两个叛卒推了下去,刀光一闪,便有两颗头颅滚下地。 旋即,两头颅被悬挂于南门,血水淋淋,犹如泉滴。

刘邦正得意间,忽闻马蹄声近,侧首望去,这才看见,此时赵尧已策马奔回,容色虽镇静如常,然后背已为汗水所湿透。

赵尧下马复命,刘邦便道:"御史大夫好大胆,不怕城上放箭,连朕也看得心惊。 我问你,劝降之时,究竟怕也不怕?"

赵尧回道:"赵地叛众,皆为图利,岂有荆轲那般大勇? 臣以利害晓之,彼辈作乱之心必瓦解,哪还有心思放箭? 臣亦常人,岂无畏惧之心,然此番平乱,以命赌之,不亦快哉!"

刘邦便大笑:"好个赵尧,回朝必封你为侯。 惜乎你这本家赵利,至死不降,虽不至猥琐,然终不是正途。 遣人寻个高敞地方,悄悄葬了吧。"

吩咐既毕,刘邦这才整整衣冠,登上戎辂车,昂然入城。

大军进占东垣之后,各邑无不震动,降寇者纷纷反正,开门输诚。 刘邦便传令各地:"为我汉臣,当如任敖! 着令诸县邑,百姓坚守未降反寇者,均免田赋三年。 曾降寇者,倘若来归,概不追究。"使者奉命,即飞骑四出安抚各处。

时至春正月，北边忽有斥候回报，称陈豨闻东垣城破，大起恐慌，心知事不可为，只率余众在代地游走，屡向韩王信求援。刘邦闻报，只一笑置之，也不去理会。

这日，汉军大营又获急报，称韩王信部众与胡骑数千人，应陈豨之请，南下骚扰，已进占参合（今山西省阳高县）。

刘邦阅毕军书，一笑置之，道："老友韩王信，今又来矣！与我周旋六年，至今日，事该毕了。"便问左右诸将，何人愿往参合征讨。

时有棘蒲侯陈武，自列班中跨出，拱手道："末将与韩王信有旧，素知其人，愿领兵灭之。"

刘邦便颔首应允："也好。韩王信乃久战之将，公切勿轻敌。"

陈武应道："韩王信骚扰，不过为陈豨壮胆而来，决无意南下恶战，故率众必不多。臣当全力围之，一举扫灭。"

这位陈武，史籍上亦称作柴武，早在薛城便投了沛公军，功劳显赫。楚汉相争时，曾率万人自荥阳往援韩信，那时，陈豨便在他麾下。

陈武领命之后，率别军一支北上，衔枚疾进，鸟兽不惊，潜行未及旬日，便悄然围住了参合。那韩王信进占参合，果然是为陈豨壮声势，并无攻略之谋，全想不到汉军会贸然北上，他逃遁不及，只得闭门死守。

汉军进抵城下，部将见城上防守甚严，都劝陈武夜袭。陈武却摇头道："终是汉家旧人，实不忍兵戎相见。"于是安下营来，秉烛写了一封劝降信。次日天明，遣人送进了城内。

韩王信拆开来看，只见内中写道：

陛下宽仁，诸侯虽有叛逃，而后来归，则仍复故位，不诛也。此等宽怀，大王必也知晓。今大王因兵败而亡命于胡，非有大罪，宜自归汉。

韩王信看了，见语多委婉，不由心伤，登上城头痴望汉营良久。随后叹了一声："吾归汉？迟矣！"遂下城，援笔回书一封，曰：

陛下拔擢仆于闾巷，得以南面称王，此为仆之幸也。然仆有大罪，昔在荥阳未能死，囚于项籍之营，此罪一也。胡骑攻马邑，仆不能坚守，以城降之，此罪二也。今为反寇，领兵与将军争一日之活命，此罪三也。想那文种、范蠡，本无一罪，却不得活；仆今有三罪，而欲求活，其可得乎？此乃伍子胥必死于吴之故也。我匿于山谷间，旦暮乞求于蛮夷，思归之念，如驼背欲直立，盲者不忘视，然势不可耳。

陈武阅过回函，知韩王信绝无反悔之意，然词语却甚凄凉，想起昔日同袍之谊，不由一嗟三叹。遂将此信封好，遣使飞递刘邦。翌日，便下令攻城。

韩王信望见汉军声势浩大，连营遍野，知生死只在数日间，便尽驱城中男丁上城，作拼死之斗。所率徒众与千余胡骑，也知必有一死，都断了求生之念。两军攻守数日，白刃相搏，皆是死伤枕藉。

然参合毕竟城小墙薄，经不起汉军连日猛扑，终被攻陷。城破之日，韩王信大恸，仰天呼道："宗室庶子，终无福消受王侯之尊乎！"遂弃剑于地，准备受死。身边众亲兵看不过，皆脱去甲衣，赤膊执短兵，将韩王信死死护住。

陈武纵马入城，见所部将士死伤甚多，不由大怒，当即下令屠城。顷刻间，汉军大开杀戒，城内翻作一片血泊。可怜那韩王信，不知何时，竟毙命于乱军之中。

说来可叹，韩王信自投沛公军起，操戈为前驱，劳苦功高。然享王侯之尊不过两年，便见疑于君上，不得已亡命，竟做了异乡之鬼。其旋起旋落，忽如流星。

后至汉文帝时，其幼子韩颓当、长孙韩婴，皆自匈奴率众降汉。文帝不咎既往，为两人都封了侯，其后人亦累代皆为显贵，当可慰韩王信于九泉之下了。此为后话。

再说刘邦在东垣，获陈武飞书报捷，知韩王信已死，亦摇头叹息道："公何不在荥阳便死？"遂传书陈武，命他就地将韩王信厚葬。

至此，汉军将士冒寒苦斗已两月有余，皆显露疲态。最令人可叹之事，乃是护军中尉随何偶感风寒，竟病殁于军中。刘邦见此，心中快快，便令大军暂驻东垣，稍作喘息。

这边厢在长安，韩信嘱郄孔每日打探军情，观望了月余，至春正月，越发不得要领，便唤郄孔至密室，急切道："陈豨胆怯，不敢与今上对阵；只是流寇四方，连遭败绩，事将不成矣！"

郄孔大惊："陈豨负主公甚矣！府中死士，已磨剑多时，唯待举事，义无生还之念。那陈豨虽塞蹙，然今上亦不能即刻还都，我辈不如趁机举事，天下必有响应。"

"不可不可！ 以陈豨之勇，尚不能胜，关中豪强哪个还敢动手？ 我等若贸然起事，豪门袖手，百姓惊疑，必难以聚众。 宫中只须遣一小吏赴市中，持节宣谕，则我区区徒众岂不哄然而散？ 如此，我辈将死无葬所！"

郄孔脸色便是一白："这如何是好？"

"此事须就此罢手，将那后园刀剑棍棒，深埋于地下。 诸死士遣散归乡，不留一人。 彼等既有决死之志，而今事不成，便须缄默终身。"

"大计既出，何以一夜间便化作痴梦？ 小臣心实难平。 今四海不宁，异姓王心怀怨望，或不日尚有变数？"

韩信翻动案头自撰兵法，拣出《项王篇》瞥了两眼，呆然良久，叹道："天下未定之局，只在项王未死时。 今项氏既灭，刘氏独大，海内何人可敌？ 陈豨若败，则英布、彭越者流，皆无能为也。 汉家河山，传十世当无疑矣。 我辈纵有陈胜、吴广之志，也只得留待十世孙再说。"

郄孔听得冷汗直冒，伏地答道："小臣已知利害，这便去布置，主公请勿虑。 诸死士皆为高义之人，纵然是身灭，也必不会卖主。"

韩信这才稍感释然，领首道："如此甚好。 兵法有曰：'须知动静之理。'今之势，便是宜静不宜动。 谋反之事，以今日天下人心看，万不可行！ 就此罢手，你我可保子孙安然。 且去布置吧，不可稍有疏漏。"

郄孔唯唯退下，急去与诸死士交代。 不数日，诸歃血死士便纷纷离去，归乡隐迹。 韩信挨个问明了去向，方才放心。 又命郄孔道："府中凡舍人、仆役等，须严加管束，无事不得外出。"

未至半月，忽有舍人栾说不告而出，一整日不见踪迹，至次日晨方归。郏孔闻知大恐，亲往栾说屋内察看，质问道："主公有令，府中诸人无事禁足，不得出门。你何以不告而外出？"

那栾说满面赤红，宿醉尚未消，昂然答道："家老多心了！府中舍人谢公，日前被遣返归乡。谢公素与我友善，我难舍旧谊，与之饮酒作别，大醉，故而迟归。"

郏孔不敢怠慢，遂将此事急报于韩信。韩信闻之大怒，命郏孔将栾说引至书房，责问道："日前有令，诸人不得擅离。你久在府中，本应遵令，何以一日不归，莫非欲谋不轨乎？"

那栾说倚仗酒意，心中不服，便顶撞道："主公此话，是从何说起？我又未交通外敌，怎能图谋不轨？"

韩信本就有怒意，闻此言更是勃然大怒，便也不问，即吩咐郏孔道："此竖子不可饶过，当死无疑！且押于后堂，明日召集府中诸仆役，当众笞杀，以儆效尤！"

栾说正要分辩，早被郏孔一把扭住，招呼了几个仆役，将他五花大绑，拽往后堂关押。

栾说这才酒醒，知闯下了弥天大祸，一时竟乱了方寸。颓然良久，忽地想起一个解脱之道，便央仆役唤来郏孔，哀恳道："弟酒后失言，得罪主公，明日将暴死。兄请怜我，家有老母幼子，可否允吾弟栾仲前来，当面托付后事？"

郏孔见此，想到栾说擅出一事，系自己告发，竟要断送他一条性命，不由起了恻隐之心，便私下去唤栾仲。那栾氏一门知栾说犯禁，命将不保，正哭作一团。闻郏孔来唤，栾仲慌忙抹干眼泪，随郏孔来至后堂。

两兄弟见面，不禁抱头痛哭，郏孔心有不忍，便避了出去。

栾说斜瞟了一眼，忙止住呜咽，低声急道："谢公醉酒，已向我吐露真情：淮阴侯阴遣高邑出关，勾连陈豨，欲择日起事，趁夜诈称敕命，赦免官奴，纠合徒众，天明即袭杀皇后、太子。你速往长乐宫，上书变告，一刻莫迟，或能救我一命。"

栾仲闻言，且喜且疑，只发愁道："那长乐宫门禁森严，我如何得入？"

栾说便怒道："小家子如何恁地自贱？那宫门外，置有路鼓，民间有冤，可径往播鼓，自然有中涓出来问话。你将我之所言，写成书信，交予来人即可。"

栾仲连连额首道："弟已知，兄请保重。"

"适才所言，可曾记牢？"

"已记牢。"

"既如此，速去，勿作妇人之泣了！"

栾仲赶忙抹了泪，长揖退出。郄孔守在门外，见栾仲低首出来，神态哀戚，匆忙离去，并不觉有异，便吩咐下人守牢后堂，自忙别事去了。

淮阴侯邸中，当天的后半日，安谧如常；然栾说密告之事，已如星火落入薪柴，一发不可收拾。向晚时分，栾仲所写的变告信，便已由北阙急递至椒房殿。

此时，吕后正与审食其两人卿卿我我，打算挨至掌灯时分，下到地宫好好缱绻一番。得谒者急报，吕后连忙拆开密信来看。阅罢，不由大惊，遽然跃起道："居然有此等事？这如何是好？"

审食其倒还沉稳，看过只道："下人变告，或因挟嫌报复，也未可知。"

吕后惶急道："当此际，宁可信其有，焉能信其无！我这便召韩信进宫问话，将他擒住，如何？"

审食其忙摆手道："不可。韩信党徒甚众，若生疑，必不肯来，反而激起事变。"

吕后仰天喟叹一声："危急之时，你只是寡谋！且下地宫回避吧，我请萧丞相来商议。"

原来，那长乐宫中，殿阁之下多有地宫，系主人私自开掘。地宫广如屋宇，器具齐备，可行诸种私密事。先前只是刘邦在前殿开凿地宫，暗中与婢女享乐；吕后及后宫诸姬妾闻知，亦偷偷效仿，各个挖有地宫，只瞒住了外人而已。

入夜，萧何闻召，知有大事，便急入宫中，径往椒房殿。吕后甫一见，便拽住他衣袖道："丞相，你我二人监国，本无差池，谁知偏偏生出惊天的大事来！"

萧何不知就里，便道："皇后勿惊。老臣经营关中已近十年，事无巨细，皆在股掌中。我若不做惊天之事，便无人可做得出。"

吕后望望萧何，眼泪就掉了下来，哀声道："幸亏有丞相在！沛县故人，到底还是靠得住些。刘季那失心翁，偏爱狐媚之子如意，封他在赵地，激得陈豨作乱。那老不死翁，率倾城之兵去讨逆，韩信在都中忽又生乱，这如何得了？"

"韩信？"萧何便是一怔，惶惑道，"淮阴侯抱病多年，几成退隐，恐不至于倡乱。"

吕后立时变色，将密札递出，叱道："你看这变告信，言之凿凿，岂是能闭门臆造出来的？萧何，你居然不信！莫非怪老娘我多事？"

萧何接过变告信，坐下读罢，"噫"了一声道："下人投书变告，事或有蹊跷。"

吕后便逼视萧何，咄咄道："即是诬告，也不得不信！莫非丞相因当年曾举荐韩信，今日便有意袒护？"

萧何面色大窘，红了一阵又白，急辩道："当年韩信投军，尚是孺子。拜将封王之后，日渐骄纵，亦是臣所不能预见。既如此，容臣细思对策。"

"老吏断狱，总这般迟缓！此事甚急，倘有闪失，乱兵即入长乐宫，容不得你细思了。"

萧何也不理会，只是闭目而坐。吕后急得绕室徘徊，几次欲言又止，但终是不敢打搅。

少顷，萧何睁开眼，缓缓道："韩信既欲使诈，便怪不得朝廷也使诈。可遣一老练吏员，潜出城去，复自北门入长安，诈称系信使自邯郸来，飞报陈豨已死。而后，召群臣进宫朝贺，方可哄得韩信出来。事先将武士暗藏宫中，待韩信至，立可缚住。"

"那韩信多年不上朝，今夜又如何肯来？"

"此事无须多虑，待老臣亲自修书一封，他必定来。"言毕，便亲笔写了一封信，信中嘱道："有使者自邯郸归，报称陈豨已死，群臣皆来贺。足下曾与陈豨相善，今虽病，为避嫌之故，当勉强入贺，方为上计。"

写毕，教吕后阅过，两人便商议遣何人送信为妥。此时，恰有外放常山郡守的徐厉来长安催军粮，萧何便道："徐厉最妥。"

吕后想想，拊掌称善，即遣人唤来了徐厉。萧何对徐厉如此这般吩咐了一番，那徐厉却不明所以，翻了翻眼睛道："臣离代郡不久，闻陈豨窜回代郡，贼势仍盛，如何忽而便死了？莫非是流言？"

萧何将书信、符节交予徐厉，厉声道："朝中大事，有托于公，公可不问缘由！"

徐厉这才知事体重大，遂不再问，将萧何所嘱默记了几遍，便提了灯笼出宫，乘马往淮阴侯府去了。

待徐厉走后，吕后仍觉惶惶，要集合中涓诸人，分发刀剑棍棒，以备万一。

萧何便笑："此等阉人，顶得甚么事？ 速从禁军之中，召五十名武士来，守牢宫门。 稍后诸臣来贺，便一概不得出。"

"五十名武士，便可当得事吗？"

"足矣！ 只是……万勿泄与留侯知。"

"丞相放心，他哪里会知道。"吕后至此才觉释然，急忙传令下去。

宫中自是一阵忙乱不提。 且说徐厉驰至城北，直赴侯门聚居的"北阙甲第"，找到淮阴侯邸，请司阍通报求见。

韩信尚未入睡，闻说徐厉持节来访，大感诧异，急忙出中庭迎候。 见了徐厉，正待问个究竟，徐厉却一语不发，只将那萧何信札递上。 韩信拆开阅过，心头便一惊，踌躇片刻道："陈豨既死，固当可贺，然在下抱病多年，素不上朝，今夜便也免了吧。"

徐厉道："陈豨作乱，汉家之大患也。 今上征讨，颇为费力，臣在常山，也是日夜不得安宁。 今来催粮，方离赵地数日，不想君上有天助，已击杀陈豨。 捷音传回，满朝文武俱赴宫中称贺，丞相之意，淮阴侯若不去，恐易生谗言。 小臣昔在军伍，素敬大将军威名，望足下莫负丞相好意。"

韩信闻陈豨败亡，心中大感失望，本不欲朝贺。 听了徐厉一番话，想想亦有道理——陈豨既死，今生便再也无望争天下了；若想今后无虞，须哄得那刘邦不再猜忌，故而今夜朝贺，当从众，摆个样子也好。 想到此，便对徐厉道："足下请稍候，容我更衣备车。"

徐厉急催道："今夜仓促，一切可从权，常服乘马亦不妨。 这般时辰，只恐诸臣早已集齐，足下不宜太迟。"

韩信想了想，应道："也罢，我便乘马随你去。"

离了侯邸，二人打马飞奔。 徐厉高擎长乐宫灯笼在前，街上巡哨见了，都纷纷避让。 来至北阙下，早有萧何在宫门外等候。待韩信下得马来，萧何连忙迎上，执手笑道："若非朝贺，尚不知何时能见足下一面！"

韩信也寒暄道："丞相掌朝纲，百事待决，在下不过区区一病夫，岂敢打扰？"

萧何便附耳低语道："群臣已集齐，唯少足下一人，速随我来，莫使皇后心有不悦。"

韩信环顾宫门前，却只见空空荡荡，不由心生疑惑："怎不见群臣车马？"

萧何道："群臣皆自西阙而入，车马停在武库。 皇后嘱我，专在此处迎候足下。"

韩信心中忐忑，不由按了按佩剑柄，还想再问，萧何便一揖道："君臣共济，方为幸事。 既来之，务请随众如仪，莫生猜疑。"说罢便不由分说，拉了韩信直入宫内。

三人行至跸路上，见前殿果然灯火辉煌，似有百官熙熙攘攘，韩信这才不疑，急趋而行。 俄而，忽有一涓人举灯拦路，传谕道："皇后正在钟室小憩，传淮阴侯谒见。"

韩信蓦然警觉，问道："何事独独传我？"

涓人答道："陈豨尚有余众未灭，故陛下有密信来，问计于淮阴侯。"

萧何忙道:"既如此,便请淮阴侯速往钟室,我等不陪。"

那涓人将灯笼一举,恭请韩信先行。韩信闻涓人所言,心中略感得意,便向萧何、徐厉拱了拱手,与涓人急往钟室赶去。

韩信早年并不识吕后,自吕后获释归汉后,方在朝贺时远远望见,故不知吕后脾气秉性,此时心中便不免忐忑。

待迈入钟室大门,唯见室内幽深,帘幕低垂,静谧非同寻常。有一宫女上前迎住,请韩信解剑置于剑架,方引入内。行了数步,又有一宫女接替,如此行行重行行,换了数名宫女引路,只见曲径幽深,帷幕重重,竟不知到了何处。

忽而,路至尽头,眼前一派灯火通明,恍如白昼,两扇铜钉大门之内,竟是别有洞天。宫女拉开帷幕,见是一间极宏阔之屋宇,室中有编钟一架,气势非凡。编钟的铜架,高约七尺,阔有三丈,上悬三层铜钟。架前有宫女六人,手持木槌击打,钟声悠然入耳,恍似仙境。

韩信纵是见多识广,也未曾见过这等景象。正在发怔时,忽见侧室帘幕拉开,两个宫女扶住吕后,缓步出来。

吕后仪态从容,身着一袭平常长襦,并未着庙祭时的锦绣深衣,全不似接受朝贺的样子。韩信慌忙躬身一揖,口称:"臣韩信,见过皇后。"

吕后便止住步,打量韩信片刻,道:"淮阴侯抱病多年,气色似好于从前,脸孔也不甚黄了。"

韩信俯首道:"蒙陛下垂顾,臣得以居家将养,略有恢复。"

"那便好!你闲居家中,总不是侍弄园圃吧?"

"臣常与留侯来往,遵旨删削古来兵书,为后世明定兵法。"

"哦哦，张良他也知兵？……那古来兵法，想来甚多？"

"凡一百二十八家，杂芜亦甚多，臣与留侯商议，仅选取其中三十五家。"

"三十五家？ 啧啧，若老身打算通读一过，恐也须十年。 淮阴侯真是了得！"

"不敢。 臣助陛下灭楚，攻战甚多，于兵法略有心得。"

吕后便忽地冷笑一声，拍了两下掌："哦？ 好好！ 那我来问你：你与那马陵道上之庞涓，韬略谁高谁低？"

韩信闻听此言不善，猛然一惊，抬头去看吕后，却不料，从帘后猛地冲出五十余名武士来，个个彪悍异常。 为首数人一拥而上，将韩信擒住。

眨眼之间，钟室内宫女全都不见，吕后身边，唯有一群赳赳武夫。

韩信拼死挣扎，仍难以脱身，不由双目圆睁，怒道："臣何事得罪，皇后要擒我？"

吕后嗤道："事已至此，尚不知罪乎？ 你遣人交通陈豨，欲在长安为内应，诈称敕令，释放官奴，图谋聚众闯宫。 可有此事？"

韩信一怔，不由满面涨红，勉强遮掩道："此等谣诼，如何可信？"

吕后便戟指韩信道："堂堂丈夫，敢做而不敢当吗？ 你府中，可有一舍人名唤栾说？ 你身边，可有一死士人称谢公？ 此事，便是谢公酒后泄于栾说的。 栾说知你谋逆，已投书告发，由不得你抵赖！ 你旧部高邑，现在何处？ 你属下死士十余人，曾歃血为盟，所为何事？ 诸死士今又缘何遣散？ 犯下此等谋逆之罪，还敢强辩吗？"

韩信闻听祸由栾说而起，便知事机已泄，不禁大沮，张口而不能言。

吕后便一声大喝："拿下！"

众武士一起发力，将韩信按倒在地，一把绳索捆了。

情急之下，韩信奋力挺起身，疾呼道："臣忠心事汉，百战百胜，今何罪当缚？丞相知我，必不反！"

吕后便微微一笑："将军百战百胜，奈何为我一妇人所缚？老身不妨明言：擒你之计，皆由丞相所出。"

韩信便大惊："是丞相诈我？"

吕后叱道："休得怨丞相！天要灭你，你将何所逃？"

韩信仰头，思忖片刻，哀叹道："天将灭我？天下万人，上下千年，能灭我者，何在？何在？"

"哼，就在今日，就在此处。"

韩信满面悲怆，仰天叹道："张良兄，弟不听你劝，不效你归隐，致有今日。身历百战，死有何憾？然如此之死，却是人间奇耻！"

吕后一笑："张良兄？他耳聋了，听不见，也救不得你。左右，推出去，斩了！"

众武士闻命，齐声应诺。为首数人上前道："淮阴侯，得罪了！"便一把褫去韩信头上大冠，欲将韩信拖走。

韩信引颈大呼道："且慢！汉家亦有律法，既诬臣谋反，须经廷尉府对簿，如此杀人，名将竟不如鸡狗乎？"

吕后轻蔑一笑："名将？不吃汉家饭，你又谈何名将？你既吃了汉家饭，便与鸡狗无异！老身教你死，你休想活到天明。若要讲理，老身自也有道理——你贵为王侯，多年不朝，阴与贼通，竟是颠倒恩仇，要功高弑主了！还养着你这鸡狗有何用？"

"说杀便杀，无凭无据。只凭着小人信口毁谤，便要枉杀功臣；难道王侯命贱，竟不如都中小吏吗？"

"看你是功臣，才唤你来宫中行刑，算你死得体面。若真是小吏，当街便将你扑杀！"

韩信心中顿起大悲愤，仰天呼道："人间何世？竟惨至此！头顶还有苍天吗？"

吕后叱道："你想喊冤？汉家之地，天也姓刘，任你喊破喉咙，苍天就在上，他能瞥你一眼吗？"

韩信不禁泪流如注："臣自投汉，汉家几经危难，臣未曾有一念欲背汉而去，东西征伐，殚精竭虑，汉家的'汉'字，总还有臣写的一笔吧？今虽有小过，却罪不当死，皇后不念臣灭楚之功，听了几句谗言，不问情由，便来索命，臣即使下了黄泉，亦不能瞑目。"

吕后冷笑道："通贼之时，只图快意，可曾想到今日？大丈夫，流泪何用？死也要死出个样子来！"

韩信犹自挣扎，悲愤呼道："臣不该灭项王乎？臣之大功，便是大罪乎？臣智取陈仓，为汉奠基；东出魏赵，应援荥阳；横扫齐鲁，直捣彭城；垓下挥军，逐死项王，功即便未高于天，亦是当世绝无。无我韩信，汉家可望有此伟业？无我韩信，陛下恐仍为僻远诸侯。臣为汉家杀敌百万，竟不抵区区栾说一言乎？臣半生之功，竟是自设陷阱乎？季布可活而韩信不可活；拥汉者，反倒不如反汉者乎？半生尽忠，换来屠戮，这不是冤，又是甚么？苍天若有目，便也是盲目！苍天若有耳，便也是聋耳！"

吕后一甩袖，冷笑道："人将死，省悟岂非太迟！你道理说破天，可敌得过我刀锋吗？"

"皇后虽尊贵，到底是一妇人，你有何刀锋？ 有何雄略？ 有何经天纬地之才？ 帷幄中设计害我，鼠窃狗偷之技也。 来世有史，必洗我之冤，必唾你之面！ 大丈夫固不该有泪，然此泪为半生之功而流。 小人得逞，功臣蒙冤，墨白颠倒，忠奸不辨，这便是我洒血打下的山河吗？ 如此乱命，如此昏政，来日汉家若遭外寇，岂不要遍地揭竿，人皆引路？"

"哼，汉家之事，与你韩信何干？ 我之天下，我自做主。 还啰唆甚么，拖出去，这便了结！"

众武士闻令，齐声应诺，将韩信拖曳至庭中，死死按住，跪在地上。

韩信复又泪流，喃喃道："日月何在？ 天理何在？ 如此汉家，又哪里胜于暴秦？"

众武士便揪住韩信发髻，连声喝道："住嘴！"

随后，一武士端来一碗醴酒，强行为韩信灌下。

韩信发髻散乱，强咽了几口酒，知此生不过仅有片刻了，不由仰头大呼道："悔不用蒯通之计，为小人、女子所诈，岂非天意！"

一赤膊武士执刀立于身后，喝道："罪臣！ 伏法在即，又何必多言？"

韩信遂一声长啸，凄厉之极："丞相——，何其不仁也！"

众武士急忙遮拦其口，韩信挣扎欲起，几近狂怒，连声大呼："此乃谁之汉家，谁之苍天？ 恨呀！ 我恨呀——"其声响彻钟室庭院，远近可闻。 旁殿的宫女闻之，皆惊恐万分。

吕后在钟室内听见，顿足大怒："杀！"

赤膊刀斧手快步上前，手起刀落，斩下了韩信头颅，随即提起首级，入钟室内，呈给吕后验看。吕后一挥袖道："不看了！首级留下，尸身抛至荒郊喂野狗，勿与人知。"

待钟室事毕，吕后便急率武士至前殿院落，见了在此等候的萧何，开颜一笑："丞相计谋天成，韩信已被斩，首级置于函匣中，待陛下归来验看。"

萧何闻言，遽然变色："将韩信斩了？"

"斩了！丞相何故惊异？一个陈豨作乱，便须陛下亲征，劳师动众，数月不能平定。若陛下百年之后，韩信复起倡乱，岂是你我可制服的？"

"这……淮阴侯终究是重臣，本该交陛下处置。"

吕后冷笑道："韩信功高，那失心翁万一不忍，岂非遗患来日？"

萧何略一沉吟，道："既如此，容老臣草拟奏表，报于陛下。"

"否！此事且搁置，勿令陛下分心。待他归来后，老身自有分说。"

"这如何使得？"萧何满面愕然，望着吕后。

吕后上前两步，忽朝萧何一施礼道："丞相，今夜劳苦！然大功尚未告成，韩信眷属，罪当连坐，须在今夜尽捕。此事还须丞相亲为，勿使一人脱逃。"

萧何一惊："尽捕之，将何如？"

"当族诛！"

"啊——，诛九族？不亦甚乎？"

"念在韩信当年功高，且诛三族，其余则再无宽宥。"

萧何望着吕后不语，吕后也望着萧何不语，两人僵持良久，萧何终不敢抗命，只得拱手道："臣这便率武士前往韩府，请皇后无虑。然他府中屋宇甚多，人丁杂乱，仅凭武士，哪里理得清头绪，不若老夫唤些家臣来助。"

吕后看看萧何面色，微微一笑："也好！便有劳丞相处置吧。"

萧何叹了一声，当下持了符节，集齐众武士，又遣人往自己府中，命长史萧逢时率众家臣前来相助。两边人马会齐，便浩浩荡荡开赴淮阴侯府。

萧何出宫后，吕后方步入前殿。百官在此已候了半夜，只不见吕后出来，都惊疑不定。此刻，只闻一声传警，吕后换了一袭凤纹锦绣深衣，款步而入。

众臣见了，都长出一口气，纷纷顿首，大赞"万岁"，争贺皇帝报捷。

吕后却全不理会这些，在龙床坐下，环视一周，面色忽就一沉，道："陈豨败亡，乃是迟早之事。今夜百官齐集，老身恰有一紧要之事，须面谕诸君：淮阴侯韩信，多年称病不朝，数度抗命，却阴与陈豨勾连，欲在长安倡乱，释放官奴，入宫杀老身与太子。此事经我与丞相共商，以巧计平定。首逆韩信，今夜已伏诛，近畿安堵如故，各官都不必惊慌。"

百官闻之，都惊呼不已。因朝中重臣多随刘邦出征，在场众人自觉位卑，心中或有疑虑，也不敢开口。

吕后见无人多言，便挥袖道："夜半入朝，诸君也是劳累了，都散去吧。"

殿上却有一少年文吏，忽"啊呀"了一声，道："陛下未归，淮阴侯却倡乱，且一夜间便伏法，这教长安百姓如何信服？"

这文吏所言，恰是许多人心中疑虑。此言一出，众官便一片哗然。

吕后心中大怒，喝道："何人在此放肆？"

众官连忙闪开，唯留下那少年文吏，孑然立于大殿正中。

吕后看去，原是旧部任敖之子任道谦，不禁气就短了一截。原来，那任敖先前为沛县狱吏时，吕后曾因刘邦造反事被拘，在狱中遭小吏调戏。任敖得知，将那小吏痛殴了一通。此后多年，吕后视任敖若恩人，优礼有加。此次陈豨叛军席卷代、赵，又是任敖在上党独立支撑。故任道谦毫不惧吕后，乍闻韩信"谋逆"，觉匪夷所思，忽起不平之心，脱口便犯颜质疑。

正因有这一层缘故，吕后也只得忍了忍，放缓口气道："待陛下归来，对天下自有交代。韩信谋逆事，已有证供；道谦若有不明事，可去问丞相。那韩信，若有你父一半忠直，今夜又岂能遭砍头？好了，散朝吧。"

众官面面相觑，都不敢再冒犯皇后，只得退下。

再说那淮阴侯府中，韩氏众家眷正在酣睡，冷不防便有众多武士手擎火把，破门而入，逐屋捉拿人，阖府立时大乱，妇孺哀啼之声起伏不绝。

韩信那些家眷，得韩信庇荫，做了十几年贵人，官吏见之亦毕恭毕敬；今夜忽遭巨变，自是有不服的。众武士倚仗有皇后谕令，呼喝连天，绝无容情，凡遇违抗者，皆当场击杀。

萧何见府中乱作一团，心中越发悲凉，忽而想起：吕后临事仓促，只命捉拿家眷，并未下令缉捕家臣。于是，便暗嘱萧逢时道："速去寻他府中家老来。"

不消片刻，萧逢时便将郄孔带到。萧何对郄孔道："淮阴侯已伏诛，天命难违，老夫亦无能为力。我只问你，淮阴侯有几子？"

郄孔乍闻此变，不由魂飞天外，怔了半晌，才忍悲答道："淮阴侯有三子。"

"幼子有几岁？"

"未及五岁。"

萧何便将郄孔拽至暗处，低声道："速携此子出逃，远至桂林、象郡，若是南海之渚最好，隐姓埋名，勿返中土。"

郄孔闻之，猛然跪倒在地，哽咽道："丞相……"

萧何亦险些泪下，摆摆手道："无须多言，速去！"

郄孔忍住悲泣，伏地叩了三个头，便去起身寻韩信幼子。寻了许多屋宇，终将那幼子寻到。郄孔便以布带将小儿缚于后背，身披大氅盖住，由萧逢时巧为遮掩，趁乱逃出。待逃出大门，郄孔又狂奔了数条街，见有人家墙垣不高，便翻墙而入，在后园树丛中躲了一夜。至昧爽时分，路上有了行人，方才混出城去。

后世有传闻说，郄孔携韩信幼子逃至南海之渚，藏匿多年，后又辗转至象郡住下。那幼子长成，便将姓氏"韩"字去掉一半，易为"韦"姓，在岭南繁衍生息。此说甚离奇，或仅为轶闻而已。

武士搜捕至天明，将韩信阖府人丁全部拘到，萧何正待点验，宫中忽传来皇后谕旨，命将韩信家眷押至西市，于午时斩决。萧何正担心郄孔下落，闻此令，便不再核验，即下令起解，将那韩信幼子脱逃一节，不动声色地瞒了过去。

西市刑场亦在城北，离淮阴侯府并不远。一路行来，韩信眷属哭声震天，路人观之，无不心酸，多有悄悄作揖者，而绝无一人掷石詈骂。是日，彤云密布，寒意料峭，一派天昏地惨景象。百姓闻韩信已死，无不惊骇，阖城震动。有胆大者当众嗟叹："开国之臣，竟也遭杀头，世事恐是要乱！"众人便也跟着叹息。

人犯解至西市，成排跪下，刑场四周观者如堵。 那韩信妻、子及族属，只一觉醒来，便要遭杀头之祸，一时都回不过神来，女人只是哭泣，男丁皆呆若木鸡。

至午时三刻，只听三通鼓擂过，一队刀斧手头裹红巾，大步入场，挨个提了刑犯，杀鸡一般，逐一斩决。 刀光起处，眷属群中哀声大作，围观百姓便是一阵阵惊呼。

韩氏一族，就此几遭灭门，其兴衰荣辱，常为后世读史者所叹。 想那韩信，因萧何三荐其才，方得以登坛拜将，遂成大名；后又因萧何使诈，致其落入吕后圈套，枉送了性命。 故后世便留下了"成也萧何，败也萧何"的成语，喻成败乃命中注定。

岂知萧何此时，也是万般无奈。 这日午时，监斩完毕，萧何身心俱疲，又率人亲往淮阴侯府，查抄家产，遣散余众，直忙到掌灯。 至此时，尚未闻郐孔被官家捕获的消息，知他已携幼子顺利脱逃，萧何心中方稍安。 待诸事已毕，又强撑着入宫，面禀吕后。

吕后此时正与审食其在地宫逍遥，闻听宫女来报萧丞相到，连忙结衣束带，登梯来至椒房殿地面，出来见萧何。

萧何禀道："臣亲往淮阴侯府，查抄已毕。"

"那韩信所删定兵法，可如数收缴？"

"片简未漏，已全数解至宫中。"

"这些简牍，权且放在老身这里。 韩信为人不忠，兵法倒还可靠。 此事既完结，丞相也可歇息了。"

"仍有一事未了，请皇后定夺。 韩信伏诛，朝野必有疑惑，皇后须代陛下拟旨，布告天下。"

吕后一笑："待那失心翁回来，还不知作何想呢！ 老身若急于代他拟旨，倒真是矫诏欺世了，来日恐难担当。且天下知与不知，人也是死了，尚能还魂乎？"

萧何闻言，只在心里一叹，迟疑片刻，便告辞退下了。

回到府邸，竟是全无睡意，只秉烛呆坐，昨夜以来种种场面，如在眼前。萧逢时见主公忧心，来催过几次，请萧何早些睡下。然萧何内心震骇，为平生所未有，哪里还可入眠？萧逢时无奈，只得陪坐于侧，连连打盹。

听了谯楼上几番更鼓，堪堪天已将明，萧何方才起身。却不料一阵晕眩，手中蜡烛落地，"噗"地熄灭，人也瘫坐于地了。

萧逢时闻声惊起，急忙来扶，苦劝道："主公，昨日至今，你已两日两夜未眠了。年事已高，如何当得起这般操劳！不如也抱病在家，将养些时候再说。"

萧何挣扎而起，摇摇头道："不可！当今之时，谁若敢抱病，谁头颅便难保。此事毋庸再议，我自会将养。"

萧逢时闻听此言，不由惊骇，想起昨夜淮阴侯府之祸，叹道："功臣何辜？竟连遭横祸？还不如项王未死时安稳了。"

萧何摸到地上蜡烛，苦笑道："那是自然！天已明，还用烛火何为？"

九

四方枭雄
无漏网

高帝十一年（前196年）春二月末，北地叛众溃散，烽烟渐消，只余一个陈豨，率残部逃入云中郡。刘邦见陈豨已不足为患，便留下周勃、樊哙，转攻云中郡。两将率军入云中，于春三月，大破陈豨所率胡骑，生擒王黄等贼将，收复了雁门、云中二十九县。前后攻战，且按下不表。

　　单说刘邦回军途中，路过代县，登城北望，见重峦叠嶂，宛如壁垒，不由感叹："塞上景象，究竟是不同！此地抵近匈奴，形势甚险要，似不宜与赵地合并，仍应封国，由诸侯在此为我镇守。"行至洛阳，刘邦住进东宫，淹留多日，又不想走了。便在洛阳下诏，仍将赵、代分为二国，拟在诸王、封国相、列侯及二千石官吏中，择贤者为代王，定都于晋阳。

　　半月之后，便有卢绾、萧何等三十八人，联名上疏，俱说皇子刘恒，为人贤明温良，可以为代王。

　　这刘恒，不是别人，正是薄夫人所生之子。薄夫人自入宫之后，不受刘邦见爱，全不似戚夫人那般风光，所幸当年便育有一子，以子之贵，可得安居后宫。薄夫人颇知隐忍，从不与他人争宠，只专心抚育爱子。

　　母子两人相依为命，谨小慎微，在后宫倒也无事。年复一年，刘恒渐渐长大，处世恭谨，知书达理，竟是一个难得的人才了。

至今日，刘恒虽已是少年，却未封王，此次若遣刘氏子弟去镇守晋阳，自然非刘恒莫属。刘邦想想，确也妥当，于是准了诸臣所奏，封刘恒为代王。

刘恒在长安奉诏后，实难舍其母，便上奏：请携母同赴晋阳。那刘邦眼中，除戚夫人而外别无颜色，视薄夫人可有可无。见此奏，便准了刘恒母子同行。

有道是，祸兮福之所倚。薄氏母子此去，虽是远离了长安繁华地，屈居边关，却也远离了是非之地，此后，任他朝中种种风波，都能安然度过。

且说刘邦在洛阳住了许多日，方率军返回长安。入城之日，百官于城外夹道郊迎，刘邦在辂车上，不见百官面有喜色，心中便纳闷。回到宫中，见中涓诸人也是神色张皇，心中就更是生疑。

片刻之后，吕后自椒房殿来见，刘邦劈头便问："出征数月，朝中莫非有大事乎？何以众官皆怏怏不乐？"

吕后不知刘邦心思，不免惴惴，望了望刘邦神色，心一横，仰面答道："朝中确有大事，恐扰乱陛下，故而未奏。"

"何事？"

"韩信欲聚众谋逆，已于上月伏诛。"

"啊？"刘邦一惊，瞪目道，"胡闹！怎能有这等事？"

吕后吸足一口气，道："韩信谋反，妾身不敢独自做主，与萧丞相商议，断然捕之。经盘诘，此事定然不虚。"而后，便从栾说告密说起，将韩信伏诛之事始末，缕述了一遍。

刘邦闻罢，拈须失神半晌，又问："韩信府中，还杀了何人？"

吕后垂下眼睑答道："已诛三族。"

刘邦右手猛然一抖，叹了一声："这个韩信，自作孽。"遂斜倚于靠几，闭目沉思，渐渐地嘴角露出笑意来，睁开眼道："如此也好。"

见刘邦并未怪罪，吕后这才放下心来，进而道："韩信既有罪，则举发者便应重赏。"

"不错。那个舍人栾说，且封侯吧，要教天下人皆明忠奸。"

"萧丞相亦当加封食邑。"

刘邦略一迟疑，勉强道："这个自然，他怎能不封赏？只不知那韩信死前，更有何言？"

吕后想了想，回道："韩信曾大呼：'吾不用蒯通计，反为小人、女子所诈，岂非天意哉！'妾却是不知蒯通为何人？"

刘邦目中精光一闪："此乃齐之辩士也！此人，我倒是要见见。"说罢，便命中涓向齐相府发敕书一道，命搜捕蒯通。

次日朝会毕，刘邦留下萧何。两人踱至鸿台上，刘邦屏退左右，一把拽住萧何衣袖，怒道："老吏！你断狱无数，不可谓愚氓。那韩信谋反之事，仅凭家臣举发，一夜之间，便可杀头的吗？"

萧何叹息一声，答道："韩信因老臣而得大名，臣岂忍心杀之？然汉家上下，可有一人能阻得住皇后？"

刘邦不禁火起："皇后若要你的头颅，你也允吗？"然想想萧何之言，竟也无由斥责，便顿足道："这个老妇，如何得了！"

"臣以为，陛下在外征讨，而韩信在内伏诛，终是天意，天下当无人责怪陛下。"

"只是……诛其三族，未免太狠毒了些。"

"不如此，此事终不能了。"

刘邦低头想了片刻，渐渐平息了怒气，对萧何道："诛韩信，丞相毕竟有大功，这便加封你食邑五千户。你谋国十年，殊为不易，明日起，将'丞相'改称'相国'，与封国相的名号同一，以示大统。再命王恬启遣一都尉，率五百人禁军为你护卫，常随出入，以示荣宠，要教那天下人都羡慕，知忠君必有赏。"

萧何见刘邦不再责怪，方才长出一口气，连连谢恩而退。

翌日，果有诏下，厚赏萧何。百官闻之，皆欣羡不已。萧何有五百人护卫左右，出入备极荣耀，道旁百姓皆翘首观望。想想前后事，萧何心中暗自庆幸，接连几日，受百官登门之贺，不免便有些欣欣然。

这日，司阍忽然来报："有召平先生自城东瓜田来，一身缟素，手执一铁锄，口称吊丧。"

萧何诧异，忙迎出门去，见召平果然是白巾白袍、以锄作杖，状颇怪异，也不好当面嗔怪，只得迎入内室。

召平甫一坐下，也不理会萧何神色，开口便道："公将从此招祸了！"

萧何大惊，忙正襟长跪，问道："先生所言，究是何故？请指教。"

召平道："人曰喜事，我曰祸事，并非故作惊人语。以常理推之，君上连年出征，亲冒矢石，公却安居都中，不披甲革，今反加封食邑，岂非有异？老夫断言，此封乃大祸将至也！名为重公，实为疑公。公可曾想过：淮阴侯有百战之功，尚且诛夷；公之功高，焉能及淮阴侯？"

召平此言，恰说中萧何心事。萧何不禁脸色一变，大起惶恐，忙俯身一拜："足下所言极是，然君上起疑，容不得老臣辩白……如此，计将安出？"

召平笑笑，将手中铁锄一举，道："此事易耳，公可让封不受。贵府地下埋有多少私财？可尽皆掘出，移作军需。如此，便可免祸。"

萧何面露诧异："我府中地下，哪里有甚么财宝？"想了想，方恍然大悟："善哉！公无愧为秦之重臣，有如此城府——你是要我捐出家财，以释上疑。此乃以退为进之计，老臣这便照做，多谢恩公。"

次日，萧何入宫求见，呈上奏疏一道，奏请辞还新增封邑与护卫，并恳请捐出大半家产，以助军需。

刘邦接过奏疏阅毕，神情大悦，道："萧相国终究知我心！汉家兴业艰难，诸臣都似你这般不爱财便好了。既如此，我便准奏，所捐财物入府库。你萧何之功，譬如日月，人皆可见，另加食邑反倒是多事了。至于护卫，乃朝中威仪，相国便不必推辞了。"

自此之后，萧何知自己一静一动，皆在刘邦的股掌中，便越发不敢恣意。每每上朝奏事，都要察言观色，与吕后亦有意疏远。久之，见刘邦并无异样，这才放下心来。

此时，韩信之事还未曾了，党羽蒯通尚未到案。朝中搜捕蒯通的敕书飞递至齐，曹参看了，只觉得为难。昔日在韩信帐下，曹参便与蒯通相熟，也知此人已遁迹故里，要寻出来怕是不易。

想到此，便遣一得力掾①吏，赴蒯通故里范阳（今河北省定兴县），向县令探问究竟。那县令见来人问起蒯通事，只摇头道："此人恐是难寻。今上登基之年，蒯通倒是曾归故里暂居，替人相面卜筮，状甚潦倒。后渐至癫痴，常颠倒衣履，狂歌于市，里正不能禁。如此仅一年，忽然便无踪，人称已往临淄去了。"

掾吏谢过那县令，回来复命。曹参不禁失笑："原来就在我鼻子底下！"便命随身的众吏员，分头去临淄各坊间，寻觅癫痴之人，凡年逾三十以上者，统统拘来。

未几，各闾里便送来癫痴者数十人，皆蓬头垢面、衣衫褴褛。曹参命将一干人提至堂上，排成一列，便离座上前辨认，才看了三数个，一眼便认出蒯通来。当下揪住他衣领道："故人！何故佯狂？"说着，便将蒯通拽至内室。

两人于内室对坐，蒯通仍欲佯狂，咪咪笑道："足下是何人？若有酒肉，我便不狂。"

曹参双目咄咄逼人："夫子，淮阴侯殒命，你还有心戏谑吗？"

蒯通不由怔住，半晌才道："相国请拿酒来。"

曹参便命人上酒。蒯通接过酒杯，一饮而尽，遂向西一拜，大恸道："大王，何不早悟？何不早悟呀……"

曹参亦颇觉凄然："夫子节哀。淮阴侯之功过，非你我所能评断。我寻你，乃今上有敕令，要召你入朝。"

蒯通惊道："今上？汉帝召我何事？也要杀头吗？"

曹参便拱手道："在下亦不知其详，只教将先生礼送至长安。"

---

① 掾（yuàn），古代官署属员的统称。

"长安!"蒯通不由怔住，良久方黯然道，"老夫若去了长安，便无望生还矣，请足下再拿酒来。"

曹参笑道："自重用郦夫子起，今上已知礼贤下士，你不必担忧。"说罢，便唤来掾吏，吩咐备一席上等酒肉，为蒯通饯别。

当下，曹参请蒯通沐浴更衣，两人豪饮一番，说了许多旧事。饮毕，已有侍从备好安车一辆，停在府门等候。曹参便起身，送蒯通至门外。

蒯通谢道："有今日一宴，蒯某赴长安，即是死，也是饱食之鬼了!"

曹参一揖道："此乃戏言了! 夫子师从安期生①，精通权变，谋术都写了八十一篇，有何祸患躲不过?"

蒯通仰面想想，笑道："也是。小臣若侥幸不死，回来再与相国对饮。"

虽如此，蒯通仍是心神不宁。登上安车，便见有一队甲士，各个执戟，将车左右夹持，心中便知凶多吉少。再回头望去，却见曹参早已没了踪影。

这一路，有掾吏一人悉心照料，然路途终是多坎坷，颠得蒯通甚苦。如此跋涉月余，进得长安，即获刘邦召见。

刘邦望望蒯通，面露轻蔑道："蒯通，蒯夫子? 韩信所倚重之人，便是你吗?"

蒯通俯首回道："不敢。臣蒯通，闾里潦倒之人，蒙君上召见，光耀先祖。"

---

① 安期生，琅邪人，世称"安丘先生"，是秦汉时期燕齐方士活动的代表人物，也是黄老哲学的传承人之一。

"听你说话，果是善辩之士！我倒要问你，你教韩信反，欲与楚汉三分天下，又是为何？"

蒯通一惊，端详刘邦片刻，即朗声答道："然！此正是臣之所为，陛下竟连这等微末事都已闻知？真是眼线遍天下。臣只知：狗之所吠，必非其主。当彼时，臣唯知有韩信，不知有陛下——若非此次曹相国搜求，臣哪里得睹天颜！臣只叹：那韩信愚顽，不用臣言，终以族诛了结。若听了臣言，陛下如何就能杀得了他？"

刘邦大怒，叱道："你教韩信谋反，罪大于韩信，分明是不逞之徒！韩信既伏诛，你似甚惜之，莫非是想下油镬么？"

蒯通昂然道："烹则烹矣，臣只为韩信怜！想昔日，秦失其鹿，天下共逐之，高才者先得。那楚汉交兵之际，天下汹汹，豪杰争欲效仿陛下举兵，唯恐举旗太迟，可曾有人怕砍头？唯韩信优柔，不忍叛汉，其所获，却是求仁而不得仁。古来奇冤，有过于此乎……"说到此，不禁泪流满面，悲不能言。

此言触动刘邦心事，浑身就一颤，连忙顾左右而笑道："又是一个贯高！愚直之人，何其多也？"继而敛住笑，对蒯通道："念你愚忠，罪不当死。朕欲赦你死罪，授你以官，再不必操神弄鬼以谋生了，你意下如何？"

蒯通大出意外，怔了怔神，方才答道："昔臣与安丘先生从项王，项王不用臣策；臣改投韩信，韩信亦不听臣言。久之，臣已心灰意懒，不欲为官。唯愿陛下怜韩信之功，乞将韩信首级赐予臣，携回葬于淮阴。如此，也不至冷了天下功臣之心。"

闻蒯通其言哀切，刘邦不禁动容，挥挥袖道："也罢也罢！韩信首级，便交于你，朕明日便传令淮阴有司，助你造坟下葬。你既无意仕进，朕便准你东归，且闲散去吧。"

郦通悲喜交并，稽首道："今日始知，天下人何以谓陛下宽仁。"

　　刘邦摆手道："罢了罢了，莫再教人谋反就好。"

　　郦通叹息一声，遂再三谢恩而退。

　　话分两头，且说韩信于长安伏诛之日，梁王彭越也在洛阳身陷图圄。原来，年前陈豨作乱，刘邦召彭越会师助战，彭越对陈豨素来敬佩，不忍刀兵相见，故托病未赴，仅遣了部将卫胠（qū）率数千兵马赴邯郸。如此抗命，惹得刘邦大怒，不久，便有使者持戒书来责问。

　　彭越得了戒书，心中惶恐，想要亲往邯郸大营谢罪。

　　此时，他身边有一部将，名唤扈辄，倒还有些识见，力劝道："不可！大王前日不往，今日始行，则前日之病，究竟是真是假？汉帝之疑，怎是面谒谢罪便可解的？大王一入邯郸，必定被擒。不如即刻举事，趁汉家关中虚空，发兵西行，截断汉帝归路，方为上计。"

　　那彭越本无雄才大略，汉定天下之后，唯知曲意逢迎刘邦，常赴都中朝觐天子，为诸侯中走动最勤的一个。忽闻扈辄此谏，竟然惊出一身冷汗来。踟蹰再三，终是托病未去谢罪。然亦不敢造反，硬起头皮，生死只托付于天。

　　事有凑巧，那扈辄与彭越所议之事，府中太仆贾友仓偶然闻知，吃了一惊，遂记在了心上。一日，贾友仓在外犯罪生事，彭越闻之大怒，便欲治罪。

　　那贾友仓被彭越下令夺职，在家中待罪，想想不忿，便起了念，要举发主公以赎罪。他闻听皇帝已班师洛阳，便只身赴洛，叩南宫之门变告。

刘邦接到变告信，冷笑一声："一个反了，两个也要反！"遂命郦商率禁军一队，夤夜赴梁地拿人。郦商奉命持节，突入梁都定陶，出其不意，将彭越与扈辄两人锁拿，拘至洛阳。

刘邦闻彭越已就擒，也不召见，只吩咐交予廷尉宣义，即日对簿审讯。

宣义收了人犯，轻车熟路，按张敖、贯高旧例，先将彭越以酒肉安抚好，便严刑鞠问扈辄。

酷刑之下，扈辄饶是铁人，也只得招供，将他如何劝梁王谋反事，和盘托出。宣义闻听扈辄已招认，入狱看了证供，一笑："如此，便少受些皮肉之苦。"遂拿起证供，掉头去见彭越。

彭越初被囚，尚心存侥幸，心想自己绝非寻常人物，乃汉家立朝功臣，虽然抗命，却并无反迹，刘邦即使多疑，亦须有证据，否则如何向天下人交代？因此，只盼宣义早些来讯问。

这日，宣义面露笑容，手持一卷册，来至彭越囚室，恭恭敬敬说道："梁王，请阅此卷。"

彭越展开卷册，见是扈辄供词，脸色便一白。待读毕，不禁汗出如雨，嗫嚅道："扈辄固有此劝，然孤王并未反……"

宣义敛了笑容，板起面孔道："梁王，反或不反，乃孩童游戏乎？部属劝谋反，即是大逆不道，当场便应拿下，送朝廷治罪。你堂堂诸侯，如何不知律法？分明是存了反心，故意纵容。"

彭越在囚室被拘数日，本就满腹委屈，闻此言，不禁大怒："你何人也？无名之辈！昔年若无孤王断楚粮道，使项王食尽而败，你哪里可得九卿做？"

宣义闻此言，倒也不恼，只冷笑道："如无君上之命，臣亦无缘亲聆梁王教诲，实为幸甚！臣告辞了。"说罢，转身便走。

次日，宣义上奏，言扈辄劝梁王反，是为谋逆，罪无可赦；梁王闻属下欲倡乱，知情不举，显是反形已具，当同罪。

这宣义，倒也未深文周纳，只不过依刑律，将彭越坐罪而已。刘邦得了奏报，当下明白了原委，也知彭越必不敢反，然知情不举亦足以坐罪，心中就暗喜。待提起笔来，拟准奏，忽又想起彭越旧日之功，颇有不忍。踌躇间，索性将此案搁置，留置彭越于洛阳狱中，自己先率军回了长安。

待处置韩信事毕，正值春暖花开，刘邦复又心念洛阳，便率亲信再赴洛阳。至南宫住下，想起仍在狱中的彭越，心中忽觉不忍，遂有意留他一命。当即下诏，公告天下，以谋反罪诛扈辄。梁王彭越包庇逆犯，与扈辄同罪，然念在往日功高，免死，废为庶人，徙往蜀郡青衣县（今四川省雅安市）安置。

彭越在狱中月余，闻韩信被诛族惨状，知刘邦是在剪除异己，遂大哭一场，再不存侥幸之心，只待有一日引颈就戮。这日，忽闻蒙赦，将赴蜀郡安置，不由既喜且悲。听宣义读完诏令，彭越长叹一声，向宣义叩了个头，道："臣行止无端，谢君上不杀之恩。"

出狱隔日，彭越便带了数名亲随，由一队兵卒押解，乘驿车离了洛阳，前往蜀郡。待交予蜀郡西部都尉看管之后，再迁徙眷属。

彭越一路西行，一路便叹息流泪，想自己当年横行大泽，何其威武。未曾想，全力助汉定了天下，却落得这般境地，真乃大梦一场！

驿车行至郑县（今陕西省华县），忽见前面有大队车马迎面而来，仪仗威严，显是官中来人。 两队相近，才见是吕后出宫，自长安往洛阳去。

彭越在驿车内望见，如见故人，忽然情急，连连大呼："皇后救我！"

吕后闻听呼叫，便命车驾停下，步下车来，走近驿车。 见是彭越被一队兵丁押解，心中明白了大半，却故意问道："梁王，何故在此？"

彭越不由放声大哭，哀哀道："皇后，臣驭下不严，部将擅言违碍之语，陛下却不问缘由，罪及微臣，令人百口莫辩。 陛下今有诏，废臣为庶民，发往蜀地安置。"

吕后心中，只巴不得异姓诸侯全死光，为刘盈铲平隐患。 今闻彭越仅是废王免死，心中就一惊："哦，有这等事？"

彭越却以为吕后发了善心，便呼起冤来："彭某出身山贼，若非今上赏识，如何可得诸侯王做？ 人非禽畜，皆知报恩，臣又怎能存谋反之心？ 望皇后怜之，为臣辩白。"

吕后仰首想想，冷冷一笑："这个失心翁，又做蠢事！"

"皇后，臣今已年老体弱，远非当年，那蜀郡僻远，此去如何得活？ 唯愿返归故里，还能多活几日，望皇后开恩。"

吕后便道："梁王之意，老身已知。 且随我来吧，入洛阳谒见陛下。"

彭越大喜道："谢皇后再造之恩。"

吕后遂命押解兵卒，掉头返洛阳。 那兵卒首领，不过为一屯长，见既无诏令、又无符节，仅凭此一语，便要半途折返，不禁面露犹豫："此事，须得卫尉有令。"

吕后闻听，立即双目圆睁："老娘之言，不能作数吗？"

那屯长哪里敢违抗，连忙从命，一行人便尾随吕后车驾，折返洛阳。

待车马入洛阳，吕后又好言安抚彭越，告之来日自有分晓，便遣人送至馆驿安顿了。彭越自忖无事，也就放下心来等候。

此事，还未等吕后通报，便有城门校尉得知，报给中尉丙猜，丙猜不敢怠慢，急入宫禀报刘邦。

刘邦闻听吕后竟擅自做主，将彭越带回，不禁大怒："诸臣渎职，该当何罪！"当下，便将廷尉宣义、中尉丙猜、卫尉郦商等免职，另择他人接任。

翌日晨，刘邦遣人唤吕后前来，劈头便骂："老妇愈发不知规矩了！前日杀了韩信，也就罢了，如何又将彭越带回？诏命颁下，竟不如废柴一根，廷尉等诸臣，竟也任由你做主，不敢发一语阻拦。如此擅权，还要我这皇帝做甚么？"

吕后挨了骂，亦不动怒，只缓缓道："陛下如今能统驭万军，如何临事仍不明——那彭越，壮士也，将他迁徙至蜀，不是自遗祸患吗？不如诛之，以绝后患。陛下今日优柔，明日优柔，那彭越若在蜀郡发难，岂不要重演取三秦旧事？到时悔之，怕是晚矣！故而妾身冒此风险，与之俱归，就是不想让他活！"

刘邦闻言一震，怒意渐消，想了想才道："要杀彭越，不能无名。今日起，廷尉已换了邹育，你自去处置吧。"

吕后得了这旨意，正中下怀，立即遣人去馆驿，密召彭越舍人，嘱其诬告彭越返洛阳后，即召集旧部，意在"复谋反"。

那舍人哪敢不从，便照吕后所嘱，写了变告信。信送至宫中，刘邦便知是吕后上下其手，苦笑一下，便命廷尉邹育捕了彭越，下狱治罪。

邹育新接任廷尉之职，眼看前任被夺官，知此事大意不得，接旨后即赴馆驿，将彭越锁拿收监。

当其时，彭越正自做着好梦，巴望吕后进言，劝动刘邦恩准复位，却不防一群公差拥入，横拖直拽，将他押至诏狱中，这才知大事不好，一夜竟未能合眼。

邹育揣摩上意，知刘邦此番定是要彭越的命，便亲临诏狱勘问。几句话问过，彭越哪里肯服，只连声呼冤："笑谈！原本便无谋反，又何来'复谋反'？小人之言，可据之定罪吗？"

邹育于治狱之事，也颇有心机，见梁王是个莽汉，便不再使威，只温言劝道："福祸皆由天定，梁王也不必抱怨。今日之罪，根苗恐早已前定。大王以诸侯之尊，入此诏狱，岂有侥幸之理？不若痛快招了，免受酷刑。陛下已赦你一回，此次服罪，或也可赦免。若不服，则必死无疑。"

彭越双泪长流，仰面叹道："悲啊！我彭越豪雄一世，到头来，却要自污以求苟活。罢罢罢，你写好证供，我画押便是。"

次日，邹育上了一道奏表，曰："故梁王彭越，蒙赦废王之后，贼心不死，折返洛阳后，即图谋不轨，现经勘问，已供认不讳。依律应重治，拟比照韩信谋反案，枭首示众，并诛三族。乞准奏。"

奏章摆上刘邦案头，刘邦眯眼看了看，几次拿起朱砂笔来，复又放下，呆想了良久，忽而怒骂了一句："这个也要反，那个也要反，存心不教我安睡嘛！"随即照准立斩，又吩咐中涓，拟诏书送至各郡国，昭告天下。

批复已毕，刘邦似仍有余恨未消，又知会廷尉府，将那彭越尸身，剁成肉酱，名之曰"醢（hǎi）"，分赐给诸侯，以为震慑。

邹育接了诏令，心头也是一凛，急调差人往定陶，将那彭越三族尽行拘至。又亲往诏狱，提出彭越，当面宣读诏令。

彭越在狱中囚系多日，将数年来与刘邦的恩怨，回想再三，只觉无愧。至于刘邦御批如何，是祸是福，已全不在意了。这日见邹育率一众属吏，至狱中宣诏，其排场如临大敌，便知死期将至，遂整了整衣冠，步出囚室听旨。

众吏见他出来，都齐声喝道："跪下，接旨！"

彭越微微一笑："昔日同举义，由兄弟而君臣，我可跪刘季。今日既非兄弟，亦非君臣，便容我立着接旨吧。"

邹育也不计较，将诏令宣读一遍。甫一读罢，即有狱卒虎狼般围上来，为彭越戴上死囚枷。

彭越也不抗拒，任由摆布，待枷锁戴好，方叹了一声："鸟栖何枝，便是何命。当初若投项王，即便见疑，也不至污名而死！"说罢，便大步返回囚室待斩。

行刑这日，众刀斧手正在西市刑场布置，刘邦又有敕令下：如有敢收殓彭越首级者，与彭越同罪。

至午时三刻，阳气正盛时，合该行刑，西市道旁又是观者如堵。廷尉邹育持节监斩，一声令下，众差役便将彭越及其三族拖至场上，个个五花大绑，背插斩标，场上登时哀声如潮，差役连忙喝止，彭越也一声怒喝，不许眷属再啼哭。

邹育当众宣读诏书毕，问彭越还有何话可说。此时的彭越，披发覆面，满面悲愤，昂首长啸了一声，怒目道："死便死了，有何可言！"

邹育回首，命差役端来壮行酒，要为彭越灌下。彭越将头一昂，踉跄几步，向天啐道："大丈夫，死不饮刘邦之酒！"

刀斧手便不容他再说，上前将彭越绑缚于木架，含一口水喷向刀锋，举刀便砍。其余众眷属，亦先后就戮，霎时之间，人头滚滚……市井小民中，有那幸灾乐祸之徒，便喝起彩来。

一俟首级送往东门挂起，众刀斧手便一拥而上，将彭越尸身斩成肉醢，分盛钵内。时有十数名使者，于场外倚马而待，拿到肉醢，即飞骑携往四方。

彭越首级悬于东门，犹怒目圆睁，须发偾张，有死不甘心之状。过往百姓见之，无不胆寒，何人还敢近前？未料数日之后，忽有一人，麻衣布巾，自东而来。至东门悬竿下，跪倒在地，向彭越首级伏拜，口中念念有词，连呼数声"大王"。拜罢，又从背篓中取出祭品，哭而祭之。其声之哀，惊动众人。

城门校尉大惊，急命兵卒将其捕住，送往长乐宫发落。

刘邦闻报，也是吃惊不小，命将此人带至殿上。举目望去，见不过是一莽汉，便厉声问道："你是何人，曾随彭越谋逆乎？我禁人收彭越首级，人皆不敢近前，为何独有你祭而哭之？如此张扬，岂不是反迹已明？"

只听那人答道："臣乃梁大夫栾布，不忍见梁王死于无名，故而哭之。"

原来，这栾布也是梁人，曾为彭越旧交。家甚贫寒，昔年流落于齐地，为人帮佣，做了个酒保。后又被人设圈套，贩卖至燕地为奴。既为奴，其心倒也颇忠，曾为主人报仇，斩杀仇家。其时，燕将臧荼甚推重栾布，便与燕王韩广言之，举为都尉。及至臧荼自称燕王，则拔栾布为部将。彭越在梁地举旗反楚，写信拉栾布入伙，栾布念及旧谊，毅然投奔，遂拜为副将，后擢升为大夫，为彭越得力左右。

日前，栾布出使齐国，未及返回，彭越便为朝中收捕，旋即枭首。栾布闻之，大恸，三日水米未进。返定陶后，料理好家事，一身缟素独赴长安，来至彭越首级之下，伏拜奏事，以示复命，继而哭祭之。

刘邦闻栾布为彭越辩白，不禁怒从心中起，叱道："我杀彭越，岂能无名？彭越反形已具，他自家都不抵赖，何须你来喊冤？来人，推出去，着即烹了！"

众郎卫闻命，便上前来捉牢栾布，一面在殿前备好汤镬。

那栾布却了无惧色，只冷眼看着众郎卫忙碌。不消片刻工夫，一镬热汤便已滚沸。众郎卫一声呼喝，正要推栾布往镬边去，忽见栾布回首，对刘邦高声道："愿一言而后死。"

刘邦一笑，道："有何言，只管道来。"

栾布直视刘邦，慨然道："昔楚汉相争时，陛下败于彭城，困于荥阳，然项王却不能西移一步。究其缘故，乃是我彭王居梁地，与汉合纵，屡袭楚军粮道所致。当是时，彭王一顾，势倾天下，助楚则汉破，助汉则楚破。且垓下之战，若彭王不率军至，项王焉能旋即覆亡？值此天下已定，彭王剖符受封，贵为诸侯，岂有不想传于万世之理？又何来反心？日前君上征兵于梁，适逢彭王有病，不能应命，陛下即疑以为反。然彭王并无反迹，诛戮无名，便以苛细之故诛之；臣恐如此处置，功臣闻之心寒，人人自危也。今彭王一死，臣生不如死，烹便烹了吧！"

这一番陈词，说得刘邦心内羞愧，然事已至此，又怎可挽回？当下便不语，脸色红了又白。

栾布望之，冷笑一声，挣脱郎卫，便大步往汤镬奔去。刘邦一惊，连忙立起，急唤郎卫拉住栾布，命人为栾布松绑。

栾布解缚后，也不谢恩，挺立原地不动。刘邦遂离座，缓缓踱至栾布跟前，温语道："公之言，甚是有理。然人之就刑，不似刘韭而能复生；彭王之事，就无须再提了。朕征伐四方，阅人甚多，唯重忠直之士。公若有意，可否为汉家都尉？望公在汉家，以事彭王之心而事我。即使世事更易，陵谷变迁，我亦定不负公。"

见刘邦神态甚恭，词意诚恳，栾布倒不好再出恶语了，只是沉吟。

刘邦又劝道："彭王既薨，尽忠死节亦是无益，不如归汉。我待公，定如彭王。"

栾布泪如泉涌，僵立多时。刘邦便有些急，整整衣冠，向栾布行躬身大礼，道："望公助我，刘邦这厢有礼了！"

栾布见此，遂仰面一叹，也向刘邦回揖道："栾布无能，愿从帝命。"

刘邦连忙将栾布扶住，眼里似也含泪，道："彭王之事，就此了结。请公尽心司职，汉家必有重托。"

君臣两人又说了些肺腑之言，栾布这才谢恩退下。

待彭越事了，刘邦看看北方无事，又惦记起南边的事来。

数年前，长沙王吴芮便曾来函，称南越赵佗已在岭南自立，号为"南越武王"，封关绝道，不与中原相通，以岭南三郡①之地，自成一统。刘邦闻之大怒，禁边民向岭南售卖铁器、牲畜，两下里便成敌国之势。

---

① 岭南三郡，即南海郡、象郡、桂林郡。所辖包括今广东省、海南省、广西壮族自治区的大部分与越南北部。

至彭越伏诛，刘邦见天下一统，唯缺岭南，且多年不能收服，不禁大费踌躇。

想那南越五岭险峻，瘴气密布，始皇大军也曾折兵岭下，一筹莫展。如今北边匈奴未平，时有不靖，若再向南用兵，显是取败之道。然听任赵佗划地自封，又实有损汉家威仪，不好向天下交代；想来想去，还是以安抚为上。

于是唤来陆贾，吩咐道："今南越赵佗，违命不从，自立为王，阻断五岭，为汉家一大患。然则向南用兵，吾不如始皇也，故应以收服为上计。拟赐赵佗南越王号，为我藩属，以示汉家天恩。如此，两家皆有脸面，和揖共存，岂不是好？"

陆贾道："陛下此计甚好，免得我儿郎赴瘴疠之地送命。然赵佗已自立为王，他若归服，朝廷也不过再封他一个南越王，这又如何能诱得他就范？"

刘邦便一笑："巧言说之，必可成也。今海内善辩之士，仅得先生一人，先生开尊口，神鬼也要颠倒，便看你如何能似郦夫子一般，凭一张嘴，说下异国数十城了！岭南三郡若来归，千秋史册上，陆夫子当不输于郦夫子。"

"不敢！郦公乃千古一遇之才，臣仅得其皮毛，然唯愿一试。"

刘邦便将少府所铸南越王金印一方，交予陆贾，笑道："以公之数语，兼赐这金坨一个，若换得岭南来服，亦为我平生一大快事了。"

陆贾道："赵佗乃故秦之人，非异邦冒顿也。臣以中国之礼晓谕之，必不辱使命。"

领命之后，适逢五月，陆贾不顾天气渐热，率随从数人，携了黄金、缯帛等厚礼，快马疾行，间关万里，取道长沙国南下。 至都城临湘，其时老王吴芮已于高帝五年病殁，其子吴臣袭了王号。 闻朝中使者路过，吴臣出城相迎，恭恭敬敬对陆贾道："南国暑热，岭南瘴气更可畏，请先生路途保重。"

陆贾道："谢大王牵念，臣本闲职，蒙君上有所托，唯履险克难以报。"

别了长沙王，一行人又颠簸半月，来至阳山关（在今广东省阳山县），见峭壁摩天，飞鸟绝迹，果然是险要异常。 陆贾抬眼望去，岭上关隘阻塞，有旗帜隐约，显是驻有重兵。 于是亲挽强弓，在箭矢上缚了帛书，大喝一声："关上听着，吾乃汉使陆贾，前来叩关！"喊罢，便一箭射上了关去。

听得关上一阵嘈杂，却许久不见有人回应。 众随从跋涉数月，已是疲极，不免焦躁起来。 陆贾却道："慌个甚? 且下马安营。 他关上守将，总不能装聋作哑。"

众人下马，在阴凉处歇了半日，忽见丛林中拥出一彪人马来，为首一员关将，拱手揖道："闻汉家使者至，特来相迎，恕未奉王命，不便开关。 请上使弃马步行，随下官自山路攀援入关。"

众人闻听，都面面相觑，不知吉凶祸福。 陆贾将心一横，对从人道："朝命在身，生死许之。 大丈夫临此地，岂能回头? "说罢，便率众人随那关将，钻入丛林中去了。

诸人随那关将，一番手脚并用，方得攀爬过关。 下至平地，见早有辂车备好，由一队兵卒护送，一行人便乘车南下。

众人皆是生平头回涉足岭南，一路只看见新鲜，觉山川树木，皆与中原不同。 那百越之民，面目黧黑，衣着多粗陋，然田园之繁茂，又远胜于中土。 南行半月后，才进了番禺城（今广东省广州市），更见那市街繁华，人烟稠密。道旁店铺之中，玳瑁、珠玑、瓜果等货物累积如山，又有无数海外珍奇，为平生所未见，众人便纷纷惊叹。

至南越王宫门前，早有典客在此等候，将一行人迎入宫内。看那王宫规制，虽不能与长乐宫比，然屋宇、门廊皆为石砌，中有水渠回环，格局与中原宫殿迥异。陆贾细看那殿宇，飞檐如翼，欲凌空而去，宏丽竟又胜过长乐宫几分。屋上瓦当文字，也不似汉宫取"延年""永寿""长乐"之语，而多为"万岁"两字。

汉使一行来至殿前，只听得大行官一声呼喝，众人望去，见赵佗早已坐在殿上。只是坐姿箕踞，十分无礼；且未戴冠冕，发结依旧从秦俗，向右偏。

见赵佗面色不善，众随从不由倒抽一口冷气。唯陆贾不卑不亢，手捧印绶，拾级而上，行大礼毕，抬头缓缓道："久闻南越王治越有方，朝野无不敬服。汉天子刘邦尤重大王，只因战乱多年，故未通音信，今遣微臣携薄礼前来致贺，并赐汉南越王印绶。愿大王勿忘故里，心存魏阙，乐见宇内混一，与我君臣共襄大业。"

赵佗未答话，看也不看抬上殿来的礼品，只教谒者接过印绶呈上，将那金印拿在手中看了看，冷笑一声道："我为先皇守边二十余年，守白了头，未闻秦二世之后有诏命。如何凭空便掉下个新天子来？"

陆贾闻言，脸色便一变，挺直身道："足下为中国人，亲朋兄弟迄今犹在真定，祖宗坟墓也在真定。却一反天性，弃中华故邦，欲以区区南越与天子抗衡，视汉家为敌国。臣以为，大王祸将临头矣！"

赵佗哂笑道:"久闻陆贾为汉之国士,果然是一张利嘴! 我乃堂堂秦将,渊源有自,秦亡而非我亡,如何要我臣服刘邦?"

"秦虽堂堂,然失之于苛政,天道不容。 向时群雄并起,唯汉王一人先入关,此即为天命。 后项羽背约,自立为西楚霸王,不可谓不强。 然汉王应天之命,起于巴蜀,挥鞭扫天下,诸侯望风而从,共诛项羽,一举灭楚。 五年之间,海内便告平定,岂是人力可致? 此番宏业,乃是天之所建,天之所佑,天之所成!"

赵佗听到此,微微一颤,急问道:"汉家将征南越吗?"

陆贾霍然挥袖,急趋两步,挺立赵佗座前道:"正是。 闻大王僭称王,欲弃绝中国而自立,汉天子左右将相皆攘臂请战,欲发兵南下,破五岭,堕番禺。 然天子怜百姓安定不久,不忍再驱之,故而作罢。 今遣臣南来,授大王印,与贵邦剖符通使,永结和好。 大王本应郊迎于前,称臣于后,顺天而行事;然大王却不知利害,欲以新造未稳之南越,逞强于蕞尔之地。 若我朝君臣闻之,必掘大王先人冢,烧毁墓庐,夷灭宗族。 而后,遣一偏将率十万军,兵临南越,则越人必杀大王以降汉,此易如反掌耳。"

赵佗浑身一震,猛然坐起,忙将衣襟整好,向陆贾一揖,谢罪道:"我居蛮夷地日久,已失礼仪!"

陆贾回揖一礼,殷殷道:"大王中国人也,根系所在,心岂能外移? 臣临行之前,已向天子申明,保大王必定归服。"

赵佗频频颔首,继而又道:"汉家果真济济多才,惜大多未曾谋面。 请问先生,我与萧何、曹参、韩信比,谁贤?"

"大王似更贤。"

"我与汉帝比,谁贤?"

"汉家天子,起丰沛,讨暴秦,诛强楚,为天下兴利除害,继五帝三王之业，统理中国。中国之人以亿计，地方万里，居天下丰腴之地，人众车繁，物产殷富，政由一家。此盛况，天地开辟以来未曾有也！反观大王，人众不过数十万，蜷曲于山海间，仅如汉之一郡。臣性素鲁钝，唯知驽马难以追风，河伯羞于见海，大王又何能自比于汉？"

此言甚犀利，赵佗身边有一老臣，闻之脸色转怒。而赵佗反不以为忤，大笑道："吾十八岁投军，以龙川县令入仕，出身与汉王相类，却无缘在中国起兵，仅在此称王。倘使我居中国，未见得不如汉家。"

陆贾立时对道："臣陆贾不才，然当年若居沛县，或也成汉王。"

赵佗一怔，不由便哈哈大笑。以手指身边老臣，对陆贾道："此乃我国丞相，越人头领吕嘉。吕丞相机智过人，孤王原以为天下无双。今日看来，陆夫子当在吕丞相之上。"

吕嘉便跨前一步，向赵佗略一施礼："以上使之智，出使我南越，未免屈尊了。"

陆贾闻此言不善，忙还礼道："丞相，陆贾性本如此，非以汉家势大欺人。四海之内，无不为我族人，无不为我兄弟。"

吕嘉不卑不亢道："上使谦逊了！封关多年，南越孤悬，不知关中归了谁家。今闻上使之言，老臣始知有汉。"

"既知天下已易帜，丞相亦应知顺逆。昨日封关，是为避祸；今日开关，则为免祸，此即顺逆之不同也。"

"不然！顺逆之道，当以南越百姓之意取舍之，非关汉家君臣所喜恶。"

"汉家与南越，所从何来？秦也！秦时天下便混一，四海无缺，何其伟哉！ 吾辈新肇基业，反倒不如秦乎？"

吕嘉自知再辩亦无益，便道："此事重大，我虽倾慕中国，然身为南越之臣，唯从吾王命也。"

经这一番较量，赵佗甚喜陆贾见识通达，留陆贾在番禺数月，餐餐煎烤，日日痛饮，只拗着陆贾讲述秦亡以来世事之变，乐而忘倦。

南越之酒，向不浓烈，陆贾谈兴大起，只顾豪饮，酒酣耳热时，辩才更是无碍。 直听得赵佗恨不能秉烛达旦，目视陆贾叹道："南越国中，罕有高士，皆庄子所言之鸱①，只知腐鼠为美味，无足与相语者。 幸而有陆生来，令我每日闻平生之所不闻。"

又过了数日，赵佗赐陆贾一个皮囊，内藏明珠、琉璃璧等奇珍，价值千金，另有其他所赠，亦值千金。 陆贾便择了吉日，沐浴斋戒，依中国之礼，拜赵佗为汉家南越王。 五岭关禁，就此解除。 赵佗心悦诚服，称臣如仪，誓言守汉家约法，不在南边为患。

分别之际，赵佗率吕嘉等重臣，送陆贾出番禺郊外，行三十里而不忍驻足，执陆贾之手叹惋道："非先生，南越不得归汉。 然此一别，不知何日能与公对饮？ 即是有龙肝凤胆，也无甚滋味了。"

陆贾连忙称谢道："大王盛意，令微臣也开了眼界——旬日之内，食尽平生所食鱼鳖虾蟹！"语罢，二人大笑揖别。

待陆贾返回长安复命，刘邦闻其禀报，心中大悦，赞道："好个陆夫子！ 只几樽老酒，便赚得南越归服，胜过能将兵百万的韩

---

① 鸱(chī)，此处指猫头鹰一类的鸟。

信了。往日朕不许你说话，看来失之操切。尔等儒生，生了一张嘴，除了吃喝，便是要说话，今后便允你说个够吧。"当庭便下诏，拜陆贾为太中大夫①，专司谏议。

话分两头，且说春四月之时，淮南王英布在都城六邑，闲得无聊，只追逐声色。这日，又点起亲卫，赴郊外围猎。

就在今春正月，英布乍闻韩信伏诛，着实惶恐了多日。然转念一想：自己不过一武人，上阵虽勇，却不习韬略，刘邦又能有何猜忌？若似韩信那般饱读兵书，将兵百万若挑轻担，便无怪乎招祸了。如此一想，便卸去许多疑虑。堪堪春去夏至，见朝中果然并无异常，英布才放下心来。

这日天气晴和，南风习习，英布在郊野飞鹰走狗，好不快活。众军士赶得些鹿豕狐兔出来，英布跨马持弓，只追风般奔来驰去，箭无虚发。

歇息之际，英布跳下马来，与上柱国、大司马等左右坐于地上，远眺大别山。见一片葱茏之上，有山石嶙峋，状若巨人，便问左右道："此石可屹立几时？"

中大夫②贲赫此时答道："可立千秋万代。"

英布又笑问："孤王以刑徒而得授诸侯，千古以来可曾有过？"

"绝无。"

"哦？那么英布之名，亦当如此石了。"

———————————

① 太中大夫，秦置官职，掌论议。汉以后各代多沿置，后世亦称谏议大夫。

② 中大夫，官职名。秦始置，为光禄勋属官。

左右闻言，皆拊掌大笑，齐声称颂不已。

贲赫向英布一拜道："臣以为，大丈夫在世，当博取英雄之名，令后世仰之。山石或因日晒雨淋成灰土，然英雄之名则不灭。"

英布仰头大笑："中大夫说话，听来就是顺耳，若吾名能与这山林同寿，便是幸事。昔年秦乱，丞相李斯为二世皇帝所杀，临死唯憾，不能再猎。吾一草泽之人，经刀兵而不死，得享围猎之乐，已强于李斯矣。"

"不然。草头百姓之愿，唯求身前平安；然吾王英武，又恰逢盛世，必与山泽同寿。"

英布望了贲赫一眼："孤王知你忠直，然休得轻言盛世。今春以来，汉家内外皆不宁，你应以诤谏为上，莫只顾了讨孤王喜欢。"

贲赫辩白道："臣乃剖心之言，非为奉承。大王可问：淮南诸臣及百姓，何人不敬服大王？"

"哈哈！这等话，能信乎？孤王明白：吾在世一日，众人便是这些奉承话而已。"

正言笑间，林间忽有一白鹿蹿出，猛见围猎人众，惊而止步，掉头便跑。

英布挟弓箭一跃而起，大喜道："白鹿，祥瑞也。儿郎们，快与我去追！"说罢，便翻身上马，循踪追去。

岂料那白鹿钻入丛林，眨眼便不见了踪影。众亲随分头去找，也毫无所获。英布正迟疑间，忽闻有几个军士鼓噪起来，搭箭瞄准一处树林，高叫道："出来！"

少顷，便见一白衣男子，从一片梧桐林中步出。

英布打马上前，喝问道："何人在此，搅了我好兴头？"

只见那白衣男子，神态从容，衣带飘飘，腰间系有一柄竖笛，看去竟无一丝烟火气。他见英布气盛，知是尊者，便一揖答道："在下为市井之人，不耐喧嚣，出来寻个清净。不想有扰尊驾，还望包涵。"

英布跳下马来，端详那人，叱道："看你模样，似读书之人；不安分读书，来此荒野闲逛甚么？"

那男子毫不慌乱，微笑答道："秦亡以来，恃强者胜，刀剑下方讨得好活头。善读书者，可有几个能苟全性命的？"

英布闻言，知此人绝非常人，便敛起了骄横之态，道："看不出你年纪轻轻，倒还能说出老成之言来；那书，不读也罢！然兵乱方息，谋食艰难，你一个文弱小子，又何以为生？"

白衣男子一笑，淡然道："生计，小技也。足下请看，在下以此技便可为生。"说罢，从袖中拿出一枝木芍药来。

众军士望见，甚感好奇，都围上来看。只见那花束，本是一枝白花，男子用长袖一遮，旋又露出，那白花竟成了一枝黄花。众人正在惊奇，那男子复又遮挡一遍，花又变为了朱紫。如是五六回，每次颜色皆不同。军士见了此等幻术，不由得欢喜，都嚷了起来。

英布亦是惊诧，问道："小兄弟，你是人还是神？"

白衣男子将那花枝弃于地上，大笑道："这有何怪？颜色虽不同，不过一枝花耳。譬如天下万民，爵位有等差，门楣有高下，总不过活这一世。何者为贵？何者为贱？全不用烦恼。"

英布知是遇见了异人，连忙敛容，深深一揖道："先生方才曾言，读书人不能苟全性命，若似我不好读书者，可否长保富贵？"

白衣男子打量英布片刻，答道："读书者百虑，尚不得保全，遑论不读书者？ 观足下之贵，海内罕有，何以仍担忧不长久？"

英布闻之，心惊肉跳，连忙道："人在世，有百忧而少有一喜，正要请教先生，可有灵验的避祸之道？"

那男子一笑，解下腰间竹笛，吹了几声，而后道："我在市集上，为人吹笛鼓盆，也可养家。 足下也可弃富贵，归于恬淡，便无可忧之事。 若恋富贵而希图长久，所失恐不只是富贵。"

英布闻罢此言，眺望远山良久，微微摇头："路已行至此，如何还能回头？"遂向白衣男子一揖："多谢先生良言。 在下无所报，送你些珠宝吧。"

那男子遽然色变，凛然道："小人已有一技在身，便是受用不尽之宝。 今与足下相逢于山野，实属天意。 数语之间，竟涉及贵贱生死、人世穷通，何其惬意！ 如此际遇，小人不敢忘，望足下好生珍重。"言毕，便往梧桐林中疾步而去，头也不回。

英布看得愕然，良久才喃喃道："天知我心也……"遂又摇头苦笑，吩咐左右牵过马来，准备重新围猎。

此时远处忽有人高呼，众人循声望去，但见两骑飞驰而来。原是朝中一使者，由宫中谒者引路来见。

英布一惊，连忙整好衣冠，恭恭敬敬迎上前去。

那使者翻身下马，与英布互相揖过，稍事寒暄，便转身，从马背取下一陶缶，呈予英布，宣谕道："故梁王彭越，图谋作乱，未遂。 上命斩杀，悬首于长安东门。 尸身斩作肉醢，分赐诸侯，以儆效尤。"

英布闻诏大惊，接过陶缶，忙掀盖视之。 见果是一罐肉酱，当下脸色大变，竟忘了谢恩，只惊骇道："这，这……"

那使者也不多言，向英布略施一礼，道一声告辞，便翻身上马而去。

英布面带怒意，双手发颤，几不能持缶，狠狠吐出两个字来："桀纣！"左右诸人中，有少府忙抢进一步，接过陶缶。又有中尉牵来马匹，请英布上马，再行围猎。

英布强忍惊恐，叱道："如何能再猎？彭越既死，我还做得几日李斯？回宫，回宫！"

回宫之后，英布连发数道密谕，命各边将就地征发壮丁，守牢四方，以防朝廷大军突至。

这一夏，英布心中怵惕，无心饮宴，昼夜思应变之计。如此日子一天天挨过，倒也无事，眼见得是虚惊一场。

岂料至秋七月，合该他命中注定，竟有人告他要谋反，且如韩信一般，也是臣属赴阙举发。

变故皆因一桩家事牵扯出。话说英布身边有一爱姬，名唤陈姬，生得美貌无比，且知如何取媚，深得英布钟爱。这位陈姬，在秋伏日中了暑气，厌食无力，常含愁苦之色。英布见了不忍，便令其赴名医崔孝襄家中就医。

那崔孝襄见是淮南王爱姬登门，不敢怠慢，使出浑身解数望诊把脉。初时服下药，病况并不见好，陈姬便隔日赴崔府一趟，如此往返数次，方有所减轻。半月间，那陈姬便早晚常赴崔府。

可巧中大夫贲赫的府邸，就在崔府对门。闻听陈姬来此就医，贲赫自忖身为内府侍臣，照顾好陈姬乃分内之事，便备了许多奇珍珠宝，代陈姬厚赠崔孝襄。其间，又陪陈姬在崔府饮宴了数次。

崔孝襄受了贲赫厚赠，只道是淮南王有所托，诊病就更是上心，不数日，便药到病除，陈姬复又巧笑如初。这本是寻常事一桩，岂料，陈姬于谈笑之间，却生出了好大的枝节来。

某日入夜，英布揽陈姬在怀，二人坐望星汉灿烂，言笑晏晏。英布见陈姬康复如初，满心欢喜，不由夸赞道："那崔氏确是有些手段，只这几日，你便痊愈了。"

陈姬应道："崔孝襄在淮南有大名，看病又十分尽心。此等小恙，当不在话下。"

"嗯，孤王日后若有恙，也须延他入宫来看。"

此时，陈姬想起贲赫日前的照拂，不禁感慨，随口赞了一句："那中大夫贲赫，忠厚尽职，实乃长者也！"

不料此言一出，却惹得英布起疑，当即面有怒意："妇人长居深宫，属官品性，你从何处得知？"

陈姬见英布发怒，不由便慌了，忙将贲赫数日来的照拂，如实道来。

哪知英布只是不信，将陈姬推下地去，起身从剑架上拿起一柄剑来，剑锋直指陈姬咽喉："贱妾，你如实招来！可是与贲赫有私？竟当着孤王之面，美誉贲赫，倒是有何所图？"

陈姬吓得面如土色，只嘤嘤哭泣："妾未病之时，半步不出宫门，如何能与属官有私？"

"胡言！那贲赫，又代你馈赠，又陪你饮酒，若不是淫乱，又为何如此殷勤？"

"大王如此说，妾身百口莫辩。那贲赫殷勤，总是看在大王面子上，且他又不曾托妾代为美言。"

"狐为捉兔，方肯刨土，他怎能白白为你掘洞？你还为他辩白！看我一剑斩了你，再去取他人头。"

两人便如此，直吵嚷到半夜，英布方才半信半疑，收起了剑，喝令陈姬："今后不得出宫一步。若敢再为贲赫言事，定将你斩首示众！"

宫中的这场风波，隔日便有涓人传了出去。贲赫闻听风声，心中暗暗叫苦，想面谒君上为自己辩白，又怕越发说不清楚，只好称病不朝，避避风头再说。

过了半月，英布忽然想起，已有多日不见贲赫了。问过左右，方知贲赫称病，心中益怒，脱口骂道："骚犬！主意打到孤王眷属身上，真有包天之胆，此时倒不敢露头了？看我捕了你，谅你也不敢抵赖！"

英布只是出恶语泄愤，却未立下捕令。次日，便有与贲赫交好的涓人，向贲赫暗递了消息。

贲赫在家中闻讯，惊出一头冷汗来，心想自己忠而见疑，浑身是嘴也难以分辩，不由悲愤莫名。其时韩信家臣因变告而封侯事，已遍传国中，贲赫思前想后，认定唯有赴阙举发主公，方能免去这无妄之灾。

情急之下，他伏地向天叩了三个头，念念有词道："主上不惜忠臣，便莫怪臣之不义。贲某活了半世，今日方知：世上负义之徒，多为主上所逼。此举是祸是福，无从猜度，唯愿上苍护佑，保我一家性命。"

主意已定，贲赫便觉迟疑不得，再过半日，捕人差役恐就将前来叩门，于是连家眷也不及告之，出门即直奔邮驿，等到往长安的传车驶至，便登车遁逃。

贲赫出逃多半日之后，府中寻不见主人，乱作一团。家眷四出探寻。至暮方探知，曾有人见贲赫登传车西去。次晨，相府也侦知此事，忙禀报英布。

英布闻贲赫乘传车西逃，岂肯罢休，急命宫中亲卫乘马追赶。须知那传车乃三十里一换马，疾驰如飞，甲士已落后了一昼夜路程，如何能追得上？ 直追了二百里，仍不见传车踪影，只得返回复命。

英布见贲赫逃走，更认定贲赫与陈姬有私，遂将陈姬幽禁，命内史将贲赫家眷统统收捕，待捉到贲赫之后，一并发落。

却说那贲赫乘车入长安，便立至长乐宫北阙，擂鼓变告，向中涓呈上了变告信。

刘邦接到变告信，吃了一惊，想那彭越肉醢才分发不久，诸侯应知利害，如何英布又要反？ 此事究竟是真是假，难以辨明，于是召萧何来问计。

萧何看那变告信称：英布往日即多有不法阴事，尤以今春得肉醢之后，即征集丁壮守边之事为甚。 凡此种种，皆为谋反端倪，朝廷应趁其未发而先诛，以绝后患。

阅毕，萧何沉吟有顷，只是不语。 刘邦微微一笑，问道："相国，计将安出？"

萧何摇摇头道："英布，汉之旧臣也，当不至有此，或为仇家诬陷。 应将那贲赫下狱，另遣使者往淮南，详加侦访，以验英布有无反迹。"

刘邦冷笑道："那韩信也是旧臣，谁料他会反？ 想当初，相国诛韩信时，可曾谨慎？"

萧何脸色一白，半晌方答道："正因韩信之故，微臣至今仍心怀忐忑。"

"唔，也好！ 我也不愿得个滥杀之名，便依你之计，先行查验再说。"

　　当即，刘邦便吩咐下去，令将贲赫收监，另遣刘敬为使者赴淮南，佯为安抚，实为密访。刘敬临行前，刘邦又嘱道："公乃聪明人，于世事有独到之察。向日曾窥见匈奴诡计，独出众人之上。今往淮南，请本以公心，密访淮南王究竟有无反迹。英布究系汉家旧臣，若反迹未发而先诛，恐天下人要将我唾死！"

　　刘敬心领神会，当下带了亲信数人赴六邑，见了英布，一番慰谕，便在馆驿住了下来，遍访官民人等。

　　那英布自从封淮南王之后，权势赫赫，无人约束，确有诸多不法阴事。日前见贲赫西逃，便疑心贲赫会入朝变告。正惴惴不安之际，又见朝中来使，住在馆驿不走，形迹甚是诡秘，便遣心腹去贴近打探。

　　待心腹打探得明白，回来禀报，英布大吃一惊。原来刘敬所召见，无一不是相府中关要之人，正逐个查验今春调兵守境等旧事。

　　英布当即叫苦道："如此查验，不反也是反了。今上枉杀韩信，不赦彭越，如何就能饶过我？索性便起兵了吧！"

　　有左右忍不住提醒道："汉使尚在，大王不宜轻举妄动。"

　　"哈哈，不说倒忘了！那汉使刘敬，以为他当真姓了刘，将我当成了冒顿？今日便教他有来无回。"当下便命亲卫，前往馆驿捉拿刘敬。

　　然那刘敬是何等机敏之人，验实了英布数件不法之事，料想自己密访，英布必会有异动，仅滞留数日，便率亲信连夜出城，奔回长安。待英布遣人去馆驿，那刘敬一行，早已出了淮南地面。

　　英布得报，大怒道："跑得了一个，跑不了一窝。"当下便要传檄四境，竖起反旗。

亲信中有老成之臣，上前劝阻道："汉家势大，猛将如林；若汉帝亲征，我军恐不能敌。"

英布大笑道："今上老矣，久已厌兵，必不能来，唯遣他帐下诸将来。诸将中，我独惧韩信、彭越，今两人已死，余者不足畏。"

诸亲信闻言，皆大感振奋，拔剑喧哗，各个誓言相从。

英布足踏案几，睨视群僚，当即下令道："将那贲赫三族斩首，传谕国中，以儆官民。"随即又传书各边将，严令封关，断绝往长安通道。此令一下，全境震动，百姓皆知淮南王已是反了！

未几，邻近荆楚两国便有军书飞递长安，报称淮南王反。刘邦阅罢军书，目露精光，一拍案道："果不其然！"随即下令，赦贲赫出狱，加为将军，以示奖赏忠良。

那贲赫虽得荣宠，然家眷满门被英布诛杀，心中自是五味杂陈，只得忍泣谢恩。

刘邦又召诸将前来计议，以军书向诸将示之，问道："英布反，如之奈何？"

诸将闻听英布作乱，皆大忿，一派喧嚷。樊哙高声道："发兵击之，坑了这竖子！天威之下，谅他能有何为？"

刘邦白了樊哙一眼："我如何不知发兵？然英布并非草寇，我军欲获胜，诸君可有良策？"

诸将面面相觑，不知如何应对才好。刘邦冷笑道："诸君说话，可用心乎？英布何许人也？昔日项王之先锋悍将。讨英布，恐为立朝以来从未有之恶战，岂如诸君所言这般容易？只不要坑人不成，反倒坑了自家。"

樊哙辩道："项王已死，英布有何可惧？ 季兄得了天下，如何反变得胆小？"

刘邦道："项王固然已死，然韩信亦死。 我倒要问诸君：谁人可当昔日韩信？"

樊哙脸忽地涨红，张口结舌，诸将也是一片哑然。

刘邦挥挥袖道："今日无谋，明日便无头，又谈何取胜？ 还是想好了再说吧。"便命诸将退下，改日再议。

诸将退下后，刘邦忽觉胸中气闷，头晕目眩，不由长吁一声："这天下，如何了得？"

回到寝宫之后，刘邦愈觉病重，竟卧于榻上不能起，尤厌见人。 隔日便发下诏令，令门禁诸卫，不得放群臣入宫，只图个清净便好。

这边厢，军报一日三至，称英布军势极盛，荆楚两国已危在旦夕。 夏侯婴、周勃等诸将得报，心急如焚，欲进宫奏事，皆为郎卫所阻，只得止步叹息。

如此过了十数日，军情更急，群臣心内焦虑，相见只是搓手顿足。 这日，樊哙耐不住，吼了一声："即是杀头，又如何？ 诸君请随我来。"便率群臣至北阙，抢先步上阶陛。 众郎卫见了，大惊失色，一起拥上来拦阻。

樊哙大喝一声："狗眼看清了，我是何人？ 滚开！"说罢，推开众郎卫，排闼直入，文武诸臣也相随一拥而入。

待闯入寝宫，见刘邦正枕着一少年宦者躺卧，那少年名唤籍孺，素为刘邦钟爱。 闻听群臣聒噪，刘邦眼也未睁一下。 众人来至榻前，伏地而拜，樊哙流涕道："反秦之时，陛下与诸臣起丰沛，定天下，何其壮也！ 今天下已定，为何反倒颓丧若此？ 今闻陛下病重，大臣震恐。然陛下不与臣等议事，却与一宦者独处，欲就此隔绝臣民乎？陛下昏聩，已忘记前朝赵高之事了？……"

刘邦听到此，忽然睁眼，一笑而起，叱道："甚么赵高？我疲累，枕籍孺之腿歇息，如何就扯到了秦二世？"

樊哙望望刘邦，不由也笑了："不如此谏言，陛下哪里得痊愈？"

刘邦摸摸额头，环顾群臣道："尔等这一闹，我病倒是大半好了。"

樊哙连忙叩首道："既然好了，便请陛下视事。"

刘邦瞪了樊哙一眼："屠夫，只你一个是催命的鬼！尔等来见，无非是为英布事，此事正是我心病。近来想了多日，仍不知他为何要反？既不知其反意，又如何言及征讨？各位有甚好计，明日再议吧。"

当日见过刘邦，夏侯婴回到府邸中，细思刘邦所言，觉是切中要害，深愧自己胸无良谋。忽而就想到了门客薛公，连忙遣人去请。

原来，那薛公曾为楚令尹，位高权重，为西楚百官之长，等同于汉之丞相。项王西征时，他与项声同守彭城、下邳。当初灌婴攻下邳时，阵中盛传薛公战殁，然仅为传闻而已。其时楚军势危，薛公有一亲随护主心切，与他互换了衣装。于乱军中，薛公只身脱逃，战死的只是一个替身。

其后，薛公辗转多时，投奔了旧识夏侯婴，在夏侯府中做了一个门客。项王死后，刘邦赦项氏诸人无罪，除钟离眜、季布以外，也未追究其余楚臣，故而薛公在夏侯门下做宾客，倒也安稳。

这日薛公闻召而来，夏侯婴便道："君上召诸将，问英布谋反事，诸将无计所出。你说，英布如何要反？"

薛公脱口便道："英布当反！"

夏侯婴面露诧异："君上待英布不薄，裂土而封之，加爵而贵之，令其南面为王，贵为万乘之主，他为何要反？"

薛公便一笑："前日杀彭越，往日杀韩信，你教英布作何想？三人功劳相似，视同一体，韩、彭先后死，英布岂能不疑？必忧惧祸及己身，不反才怪。"

夏侯婴闻言一惊，不由起身道："我非诸侯，竟未虑及此！薛公到底是高士，明日定要将你荐于君上。"

那薛公闻言，倒是慌了，连连摆手道："滕公，使不得！楚汉皆传说我战殁，我今复出，岂非成了诈死而匿？君上若知，我便是又一个钟离眛。"

夏侯婴笑笑，道："哪里会？容我禀告陛下，包你有个好前程。"

次日夏侯婴入见刘邦，将薛公投为门客之事禀报，盛赞薛公有奇谋，可察英布之机心。

刘邦讶异万分，直视夏侯婴半晌，方道："薛公在你门下？你要做甚？"

"无他，惺惺相惜而已。"

刘邦眨眨眼，想了想，叹道："也是。堂堂故楚令尹，竟躲在你府中吃白饭，可惜可惜！你唤他来，我要问他，究竟有何良策？"

夏侯婴当下回府，将薛公载入宫中。刘邦于偏殿召见，劈面便朗声道："薛公，昔闻你战殁，我还着实唏嘘了一回，不意你竟能复活！"

薛公惶然道：“臣未死，托庇于滕公，苟活至今，只是不敢见陛下。”

“故人有何不敢见？ 我又未生出獠牙来。 楚汉之争，已成往事，一笔勾销算了！ 我召你来，是为问计——那英布作乱，朝廷该如何应对？”

“臣孤陋，姑妄言之。 英布反，不足怪也，其成功与否，在于他出何计。 倘使出上计，则山东之地将非汉所有；若出中计，胜负之数未可知也；他若出下计，陛下可安枕而卧也。”

刘邦望望夏侯婴，笑道：“令尹到底是令尹，语出即不凡！”转头便又问薛公，“何谓上计？”

“先取吴楚，再出兵灭齐鲁，传檄定燕赵，而后固守其本，则山东非汉之所有矣！”

“天下大半归了他，汉家哪里还有活路，这如何使得？ 那么何谓中计？”

“先取吴楚，再灭韩魏，据敖仓之谷粟，塞成皋之关口，则胜败之数未可知也。”

“嗯，如此，他便又是一个西楚霸王！ 何谓下计呢？”

“东取吴，西取下蔡（今安徽省凤台县），掠财宝归于越，移兵长沙，则陛下可安枕而卧，汉家无事矣。”

“移兵江南，欲为流民乎？ 其蠢岂能如此！ 依你之见，英布将出何计？”

“出下计。”

“彼非庸人，何以弃上计而出下计？”

“英布，昔日骊山刑徒也，趁乱而起，遂成万乘之主，然性本爱财，所谋皆为自身计，岂能为百姓万世而虑？ 故必出下计。”

刘邦大喜，向薛公揖道："所言甚是。薛公果然通达，项王若纳公之所言，今日怕是已无汉家了。罢罢，那夏侯婴府中，白饭也不好吃，朕便封你为关内侯，食邑千户，保你衣食无忧，也算为我添些脸面。"

薛公自是心喜，再三谢恩而退，刘邦便与夏侯婴道："有薛公此言，我不惧英布矣。岂用我亲征，便是刘盈也可讨平他。"当即唤来涓人，下令拟诏，由太子统兵讨英布。

夏侯婴心有疑惑，脱口道："太子如何能统兵？"

"他再不统兵，怕是接不得这个天下了。深宫长成，不辨菽麦，来日怎么得了？叔孙通寻常所教，不过是些装模作样之术，治文臣尚可，如何治得了枭雄？今也让他掂一掂刀剑，拼杀他几阵，来日或许可以安天下。"

夏侯婴摇摇头道："太子若败，将如何是好？"

刘邦便厉声道："若战败，他便做不得这太子了！"

夏侯婴见刘邦动怒，遂不敢再言，拱手而退。

时不久，诏令传入椒房殿，吕后正与兄吕泽、子刘盈闲话，闻令无不愕然。吕后接过诏令，弃于地下，怫然怒道："失心翁究是何意？欲陷我儿于死地吗？"

吕泽忙起身道："此事突兀，待我先去打探一番。"

吕后忽而想起："你那商山四皓呢？快快去问计。"

吕泽拍拍额头道："忘了忘了，罪过！"便辞别吕后，连忙赶回府中。

当日，吕泽邀集商山四皓，围坐于庭中槐下，议起太子将兵事。夏黄公挺身长跽，朝吕泽一拜道："我等来此，即为存太子位，若以太子将兵，事危矣！"

东园公颔首拈须，亦道："太子将兵，有功则太子不能加位；若无功而还，日后必受诸侯欺侮，且太子所辖诸将，皆为枭将，曾与今上共定天下，谁能听太子号令？今若遣太子领兵，无异于驱羊入狼群，太子无功而返，乃铁定矣！今戚夫人日夜侍寝，常将赵王如意挂在嘴边。今上亦曰：'总不能让不肖子居于爱子之上。'此话已说得再明白不过，无非是想以如意代太子。君何不请皇后向今上泣言，请放太子一马。至于皇后应说些甚么……你附耳过来……"

听罢东园公一番耳语，吕泽不由面露笑意："好好！商山四皓，果然厉害，在下受教不浅。"谢过四皓之后，即连夜入宫，去见吕后。

吕后听了计策，颇觉有理，便在心中温熟了东园公所言，当即去了长信殿找刘邦。

见了刘邦，吕后依商山四皓之计，掩面泣道："英布，天下猛将也，善用兵。故而此次征英布，不可草率。如今汉家诸将皆为陛下故旧，若以太子为将，无疑使羊将狼，无人肯为他用命。假使英布闻之，必大喜，击鼓而西行。令太子将兵，不若你亲征。你虽有病，然可强作支撑，卧于戎车中，诸将都不敢不尽力。如此，虽辛苦些，就算为妻儿勉强一回吧！"

刘邦仰头想想，叹口气道："正是。那竖子不足以成事，还是我自去好了。"

太子出征之议，遂告作罢，旋即另有诏令下来，曰：天子自将兵十万东征，群臣留守，着令曹参自齐国带兵会攻。废去英布淮南王号，另立皇子刘长为淮南王。

这位刘长，也非等闲之辈，乃是张敖送给刘邦的赵姬所生。

赵姬蒙冤而死，刘长则为吕后所养，虽是婴孩，但终究是刘氏骨肉。以子弟守四方，既然是刘邦心心所念，就算婴孩，也不妨为王了。

且说刘邦率军出城当日，群臣都送至霸上。张良抱病在家，也强打精神起身，赶来相送。行至曲邮（属长安下辖）这地方，见到了刘邦，连忙下马道："臣本该相从，然病甚，上不得路。陛下此去，臣无须多言，唯楚人剽悍，愿陛下勿与楚人争锋。"

刘邦望望张良病容，叹惋良久，嘱道："我不放心者，唯有太子，今已令太子为将军，督关中之兵。竖子素少计谋，子房虽病，也要多为太子献策才好。"

张良诺诺应允，刘邦便又道："太子已有太傅叔孙通，你且委屈一下，暂任太子少傅，多教他学识，不得敷衍。"

临别，刘邦又命太尉周勃：调集车骑、板楯蛮及禁军，拢共三万人，驻军霸上，为太子护卫，嘱张良、周勃道："我若归不得，太子便是天下之主。你二人，一文一武，可安天下。"

两人听了，都极感惶悚，连声说道："还远不到托付后事之时，陛下请放心出征。"

刘邦此番重披战袍，又见兵马络绎而行，如当年反秦之时，自是感慨："半老的人了，还要如此披挂。没有得力子弟分守四方，如之奈何呀！"遂下令以灌婴为车骑将军，率马军为前锋，务求神速。

再说那英布，果如薛公所料，先发兵击荆、楚。那荆王正是刘邦族弟刘贾，刘贾哪里肯示弱，自都城广陵发兵抗拒。两人挥军大战一场，惨烈无前，两面皆死伤无算。然英布终究是悍将，知此战是死地求生，须驱士卒舍命厮杀，便忽地擎出一面大红旗来，上书斗大的"灭刘"二字。

众淮南军见了，齐声欢呼。英布跳下战车，拉过一匹马来，翻身跨上，手举红旗一马当先。淮南军登时士气大振，一场恶战，竟大破刘贾所部，追刘贾至富陵（今江苏省洪泽区）。一彪淮南马军呼啸突进，将刘贾团团围住，杀尽他身边亲兵。刘贾身被重创，宁死不降，为淮南军乱剑击杀。所部残兵，尽都降了淮南军。

首战得手，英布便又回军，北渡淮水，攻入楚国。现今的楚王，乃是刘邦幼弟刘交，闻报大惊，急发本部兵马前去抵挡。一日里，自国都薛城连发三路大军，三军各有列伍，互为犄角，以便救援，在徐、僮一带（今江苏省泗洪县）迎击英布。

此时，有臣属对刘交谏道："英布善用兵，民皆畏之。今别军为三，敌若败我一军，余皆逃走，安能相救？"

刘交少年气盛，哪里听得进这话，只是命三军分头齐发。接战后，果不其然，其一军为英布所破，余二军闻之立即逃散。刘交大惭，知自家绝非英布对手，只得率残部奔回薛城。

英布起事以来，连胜两阵，震动江淮。每据地登城，甚为得意，常对左右道："荆楚全境，指日可下，关中也就不远了。早知反汉如此容易，早就该反！"

此时忽有斥候来报，称："汉帝亲率十万兵，沿河而下，已过荥阳。"

"哦？"英布心头不由一紧，"老翁果然来了？也罢！那就及早会面。"言毕，即号令全军十五万余人，空巢而西进，要与刘邦约战。

高帝十二年（前195年）冬十月新岁，天气渐寒之时，曹参奉了刘邦诏命，发齐地步骑十二万人，由博阳（今山东省泰安市）沿泗水而下，一路拼杀，颇有斩获，稍挫英布军锐气。

曹参军乘胜进抵蕲西（今安徽省宿州南），与朝中大军会合，汉军声势便压过了淮南军。两军在会缶（今宿州南）狭路相逢，彼此遥望，都不敢轻易接战。

刘邦见英布部伍整齐，军锋甚锐，心中还是忐忑，遂下令汉军在庸城（亦属蕲西）安营，筑垒坚壁，暂且闭门迎岁首。未几，英布军尽数前移，也在城外扎下营。两军剑拔弩张，对峙起来。

这日，刘邦率曹参、灌婴、郦商等诸将，登上庸城城头，望见淮南大营连绵十数里，旌旗林立。那英布本为项羽骁将，治军甚严，反汉后，又命全军换了楚之赤旗，因此，颇有项羽军当年之风。见此状，刘邦不禁就蹙起了眉头，眼前又浮出睢水畔的一片血海。

曹参见刘邦脸色不好，便道："英布小儿，有何可惧？我率部前去冲他一冲。"

刘邦道："且慢，待我问他一问。"当下便写了约书一封，打发兵卒送往英布大营，约英布于阵前过话。

至约定时辰，两边营门大开，各自拥出一队兵马，簇拥主公戎辂车来至阵前。

刘邦一见面，便问："英布，你何苦要反？"

英布也懒得说理，只答了一句："欲为皇帝也。"

刘邦大怒，戟指骂道："英布小儿，你本为刑徒，趁秦末大乱，肆行暴虐，项羽所坑降卒数十万，大半乃你所为。因此才侥幸得个诸侯做，还不知足吗？皇帝乃天下共推，岂是你匹夫说做就做的？"

英布回道："诸侯固然推你为天下之主，但自你登基之后，我辈却逐个身灭，这又是何道理？我若不反，你也容不得我。天下本非你所有，原为诸侯助你而取，今我不欲助你，只想与你在刀剑上较量。这天下你刘氏坐得，我英布便也坐得，还是阵上见个高低吧。"

"英布，天下之大，怎就容不得你，竟要自寻死路！堂堂汉家，海内共举，万民归服，岂是你英布反得了的？秦为乱世，刑徒可为诸侯；汉为治世，则诸侯也休想作乱！"

"你我皆由乱起，何以五十步笑百步？你如何夺秦之天下，我便如何夺你天下，还是毋庸多言为好。"

刘邦将袖一挥，道："好你个英布竖子，十日之后，你我拿刀剑说话。"

英布便躬身一揖："季兄，弟恭候。"

两边人马遂各自归营，那灌婴按捺不住，问刘邦道："今日即可开战，何须十日以后？"

刘邦便指点淮南军布阵精妙处，摇头道："英布兵锋甚锐，不亚于项王楚军，今日出战，胜负难料呀。"

诸将随刘邦手指看去，逐一看出了门道，皆叹服，情愿归营待战。

过了十日，便是开战时。晨起，两军之间平野上，一派肃杀。北来寒风凛冽，漫天都是欲雪的样子。朝食毕，两营先后开了营门，队伍源源拥出，在野地里各自布阵，但见汉军阵中，气象森严，军士多为百战之卒，行走之间，张弛有度；再看英布阵中，一派赤旗飘扬，虽经十日消磨，士气仍高昂，都在跃跃欲试。

待两军布好了阵，英布登车眺望，看了看汉军阵容，不由叹道："今日有一场好仗！"正要擂鼓时，前军忽发鼓噪，一阵纷乱，竟从枯草丛中拽起一个人来。

英布诧异道："斥候都潜入阵前了，了得！带过来看看。"

众军卒将那人推至戎辂车前，英布定睛一看，不由笑了：原是那日在六邑，曾在郊外玩幻术的白衣男子。

"又是你！两军大战在即，你躲在此处做甚？"

那人望望英布身后大纛，猛醒道："哦，原来是淮南王。怪不得！在下云游至此处，晨起就坐在这里，焉知忽就来了恁多军士？"

"读书儿郎，快快闪避，不然鼓桴一擂，小心你丧命！"

"在下这就闪避。大王，且听读书郎进一言：冠冕再高，亦不如一技在身，何苦去争那名分？"

英布听了，眨眨眼，放声笑道："我本武夫，唯有一技，便是战死在阵前。且躲闪去吧。"

白衣男子仰头叹道："阵前死，是好死，只恐是……欲死于阵前而不得呀！"

英布不耐烦听他啰唣，挥手命军士将他带往阵后，随即，高举起鼓桴，全军荷戟而望，只待令下。

当此时，天地间仿佛万物屏息，一派静默。两军阵前，万人无声，唯刀剑相碰之声清晰可闻。英布正犹疑时，对面汉军阵中，忽一阵鼓声骤然擂响，数万汉军，齐声发喊。英布心头一凛，忙将鼓桴击下，淮南军便也一齐呼喝起来。

只见汉军阵门大开，为首一将，乃是曹参，威风凛凛立于戎车上，急擂鼙鼓。众军挥戟跟上。英布见了，冷笑一声："曹参更是何物？"随即大喝一声，"求富贵，杀汉贼！"便挥军大进。淮南军阵门一开，便如当年楚军般，数十列纵队疾奔而出，势若洪流。

两军渐近，顷刻间，便贴近在一处，阔野间唯见剑戟林立，如同棘丛。锋刃寒光，灼灼刺目。两军都知对方非等闲之辈，这一番厮杀，必是血流成河、人头滚滚！

刘邦于阵后，乘车停在一小丘之上，观看战阵，周緤、徐厉等诸将紧随其后。从高处望去，汉军与淮南军如同红黑两条巨蟒，近身互搏，紧紧缠绕。喊杀之声，不绝于耳，遍野狐兔被惊起，四处逃窜。

英布历来为项羽楚军之先锋，拔城陷阵，无不当先。所练部伍精干猛锐，此时在平野上与汉军对撼，杀声盈天，凌厉无前。

两军互有进退，反复冲杀，阵中鲜血喷溅，如同泉瀑。士卒们在血泊里践踏，以肉身迎住剑戟之锋，顷刻便如谷捆般连排倒下。前队仆倒，后队便至，源源而来，不见尽头，直将那无数人身填进血海之中。汉军虽威猛，也觉多年未有此等恶战了。战至正午，汉军后队已全数压上，仍不能击退淮南军。

周緤等人护卫在刘邦身侧，见此不禁着急，欲提剑杀入阵中。刘邦阻止道："急的甚？且看。"

果然不久，从淮南军北侧忽然杀出一彪汉军来，远望旗帜，原是灌婴、郦商领数万别军杀到。灌婴一马当先，神勇无比。此时两军正战得力疲，淮南军冷不防侧翼受敌，立时动摇。英布见势不好，急忙调兵去抵挡，然汉军人数终究占上风，自西、北两面压来，淮南军渐渐不支。

刘邦在高地看得清楚，对周緤等唤了一声："随我击敌！"便命御者冒箭矢前行。

但见一杆汉王大纛，自阵后向前疾进，迎风翻飞。汉军见了，欢声雷动，更是勇猛进击。

英布望见，眼中精光一闪，又掣出那面"灭刘"红旗来。有部将急谏道："大王，军力已疲，全不似前日能战。此时不退，则全军将覆没！"

说话之间，灌婴已连斩淮南军中三员楼烦将，淮南军惊恐大起，纷纷高叫："汉军有神！"

英布手搭遮阳望望，一叹，只得弃红旗于地，一面命弓弩手拼死放箭，一面引军退向淮水。

汉军见淮南军退了，都跳跃欢呼："反贼败了！"遂挺起长戟，奋力追击。英布悲愤莫名，忽对御者大吼一声："停车！"便回身搭箭，瞄准了刘邦射去。车旁一众弓弩手，也纷纷勒住马，向刘邦放箭。一阵疾射，眼见得汉军前锋迟缓了下来。

众弓弩手正要欢呼，忽见前队溃兵潮水般退下来，漫山遍野，止不住脚。英布见大势已去，再战已是徒劳，便骂了一声"背运"，跳下车来，也随众而逃。

半日之内，数万淮南军奔逃于途，或死或降，三去其一。汉军得手后，倒也未再穷追，趁势收了兵。

经此一战，英布知刘邦已非当年沛公了，日前贸然反汉，显是走了一步险棋。渡淮水南下后，回望身后又有尘起，原是灌婴领别军一支来追。英布气不过，遂下令止军，回头再与汉军厮杀。

汉军挟得胜之威，其势锐不可当。骑将刘濞一马当先，众军卒漫山遍野高呼："杀反贼！"

淮南军将士知力不能敌，自家名分又不正，便失了战心。在洮水南北，勉强两战，复又败，一溃数十里，弃甲遍地。上柱国、大司马皆战死。英布精锐尽失，无力回天，只得打马狂逃，原先七万人马，仅余了百余骑紧随左右。

一行人逃至大江以南，踏入姻亲长沙王地面，方稍得喘息。

其时老长沙王吴芮已辞世，长子吴臣袭了王位。那吴臣虽是英布妻兄，却是无心反汉，闻听英布败落，怕受牵连，便欲使计诱杀之。当即遣人送信给英布，伪称厌汉已久，愿与英布一同逃往南越国。

英布正走投无路之际，接了来信，一时不能辨真伪。

有随从劝谏道："若有诈，一入长沙，则成囚俘！"

英布苦笑道："姻亲若也想害我，则天地间还有何处可逃？"遂不疑有诈，改道往长沙奔去。

途经鄱阳郊外的兹乡，堪堪日已暮，一行人走得困乏，便寻了一个田舍家歇息。

众人席地而卧，草草入睡，全不觉有异常之处。至半夜，忽然院外人声嘈杂，大门猛地被撞开，数百乡民手持火把，挥舞锄耙拥入，口呼："杀反贼！"

英布倏然惊起，闻室外有人格杀，心中便明白了，怒喝一声："妻兄也诱我？大丈夫，果不能死于阵前乎？"便欲寻剑格斗，然黑夜里寻不着军器，便抓了家具来抵挡。

乡民发觉英布在此处，立刻声如鼎沸，蜂拥而至，以刀剑相逼。英布不屈，捉了案几来抵挡，怒喝声震动屋瓦，然终是寡不敌众。一场厮杀后，可怜一代英豪，竟被众乡人用锄头击杀。

吴臣闻报，心中稍安，遣人去取了英布首级，飞递至汉军大营。

却说早前刘邦出阵，不巧为淮南军箭矢所伤，牵动旧创，正负痛难忍。见首级传入，不禁大骂："猪狗！好好的兄弟不做，却非要如此相见。不看了，拿去抛了，抛了！"

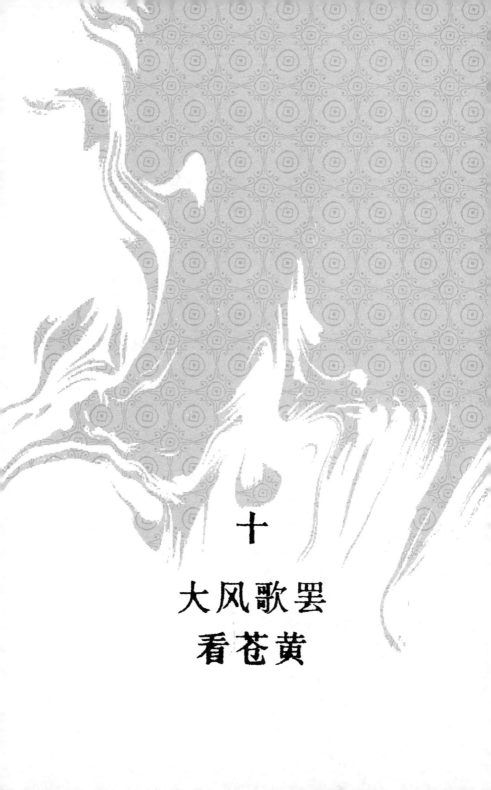

十

大风歌罢
看苍黄

灭掉英布，刘邦便觉天下无敌，心略略放宽，命大军在淮南休沐些时日。想到刘贾战殁，且无后，又不胜哀伤。不几日，便有诏下，曰："吴，古之国也。昔日荆王刘贾兼有其地，今荆王战殁，不忍再立。朕欲复立吴王，诸臣请议可任者。"

诏书下后不久，便有长沙王吴臣等共推刘濞为吴王。

这位刘濞，乃刘邦之侄，即次兄刘喜之子。刘喜怯阵逃归，被贬为侯，其子刘濞却是个伟丈夫，年方弱冠，英武异常，生得虎背熊腰，望之俨然。此次征英布时，已封为沛侯，以骑将之职随军出征，身先士卒，建有大功。

刘邦便将刘濞召至帐中，望望其面貌，不由疑道："诸臣荐你做吴王，夸你厚重，朕为何看你似有反相？你近前来。"

刘濞来至刘邦座前，刘邦拊其背片刻，似有劝勉，却猛然问道："近日我曾问卜，太卜许终古曰：'汉家后五十年，东南有乱。'莫非是说你吗？"

刘濞脸立时白了一白："臣哪里敢？"

刘邦又嘱道："侄儿，你不似乃父，一望而知你大有胆略，朕甚嘉许。然天下同姓一家，你须慎之，不可以反！"

刘濞连忙伏拜，连连叩首道："臣不敢。"

"那便好。 平身吧，不日即封你为吴王，领故荆王五十二县。 将来若生事，莫怪阿叔不留情面。"

待刘濞退下，刘邦心中甚感不妥，便想道："秦末以来，天下多出枭雄。 有枭雄，便要动兵戈；如此兵戈连绵，怎么得了？ 须得使百姓皆知尊孔读书方可。"自此，便将这一节记下。

几日后，北地又有捷音至，周勃在代郡半年，追击陈豨，致其逃无可逃。 终在当城（今河北省蔚县），将其围困。 城破，汉军卒将陈豨当街击杀，割了首级传回。 代郡一带，就此全数平定。连带云中、雁门两郡，亦皆无叛众踪迹了。

刘邦大出一口气，赞道："厚重者，周勃也，当成大事。"于是下令周勃、樊哙着即班师。

想想江淮也是无事了，刘邦便于冬十一月下令：禁军及关中兵随驾班师，各郡国之兵亦各自返属地。

回军途中，刘濞在卤簿前伺候，甲胄鲜明，英气逼人，观者疑是天将下凡，纷纷夹道仰望，竟冷落了皇帝大驾。 刘邦看了，心中不是滋味。 忽而就下令，全军转向，绕道鲁城，将以大牢①之礼郊祭孔子。 众臣担忧刘邦伤势，频频劝阻，但刘邦只是一个不理。

至鲁城，郊祭当日，三军簇拥刘邦出城。 于鲁城南郊排列成伍，跟随刘邦齐齐伏拜，行大礼，山呼万岁，场面极是壮观。 阖城百姓都出城来看，各个心喜，皆赞孔子之尊。

刘邦拜毕，对诸将道："我等善使刀剑，却拿不起一杆秃笔，

---

① 大牢，祭祀时并用牛、羊、豕三牲，曰"大牢"，亦称"太牢"。用于隆重的祭祀，按古礼，仅有天子、诸侯可用大牢之礼。

安天下恐也安不得几年。 这四方河山，有何人可为我守？ 朕为此，每夜不得安枕，必得后代子孙世世读书，方为长远之计。"

诸将为祭孔仪典之盛所懾，闻此慨叹，唯有应声诺诺。

曹参道："英布既灭，海内晏然，今日回军途中，不如绕道沛县去看看。"

刘邦怔了一怔，叹道："昔年还是睢水大败后，曾匆匆一过，至今又是十年了！ 好，不妨便前往。"遂命大军，转往沛县而行。

十一月中，寒风萧萧，云飞雪落，正是天地苍黄时。 大队行至沛县，刘邦见农家仓廪尚充实，心中喜悦，对曹参等沛县旧部道："昔在故里，遍地都是凋敝；今见士民安乐，仓廪尚可，也不负我辈厮杀一场了。"

行至县城，刘邦着令各旧部将士，凡家居沛县的，尽可归家探亲。 卤簿则进驻城中，以泗水亭官署为行宫。

故里人民闻听皇帝驾临，都欢天喜地，跑来县邑观看。 刘邦便嘱当地县令、啬夫道："百姓来观望，不得阻拦。"

隔日，刘邦见人来得更多，便在行宫设筵席，广召县中父老子弟近千人，置酒高会。

那些乡中耆宿、幼时玩伴，闻听刘邦有请，无不感泣，纷纷赶来赴宴。 泗水亭内外，铺了数百幅毡席，众人分席围坐，一派喧腾，连槐树上鸦雀亦被惊飞。

邻近十数家民户的灶头，火光熊熊，众邻里前来帮忙烹炙，将美馔流水般地呈上。 此筵乃由少府打理，水陆珍禽，无所不有。 每上一菜，皆系乡中父老闻所未闻，子弟更是一片惊呼。

刘邦方要举杯，席上即有父老起身，祝酒道："天子归故里，吾乡父老何其幸也……"

刘邦连忙摆手道:"今日不提天子,我就是刘季。十数年来,兵连祸结,刘季在外争战,连累父老受苦。人皆曰:游子思故乡。我又何尝不是? 而今天下安定,我身在关中,却是只念着丰沛。"

众父老皆含泪称:"吾人亦思陛下。"

"朕昔为沛公,自此地起兵诛暴秦,遂有天下,当以沛县为朕汤沐邑,免百姓赋役,世世无须缴付。"

此言一出,满座皆欢,父老都齐呼万岁,击掌相庆。

酒过数巡,刘邦抬眼望去,见院中角落处,有数席是女流,便起身过去,招呼道:"王韫、武负,两位阿嫂可在?"

席上两妇人应声而起,原是邑中两个酒肆的主人。

刘邦举杯道:"昔日所欠酒资,至今尚未还清,惭愧! 今我永免故邑赋役,两位可否也免我欠资?"

那武负便拍掌笑道:"这个买卖,皇帝岂不是亏了?"

众人亦大笑,都道:"善哉,两清便是!"

正杯觥交错间,有一队小儿嬉笑跑过,刘邦便唤来县令,命他将城中小儿统统召来。

县令连忙传话下去,各里正便挨户搜求,唤来小儿一百二十名。刘邦大喜,趁酒酣,亲自击筑,教众小儿唱自作歌曲,前后温习数次。待小儿唱熟,刘邦便起身至庭中,腾挪起舞,与众小儿齐唱。其曲苍凉无比,辞曰:

> 大风起兮云飞扬,
> 威加海内兮归故乡,
> 安得猛士兮守四方!

如此反复再三，益发悲凉。一曲尚未歌罢，刘邦便想起垓下以来诸事，不由慷慨伤怀，泣下数行。

歌罢，众人流泪喝彩。刘邦满腹心事未了，伫立原地，仰望苍穹良久。

少顷，有庖厨急急来报，抱怨道："宾客太多，饕餮过甚，庭中琉璃井之水，已被汲干了！"

众人闻言大笑，刘邦亦笑道："民之膏血，就如井水，哪禁得起恁多人饮？"便命郎卫速去别处担水。

与庭中众人尽欢之后，刘邦一手提壶，一手拿酒盏，自庭中踱至院外，遍巡各席，逐一敬酒。席中诸人，多有相熟的。或旧日有恩，刘邦便要多饮一杯；或昔时结怨，便是一笑了之。正游走间，忽见有一席人已饮罢，离席起身，各自骑上了马，堪堪便要走。

那一席人共七男一女，长幼不等，雅俗各异，衣饰与现世判然有别，不似沛县地方的人。刘邦连忙抢上几步，大呼道："诸君且慢行，待我刘季祝酒。"

为首一位壮男，头戴斗笠，长须飘飘，于马背上拱手道："我等一行，非沛县人也。虽老少有别，贤愚不一，然皆来自南山，长居云深处。近闻世事翻新，特来恭贺。心意既至，多留也无益。当告辞。"

刘邦至此已是半醉，趔趄了几步，问道："诸君……可是商山四皓之友？"

那长须男子一笑："商山四皓？恕我孤陋，不曾见过。吾辈出山，乃是应天命，不忍见秦乱连绵、人间相杀，欲助王者开天下正道、安无助之黎民。此行所遇，见各路豪雄，怀抱有别，或向通途昂然而行，或往绝路埋头狂奔，纷争不已。窃喜终有人悟得大道，一鸣冲天，开我中夏千年太平，百姓终不致再填沟壑。说来，我辈八人，个个都是为此出了力的，今日山河既定，便也该归去了。"

"哦！然则……急的甚？不妨暂留尽欢，或明日再来？"

"古之大化者，乃与无形俱生，吾辈亦最喜无形而生。今日既已遂愿，自当归去。再重逢，恐在千年之后了。"

其余众人也一并揖道："今日当别，后会有期。"

刘邦环视这几个奇异男女，不觉一怔："千年？"

长须男子笑道："君曾为吏，治天下，必循规蹈矩。世代因袭，即是千年以后，与今日又能有何异？"

刘邦闻言，心头一震。察其音容，忽觉熟稔，不由脱口道："你，你是……"

那人摘下斗笠，大笑，在马上拱手道："大象无形，圣人无名。兄弟，别过！"

"你！美髯客，莫走！"

那人一笑："吾八人，皆为同道，无缘为君所用。"说罢催马便走，其余人也紧随其后，瞬时，便疾风般地驰远。尘头起处，唯见八人身形如仙，衣袂飘飘而远。

刘邦愕然半晌，方举起杯，将杯中酒缓缓洒于地。

周緤、徐厉等诸将，此时也察觉有异，跑来问道："陛下，走的是何人？"

刘邦微微摇头："乃天人也，非人间所能留。"

此刻泗水亭外，一片苍黄，高天流云正急，半空有苍鹰高翔。

刘邦前行几步，来至一株老槐前，手扶斑驳树干，远望山河，阔不知边际，渺不知来者，心中便更是空茫，不由叹了口气："时无英雄乎？竟推我至此！"

至夜，刘邦在行宫酒醒，于榻上辗转。忆起美髯客现身之事，又唏嘘了一回。

此后每日，由故旧族属轮流做东，极尽欢宴，争说当年旧事，以为笑乐。如此欢悦十数日，刘邦便欲告辞，众父老哪里肯放，皆拽袖挽留。

刘邦恳切道："我随从众多，父兄哪里供得起？"于是下令起驾出城。

沛县父老闻之，空城而出，人人携果蔬鸡鸭，至西门外，伏于道旁，把那鸡鸭举在头顶进献。刘邦禁不住热泪盈眶，逐一答谢，作揖作得手臂发麻，然相送者仍不肯舍，致车马寸步难移。无奈，刘邦便命就地设帐幕，又留了三日，与诸父老痛饮。

三日后，刘邦决计启行。临别，沛县父老伏地叩首，请道："沛县有幸得免赋，然丰邑尚未免，故里小民苦盼天恩，望陛下怜之。"

刘邦这才想起，笑笑道："丰邑，我所生长之地，最不能忘。丰邑不免赋，乃因恨雍齿曾偕丰邑子弟投魏，使我颜面全无。"

父老不肯起身，又流泪再三恳求，刘邦方才挥袖道："罢罢！父老的面子，我也驳不得。便比照沛县，永免丰邑赋役便是。"

众人闻之皆欢，手舞足蹈，方让出道路，目送卤簿西行。离城数里后，刘邦回望故邑，知今生恐不得再见，不由就鼻酸。行走了半日，忽又想起，命刘濞无须随军回朝了，即刻赴广陵就国。

沛县父老送走刘邦，几日不能心静，遂日日聚议，由那富户豪族捐资，草头百姓出力，于行宫原址筑起高台一座，号曰"歌风台"，以资纪念。

且说刘邦率队出了沛县，一路逢城邑便停留，受吏民拜贺，好不惬意。半途曾数遇朝中来使，押解军粮接应大军。刘邦知萧何在关中做事细密，使前方无一日断粮。然越是如此，越是心怀疑虑，每每扯住来使，问三问四，务要打听明白：相国近来所做何事？

那几路使者无从揣测上意，皆据实答道："相国勤恳操劳，安抚百姓，筹措粮草，无一日敢懈怠。"

随驾众臣听了，都大赞萧何，唯刘邦听后默然，似心中有所不乐。来使见了，摸不着头绪，返回长安时，便报给萧何听。萧何听了，心中也纳闷，不知刘邦究竟是何意，也只得佯作不知。

一日，东陵侯召平来访，萧何与他在堂上说话，寒暄既毕，便谈及此事。东陵侯问了问详情，脸色就一变，大声道："不好！公不久将要灭族！"

萧何大惊失色，忙问究竟。

东陵侯便道："公位至丞相，功居第一，已不可复加了。今上屡问公所为，乃是恐公久居关中，深得父老之心，若乘虚而起，将关中做了芒砀山，据地称王，今上岂非失了老巢？公不察上意，只知处处为民，令今上越发猜忌，你爱民越深，祸就越近，反将好人做成了逆贼。"

萧何听得瞠目，脱口道："朗朗乾坤，焉有此理？往日着实未曾想过。"

"若想保命，怎能做如此干净之人？须得自污。天子只怕圣人，唯不怕声名狼藉之人。公何不多买田地，且以极低之价，逼户主贱卖，务使民间怨声载道。你有恶名在民间，今上还能再提防你吗？唯自污，不惜羽毛，公方可保全。"

萧何茅塞顿开，摇头感叹不止，当下就唤来萧逢时，命他去招一伙恶徒来，赴四乡强买好地，务必凶神恶煞，以相国府之名压人。

萧逢时大惑不解，不欲做恶人。萧何大怒，道："你不做恶人，便要你的头！头颅与美名何轻何重？请君自选。"

萧逢时低头想想，忽然有所悟，抬起头来望望萧何，叹了一声："做官做到这个地步，当初又何苦反秦？"

"唉！你我非神人，谁又能料得到？"

萧逢时只得摇摇头退下，即去闾巷招揽恶徒了。

如此过了不久，相国府便恶名在外，民间物议，如煮如沸。中尉、廷尉各衙署屡次接诉状，只能装聋作哑。唯御史大夫赵尧不依不饶，接连密报刘邦，却不见有回音。

有使者再赴淮南，也忍不住向刘邦告状，说萧相国扰民甚苦。刘邦听了，故意装作不懂，只道："萧相国何至于此？必是家臣所为。"心中却甚觉欣慰——看来萧何老儿，在关中似也未必得民心。

此事刚放下，却又有忧心之事接踵而至。原来，刘邦在途中颠簸，劳累过甚，竟引发了日前箭疮。这日醒来，忽觉疼痛难忍，便急召御医孔何伤来看。

孔何伤来至刘邦辒辌车上，看了疮口，见红肿流脓，已是难治。又屏息把脉良久，只觉脉搏紊乱，竟有险象，心中就一惊，汗流满面。

徐厉在侧见到，也一惊，忙问："孔先生有何见教？"

孔何伤强作镇静，朝刘邦一拜："陛下圣体，经百战而无事，小小箭疮，岂有大碍？只须静养，不可有一时出辒辌车。"

刘邦便一叹："弄了个山河在手，整日碌碌，又谈何静养？速还长安就是了。"

"途中纵有胜景，也请陛下勿再流连。"

刘邦脸上便突现怒意："你是怕我做了秦始皇吗？"

孔何伤也不答话，再拜之后，下了车，将徐厉拽至一旁，附耳低声道："陛下圣躬堪忧，欲归，不可迟一日。如能抵长安，便是大幸。"

徐厉瞬时面如白垩，竟然口吃起来："这，这……臣如何脱得了干系？"

"将军请无忧。回朝后，皇后那里，我自去交代。"

这之后，大队行进便骤然加速，日暮而歇，日出即发，过郡县一刻也不停留。

刘邦在车上昏沉了几日，也不知到了何处。这日，忽闻车外人声喧腾，似有人阻道喊冤，随后徐厉便大声呵斥。

刘邦在车内听见，便喝道："徐厉不得无礼！百姓有冤，听一听不妨。当年吾辈若能拦车诉冤，何至于上芒砀山？"

徐厉便将车帘拉起，刘邦起身一看，吓了一跳，见车已行至霸上，道旁百姓跪了一地，竟有千余人之多，都头戴白幅巾，将诉状举至头顶。

刘邦命徐厉将诉状收上来，拆开看了几个，竟都是诉相国府强买民田的，心中便有了数，命徐厉宣谕："圣上有旨，将诉状全部收上，回朝后，自有廷尉府处置。"

那些冤民听了上谕，立时喊成一片："廷尉府哪里敢治相国？请陛下亲断。"

刘邦只好探出头去，宣谕道："父老请归。相国府有恶仆扰民，我定将亲断。萧相国昏聩，亦将受严处。"

众人闻之，都高呼万岁，方起身让开了道路。

徐厉抹抹额头上大汗，咂舌道："真吓煞人也！"即命御者加速通过。待卤簿一过，便留下后队禁军千余名，执戟遮道，禁行至日暮，不许冤民即刻返归。冤民大呼道："皇帝待民如子，你等如何似虎狼？白日当头，这是甚么天下？"

徐厉叱道："甚么天下？刘氏天下。才安生了几日，难道又念秦始皇了吗？敢再喧哗，以刺客论处！"

众人无奈，只得噤声。徐厉督军卒拦至日落，方才解禁放行。

且说刘邦一行抵近长安城，便望见萧何率众文武，郊迎于途。刘邦见萧何貌仍恭谨，留守众臣神色也无异常，这才放下心来，吩咐萧何道："相国辛苦了，请随我入宫，有要事相商。"

萧何心中一跳，当即应诺，登上了车辇，随卤簿入宫。

刘邦进了寝宫坐下，不等洗漱，便命人将冤民诉状搬进来，足足有两担，笑对萧何道："相国，我出行不过两月余，你在朝中，干的利民好事！"

萧何拆开几卷信函，见是失地之民告御状，便也不慌，朝刘邦拱手道："臣御下不严，致使白圭有玷，当向百姓谢罪。这些诉状，请赐我携回，老臣定当平息民愤。"

刘邦挥挥手道："拿走拿走！怪不得沛县旧部中，唯我一人可坐天下。尔等处世，真是奇哉怪也，莫非还嫌食邑不足乎？"

萧何也不答话，只唯唯而退。

刘邦静思片刻，忽而疑惑起来："老儿昏聩，似也不至于此！莫非是演戏与我看？ 唉，做了这天子，连人心都看不透了。"当下便命人传赵尧来。

赵尧进宫来，猜到是为萧相国事，便抢先谏言道："天子不可久离都城，一旦久离，便有各种古怪事。"

刘邦不耐烦他啰嗦，劈面便问："你说，相国强买民田，究是何意？"

"为子孙计。"

"朕尚安在，他就想到身后事了吗？"

"不唯相国一人，诸臣心中，也都是惶惶。"

"哦？ 难得你直言。 昔年我曾不解：秦始皇何以要重用赵高？ 今日看来，坐上这龙床，天下还有何人可信？ 这万人之上，倒真是孤家寡人了。 赵尧，自今日起，你便是我的赵高，上至相国，下至屠夫，凡有图谋不轨者，尽速报来。 我活一日，便容不得朝野有一日离心。 若需坑儒……坑也就坑了吧！"

赵尧听了，暗自心惊，也只得将心一横，高声领命。

次日晨，赵尧便向宫中发出密报，称相国府已将所有强买民田，按市价重估，今日即补钱给民户。 众民户闻之，皆口诵天恩，称相国乃是真为民。

刘邦接报，呆了半晌，喃喃道："民心，便是如此好收买的吗？"

隔日，刘邦正看奏章，忽见有一道是萧何亲笔，内中言及："长安地狭，关东豪族迁入，族人多无田，遂成滋事游民，为京都之大患。 昔日上林苑，尚有空地，荒芜多年。 以臣之见，不如准百姓入内开荒，使游民有业。"

刘邦阅毕，触动心事，大怒，将奏折摔下，高声道："相国受商贾贿赂，为他人请上林苑地，还有王法吗！甚么游民无业？彼等既是游民，又怎能有心思开荒？"当下，便急召廷尉邹育入见。

邹育进了宫，揖过刘邦，不知又要处置甚么人，心中只是忐忑。

刘邦问道："你斩了彭越，夜半可有彭王阴魂索命？"

邹育不知此话是何意，遂答道："汉家天下，阳气冲天，岂有阴魂敢作祟？"

"那好，你既斩彭越，当是百鬼不侵了。今日又有头等功臣触刑律，着你立即拿下。"

"是何人斗胆？"

"萧相国受贿，着你将他拿下，械系入狱，听候处置。"

邹育当即面如土色，口齿结巴："这，这……这如何使得？"

刘邦便高声叱道："彭王无辜，你尚且能问出罪来，相国如何就动不得？"

邹育闻刘邦提起彭王事，心中一凛，又不敢反驳，只得辩解道："那相国，乃百官之首也。按汉律，以下犯上乃逆伦，故下官不敢纠弹相国。"

"恐不是你怕以下犯上吧？朝中文官，皆以攀附相国而自固，上下勾结，连我的话也不大听了。"

邹育慌忙伏地，请罪道："陛下令出如山，微臣怎敢违拗？既有诏，臣这便去相国府拿人，然需赐臣符节，也好持节捕人，否则便是造反了。"

"你造反，也强于相国造反！今日他敢受贿，我死后，他就定要造反了。我赐你符节，你尽管去，只拿相国一人，不得惊扰他眷属。"

邹育这才松了口气，领了符节退下。回到廷尉府后，立时布置下去，移文中尉衙署，请丙猜遣兵卒一队，将相府大街净街，执戟警戒。待安排妥帖，即率廷尉府吏员百余人，浩浩荡荡开往相府。

那相府守门的司阍，早察觉风声不对，通报了长史萧逢时。萧逢时出门来看，但见兵卒林立，街上无一闲散行人，还当是皇帝即将驾临，连忙奔告萧何。

萧何正在书房闭目养神，闻报，微微一笑："陛下岂能来相府？你只管守住门，非陛下，天王老子亦不许进。"

少顷，邹育率百余名掾吏，来至相府门前，下得车来，望了一眼门楣，撩衣便要进。萧逢时识得邹育，情知有异，挺身挡在了门前，赔笑道："小臣为相府长史萧逢时。邹公何事？容我通报。"

"奉上谕，面见相国。"

"上谕何在？可否出示？"

那邹育并非沛县旧部，与萧逢时并不熟，只道："我奉上命，会办公事。无须长史你通报，请借过。"

那萧逢时资历甚深，远胜于灌婴、王陵等辈，哪里将一个新任廷尉放在眼里？闻听此言，不由火起，断然道："此地为相国府，不经通报，百官皆不得入。"

邹育便将符节一举："奉上命，何人敢阻？"

萧逢时见是错金龙符，知道来头不小，心中便暗自叫苦，却仍是嘴硬道："廷尉一人请入内，其余人等，可在廊下等候。"

邹育不禁大怒："一个长史,敢阻九卿吗? 来人,与我拿下!"

左右吏员闻命,一拥而上,将萧逢时按倒在地,一根绳索捆了。 相府内属吏见了,不由大惊,都掣出剑来,一齐冲出大门,将邹育等一众官差逼住。

邹育怒喝道："阻拦公务,是要造反吗?"

众相府属吏登时大哗："擅闯相府,尔等才是造反!"

那些警戒的禁军见了,亦满面惊惶,不知该助哪一边,只是呆立观望。

正僵持间,萧何闻声出来,对属员喝道："不得放肆!"又向邹育一揖,"不知邹公驾临,恕老臣失礼。"

那邹育已知相国府厉害,也无心周旋,当即口传上谕:"奉上谕:相国干犯禁令,收了商贾之贿,着提至廷尉府问话。"

萧何闻言,脸色一变,忽想起查抄淮阴侯府情景,将头一昂,问道:"可要抄家?"

邹育连忙道:"哪里? 相国多虑了。 有令,仅提相国一人,无涉眷属。 臣下职分在身,有所冒犯,万望宽恕。"说罢,向后一使眼色,众属吏就要上前拿人。

萧何冷冷一笑:"且慢! 廷尉府是何衙门?"

邹育道:"奉上命执法。"

"既然执法,可知汉律? 我乃汉家相国,一人之下,万人之上。 有罪过,请御史台先行弹劾,罢职后,才轮到你廷尉府拿人。 你那些爪牙,请闪避,我随你去就是了。"

邹育正要称谢,忽闻萧何又道:"将我那长史放开! 彼为沛县人,君上也不敢如此待他。"

邹育也知萧府之人绝非寻常，这面子定然要给，于是一笑："好说，放人！请相国上车。"

一行人遂押着萧何，转了几条街，来至诏狱。萧何望见诏狱大门，便微微吃惊："邹公，来此处何干？"

邹育也不答话，跳下车来，一声断喝："来人，将罪臣萧何拿下，枷锁伺候！"

众公差立时扑上来，褫去萧何衣冠，将一个二十斤重的枷，套在萧何头上，又将锁链缚住双腿。

萧何也不挣扎，只仰首叹道："我今日便是商鞅了，作法而自毙！只不知，堂堂汉律何在？"

邹育适才受了萧逢时顶撞，也正气闷，便道："相国今日才知汉律？若早知汉律，为何要强买民田？"

"为买田事，何至于下狱？"

"相国，非为下狱也，且械系于此，听候处分。吃喝用度，尽管令家臣送来，本衙决不刁难。"说罢，便唤来狱令，教他调来两个犯官，与萧何同室，以便伺候。

狱令此生，从未见过如此高官入狱，也不知该如何处置，便将萧何当作了死刑犯，令同室犯官昼夜看守，吃喝便溺，有人从旁协助。家眷探监，只许送物品吃食，决不允私会。

一连关了数日，并无人来提审。那狱令每日来巡视，颐指气使。因平日威风惯了，也将萧何叱来喝去。

萧何左思右想，只觉得如同梦寐：二十年勤谨奉公，竟落得形同死囚。一日，那狱令吼得凶了，萧何不由便怒："差爷，此地唯你为大，固然不错；然我仍是相国，并未夺爵。"

那狱令便冷笑："进了诏狱，便不是相国；何日你回庙堂，才是相国。此时欲得善待嘛——请交钱来。"

"大胆！你竟敢公然索贿？"

"相国以受贿罪名入狱，心中应有数，这算得甚么？"

"呜呼！汉家废秦法，是为利民，非为方便你等小吏索贿。"

"既废秦法，索贿便不至死，不死还怕个甚？我又不是傻瓜。如此苦差，若不索贿，谁还情愿来做？"

萧何掂量此话，似无从驳斥，也只能无语。默默看了十余日，只觉诏狱之黑幕，深不可测，各种徇私枉法事，关节重重。不由便叹："前朝之时，我亦掌县狱，只道秦法严苛，不似人间。岂知今日诏狱，黑幕竟甚于秦时！既如此，我辈舍命建立新朝，又是何苦？"

同囚室两个犯官，急忙掩萧何之口，劝道："相国慎言，此地不比朝堂。无罪的彭王，都问成了谋逆，况你相国乎？"

萧何闻言，面露惨笑，唯有叹息而已。

如此半月过去，朝中百官闻相国系狱，无不骇然。却又不知罪名为何，故不敢上疏为萧何缓颊，唯恐沾上谋反罪。府中掾吏因惧怕株连，几日里便逃去大半。唯萧逢时独自一人，东求西拜。却不料，群臣中平素最恭谨者，多变了脸，或敷衍或冷脸，一派炎凉之态。

当此际，有名唤王纯者，新接了郦商为卫尉，为萧相国大感不平。这日巡视路过诏狱，便唤来狱令，吩咐道："我要见相国。"

狱令回道："请王卫尉出示符节，我去提人出来。"

王卫尉怒道："当我是何人？若须我出示符节，你离灭门便也不远了！"

那狱令害怕，连忙去提了萧何出来。

王卫尉见萧何蓬头跣足，面无人色，不由得心痛，连忙扶他坐下，问道："相国，外面盛传相国系狱，却不知罪名，都惊骇万分。只不知相国犯了何罪，竟致陛下暴怒？"

萧何只是摇头："不知。只知我曾上疏，请准游民入上林苑垦荒，陛下便斥我受商贾之贿，实是冤枉。"

"再无他事？"

"我留守关中，王卫尉常与我相见，我还能有何事？"

王卫尉便颔首道："我知矣。"当下唤来狱令，塞了几吊铜钱过去，嘱他不可怠慢相国。

数日后，恰逢王卫尉侍驾，见刘邦与群臣议事毕，便不等散朝，上前发问道："相国有何大罪，竟遭陛下严惩？"

刘邦不意有这一问，当着群臣之面，又不好发怒，只道："吾闻李斯为秦始皇丞相，有善归于主，有恶归于己。今萧何受商贾之贿，为其请上林苑地，与民开荒，以此笼络民心，意在陷我于不义，故而囚系之。"

众臣面面相觑，这才知萧何被系缘由。

那王卫尉有备而来，当即回禀道："所请若便于民，当请之，此乃宰相职分，陛下如何就疑相国受商贾之贿？说到相国受贿，岂非玩笑？陛下数年在外，与楚军相持，后陈豨、英布反，陛下又自率大军征讨；当是时，相国留守关中，若有异心，只须稍一跷足，关西一带便非陛下所有。然相国却不曾有私，遣子弟从军，出私财助饷，使我关中固若金汤。相国不在那时谋乱，以取大利，反倒贪图商贾区区贿赂吗？想那秦末，以拒不纳谏而亡天下，此乃李斯之过也，李斯又何足令吾人效法？陛下疑相国，持理何其浅也！"

刘邦闻此番话，自知理亏，然当着群臣之面，又不愿认错，只得拉下脸来道："王卫尉，所言我已知，你可退下。满朝文武，无一人言此事，你贵为九卿，反来多言，也不怕人说是萧氏党羽？"

"党羽，亦有荣辱之别。能为萧党，荣莫大焉！"

刘邦闻言，甚惊愕，直视王卫尉良久，方转身离去。

当日，刘邦便召王恬启、王陵进殿，温言道："汉家立朝，二位有大功，然不得封王，各有其故，也不必挂怀。老臣之中，我只信你两位。今日召入，乃有重任，请为我使者，赴诏狱开释萧相国。"

二人闻命，皆感惊异。王恬启大惑道："释相国，乃天经地义事，由狱令宣谕即可，何用我二人出面？"

刘邦摇头道："相国在狱中，必遭狱令折辱。狱令宣谕，他不出，则朝野震动，反倒是我下不得台阶了。"

二人这才领会，于是衔命而出。至诏狱，出示错金符节，声称开释相国。狱令闻命脸色大变，不敢怠慢，连忙提了萧何出来。

萧何见两位老臣至，叹了口气："陛下赦我了？若非你二位来，我便不出，宁愿死于这诏狱。"

王陵连忙劝慰："相国息怒。季兄已老，作好作歹，我等也奈何不得，且忍一时。"

王恬启亦道："近岁以来，今上行事，臣下多有不解。然他若不容我辈，则天下还有何人可容？"

萧何闻言，不禁老泪纵横，闭目无语，任由狱卒卸下枷锁。

待卸去枷锁，两人见萧何足踝已肿、步履蹒跚，都唏嘘连声，忙命狱卒拿了干净衣物来，要与萧何换上。萧何摆手道："不必，主上如何落子，便须如何收子。我就这般模样去觐见，二位无须操心。"说罢，便蓬头跣足，缓缓步出诏狱。

王恬启、王陵奈何不得，只得随在后面，扶萧何上车。

上得车来，萧何回望狱门，见那狱令正惶悚伏地，满头冒汗，便笑道："狱令不必惊慌。我自入狱，方有所悟：若无油水可捞，如何教小吏卖命？秦时法度严苛，狱吏无利可图，焉能不放走刑徒？故而陈胜王、汉沛公，皆由擅放刑徒而起事。故而法至严，则无徒；法有隙，得长久。此理，只是上不得台面而已。你尽管照旧吧，我决不追究。"

狱令闻罢此言，几乎吓瘫，连连叩头如捣蒜。萧何也不理会，只喊了一声"走"，教那御者启行。

不多时，车至北阙，二人于左右搀扶，萧何跣足上殿，恭恭敬敬揖谢刘邦。

刘邦见了，面红耳赤，俄而又嘻嘻一笑，道："相国休得如此，这是要折杀我！相国为民请上林苑，我不许，错便在我。我为桀纣之主，相国乃贤相也。天下人皆知是非，我必令天下知皇帝也有错，今械系相国，实为自曝我之过错也。"

萧何心知刘邦狡辩，然亦无心剖白，只道："多谢陛下，仅用了二十斤枷。若用三十斤枷，那便要假戏真做了，老臣恐活不到今日。"

刘邦大窘，连忙道："那是那是！君臣事，权当做戏好了。这便请相国回府将养，所有公务，由掾属自行处置，你病愈之前，可无须再问。"

两大臣又送萧何返归相府，萧逢时在府门迎上，拽住萧何大哭，要与邹育去拼命。萧何严词制止，又朝两大臣一揖，请二人自回。 至府中，从此不问公事，终日寡言呆坐，若泥塑一般。

刘邦自此后，待萧何倒也平常，君臣间便再也无事。

春正月，刘邦箭疮复发，疼痛难忍，竟不能视事，自觉来日已无多了，索性便搬去了长信殿，由戚夫人侍寝。

卧于榻上，想起与项王苦战数年，从未有过如此巨创。 此等惨痛，或是上天示警：勿逼人太甚。 想到韩信、彭越、陈豨、英布等诸人，都曾是手足一般，音容笑貌，宛然若生，如今皆成骷髅，刘邦便心有不安。 然又想到刘盈、如意、刘长等辈，皆是孩童，若留了枭雄父执辈在世上，则自己死后，何人可助少主？ 今日逼迫异姓王死，或是太过，然则为子孙后代计，想来上天也能宽恕。

如此卧了几日，刘邦只翻来覆去想：汉家究竟能有几多寿数？忽想起那先秦六国，无庙无祀，已湮灭多年，不由起了惺惺相惜之意。 隔日，便有"守冢令"下，曰："秦、楚、魏、齐、赵及信陵君等，皆无后。 今为秦始皇立守冢编户二十家，楚、齐、魏、赵各十家五家不等，令其四时致祭，不得有他图。"

过了几日，又恐天下物议，说汉家容不得异姓王，便下诏曰："南越世家织，守土有功，立为南海王。"

自定陶会盟之后，新封异姓王，此乃绝无仅有的一个。 这南海王，原为闽越国的南武侯，封邑在南武（今福建省武平市）。 闽越一带为未开化之境，你不封给人家，刘氏子弟也无人愿去那里，索性便做了个顺水人情。

忙罢这些，刘邦胸前箭疮，又一日日沉重起来，竟是夜夜呻吟，难以入眠。 戚夫人侍寝在侧，见此越发忧心，便朝夕进言道："陛下，箭疮如此，你如何保得我母子平安？"

说得多了，刘邦不由烦躁，叹口气道："若要我除去皇后，如杀鸡狗耳。 然朝中勋臣列侯，半为吕氏故旧。 我若杀皇后，立你为后，则我今日宾天，明日你母子便休想活命。 唯有废太子，将如意扶上皇嗣位，求得正名，方能保你母子平安。"

"然你万岁之后，还不是一样？"

"哪里话！ 如意若做了太子，便是我钦定，中外瞩望，还有何人敢反？"

戚夫人听明白了道理，心中便喜，催刘邦立下诏令。 刘邦想想，将心一横，便发了"易储令"下去，旧事重提，再议太子废立，命诸臣择贤者报来，不得敷衍。

张良此时，正为太子少傅，每日旁事不问，专教太子读书。 忽闻易储令下，不由大惊，连忙入长信殿谒见，力陈不可换太子。

刘邦在榻上懒懒道："吾之家事，子房兄请勿多言。"

"此乃社稷事。"

"社稷事，也就是刘家事。 自古疏不间亲，子房兄应比我明理。"

张良自投汉以来，为刘邦谋臣，所谋无不被采信，不料今日谏言，与君上竟势同水火，心头不由大沮。 稍后，便抱病不出，不再去教太子了。

那叔孙通单独教了数日，才发觉有异；四下里打探，才知又要换太子了，不禁恼怒。 授课毕，便闯进长信殿去，伏于地，叩头似山响。

刘邦大惊："好了好了！ 夫子这是为何？"

叔孙通道："昔日秦始皇昏聩，不早立长子扶苏，偏私幼子胡亥，遂致祸乱天下，终于灭族亡祀。 这一节，陛下曾亲历，恐记忆犹新。 若始皇当初早立扶苏，则陛下今日仍是亭长，何来此番天下？ 我投汉以来，陪太子读书，已有十余年。 唯见太子仁厚，人品无瑕，天下人都知太子大贤，陛下若为戚夫人故，欲废长立幼，臣以为万万不可。"

刘邦不为所动，只道："废立乃廷臣之事，非东宫属官所应与闻。 夫子既定礼仪，当知此理。 你下去吧。"

叔孙通不服，亢声道："废立乃天下事，臣子如何不能与闻？ 若太子无端被废，便是汉家不如故秦，一世便礼崩乐坏！ 皇后与陛下同甘共苦，在芒砀山立有大功，陛下又怎忍背弃？ 臣有言在先，何日废立诏书下，臣便请伏诛，即是颈血涂地，亦绝不遵命。"

"好了好了！ 夫子越说越难听，你要胁迫天子吗？ 且退下，容我细思。"

叔孙通走后，刘邦也甚感踌躇，明白了欲废太子这事，绝非一道诏书便可。 眼见得"易储令"发下已有数日，群臣却毫无动静，并无一个推荐奏疏上来，显见是人人不赞同。 此次群臣抗命，实为前所未有，若群臣不推荐，则皇帝便无由册封新太子，所谓易储之议，便徒然贻笑天下了。

想到此，刘邦便觉头痛——皇帝竟也有做不成的事！ 一个腐儒叔孙通，尚且敢扬言尸谏，那周勃、夏侯婴、灌婴、王陵、郦商等人若一起闹起来，岂不更尴尬？ 即是旧部勉强同意，则又将陷如意母子于险境，自家撒手后，还不知如何收场？

想来想去，忽而想到了一计：不如谎称箭疮已愈，置酒宫中，召太子刘盈来侍酒。 于酒席间，父子私聊，劝刘盈自己让贤，岂不是好？

当下，便发了一道召宴谕令，传至东宫。 刘盈闻令，急忙报与吕后。吕后闻听，心中大惑，不知刘邦为何事宴请太子；于是也顾不得许多了，急遣人请张良来问计。

张良来至椒房殿，甫一坐下，吕后便泪落如雨，哀求道："留侯救我母子！"遂将刘邦邀太子赴宴一事相告。

张良闻罢，大感惊异："莫非，陛下要逼太子退位？"

"退位？"吕后一怔，立即醒悟，不由号啕大哭，"我母子死到临头了！如何是好呀？"

张良想想，断然道："可请商山四皓相随。"

吕后拭泪问道："四皓？那些老匹夫有何用？"

"唯有一试。若不成，臣也陪叔孙通去死！"

吕后将信将疑，命审食其速往吕泽府中，去迎四皓入宫。

张良便劝慰道："皇后勿急，请用臣之计，或有奇效。请太子自今日起，与四皓昼夜不离。"

待得四皓步入殿中，唯见各个白须飘然，果然气度不凡。吕后见了，心头略安，连忙道了个万福，赔笑道："四位长者，吾儿性命，便相托了。"

四老者回揖谢过，其中东园公便道："老朽无能，唯有年纪一把，忝为太子仆从，谅无人敢于轻忽。"

吕后拭去泪，点了点头，一面紧紧抱住刘盈。

设宴这日，刘邦命人在殿上拉了些帷幕，重重叠叠，不令外人进入，便打发涓人去请太子。

少顷，刘盈应召而来，刘邦抬头看去，只见宫女撩开帷幕，刘盈当先缓缓而入，行了伏拜礼；后面还有四人跟进，却是笼袖而立，不礼不赞。细看，原是四位长者，须发皆白，貌皆俨然。

刘邦大惊："这是何人？"

刘盈答道："儿臣之师。"

"尊姓？"

四人便挨个上前，施礼报名。刚报过两个，刘邦便又一惊："甚么？四老乃商山四皓？朕欲求四位下山，然多年而不得，分明是瞧我不起，却如何愿为竖子之仆？"

东园公一揖道："陛下无学，喜谩骂文士；臣等不愿受辱，故不应召。"

"那太子倒强于我了吗？"

"太子仁孝，善待文士，天下都慕其美名，人人愿为太子效死。故我等不辞辛劳，出山辅佐太子。"

刘邦便笑："甚么太子？竖子！尔等所说，似不是吾儿，倒像是位圣人了。罢罢，旁观者所见，或许是实。四老请不必客气，且坐下，我与尔等同饮。"

四皓却不坐，只轮流上前，向刘邦敬酒。敬罢，亦不饮，侍立于太子身后，毕恭毕敬。

刘邦本想与刘盈说些私房话，见此情景，倒说不出甚么了。饮了几巡，终觉意兴寡淡，便道："有四老辅佐，太子将来不致失德；也好，就劳烦公等始终护佑太子。今日，诸公与太子便回吧。"

刘盈应命而起，行礼告辞；四皓也略略一揖，紧随刘盈之后而出。

刘邦呆望了片刻，急唤戚夫人出来，指着四皓背影道："本欲与太子言废立事，然太子已得四老辅佐，羽翼已成，天下瞩望，势难拔矣！"

戚夫人望去，看得一清二楚，不由便泣下。

刘邦见戚夫人无助之状，亦是悲抑莫名。长叹一声，吩咐道："你且为我作楚舞，我为你作楚歌。"

戚夫人含泪从命，于茵席上回旋作舞，长袖飘飘。刘邦倚栏观之，一面便击掌歌曰：

> 鸿鹄①高飞，一举千里。
> 羽翮已就，横绝四海。
> 横绝四海，当可奈何？
> 虽有矰缴，尚安所施？

此曲乃是说：太子羽翼已成，高飞万里，我手中虽有弓箭，却不知射往何处？

如此反复歌吟，再三再四，声愈凄凉，竟有些哽咽了。戚夫人闻听歌词，触动心事，旋又泪流满面，竟至舞步紊乱，索性停了下来，委地痛哭。

刘邦也不去扶，自顾流泪不止。转身凭栏望去，见二月早春，草色渐绿，然能否见到秋之黄叶，尚在未定之数，便觉这人间事，何其难料也！想自己贵为天子，既不能护佑爱姬，也不能传位于爱子，生无宁日，死亦纠结，还不如美髯客无家无累的好。

自此之后，刘邦每日愁眉紧锁，寡言无神。有时半日不发一言，有时则喃喃自语："怎生了得？怎生了得？"叹息无数，然亦无计可施。宦者婢女见了，也陪着心伤，私下里说起，竟无一人

---

① 鸿鹄(hú)，即天鹅。古人常以之喻志向远大者。

羡慕这皇家人伦的。

废立之事，就此无人再提起。群臣见刘邦终于死心，都长出一口气，暗自庆幸。

且说周勃早前平定了代郡，应刘邦召，与樊哙分头班师回朝。周勃先至，闻主上病笃，慌忙入宫，直奔长信殿。至榻前，见刘邦已不能坐起，不禁泣下。

刘邦闻周勃饮泣之声，睁开眼，便是一喜，伸出枯瘦的手掌来。周勃忙执起刘邦之手，道："陛下，臣周勃复命，代郡、雁门、云中等郡，胡尘尽散，再无半个叛军了。"

刘邦喘息有顷，勉强一笑："壮哉！绛侯……我今已到寿限，英布那竖子正唤我，我将去了。汉家山河安否，有赖君矣。"

周勃顿时泪下如雨："陛下戏言了！万年尚早，汉家不可一日无陛下。"

刘邦摇头道："生也有涯，不必说那些虚言了。今春以来，我每夜辗转，只不能安睡。唯觉太子懦弱，恐又是一个秦二世。委实不愿抱此憾而离世，于地下见我汉家分崩。"

"有臣在，必不致此！"

刘邦微笑颔首道："丰沛旧人，到底是心腹。"

周勃闻言，脸色忽地就一沉。

刘邦虽病重，却十分警觉，急问道："何事？"

周勃迟疑片刻，方答道："臣扫灭陈豨，其裨将纷纷来降，有曰：卢绾曾遣使通陈豨，与之谋。"

"哦？卢绾？他与吾乃总角之交，自幼亲爱无间，今居燕六年，不闻有异，恐不至于谋反，或是降将为求活命而诬之？"

"降将供述，言之凿凿，说那燕使名唤范齐，常驻陈豨大营，陈豨左右无人不识。"

"便是如此，也不可轻信。异姓诸侯凋落至此，唯余长沙、燕王两人，若燕王亦反，我岂不成了无德之君？又如何向天下交代？"

"臣亦不愿轻信，然……"

"休要说了！卢绾少时，行鼠窃狗偷事，皆不敢瞒我。待我遣使赴燕，传召他回朝，我当面来问。"

当日，典客衙署便遣使者入燕，向卢绾传旨道："君上有话要问，请燕王速回朝。"

那卢绾闻刘邦传召，脊背上便汗湿了一片，应不应召，踌躇难决。在殿上敷衍了使者两句，便请使者暂回馆驿，改日再说。

这一晚，卢绾于灯下独坐，权衡再三，仍难以定夺。原来，他与陈豨通谋，果有其事！其前因后果，说来话长。

当初陈豨谋反，欲借匈奴之力，便遣了部将王黄入匈奴借兵。可巧，时值白登山解围不久，汉匈两家正在和亲，冒顿不愿背约，故不肯借兵。

其时，卢绾已获刘邦谕令，正要南下征讨陈豨，闻陈豨求助于匈奴，便急派属臣张胜赴匈奴劝阻，嘱张胜告诫冒顿："陈豨败亡，指日可待，单于万万不可相助。"

岂料张胜出使途中，偏巧遇见了臧荼之子臧衍。张胜早先为臧荼属下，与臧衍颇为相熟，两人就在路旁攀谈起来。

当年臧荼兵败，臧衍逃至匈奴，好歹保下一条命来，遂与汉家结下如海深仇。此时便对张胜道："汉帝乃捉盗吏出身，性本多疑，自登基以来，以猜忌功臣为乐，今日杀一个，明日逐一个，吾父迄今仍生死不明。还有那韩王信投敌、韩信伏诛，皆因他多疑所致。照此看来，你那主公又侥幸能活吗？不如劝说燕王连结匈奴，暗助陈豨。待汉帝有朝一日与燕王反目，陈豨也好从旁助燕王。"

张胜听了这番言辞，甚觉有理，竟然自作主张，见了冒顿，便鼓起如簧之舌，力劝匈奴出兵助陈豨。那冒顿娶了汉家公主，早已闻知是赝品，心中本就不悦，被张胜一激，不由大怒："中原自刘邦出，便无一句真话，连公主都有假，况乎百年结盟？"于是发兵犯代境，力助陈豨。

卢绾惊闻匈奴背约，遣胡骑犯境，恼恨张胜有辱使命。待张胜返国，不由分说，便将张胜拿下，要开刀问斩。

张胜被刀斧手缚住，却只笑道："大王之功，难道高过韩信吗？"

"妄言！那韩信是何人？孤王又是何人？如何能相比？"

"以故里而论，大王与汉帝近；然以灭楚之功而论，则韩信与汉帝之近，则无人可及。如今近者已诛，远者尚未诛；非为不诛，乃一时无暇诛耳。"

"我与汉帝，乃总角之友，他岂能忍心诛杀我？"

"昔日在鸿沟，父将烹，却还能嬉笑如常。有此心肠者，何人不忍心杀！"

卢绾当下语塞，想想张胜言之有理，便教左右为他松了绑，令他归家待罪。自己则关起门来，苦思对策。

不数日，张胜又强闯入宫禁，大呼道："来日若有汉使一人，率数名兵卒，便可索去大王头颅。大王有十万雄兵，却不知该当何用！"

一句话，点醒了卢绾，转念一想，便赦免了张胜，仍派他去匈奴为使，随时通消息。又遣属臣范齐赴代郡，常驻陈豨大营中，以示应援。不料，陈豨自叛后，未见有甚奇谋，却屡出昏招，一败再败，将一盘好棋下成了烂棋，终在当城败亡。范齐侥幸脱逃，奔回蓟城，向卢绾复命。卢绾闻他禀报，叹息连连，只怪自己眼盲，将赌注押错了。

正私心庆幸此事外人不知，便忽有汉使来召，卢绾哪里还敢回朝？次日，汉使又上殿来催，卢绾口中应诺，缓缓起身，却一个趔趄，"啊呀"一声摔倒在殿上。左右连忙上前扶起，搀他进了寝宫，跟着便传出话来："燕王抱病，不能回朝了。"

汉使呆立在殿上，心中暗笑："这倡优之戏，演得未免太假了些。"于是也不勉强，自回长安复命去了。

待汉使回朝，将所见禀报，刘邦仍不信卢绾有异心，不欲讨伐，只唤来辟阳侯审食其、御史大夫赵尧，吩咐道："你二人，位高而功小，朝臣久有非议，今日可建大功也！即日便请赴燕，查探卢绾病情虚实，迎卢绾回朝，勿为汉家留后患。此去燕都，安危或有难料，须多留意。"

审食其、赵尧知君上所托甚重，都不敢推辞，互望一眼，便慨然领命。

旬日之后，两人驰入燕都蓟城。卢绾闻之，大起恐慌，忙遣典客迎住二人，只说是燕王重病未愈，不便召见，务请上使多候几日。

两人便入馆驿住下，候了几日，仍不得要领，便通告典客，要往燕王宫中探病。典客亦无措，只是巧言推托。审食其、赵尧也不便用强，只好借机盘问燕王左右，查验与陈豨通谋之事。

那些燕王左右，或有见苗头不对的，便将内情和盘托出，赵尧一一录下口供，备案不提。卢绾闻之，越发惶急，索性搬出宫去，在范齐家中躲了起来，连属臣也遍寻不着。

如此数日，范齐以为大不妥，劝卢绾召见汉使，务必辩白。卢绾叹道："非刘氏而王者，今唯余我与长沙王了……"

范齐道："还有南越王、南海王。"

"嗤！南蛮番邦，那算得甚么王？摆设而已。环顾海内诸王，韩信受族诛，彭越遭烹杀，皆为吕后之计。吾闻今上已抱病不起，不理朝政，诸事专任吕后，就更不得了！此妇彪悍，专以细故诛杀功臣，显是以杀人立威，为太子张目。我若还朝，正入此妇罗网，以我一世功名，为悍妇幼主垫脚，岂不冤哉！"

"然……两位汉使在此，如何打发才好？"

"还打发个甚？就说病重，随他去吧。"

自此，蓟城中便散漫无主，相府、城衙等众官，都察觉大事不妙，纷纷逃匿。燕境内六郡乱成一团，已呈分崩之势，

审食其、赵尧见卢绾死活不出，亦是无奈，商议了半日，唯恐燕地乱起，连命都难保了，便不再痴等，收拾了行囊出城，回朝复命去了。

春二月末，两人返回长安。至刘邦榻前，赵尧出示了燕臣口供，具述卢绾反状，称已确凿无疑。

刘邦知赵尧善断案，所探必不虚，不由大怒："卢绾果然是反了！"

正巧樊哙率部自代郡返回，刘邦便唤来他，吩咐道："如今萧相国抱病，已不能视事，朕加你为相国，点起十万人马，征讨卢绾，务要提他人头回来。"

樊哙骤然位至万人之上，心中虽暗喜，然亦不愿担此恶名，便

道:"卢绾,是幼时总角之交的兄弟,欲拿他人头,教我如何下得手去? 不若绑回他便罢。"

"你不下手,他便下手! 此贼不死,来日你侄儿天下,如何能坐稳? 今日发兵,我就要见他人头。"

樊哙只得领命而退,赴相国府视事。 不数日,便发近畿及关中兵十万,自领将军,浩浩荡荡出关,往燕都去了。

当日刘邦召见樊哙,赵尧正在殿上,立于侧旁一语未发。 待樊哙退下后,刘邦对赵尧道:"萧相国不视事,樊哙出征,你这御史大夫,便是个副丞相,朝中诸事,不可大意。"

赵尧心中惶惶,竟有末世之感,应命之后,甚感不安。 回到御史台,彻夜未归家中,将朝中大事颠来倒去思量,天明时,毅然挥毫,写了一道密奏,递进宫去。

刘邦一夜未睡好,天将明时,正要瞌睡,忽有涓人呈上火急密奏。 拆开一看,竟是赵尧举发樊哙欲行不轨! 刘邦浑身一激,不由坐起,细读那密奏:"臣闻樊哙与吕氏结党,谋于帷幄,只待今上一日晏驾,即发兵尽诛戚氏、赵王,欲阖门杀绝,不留遗子。"

刘邦大口喘息,怒拍卧榻道:"樊哙见我病,望我死也! "

众涓人皆惊,以为君上已陷入谵妄,忙为刘邦额上敷冰水。

刘邦愤而推开涓人,大叫道:"果然果然! 这屠夫之心,果然不正。 唤陈平来,速唤陈平来! "

陈平闻召,急入长信殿,正要问候,刘邦便急命道:"速驾车,载绛侯周勃赴军中,将樊哙那狗捉住,就地砍头。 命周勃代将军,你携樊哙人头回朝,我要亲见。"

陈平听了,目瞪口呆:"陛下,朝中老臣,所余已无几个了。"

"教你杀,你就杀! 你不杀樊哙,明日他就杀如意……"说到此，刘邦觉胸前剧痛难忍，如万箭穿心，撑持不住，竟一头栽倒在榻边。

陈平慌忙上前扶住，急唤御医孔何伤前来。

孔何伤已数月不能安眠，形销骨立，颠倒衣履，闻声连忙冲了进来。

陈平乍见御医之貌，大惊道："孔太医，你这副模样，似不久于人世，如何能治得好陛下？"

孔何伤也不理会，只管为刘邦熬汤灌药。

良久，刘邦才复苏过来，喘息道："陈平兄，汉家多难，既这般多难，又如何能兴？传百世，岂不是说梦？我只问，你究竟能不能斩樊哙？"

陈平大惧，忙答道："能斩，能斩！请赐予虎符。"

刘邦便于怀中，摸出个错金龙凤符来，道："此符，乃至尊之符，可调卫尉之兵，向为我护身之符。你且拿去，即便有十个樊哙，也不敢抗命。"

"诺。"陈平接过符节，便要退下。

"且慢！拿笔砚来。出师讨逆，不可无名。我口说，你且拟诏。"

刘邦强撑坐起，缓缓口述谕旨，陈平持简牍记下，诏曰：

> 燕王卢绾系我故人，爱之如兄弟，近闻与陈豨通谋，吾以为无有此事，故遣使者迎卢绾回朝询问。卢绾托病不回，反迹明矣。燕吏民未与谋者，凡六百石以上吏员，各加爵一级，以示嘉勉。与卢绾同谋者，凡来归，则赦免，亦加爵一级。废卢绾燕王号，应长沙王吴臣等所请，立皇子刘建为燕王，嗣后就国。

书毕，刘邦哀叹道："一王反，二王反，尚可说是其心不正；然诸王皆反，莫逆之交亦反，后世将如何看我？"

陈平道："陛下勿多虑。君王在上，若无人反，便是庸主，家国之祚也必不久。"

刘邦便惨笑："你就是赢在了一张嘴上，且去吧。"

陈平领命而出，即回府中，将战袍寻出，披挂整齐，驾车直奔绛侯府。叩门唤出周勃来，不由分说，拉他上了车，便急往东门而出。

周勃惶然不知所以，于车上数次发问，陈平只顾驱车，也不答话。周勃愈急，惊道："中尉，你不是也要叛汉吧？"

陈平回首苦笑，手上缰绳缓了一缓，这才将刘邦谕旨详尽转述。周勃闻罢，脸色大变："中尉，樊哙乃至尊外戚，若陛下万岁之后，你我如何向皇后交代？"

陈平便道："将军所虑，也正是我之所忧。然上命紧迫，我又怎敢抗命？"

"君上龙体如何？"

陈平便沉默不语。

周勃又道："樊哙，重臣也，杀之不祥。"

陈平一叹，便将心中忧虑道出："唯其权重，便成碍目之物，不杀他杀谁？然杀之，明日太子继位，吕后必取你我之头颅，君上又不能起于地下，为你我担待。如若不杀樊哙，则君上怪罪下来，你我亦成樊哙同谋，势难保命。"

"唉！征战半生，竟然唯求保命，倒不如当年织席去了，好歹无性命之忧。"

"周兄，建功立业，恰似累卵，吾辈又能奈何？"

周勃想想，满面便涨红："中尉，你我抗命难活，遵命亦难活，横直是不让人活了。"

陈平道："樊哙，亲贵也，绝杀不得！且拖延行程，陛下箭疮近日复发，或许……"说到此，话头忽戛然而止。

周勃不解，望住陈平半晌，方才会意，心中不由大骇。继而想想，也只得叹气道："遵中尉之意，便如此吧。"

两人走走停停，旬日才赶上大军。陈平高举龙凤符，自报身份，喝开了卫卒，驾车驰入军营。樊哙闻报，急忙率诸将迎出。诸将见护军中尉与绛侯至，以为是朝中添将，都欢呼起来，簇拥二人进了大帐。

陈平见人多杂乱，生怕有变，便高声道："君上有密令，交付樊相国，其余诸人请回避。"

诸将闻言，知事关重大，连忙退出大帐。

陈平便对樊哙道："樊哙兄，请卸甲摘剑，接旨。"

樊哙心中不情愿，嗔怪道："今日乃何日，怎的如此郑重？"便卸去戎装，躬身听命。

陈平向周勃一使眼色，周勃便拔剑在手，对帐中卫卒道："你等听护军中尉之命。"

卫卒都齐声唱喏，叉手肃立。

陈平便道："今上有谕令，相国樊哙，与吕氏图谋不轨，实为大逆，着即拿下。"

樊哙大出意外，便要跳起。周勃大喝一声："卫卒，动手！"

众卫卒怔了一怔，即一拥而上，将樊哙按住。

樊哙大怒，破口骂道："盗嫂之徒，竟杀到自家人头上了！"

周勃喝道："闭口！ 有上命：擒拿樊哙，于军中当即斩杀。 若非中尉做主，我这剑便要砍下了。"

樊哙望望陈平，恨恨道："自古疏不间亲，今日，却是连襟也要相杀了！"

陈平便道："多言也无益，请相国随我回朝。 将军之事，交绛侯代行。"

樊哙长叹一声："事已至此，便由中尉吧。"

陈平即一甩衣袖，吩咐众卫卒道："绑了！"

待绳索缚好，樊哙泪流不止，向陈平点点头道："谢陈平兄不杀。"

陈平忽又弯下腰，附樊哙之耳低语道："且随我徐行。 兄若命大，陛下或等不到你我还朝了。"

樊哙闻言一震，双目大睁，惶然不知所对。

至春三月，天已转暖，宫墙外莺飞草长，可闻仕女踏青的嬉戏声。 刘邦卧于病榻，仍觉寒意入骨，自知再活不多久了，便挣扎而起，召周緤、徐厉至近前。 吩咐二人搀扶，要乘车辇离开长信殿，回寝宫起居。 待起身，又对二人下令道："你二人自今日起，持剑警跸，昼夜不离我左右。 有朝臣故旧来，一概不见。"

二人应命，便将刘邦扶上车辇。

那戚夫人知此去便是诀别，不由大哭，欲拖住车辇。 刘邦也不理，向空中做了个斩断的手势，周緤、徐厉见此，挺剑而上，双双逼住戚夫人道："得罪了！"便不允前行一步。

戚夫人哀哭道："陛下，欲弃如意乎？"

刘邦倚在车辇上，似未听清，只含混道："怎生了得，怎生了得呀……"

车辇随即疾入前殿,众宦者扶刘邦进了寝宫,周緤、徐厉仗剑守住殿门。 丹陛之下,郎卫执戟林立,除御医外,其余人等概不准入。 至午后,便有谕令传出,宣诸王、列侯进宫,聆听遗训。

且说赵尧掌国柄之后,即移文各诸侯,通报君上病笃,望诸王尽速赴长安应变。 故而各处诸侯王,已于月前抵长安候旨。 此时,便有相府掾吏分头四出,传召诸王及列侯。 至日暮,诸臣已集齐,皆着素服入宫,在中庭列队等候。

这半日,长安城内,各街衢唯见车马往来,疾驰如飞。 百姓于道旁望见,情知有变,都屏息敛气,不敢言笑。 自秦灭六国以来,苛政兵乱无日无之。 直至刘邦登基做天子,天下方有八年安宁。 如今,百姓都知天子病笃,命不久矣,无不惶惶然;正如大户豪族家主濒死一般,不知来日该怎样过下去。

各王、各列侯也都心事重重,不知天子驾崩后,朝政将有何种变故,自家性命又能安然否? 因而各个面色阴沉,步履迟缓。

此时,内外诸人已无由可睹天颜,寝宫内所有消息,均由一二宦者传出。

日将落,周緤忽自殿内奔出,附在赵尧耳畔,密传谕旨。

赵尧连连颔首,即高声传令,请刘肥以下诸皇子登上正殿丹陛,其余诸侯、群臣皆伏地听旨。

待诸人就位,赵尧便宣谕道:"陛下有旨,今与诸侯及各功臣盟约:非刘氏不得王,非有功不得侯。 不如约,天下共击之。"

诸臣闻之,皆齐声复诵;诵毕,三呼万岁。 丹陛之上,诸皇子随即列队揖礼,以谢群臣。

少顷,有宦者牵来一匹白马,驻于中庭。 周緤、徐厉便从丹陛疾步而下，来至白马前，徐厉接过缰绳，忽地以臂夹住马头；周緤便举剑，一剑刺破白马脖颈。白马轰然倒地，颈血喷涌。

此时，殿角有残阳余晖，正照在屋脊上，檐头鸱吻，如沐于血泊之中。白马之侧，早有宦者备好陶缶，接满血，分洒于数百酒盏中，赐予诸臣。诸臣饮下，再呼万岁。

众人盟誓毕，便分列退出；殿前虽人头攒动，却是一派肃然。

此即为有名的"白马之盟"，其典仪之盛大，震动朝野。

翌日，又有明发上谕，公告天下，诏曰：

> 吾立为天子，临天下，于今十二年矣。与诸位豪士、贤大夫共定天下，同安辑之。其有功者，上可至诸侯王，次为列侯，下亦可封食邑。汉家重臣，多为列侯，自聘属吏，自得财赋，佩金印，赐大宅。向日随我入蜀汉、定三秦者，虽小卒，亦世世免赋，我于天下功臣，可谓不负矣。来日如有不义者，擅自起兵，逆天而行，诸君请与天下人共讨之。此谕令，布告天下，使万民明知朕意。

此即为有名的"同安辑令"，当日便飞传四方。普天之下，尽知此谕无异于皇帝遗嘱。

白马之盟后，刘邦病愈甚，牵动旧疮，越发不可收拾。吕后心急，遍寻民间，终觅得一良医，自称神医扁鹊之后。

吕后大喜，连忙将良医迎入宫中，报与刘邦知。刘邦心亦甚喜，即命召入。

那扁鹊后人已是一位鹤发老翁，摸刘邦之脉良久，只是摇头叹息。刘邦便问："吾病如何？"

那良医道："可治。"

此话，乃婉语也。古时医者，不敢直言君王之病不可医，故而曲意称作"可治"。刘邦一听，立刻大骂："我以布衣起家，提三尺剑取天下，活了六十有一，此岂非天命乎？命乃在天，莫说是扁鹊孙，就是扁鹊自来，又有何用？"

吕后亦觉无奈，便劝道："有良医在侧，总还聊胜于无。"

刘邦道："我不用他治疾！赐五十斤黄金，哪里来的，随他哪里去吧。"

良医遂告罪退下，治疗之事，仍由孔何伤总揽。吕后数次私下询问："太医，能撑两月否？"孔何伤只是摇头。

吕后知刘邦来日无多，忍了又忍，还是问起后事："陛下百岁后，若萧相国死，谁可以代之？"

"曹参。"

"曹参之后呢？"

"王陵。然王陵少谋，陈平可以助之。陈平智谋有余，却难以独任，故而只能辅佐。此外，周勃厚重少文，然安刘氏者必周勃也，可仍令其为太尉。"

"此后呢？"

"此后？此后便非你所知了！"

吕后疑惑道："这又为何？"

"除非……你觅得长生药。"

吕后大窘，嗔道："将死，其言也不善！"

刘邦长出一口气，喃喃道："天下甚好，勿弃之……"便阖上双目，眼见得说不出话来了。吕后看看，便要告退，刘邦却伸手拉住吕后衣袖，吕后会意，连忙坐下，此后便昼夜不离病榻。

如此拖到春四月廿五日，晨起，刘邦忽然睁开眼，面露欣悦，口中喃喃有词。 吕后听不清，侧耳过去，方听见是在唱："我便是我，我便是鹅……"唱了数声，眼角便流下两行清泪。

吕后正要说话，忽见刘邦手指墙壁，随着看去，原是墙上有一幅绢绘山河舆图。 吕后会意，忙起身去摘下，交予刘邦。

刘邦以枯瘦之手紧紧攥住舆图，张嘴想说话，却发不出声来。吕后心急，望着刘邦。 但见刘邦忽然睁大双目，费尽全身力，只吐出一个字来："刘!"便头一歪，双目合上，竟是溘然长逝了。

吕后吃了一惊，瘫坐于地，众宦者急忙围上去扶，殿内顿时嘈杂声大作。 门外周緤、徐厉闻声，脸色猛地惨白了，急急拔出剑来，惶然相对。

此时宦者籍孺从殿内奔出，颤声道："糟了糟了……"

徐厉浑身一颤，手中剑掉落地上，呆了一呆，忽跪地大哭道："陛下，陛下……这怎么得了呀!"

才哭了几声，吕后忽自殿内冲出，戟指徐厉，厉声喝道："住声! 天塌了么，你就哭?"